杜素娟 著

欧美文学简史

A Brief History of
European and American
Literature

图书在版编目(CIP)数据

欧美文学简史/杜素娟著. —北京:北京大学出版社,2019.8
ISBN 978-7-301-30638-3

Ⅰ.①欧… Ⅱ.①杜… Ⅲ.①文学史—欧洲②文学史—美洲 Ⅳ.①I500.9②I700.9

中国版本图书馆 CIP 数据核字(2019)第 163743 号

书　　　名	欧美文学简史 OUMEI WENXUE JIANSHI
著作责任者	杜素娟　著
责任编辑	尹　璐
标准书号	ISBN 978-7-301-30638-3
出版发行	北京大学出版社
地　　　址	北京市海淀区成府路 205 号　100871
网　　　址	http://www.pup.cn　新浪微博:@北京大学出版社
电子信箱	sdyy_2005@126.com
电　　　话	邮购部 010-62752015　发行部 010-62750672 编辑部 021-62071998
印　刷　者	河北滦县鑫华书刊印刷厂
经　销　者	新华书店 730 毫米×980 毫米　16 开本　21.25 印张　326 千字 2019 年 8 月第 1 版　2022 年 6 月第 2 次印刷
定　　　价	58.00 元

未经许可,不得以任何方式复制或抄袭本书之部分或全部内容。
版权所有,侵权必究
举报电话: 010-62752024　电子信箱: fd@pup.pku.edu.cn
图书如有印装质量问题,请与出版部联系,电话: 010-62756370

关于文学（代前言）

什么是文学？

很多人认为，文学就是风花雪月，是满足浪漫情怀的。还有很多人认为，学文学会让人看上去很有文采，很有诗意，又很有文化；能随口背出唐诗宋词，能对中外作家的作品如数家珍，能引用作家们的名言警句，在与人交谈时来上一句：托尔斯泰说……似乎可以语惊四座。还有些人致力于把文学搞得高深莫测，似乎把文学搞成政治学、经济学、社会学、心理学、哲学或者是玄妙无比的什么"学"，才能赋予文学价值。

难道文学就没有自己独立的领域和内容吗？政治学关注政治问题，经济学关注经济问题，社会学关注社会问题，心理学关注心理问题，自然科学关注自然科学问题……文学呢？文学关注"人"的问题：人生、人性、命运；自我、他人；情感、思想、体验……

文学作品触及的问题自古以来无所不包：政治、经济、哲学、心理、宗教、天文地理……甚至包括遗传基因和生理学（比如自然主义文学）。但是，这些都是文学的触角，无论这些触角延伸到哪里，都是为了回归主体，更好地表现人的心灵、人的情感和人的行为。因此，我们可以去评价一部作品的政治价值、经济价值、哲学价值、心理学价值等，但绝对不可以把文学挂靠在政治学、经济学、哲学、心理学等之上。如果文学变成了政治学、经济学、哲学、心理学等，那么文学的"灭顶之灾"就来了——因为它完全没有存在的必要。作家再怎么发表政见，他也不太可能比政治家更高明；一部作品再怎么讨论经济，它也不太可能比经济学论著更专业。

我们尊重文学的唯一方式，就是把文学当作文学。文学有自己的思考领域——人生、人性和命运，这让它区别于其他学科，获得自己的独立性。文学也有自己的表达方式——抒情和叙事，这让它区别于哪怕是最接近的哲学和历史学。

更重要的是，如果我们时刻记得文学是人学，就能尊重文学自身的独立性，了解文学的尊严和价值所在。

古希腊神话里有一个"斯芬克斯神话"，狮身人面的女妖斯芬克斯给人类提供了一道世间最难解的谜语。这道谜语破解不了，她就不收回散布在人间的瘟疫。换句话说，只有破解了这道谜语，人间才会没有灾难。那么，这道重要的谜语是什么呢？

"什么东西早上四条腿，中午两条腿，傍晚三条腿？"

谜底是：人。

人自身才是世上最大的谜语。这是古希腊的发现，也是古希腊的智慧。了解人本身，是一切求知和探索的起点和基石。在古希腊人看来，世界上没有比"人"更复杂的存在了。人性是如此多变，人生现象是如此难解，命运是如此莫测。

"我"是谁？"他人"又是什么？"我"如何确定"自我"？"我"又该如何面对"他人"？为什么我们的内心总是充满不安和痛苦？为什么幸福和理想总是遥不可及？还有令人困惑的命运难题。是宿命？是小人作祟？人生悲剧到底如何发生？……

这些零零碎碎的问题，每一个都决定着我们内心世界的图景。它们从来都不是简单的问题。文学表达着人们对于人生、人性和命运的理解，记录着作家们对人生问题的思考和体验，抒发着他们曾经经历的喜悦和痛苦、哀怨和希冀。对读者而言，这就是文学为我们提供的生存财富和资源。

读了《伊利亚特》，你能够知道"自我和他人"从来都是一种棘手的关系。读了《哈姆雷特》，你会惊诧于追求"个人理性"是多么艰难。读了《奥赛罗》《李尔王》《麦克白》，你是否会在自己身上看到他们的影子？读了《包法利夫人》和《苔丝》，你又是否能够感觉到那分并未远去的痛苦？读了《神曲》，我们会惊讶于作者探索人性罪恶的勇气。读了《浮士德》，也许你就明白，真正的"魔鬼"本来就是人性中的一部分。

一代又一代的文学作品和它们的创作者，是那样执着地辨识着人性，探索着命运，剖析着自我；又是那样执着地追问着心灵，要看清社会。那些不朽的叙事和抒情，留给我们取之不尽、用之不竭的有关生存的思考和感叹。它们的价值不在于给了答案，而在于给我们的人生点亮了灯。有了那来自叙事和抒情的一盏盏灯，拿着单程票的我们，走在黝黑坎坷的人生隧道里，才能感到脚下的路不那么黑，心中的孤独不那么冷。

如果我们能够看到这些灯的存在，也许我们就有勇气推开那些文字所铸造的沉甸甸的大门。

这是一本教材，为非中文专业的大学生和社会上的文学爱好者而写。因此，我希望它线索清晰，能够勾勒出欧美文学发展的路径和轮廓。欧美文学从古希腊、古罗马的古典时期，发展到寄望神意的中世纪，再经历一步步摆脱思想禁锢的文艺复兴、启蒙运动，在创造了满天星斗的19世纪文学奇观之后，步入多元发展的20世纪。欧美文学经历了艰难漫长的发展过程，每一步都留下深深的文学足迹，对这条道路做一个线索清晰的交代和描述，让学生和读者对这段文学史即读即知，是我一个小小的愿望。

但是，我又希望这不只是一本关于"史"的教材。根据我近二十年的教学体验，非中文专业学生的文学热情和文学功底向来都不可低估，他们对于文学作品的好奇心和求知欲从来都不会停留在对"史"的了解上。相反，他们对于文学的了解常常是从具体的某部作品起步，然后不断延伸拓展。这种立足文本的文学学习模式，让他们对文本本身有更浓烈的兴趣。因为立足文本，所以他们对文学的理解更为自由灵活，更为贴近人生和自我，常常表现出令人惊讶的新鲜度和深刻度。我希望这本教材能够在有限的篇幅内，具备"文本导读"的功能，能够对重要的作品进行细致深入的文本解读。所以，在每个文学发展阶段，我都会选择有影响力的重要作品展开解读。如何在文本解读中呈现新颖的观点，避免老生常谈，也是这本教材努力的重点。

从这本教材预设的体量而言，既要呈现完整的"史"的线索，又要关注细节，几乎很难做到，但我愿意奋力一试。这既是为了满足课堂教学需要，也是为了给长期陪伴我的这门课程和学生们一个诚心的交代。

杜素娟
2019年3月22日

目录

第一章　"人"的探知：古代欧洲文学　　1
第一节　古希腊文学　　5
一、人本立场的众神想象与祖先崇拜：古希腊神话　　5
二、个人意识的萌发与痛苦：《荷马史诗》　　8
三、对命运的兴趣与对社会的反思：古希腊戏剧　　12
第二节　古罗马文学　　20
一、从模仿到独创：古罗马文学　　20
二、第一部文人史诗：《埃涅阿斯纪》　　24

第二章　融合与对抗：中世纪文学　　29
第一节　中世纪文学的二元格局　　32
一、主流话语权的掌握者：宗教文学　　33
二、人本意识与民间精神的延续者：世俗文学　　36
第二节　但丁与他的《神曲》　　42
一、中世纪文学的终结者：但丁　　42
二、信仰的恪守与思想的突破：《神曲》　　44

第三章　寄梦古希腊：文艺复兴文学　　53
第一节　文艺复兴文学概况　　56
一、生存吁求与叛逆姿态：前期文艺复兴文学　　56
二、个人梦想与理性精神：后期文艺复兴文学　　62
第二节　莎士比亚及其四大悲剧　　67
一、生平之谜与创作轨迹：莎士比亚　　67
二、理性困境与命运迷局：四大悲剧　　71

第四章 王权的期望与质疑：17 世纪文学 | 79
第一节 17 世纪文学成就概述 | 82
一、自由精神的另辟蹊径：巴洛克文学 | 82
二、王权与秩序的文学演绎：古典主义文学 | 84
三、王权的对抗与信仰的阐释：清教徒文学 | 89
第二节 莫里哀与弥尔顿 | 90
一、古典主义喜剧的杰作：莫里哀的《伪君子》 | 90
二、清教徒文学的杰作：弥尔顿的《失乐园》 | 98

第五章 启蒙者的沉思与呐喊：18 世纪文学 | 107
第一节 18 世纪启蒙文学概述 | 110
一、传奇与感伤：英国启蒙文学 | 110
二、哲理与启蒙：法国启蒙文学 | 118
三、理性与情感：德国启蒙文学 | 127
第二节 笛福与歌德 | 131
一、人类经验与能力的传奇：笛福的《鲁滨逊漂流记》 | 131
二、人类理性与梦想的传奇：歌德的《浮士德》 | 134

第六章 直觉力量与灵魂书写：19 世纪浪漫主义文学 | 141
第一节 19 世纪浪漫主义文学概述 | 144
一、自然的魅惑与灵魂的苦闷：英国浪漫主义文学 | 144
二、内心图景与人生传奇：其他各国浪漫主义文学 | 151
第二节 拜伦与雨果 | 157
一、自由、孤独与虚无："拜伦式英雄" | 157
二、命运困局与自我迷嶂：《巴黎圣母院》 | 162

第七章 社会问题与现实批判：19 世纪现实主义文学 | 167
第一节 现实主义文学概况 | 170
一、残酷现实的冷静扫描：法国现实主义文学 | 170
二、以理想映照现实：英国现实主义文学 | 176
三、"多余人"与"小人物"：俄国现实主义文学 | 184

四、讽刺、批判与童话：其他国家现实主义文学　　| 190
　第二节　巴尔扎克与狄更斯　　| 192
　　一、金钱暴力与人性毁灭：巴尔扎克的《高老头》　　| 192
　　二、"爱"与"恨"的博弈：狄更斯的《双城记》　　| 195
　第三节　陀思妥耶夫斯基与托尔斯泰　　| 200
　　一、灵魂困境的探索者：陀思妥耶夫斯基　　| 200
　　二、社会现实出路的思考者：托尔斯泰　　| 207

第八章　自然、唯美与象征：19世纪其他文学流派　　| 213
　第一节　自然主义文学　　| 215
　　一、自然主义文学概述　　| 215
　　二、生活原态与细节魅力：左拉与莫泊桑　　| 217
　第二节　唯美主义文学与前期象征主义文学　　| 223
　　一、纯美的凝眸：唯美主义文学　　| 223
　　二、象征与审丑：前期象征主义文学　　| 228

第九章　精神继承与艺术突破：20世纪现实主义文学　　| 233
　第一节　20世纪现实主义文学概述　　| 235
　　一、社会投影与心灵现实：法国现实主义文学　　| 235
　　二、文明阴霾与人性灰暗：英国现实主义文学　　| 242
　　三、内心迷惘与精神出路：美国现实主义文学　　| 250
　　四、创伤记忆与价值探寻：其他国家现实主义文学　　| 261
　第二节　长河小说　　| 273
　　一、法国长河小说示例：罗曼·罗兰与马丁·杜·加尔　　| 273
　　二、英国长河小说示例：约翰·高尔斯华绥　　| 277
　　三、德国长河小说示例：托马斯·曼　　| 281
　第三节　创新与突破　　| 283
　　一、表现领域的突破：劳伦斯小说中的两性意识探索　　| 283
　　二、语言表达的突破：海明威的"冰山文体"　　| 287
　　三、叙事实验与创新：卡尔维诺与博尔赫斯　　| 289

第十章 意识探索与思维颠覆：20世纪的现代与后现代 | 295

第一节 20世纪现代主义文学概述 | 297
一、何谓"现代主义文学" | 297
二、符号的抽象化与意蕴的哲学化：后期象征主义文学 | 299
三、人的异化与自我疏离：表现主义文学 | 301
四、心理时间与"本我"真相：意识流小说 | 305

第二节 后现代主义文学概述 | 311
一、何谓"后现代主义文学" | 311
二、虚无的发现与自我选择：存在主义文学 | 313
三、文本消解与行为荒诞：荒诞派戏剧 | 315
四、超自然时空与非理性思维：魔幻现实主义文学 | 317

参考文献 | 320

我和一门课程的故事（代后记） | 327

第一章

"人"的探知：
古代欧洲文学

所谓"古代欧洲文学",包括古希腊文学和古罗马文学两个部分。

古希腊文学包括"荷马时代""抒情诗时代""古典时期"和"希腊化时期"四个阶段。

（1）"荷马时代"的主要成就是神话、史诗和训谕诗。神话大致产生于公元前一千多年的氏族时期,由口头流传的诸神传说和英雄传说组成,它是古希腊文学的起点。荷马史诗大约产生于公元前9世纪到公元前8世纪之间,同样以口头吟唱的方式在民间流传。训谕诗的代表是**赫西俄德**（生于前8世纪,享年不明）的《工作与时日》,大约产生于公元前8世纪,书写的是日常的农耕劳作。从中可以看出,在赫西俄德时期,以征战为主要发展模式的氏族社会阶段渐趋结束,平静安稳的乡村生活和土地耕作替代战场功绩,成为人们更为向往的生活。

（2）"抒情诗时代"约在公元前8世纪到公元前6世纪,主要成就是抒情诗和《伊索寓言》。随着城邦的发展,人们越来越看重稳定的日常生活的价值,抒情诗就是这种状态的自然表现。人们关注的焦点离开了战场,回归日常生活的点点滴滴。抒情诗歌唱亲人、朋友、爱情、家庭和身边的风景,正是这种社会氛围的表现。抒情诗以琴歌的形式成就最大,琴歌又分为独唱体和合唱体。其中,最著名的是女诗人**萨福**（前630或前612—前592或前560）的独唱体抒情诗,她被柏拉图赞为"第十个缪斯"。

（3）"古典时期"指的是公元前6世纪末到公元前4世纪,古希腊进入文学和哲学都十分繁荣的雅典时代。这一时期的文学成就主要体现为戏剧,产生了三大悲剧诗人的悲剧创作以及**阿里斯托芬**（约前446—前385）的喜剧创作。

（4）"希腊化时期"约在公元前4世纪末到公元2世纪,这一时期希腊被马其顿王国征服。由于马其顿王国的亚历山大大帝是古希腊文化的倾慕者和学习者，古希腊文化反而得到更大范围的传播。但是，这一时期的希腊文学渐趋衰微，失去了原有的思考与追问人生和命运的勇气，大多以满足世俗娱乐和个人情趣的新喜剧和田园诗为主，较为著名的喜剧作家是**米南德**（前341或前342—前290）。

古罗马灭掉马其顿王国之后，接手了希腊。古罗马也和马其顿王国一样，在文化和文学上深受古希腊的影响。

古罗马文学习惯上被分为"共和时期""黄金时期"和"白银时期"三个发展时期。

（1）"共和时期"主要以翻译、改编、模仿希腊文学为主要创作方式。比如，当时著名的剧作家**普劳图斯**（约前254—前184）和**泰伦斯**（前195或前185—前159）就都以翻译和改编希腊化时期的新喜剧为主。

（2）"黄金时期"又包括前期的"西塞罗时期"和后期的"奥古斯都时期"，这是罗马开始建立自身独立文学成就的时期。"西塞罗时期"盛行以政治内容为主的辩论散文和史传散文，"奥古斯都时期"出现了西方文学史上第一部文人史诗，形成了具有自身民族特色的神话、散文、史诗、讽刺诗、抒情诗、小说等文学形式。

（3）"白银时期"的文学开始注重形式和修辞，形成了文风雕琢的风气，这一时期出现的长篇小说是一个值得注意的现象。

古希腊文学和古罗马文学虽然存在诸多不可分割的承接关系，但依然表现出十分不同的精神特点和艺术特质。比如，古希腊文学呈现出对于个人生命狂欢的倾心、对于人性的关注以及对于命运的好奇，而古罗马文学则更强调民族集体感的归属、整饬、配合和均衡。不过，总体而言，二者都凝目于人生，关注人类的生存状况、精神思索和内心苦痛，并从不同的立场和角度探寻"人"的生存之谜，努力解答"人"的生命的价值和意义。这就是古希腊文学和古罗马文学共同构筑的古代欧洲文学的人文质地，奠定了欧美文学的基本命题和讨论范畴，使得欧美文学在后世的发展中始终未曾真正偏离过"人生—人性—命运"这一基本主题。

第一节　古希腊文学

一、人本立场的众神想象与祖先崇拜：古希腊神话

古希腊神话并不是一个固定且独立的文本，它只是一个口头流传的故事体系。从公元前一千多年前的氏族部落开始，希腊人开始讲述神的故事和英雄传说，这些故事和传说以口头的方式代代流传、补充和发展，在不同地区有不同的支派脉系，故事细节甚至神的名称、职责、事迹，以及各种神际和人际关系都并不统一。这是集体口头创作所不可避免的特点。这个庞杂的故事体系经过几百年的口口相传，被后来的《荷马史诗》《神谱》、诗歌、戏剧和哲学著作使用和记录，从而保留下来。目前通行的希腊神话故事合集都是后人根据这些著作中零散的记录整理出来的。

古希腊神话故事体系虽然庞杂散乱，但相比于很多民族的原始神话，它依然具有高度的整体性。这种整体性可从三个方面考察：

(一) 以家族血缘关系为中心，形成了神的故事和英雄传说两个部分

古希腊神话是一个关于神的家族的故事体系，这种家族血脉关系成为庞大的古希腊神话体系的基础。根据血缘关系的远近，古希腊神话的故事主体分为神的故事和英雄传说。前者讲述拥有纯正血统的群神故事，后者讲述的是神与人类所生的、拥有半神血统的人类故事。从神话起源而言，前者起源于人类对于自然力量的崇拜，后者起源于人类对于祖先的崇拜。

神的故事大多跟自然现象有关，是对于自然现象的解释，或是对于自然力量的人格化处理。比如，混沌神卡俄斯和大地母亲盖亚的系列传说，是对于天地起源的解释；盖亚所生的十二提坦神的系列传说，是对于自然万物起源的解释，包括对作为万物之一的人类起源的解释，提坦神的下一代普罗米修斯被认为是造人神；同样是提坦神下一代的宙斯所代表的奥林匹斯主神体系，也是对自然现象起源的解释。

值得注意的是，由于古希腊人对于人类自身生活的高度关注和兴趣，他们对于自然的猜想和关注更多地集中在那些与人类生产和生活密切相关的自然现象和自然力量上。他们所传说的众神，也往往是对于那些不可预

知的自然或偶然因素的人格化处理。比如，农业女神得墨忒尔、商业之神赫尔墨斯、狩猎女神阿尔忒弥斯、工匠之神赫淮斯托斯、地狱之神哈德斯、爱神阿佛洛狄忒、战神阿瑞斯、智慧女神雅典娜、文艺之神阿波罗等。对于这些神的崇拜，寄托着人类对于耕种、贸易、狩猎、工艺制作等劳动生活之中那些不可预知的自然因素的恐惧和祈福，也寄托着人类对于死亡、生命、爱情、智慧、才华等不可预知的偶然和天然因素的恐惧和祈福。因此，这些神的力量不仅表现在对于自然界的掌控上，也表现在对于人类生产和生活领域的掌控上。

至于英雄传说，则寄托着人类对于自身力量的想象和崇拜。希腊人对于人类自身力量的理解是比较全面的，既包括天生的肉体力量，也包括智慧和意志力，甚至后天学习的技艺。在希腊神话英雄赫拉克勒斯的故事系列中，最著名的是他的"十二大功"，即十二件普通人不可能完成的任务。其中，手撕巨狮、驯服疯牛、制服冥王的三首犬，靠的是惊人的肉体力量；杀死九头蛇、一天打扫完三千头牛的牛棚，靠的是智慧；追赶牝鹿，靠的是耐力和意志力；而射杀怪鸟、夺取女人国国王的腰带，靠的则是射击和搏杀技艺。在古希腊神话中，英雄传说所承载的大部分是对于人类力量的这种全方位的理解、想象和向往。

（二）以社会发展脉络为背景的叙事线索，呈现为旧神谱和新神谱两个部分

古希腊神话以宙斯成为统治者这一事件为界，可分为旧神谱和新神谱两个部分。

旧神谱讲述宙斯祖辈的故事，比如混沌神卡俄斯、地母盖亚、十二提坦神。旧神谱有明显的母系氏族社会的特征，盖亚支持自己的儿子克洛诺斯与他的父亲乌拉诺斯争斗，最终取胜；下一代的瑞亚也支持自己的儿子宙斯与他的父亲克洛诺斯争斗，最终取胜。在权力传递的过程中，母亲的支持起到关键性的作用，这是母系氏族社会的迹象。但是，母亲们所选择的权力承接者都是男性，这又体现出从母系氏族社会向父系氏族社会转变的过程。

新神谱讲述的是宙斯时代奥林匹斯十二主神的故事，是由宙斯和他的妻儿手足构成的血亲大家庭，这是比较明显的"父权制"社会的体现。但是，在这个大家庭中，"父权"并没有被绝对权威化。一方面，众神各司其职，遇到需要决策的问题，常需召开会议进行商议和表决，宙斯在很多情况下都没有独自决策的权力。另一方面，女神的地位相当高，无论是天后赫拉、智慧女神雅典娜或是爱神阿佛洛狄忒，都具有极大的影响力。特别是赫拉，她的嫉妒是一种非常强烈的对于宙斯的牵制和抗衡表现。有意思的是，这种嫉妒并没有降低她的声望。作为母亲，赫拉甚至比宙斯得到子女们更多的拥戴。这些都在一定程度上折射出当时古希腊的现实社会状况。

（三）"神人同形同性"的形象模式，体现出对于人性的探索和对于命运的关注

古希腊神话在对神的塑造上有一个很大的特点，就是"神人同形同性"。与很多民族突出神的形体的动物化不同，古希腊神话的神不但具有跟人类一样的肉体形状，而且具有跟人类一样的七情六欲。这种高度的"类人化"处理，体现出的是古希腊文化中对于人性、人欲的关注和认可，奠定了古希腊原欲文化和生命狂欢精神的基础。

（1）古希腊神话中的神大多不完美，并不具备道德范本的意义。例如，宙斯好色，赫拉善妒，雅典娜孤僻，阿佛洛狄忒滥情……一方面，他们大多任性、自负，跟人类一样呈现出种种天性局限，是有"神力"却无"神性"的神。另一方面，他们都拥有属于自己的鲜明个性。比如，同为宙斯的子女，女神们各不相同，雅典娜孤傲，阿佛洛狄忒妩媚，阿尔忒弥斯清高；男神们也各具特点，阿波罗阳光，阿瑞斯嗜血，赫淮斯托斯忠厚，赫尔墨斯顽皮。这种以人性为范本对神的塑造，折射出古希腊人直面真实人性的精神，以及对于个性差异的认可和尊重，也体现出古希腊人对于人性复杂性的认知和探索的兴趣。

（2）古希腊神话探索人类的精神苦难。例如，坦塔罗斯因为得罪宙斯和众神而被严惩：水在他颔下却喝不到，果近在手边却够不着，巨石悬于头顶，时时刻刻忍受无形的威胁。这种面对所欲却难以企及、面对所惧却无所逃避的痛苦，是人类所遭受的精神煎熬的体现。又如，受到宙斯惩罚的西绪福斯每日推巨石上山，夜晚巨石会自行滚下，这种徒劳的绝望也是人类精神苦难的普遍感受。

（3）有些神话也表达成长的艰难和选择的困惑。在立下十二大功的赫

拉克勒斯的成长中，充斥着莽撞、迷惑，他需要在不断的犯错、沮丧、挫败甚至精神崩溃中逐渐成长。他的悲剧的根源，大多在于内心的迷茫和不知如何选择的痛苦。这也正是人类生存的真实体验。

（4）有些神话折射出人类社会中的矛盾。例如，创造人类的第二代提坦神普罗米修斯为人类盗取天火，遭到宙斯惩罚，被绑在高加索山上忍受无穷无尽的肉体折磨；伊娥被赫拉嫉妒，宙斯无奈将其变身为牛，使得她口不能言，流离失所。这些神话都折射出强权控制之下的生存痛苦。

（5）在一些神话中，我们还看到面对宿命和磨难坚韧生存的精神。例如，俄狄浦斯为了不让"杀父娶母"的宿命发生，一再逃避和反抗，但最终难逃宿命。这既是古希腊人宿命观点的表现，也体现了古希腊人面对既定结果仍要持续抗争的生存态度。又如，潘多拉因为好奇打开了放着众神诅咒的魔盒，瘟疫、疾病等众多灾难成为人类难逃的宿命。但是，神话中又说，无论灾难有多少，在魔盒的最底层都有雅典娜安放的一样东西，那就是"希望"。

在世界各地的远古神话中，很少有神话能够像古希腊神话这样，蕴含如此丰富的社会和人生命题，表现出如此旺盛的对于人性和命运的探索欲望。这不但使得古希腊神话拥有了鲜明的自身特色，也奠定了欧美文学的基本思维方式和原则，并为后世文学提供了无穷无尽的叙事原型和思维母题。古希腊神话的确是远古神话中最为令人惊诧的叙事现象之一。

二、个人意识的萌发与痛苦：《荷马史诗》

公元前12世纪左右，在小亚细亚一带发生了特洛伊战争。战争结束之后，关于这场战争的传说以民间短歌的方式口头流传。大约在公元前9世纪到公元前8世纪之间，据说有一位小亚细亚的盲眼游吟诗人整理了这些短歌，并继续以口头吟唱的方式在民间流传，这就是《荷马史诗》。可见，《荷马史诗》并非书面作品，也非个人创作，而与古希腊神话一样，是集体创作的文学奇迹。

《荷马史诗》一直以口头文学的方式流传。公元前6世纪左右，雅典城邦组织学者对《荷马史诗》进行文字记录和整理；在公元前3世纪左右，经过亚历山大时期的学者编撰和修订，形成了目前可见的文字版本。

《荷马史诗》上部为《伊利亚特》，叙述在特洛伊战争期间发生的故事，希腊英雄阿基里斯的战场经历是主要线索；下部为《奥德赛》，叙述战后希腊英雄奥德修斯在海上漂流、寻找归家之路的故事。这两部作品均以人神共存的神话维度作为叙事空间，以"希腊人""特洛伊人""众神"三大群体为描写对象，讲述他们在面对荣辱冲突、战事纠纷、生离死别等处境时所表现出的情绪、行为和抉择，从中透露出古希腊时期的荣誉观念、价值理解、情感方式、生命态度以及命运思索。

（一）《伊利亚特》

在故事开始时，特洛伊战争已经进行了九年多。希腊联军俘获了一位阿波罗神庙祭司的女儿，并把她作为战利品分给了首领阿伽门农。老祭司带着赎礼索要女儿，被阿伽门农无情拒绝，于是到神庙中向阿波罗一番抱怨。阿波罗闻言大怒，给希腊阵营下了九天箭雨。年轻的希腊将领阿基里斯逼迫阿伽门农归还祭司之女以平息神怒。阿伽门农认为阿基里斯冒犯了自己的权威，于是夺走了他的女伴以示惩罚。阿基里斯盛怒之下退出战场，导致希腊联军节节败退。虽然阿伽门农带着悔意屡次求和，希腊联军也陷于可能全军覆没的境地，盛怒不息的阿基里斯依然拒绝出战。

无奈之下，阿基里斯的挚友帕特洛克勒斯假扮阿基里斯出战，被特洛伊王子赫克托耳杀死。陷入巨大悲痛的阿基里斯这才放弃报复阿伽门农，决意为帕特洛克勒斯复仇。他杀死了赫克托耳，并羞辱赫克托耳的遗体，却依然深陷痛苦和愤怒之中，无法自拔。赫克托耳的父亲、特洛伊老国王普里阿摩斯为了要回儿子的遗体，深夜潜入希腊阵营面见阿基里斯。经过交谈，二人达成谅解。老国王带回赫克托耳的遗体，给赫克托耳举办了盛大的葬礼。《伊利亚特》的故事也到此为止。

《伊利亚特》的叙事结构是按照"阿基里斯的愤怒"来安排的，理解"阿基里斯的愤怒"是理解这部作品的关键。阿基里斯的盛怒来自与阿伽门农发生的激烈争执，他们的争执并非因女人而起的情感纷争（女人不过是战利品的一种），而是因被夺去战利品导致个人荣誉受损。在古希腊人的概念里，一个男人不能保护自己的战利品，就不能得到人们的尊重，也无法得到神的庇护。为了维护自己的个人荣誉和个人利益，阿基里斯才会不惜一切惩罚阿伽门农，甚至让整个希腊联军付出代价。"阿基里斯的愤怒"透露出的是古希腊人对于个人荣誉和个人利益的高度看重。

在《伊利亚特》中,不但人类高度看重个人荣誉和个人利益,众神也是如此。雅典娜和赫拉阻止阿基里斯和阿伽门农火并,反对宙斯提出的希腊和特洛伊议和的建议,目的就是要置特洛伊于死地。特洛伊小王子帕里斯把写着"献给最美女神"的金苹果给了爱神阿佛洛狄忒,让雅典娜和赫拉蒙羞。两位蒙羞的女神在战争中的立场,正是为了维护她们自己的个人荣誉。

"阿基里斯的愤怒"体现的是其对于个人荣誉和个人利益的高度维护。因此,虽然阿基里斯的行为伤害了集体的利益,他却并未因此失去他人的尊重。作为《伊利亚特》的核心人物,阿基里斯是一个带有浓厚个人主义色彩的英雄形象,他的个体本位的思维方式是古希腊文化的重要内容,对后世的西方文化和文学产生了深远的影响。

难能可贵的是,《伊利亚特》还蕴含着对于这种个人意识的反思。过于膨胀的个人意识对于族群和集体会造成损害,更有可能导致对他人的无视。阿基里斯最大的缺点就是目中无人,缺乏悲悯心和同情力。他对自身的不幸十分敏感,但对他人的不幸缺少感知。这让他在个人荣誉受损之后,陷入自我愤怒而不可自拔,以致目睹部族战友的死亡而无动于衷,面对赫克托耳临终前的哀求显得冷酷无情。最重要的是,这也导致他郁郁不平,就算杀了赫克托耳,依然无法摆脱内心痛苦的处境。

相比之下,特洛伊英雄赫克托耳拥有旺盛的他人意识、超强的悲悯能力和同情能力。也正是在特洛伊老国王把赫克托耳的精神传递给阿基里斯之后,阿基里斯才获得了他人角度,看到了别人的不幸和痛苦,懂得了理解和尊重对手。这样的阿基里斯才有可能与特洛伊老国王化敌为友,拥有了怜悯和同情的能力,实现了自我的成长。

(二)《奥德赛》

攻破特洛伊城以后,希腊联军的头领们把战利品装满战船,各自踏上返家的路程。希腊英雄奥德修斯带领他的部下,在海上遭遇连绵不绝的阻碍和磨难,返家之路走了整整十年。《奥德赛》以倒叙的手法,讲述了奥德修斯这十年海上漂泊和历险的经历。

与《伊利亚特》一脉贯通的,是《奥德赛》对于个人意识的讲述和赞颂。奥德修斯在海上漂流十年，遭遇各种巨大的挫折和艰难，也遭遇各种沉沦和诱惑，甚至还有对于家中妻子的怀疑和恐惧，但他从未动摇过回家的意志。支撑他不惜一切返回故土的，正是维护个人荣誉和个人利益的强烈愿望。与《伊利亚特》中传达的理念一样，一个有能力维护个人荣誉和私有财产的男人，才是有价值的男人，才是能够得到众人尊敬和众神庇护的男人。这是奥德修斯经历千辛万苦也要返回故土收回王国和王位的内在动力。"回家"能够作为一种英雄业绩来传颂，是因为这其中不仅事关一个男人的个人利益和私有财产，更关乎一个男人和一个国王的个人荣誉。在这种理念传达上，《奥德赛》与《伊利亚特》并无不同。当然，《奥德赛》也有自己的独特之处。

首先，《伊利亚特》的背景是战场，以讲述人与人之间的矛盾为主，《奥德赛》的背景主要是茫茫无际的大海，以讲述人与自然之间的矛盾为主，传达的是人类对抗自然的理想。在《奥德赛》中，自然界的威力主要通过"神"与"怪"的形象来表现，比如独眼巨人、女妖、女巫、仙女、海怪，以及波塞冬、阿波罗等众神的形象。这些来自自然界的威力有些给人类带来致命的威胁，比如吃掉奥德修斯诸多同伴的独眼巨人；有些迷乱人的理性，比如让人精神混乱的塞壬女妖的歌声；有些则激发人的惰性、毁灭人的意志，比如令人不思前行的忘忧果、令人沉溺于温柔乡的仙女卡吕普索；有些则用暴力制造前进的阻力，比如击沉船只的阿波罗、打碎海船的波塞冬。奥德修斯的海上历险，表达了对于大自然力量的复杂感受，既有恐惧和卑微感，也有与之抗衡的野心和欲望。

其次，《奥德赛》对于"人的力量"有更为全面和深刻的理解。在《伊利亚特》中，"人的力量"主要体现为阿基里斯所代表的、以"战斗力"为核心的肉体搏杀力量。在《奥德赛》中，虽然肉体搏杀力量依然重要，但在更多的情况下，奥德修斯使用的却是智慧和意志的力量。比如，奥德修斯战胜独眼巨人，依靠的就是智慧而非肉体搏杀。他用灌醉巨人的方法，刺瞎巨人的双眼；又用把同伴们藏在羊肚子底下的计策，帮助大家逃出巨人的洞穴。对付塞壬女妖迷惑心性的歌声，他同样使用的是智慧而非厮杀的蛮力。他用蜡堵住同伴的耳朵，又让同伴把自己捆在桅杆上。这样，同伴们听不到歌声，自己就算发疯也没有行动的自由。于是，听见的和听不见的都顺利地躲过了塞壬女妖的歌声陷阱。

奥德修斯所体现的人类自身的意志力也格外引人注目。虽然他智勇双全，但依然有些突如其来的灾难让他难以承受。比如，他带领同伴历尽千难万险，却遭遇瑟西女巫，把他的同伴全部变成了猪；在风神的帮助下，他曾一度接近希腊海岸，但因为同伴们的愚蠢和贪婪，瞬间又被逆风吹回了遥远的风神岛；更大的打击是，当他在雅典娜的帮助下第二次接近希腊海岸时，却被波塞冬砸碎海船……这些都是毁灭性的精神打击，而且都来自他无法抗衡的因素。奥德修斯能够承受这些打击，没有就此崩溃，凭借的正是人类特有的坚韧的意志力。

不只是奥德修斯，《奥德赛》中其他值得尊敬的人物，也大多靠智慧和意志来保护自己的荣誉，赢得人们的尊重。比如，奥德修斯的妻子帕涅罗珀，在丈夫离家的二十年在深宫孤立无援，身边围绕着大群入侵王宫的所谓求婚者，唯一的儿子却怀疑她对于奥德修斯的忠诚。帕涅罗珀依靠智慧与求婚者周旋，依靠意志力等待了漫长的二十年。再如，奥德修斯的儿子忒勒玛科斯，同样靠血缘亲情赋予他的意志力，孤身一人踏上寻找父亲的征程。在《奥德赛》的人物系列中，对于人类意志力的表现比对于家庭亲情的表现要更为动人。这种对于"人的力量"的理解和展示，也让《奥德赛》拥有了令人敬服的思想厚度。

对于古希腊社会家庭关系和社会性质的呈现，也是《奥德赛》的重要价值之一。在《奥德赛》中，奥德修斯是维系整个家庭关系和王国关系的核心因素。当奥德修斯用维护个人利益和个人财产的方式来获得荣誉时，他的家人和仆从则需要用对他的忠诚度来获得荣誉。他的妻子帕涅罗珀、他的儿子忒勒玛科斯、他的仆人佣妇，皆是如此。而不能做到这一点的人们，则会失去他人的尊重，甚至受到严厉的惩罚。比如，与求婚者们鬼混的宫女们最终被冷酷地成排绞死。这些都鲜明地体现出父系氏族社会的特征。

三、对命运的兴趣与对社会的反思：古希腊戏剧

祭奠酒神狄俄尼索斯是古希腊初民的重要活动，这些活动逐渐发展为以合唱和对话为主的歌舞表演。公元前6世纪之后，这些表演常常以比赛

的方式进行，参赛的诗人通过申请得到分配的歌队，由歌队表演诗人创作的故事。虽然古希腊戏剧的形式十分简单，但是其思想价值却不容忽视。古希腊戏剧聚焦于人的生存问题，对人的命运有着旺盛的探索和思考兴趣，它们不但思索人类命运的秘密，也思考人类生存的态度。这种对于人自身的高度关注，使得古希腊戏剧拥有很高的人文价值和哲学深度。

（一）古希腊悲剧

古希腊戏剧的格局一般包括：开场、进场歌和诸场次。戏剧表演中，扮演角色的演员只有1—3个，通过换戴面具，串演所有角色。相比之下，歌队的分量很重，通过合唱讲述故事，对剧中人物和事件进行评价，并与扮演角色的演员展开互动。这些特点都与今天的戏剧颇为不同。古希腊悲剧的大部分作品都在中世纪时佚失了，现存的悲剧主要有**埃斯库罗斯**（前525—前456）、**索福克勒斯**（约前496—前406）和**欧里庇得斯**（前480—前406）创作的作品，共三十多部。

埃斯库罗斯是第一个使用三联剧（又称"三部曲"）的悲剧诗人。在他之前，古希腊悲剧中只有一个演员和歌队共同演出，他打破传统，增加了第二个演员。据称埃斯库罗斯的作品多达八九十部，多次在悲剧竞赛中获胜，被尊称为"悲剧之父"。他流传至今的悲剧作品有七部，包括《波斯人》《七将攻忒拜》《祈援人》《俄瑞斯忒亚》（《阿伽门农》《奠酒人》《复仇神》）以及《被缚的普罗米修斯》。

由《阿伽门农》《奠酒人》《复仇神》三部作品构成的《俄瑞斯忒亚》是唯一流传至今的古希腊悲剧三部曲。《阿伽门农》中，在远征特洛伊之前，阿伽门农把自己的女儿伊菲格涅亚当作祭品奉献给了神祇，他的妻子克吕泰墨斯特拉悲愤万分。十年后，当阿伽门农战后归家，她伙同情夫埃吉斯托斯杀掉了阿伽门农。《奠酒人》中，阿伽门农与克吕泰墨斯特拉所生的儿子俄瑞斯忒斯为了给父亲报仇，杀死了母亲以及埃吉斯托斯。《复仇神》中，复仇女神受克吕泰墨斯特拉的亡魂所托，追逐杀母的俄瑞斯忒斯，俄瑞斯忒斯跑到雅典娜神庙，祈求雅典娜的帮助。雅典娜与12个雅典公民组成陪审团审理此案。复仇女神代表克吕泰墨斯特拉控诉俄瑞斯忒斯的杀母罪行，而阿波罗则替俄瑞斯忒斯辩护，指责克吕泰墨斯特拉的杀夫罪行。双方就两种罪行"哪个更不可饶恕"展开激烈辩论。陪审团投票的结果是

6:6。最终，雅典娜作出裁决，判定俄瑞斯忒斯无罪。

《俄瑞斯忒亚》三部曲含有丰富的社会内容和哲学意蕴。在社会层面，它折射出当时社会正由母权社会向父权社会转变，雅典娜的裁决正是对于父权合理性的确定。从哲学层面而言，这部剧也传达了思维认知局限给人带来痛苦，以及人与人之间巨大的隔膜。剧中的每个人在采取杀人行为时，都认为自己拥有充分的理由和依据，都是在做正确的事情。但是，每个人认为高度合理的行为在别人那里都是一场难以承受的灾难。即便雅典娜作出了最终裁决，她的裁决也不能够代表最终的正确和合理。一个只知其父不知其母的女神所作出的倾向于父权的判决，其合理性和公正性依然可疑。这部剧中所呈现的认知局限带来的矛盾，增加了文本的哲学深度。

《普罗米修斯》是埃斯库罗斯的另一部著名的三联剧，但流传下来的只有《被缚的普罗米修斯》这一部。造人神普罗米修斯为人类盗取天火，宙斯派遣工匠之神赫淮斯托斯把普罗米修斯绑在高加索山的悬崖上，并派遣信使赫尔墨斯去劝降，逼迫他说出有关自己未来如何会被推翻的秘密。普罗米修斯拒绝屈服于宙斯，还对河神俄刻阿诺斯和赫尔墨斯的懦弱和卑微进行了讽刺。他对同样受到驱逐、遭受苦难的伊娥断言，暴虐的宙斯终究会被推翻。这部剧表达了强权之下个体生存的悲苦和灾难，指出特权阶层是不可能代表并保护民众利益的，就像宙斯的火种不可能给予人类一样。要保护自己的利益，不能寄希望于这个阶层的庇护，而是需要民众阶层抵制这个阶层手中特权的生成和扩张。这部剧产生于雅典民主制建设时期，当时雅典"新贵"阶层日益扩大，上演这样的剧目对于培养城邦民众的民主意识无疑具有重要的价值和意义。

索福克勒斯继埃斯库罗斯之后，为戏剧增加了第三个演员，使舞台表现形式更为丰富。他结束了三联剧形式的使用，用一部作品来讲完整的故事，这是巨大的进步。据说索福克勒斯 27 岁时第一次参加悲剧竞赛，就战胜了前辈埃斯库罗斯，此后获奖多达 24 次。据传索福克勒斯一生创作剧作多达百部，流传下来的只有七部：《埃阿斯》《安提戈涅》《俄狄浦斯王》《特拉基斯妇女》《厄勒克特拉》《菲洛克忒忒斯》《俄狄浦斯在克洛诺斯》。其中，以《俄狄浦斯王》最为著名。

《俄狄浦斯王》①以忒拜国王俄狄浦斯追查杀害前任国王的凶手为中心线索，讲述俄狄浦斯悲惨的命运。全剧共分四场，加上"开场"和"退场"，共六场。

"开场"，忒拜国王俄狄浦斯祈求阿波罗帮助消除瘟疫，阿波罗却预示只有找到杀死忒拜前任国王的凶手，瘟疫才会消除。"第一场"，俄狄浦斯要求先知特瑞西阿斯帮助自己找到凶手，特瑞西阿斯却说俄狄浦斯就是凶手。俄狄浦斯大怒，猜测这是妻弟为了夺权作出的安排。"第二场"，俄狄浦斯与妻弟争执，却从意欲劝和的妻子口中得知，老国王死于一个三岔路口。他记起多年前曾在一个三岔路口打死过一个老者。"第三场"，俄狄浦斯的父亲科林斯国王病故，俄狄浦斯却不敢回国接管王政。当年，他从神谕得知，自己将来会杀父娶母，于是逃到忒拜王国。他凭借破解斯芬克斯谜语成为忒拜国新王，并娶了王后。现在虽然父亲科林斯国王亡故，但母亲还在，俄狄浦斯拒绝回去。科林斯国的报信人不得不说出真相：他并非科林斯国王夫妇亲生，而是被他们收养的。"第四场"，按照报信人提供的线索，俄狄浦斯找到当年把他交给报信人的牧羊人，震惊地得知他的亲生父亲正是前任忒拜国王拉伊俄斯，而他的生母正是他此时的王后。当年这对夫妇得到神谕，说自己的儿子会杀父娶母，于是把出生不满三天的婴儿双脚钉住，交给牧羊人扔进深山。牧羊人可怜这婴儿，把他交给了科林斯国的牧羊人（也就是后来的报信人），后者把这婴儿交给了科林斯国王夫妇抚养。一切真相大白，两代人的抗争，终究是一场徒劳。俄狄浦斯终究还是在三岔路口误杀了父亲，后又娶了母亲，生下了四个子女。"退场"中，王后伊娥卡斯特无法承受"和丈夫生了丈夫，和孩子生了孩子"的可怕真相，自缢而亡。俄狄浦斯从生母的袍子上摘下金别针，扎瞎自己的眼睛，要求妻弟克瑞昂把自己放逐到喀泰戎山，远离自己的孩子们，以惩罚自己对父母犯下的深重罪孽。

《俄狄浦斯王》的结构十分精美，的确称得上是古希腊戏剧的杰出典范。

---

① 此作品以下引述内容参见〔古希腊〕埃斯库罗斯、索福克勒斯：《古希腊悲剧喜剧集（上部）》，张竹明、王焕生译，译林出版社 2011 年版。

其一，全剧情节流畅，每一场都为下一场埋下伏笔，设好悬念。随着真凶之谜被抽丝剥茧地揭开，身世之谜也自然而合理地被揭开。

其二，在地点和人物的选择上，《俄狄浦斯王》表现出高度集中的特点。故事本身涉及的人物很多，有两对国王夫妇，有贵族和牧人，有凡人和天神；涉及的地点包括两个王国，涵盖宫内和野外山谷；故事的时间跨度更是长达三四十年，从俄狄浦斯出生不满三天，到他成为四个孩子的父亲。《俄狄浦斯王》巧妙地对人物、地点和时间进行了高度集中的处理，将时间浓缩为俄狄浦斯接到阿波罗神意后的几天内，将地点浓缩为忒拜王国的王宫，将人物浓缩为带来阿波罗旨意的克瑞昂、揭示凶手的先知特瑞西阿斯、说出老国王被杀地点的王后伊娥卡斯特、说出俄狄浦斯并非科林斯国王亲生的报信人、揭开俄狄浦斯身世谜底的忒拜王国的牧羊人。整个事件只通过一个地点的五场对话，完成了对故事的讲述和推进，可谓高度凝练。

其三，每一场后皆有歌队的"合唱歌"，其内容也十分恰当，或是点明问题关键，或是提出重大悬念，或是点评人物，或是情感渲染，起到了加深对故事的理解、渲染气氛和情感的作用，使得作品不仅有流畅度，更有思想和情感的厚度。

《俄狄浦斯王》的内在意蕴更是丰厚，从社会层面而言，这是对于血亲乱伦的非法性认定，巨大的罪恶感和耻辱感表达了俄狄浦斯对于乱伦现象的厌憎和恐惧。从哲学层面而言，《俄狄浦斯王》延续了古希腊神话中的价值意识，人的价值不在于最终的结局如何，而在于经历了怎样的过程，表现出怎样的选择和态度。俄狄浦斯有勇气对抗命运，也敢于承担责任。他更是一个正直的人，即便感到谜底有可能对自己不利，依然坚持揭开谜底，在发现了自己的罪孽后，勇敢地进行了自我严惩。因此，就算俄狄浦斯失败了，他依然是值得尊敬的英雄。

欧里庇得斯的作品也大多取材于古希腊神话和英雄传说，他往往把神话和传说与现实社会人生联结在一起，独辟蹊径，作出不同的理解和评价，具有浓厚的现实批判精神。欧里庇得斯有 18 部剧作流传了下来，其中不乏名作，诸如《美狄亚》《安德洛马克》《特洛伊妇女》《海伦》《俄瑞斯忒斯》等。在这 18 部作品中，有 12 部是以女性作为叙述对象的。欧里庇得斯对于女性身份和地位的理解，与原有的神话和传说立场多有不同，他能够从一种新的时代角度阐释和评价女性的价值和命运，对女性的命运和行为多有同情。这种对女性的高度关注和更为人性化的理解，是欧里庇得斯区别于其他诗人的显著特征。

《美狄亚》① 是欧里庇得斯最具代表性的作品，取材于古希腊神话：伊奥尔科斯国王埃宋的王位被同母异父兄弟佩利阿斯夺取，后者许诺埃宋的儿子伊阿宋，只要他能盗来黑海东岸的科尔克斯国的金羊毛，就归还王位。伊阿宋远征异国，此国的公主美狄亚爱上了他，帮他盗取金羊毛，还把追来的亲弟弟碎尸以牵制追兵。但是，伊阿宋回到故土时，佩利阿斯已经杀了埃宋，拒绝归还王位。为了帮助伊阿宋报仇，美狄亚动用残酷巫术，诱使佩利阿斯的女儿们亲手煮死了佩利阿斯。美狄亚和伊阿宋也因此被佩利阿斯的儿子驱逐出境，只能寄住在科林斯国。在那里，伊阿宋要娶科林斯国国王克瑞翁的女儿为妻。美狄亚怀恨在心，为了惩罚伊阿宋，用浸过毒液的衣服杀死了新娘和新娘的父亲，又亲手杀了自己和伊阿宋所生的两个儿子。

古希腊神话中的美狄亚，是一个偏于灰冷、略带恐怖色彩的巫女形象。她性情偏执，行为冷酷，不择手段且常有暴行。欧里庇得斯的《美狄亚》却对此进行了新的解释：美狄亚所有的冷酷和暴行，都是出于对伊阿宋的爱，她把这份爱看得高于一切，才会不惜杀掉阻拦的亲弟，也才会动用巫术杀死佩利阿斯。这种执着让她在世上除了伊阿宋已经一无所有。伊阿宋背叛了她，让她连最终的感情依靠也失去了。美狄亚对于伊阿宋的暴怒和严惩，正是来自一个女人被抛弃、被背叛的绝望和痛苦。基于这种理解，欧里庇得斯把英雄伊阿宋塑造成一个自私、虚伪、冷漠的男性，而把美狄亚塑造成敢爱敢恨、值得被同情的女性。他借美狄亚之口说出社会对女性的不公："我们女人是最不幸的。首先，我们必须用重金购买一个丈夫，而比这更糟的是，他反而成了我们的主人。"

---

① 此作品以下引述内容参见〔古希腊〕欧里庇得斯、阿里斯托芬：《古希腊悲剧喜剧集（下部）》，张竹明、王焕生译，译林出版社 2011 年版。

《美狄亚》揭示了女性被置于附属地位的不公现实,正是这种不公正的女性身份,让伊阿宋这样的男性完全不考虑美狄亚的感受,也让克瑞翁这样的权威人物随意驱逐美狄亚母子,把美狄亚逼上了绝路。如果说伊阿宋对于美狄亚的抛弃代表着家庭中丈夫对于妻子的无情,那么克瑞翁对于美狄亚的驱逐则代表着当时社会对于女性的冷漠。《美狄亚》把这场悲剧的根源直接指向了男权社会对女性的不公正对待,呈现出非常超前的两性平等意识。

(二) 古希腊喜剧

古希腊喜剧出现的时间比悲剧稍晚,它起源于酒神祭祀的狂欢活动和民间滑稽戏,在公元前5世纪被雅典列入酒神节庆中的戏剧竞赛内容。与书写神话英雄的悲剧不同,喜剧塑造的多为普通人,讲述的故事也大多与现实的社会政治问题有关。由于古希腊喜剧是在雅典城邦民主制发展时期趋于成熟的,因此其内容多以讽刺性、批判性的剧作为主,讽刺对象多为现实中的当权人物。喜剧从故事情节的设置到演员的台词和动作表演,都具有闹剧的色彩,倾向于夸张、滑稽、荒诞,甚至不回避粗俗的词汇和话语,并以此追求讽刺效果。但是,在这些看似荒诞不经的故事和表演背后,往往都有极为严肃且深沉的对社会政治问题的反思和揭示。正如阿里斯托芬在《阿卡奈人》[①]中的台词:"我,一个穷鬼,写喜剧,想对雅典人谈论国家大事。因为喜剧也懂得正义。我的话会骇人听闻,但却正当。"

据传,古希腊喜剧也有三大诗人:克拉提诺斯、欧波利斯、阿里斯托芬,但只有阿里斯托芬的部分喜剧作品得到了较为完整的流传,共有11部。

阿里斯托芬的《宴会者》《巴比伦人》《骑士》《云》等作品都具有非常尖锐的现实批判性,批判的矛头指向了教育、政治、战争、文化等各个领域。甚至在欧里庇得斯去世时,他还写作了《蛙》,对埃斯库罗斯和欧里庇得斯的戏剧创作进行了文学评论和批评。

阿里斯托芬非常有代表性的作品是《阿卡奈人》,以伯罗奔尼撒战争为

[①] 此作品以下引述内容参见〔古希腊〕欧里庇得斯、阿里斯托芬:《古希腊悲剧喜剧集(下部)》,张竹明、王焕生译,译林出版社2011年版。

背景，描写在雅典和斯巴达这两大联盟之间的内战中，普通农民对于战争的强烈反感、对于停战议和的渴望。雅典一方的阿提克农民狄凯奥波利斯为了避免被征召入伍的厄运，早早来到公民大会的召开地，希望公民大会可以提出和平议案，结束和斯巴达的内战。但是，在公民大会上，主席官们只会"你碰我撞，挤成一团，争坐前排位置。至于讲和的事情，他们全不放在心上"。城邦派出的使节更是只惦记着俸银，对于自己的和平职责满嘴谎言，敷衍了事。狄凯奥波利斯对公民大会完全绝望了。但是，他执着地要过上和平的生活，于是就自己派了一个送信人，单独与斯巴达缔结了三十年合约。狄凯奥波利斯因此"告别了苦难、战争"，和家人过起了安稳幸福的生活。

没想到，狄凯奥波利斯此举触怒了阿卡奈人。这些阿卡奈人虽然备受战祸的摧残，但陷在盲目的城邦仇恨中不能自拔，他们把狄凯奥波利斯视为"叛国者"，要拿石头打死他。狄凯奥波利斯不得不与这些被仇恨冲昏了头脑的阿卡奈人辩论，告诉他们"我们现在所受的苦难不能全怪斯巴达人"。他指出阿卡奈农民们容易轻信和盲从的缺点："有什么骗子夸他们和他们的城邦，他们就非常得意，不管夸得有没有道理；他们看不出自己受了骗。"他更指出战争的本质不过是一群自私的好事者挑起的，他们利用民众的城邦感情，把一小群人的利益纠纷上升为城邦间的仇恨："就为了三个娼妇，燃遍全希腊的战火爆发了。"

狄凯奥波利斯的发言使得一半的阿卡奈人如梦初醒，意识到他的话"全是真话，其中没有一句是假的"。但是，还有一半的阿卡奈人执迷不悟，在好战者拉马克斯的带领下，执意要把战争打下去。狄凯奥波利斯向他们宣布：你们喜欢打就去打吧，"我却要向所有的伯罗奔尼撒人、墨伽拉人和波奥提亚人宣告开放市场，来和我做买卖"。最后的"退场"部分，依靠合约过着平静生活的狄凯奥波利斯丰衣足食，举行饮酒比赛并大获全胜，日子过得无比快乐；而好战的拉马克斯却在战场上被刺伤了双腿，还被斯巴达人用石头击中了脑袋，在疼痛和狼狈中被抬上了舞台。好战者和爱好和平者的结局形成了鲜明的对比。

在剧中，阿里斯托芬对于战争的态度十分明确，他把反战的狄凯奥波利斯称为"聪明人"，把好战的拉马克斯称为"固执的人"，表达了自己的反战立场。狄凯奥波利斯看似油嘴滑舌，却是一个充满智慧的角色，他从普通民众的立场出发，揭示了战争的荒诞性，也指出了战争对于普通民众的伤害。他呼吁希腊各城邦停止内战，通过商贸和运动来加强交流和沟通，推进城邦间的和平互利。他反对战争的理由是"我爱我的性命"，更表现出古希腊重视个人生命价值的可贵传统。

第二节 古罗马文学

一、从模仿到独创：古罗马文学

古罗马文学的起源地是与希腊隔海相望的意大利半岛。大约公元前3世纪以后，罗马人开始频繁接触到希腊文明并逐步接受了希腊文化的影响和熏陶。公元前2世纪，罗马在征服希腊之后，大量输入希腊文学作品，并组织从希腊俘虏来的奴隶对这些作品进行翻译。古罗马文学就是这样在对古希腊文学的这种编译和模仿中起步的。

古罗马神话模仿古希腊神话的神谱、体系，形成了自己的体系。古罗马神话对于众神的性格设定、身份设定、司职安排，也大多是对于古希腊众神的模仿，与古希腊神话有着很强的对应性。比如，朱庇特对应宙斯，朱诺对应赫拉，密涅瓦对应雅典娜，黛安娜对应阿尔忒弥斯，维纳斯对应阿佛洛狄忒，马尔斯对应阿瑞斯，丘比特对应厄洛斯，涅普图努斯对应波塞冬，这些天神的性格身份和彼此关系都与古希腊神话如出一辙，基本上可以看作"拥有了罗马名字"的古希腊众神。甚至一些天神的名字干脆就沿用了古希腊神话中的名字，比如太阳神阿波罗、文艺女神缪斯等。可以说，并不存在完全独立的古罗马神话，古罗马神话是本土神话与古希腊神话融合而成的产物。

古罗马文学早期的另一种较有价值的文学形式是戏剧，"共和时期"的古罗马戏剧大多是对于古希腊戏剧的改编和模仿。比如，喜剧家普劳图斯和泰伦斯就大量翻译、改编了古希腊末期也就是希腊化时期的"新喜剧"作品，以古希腊作家米南德的"新喜剧"为主。这些作品基本上使用的是古希腊题材，追求的也是古希腊风格。当然，古罗马戏剧也并非全无自己的特色，比如在结构上废弃了古希腊戏剧中的歌队，直接用人物对话来推进情节发展，开启了近代戏剧的样式。

古罗马文学真正出现带有更多本土独创色彩的作品，大约是在共和国末期的"西塞罗时期"。这一时期，出现了**西塞罗**（约前106—前43）的演说辞、**恺撒**（前102—前44）的史传散文、**卢克莱修**（约前99—约前55）的哲理诗、**卡图鲁斯**（约前87—约前54）的抒情诗等。西塞罗流传下来的演说辞有58篇，分为法庭演说和政治演说两类。虽然西塞罗的演说辞也受到古希腊演说辩论术的深刻影响，但却能够形成自己的风格。西塞罗的演说辞用词严谨准确，句法考究，行文流畅，文章结构形成了自己的规范和程式，被称为"西塞罗句法"，奠定了拉丁散文修辞和行文的基本原则。如果说这一时期的西塞罗和恺撒奠定了拉丁散文严谨、务实、雄浑的文学风格，那么卡图鲁斯的抒情诗则为拉丁诗歌开启了热烈却宏大、细致但凝练的美学追求之路。他的抒情诗歌常常从个人情感出发，落脚于民族兴亡的思考；善于描写细致微妙的感情，能从中引申出警句式的感悟，在后世很多诗人的创作中都能看出他的影响。

古罗马文学的高峰是在屋大维执政的"奥古斯都时期"。屋大维重视并大力支持文学创作，古罗马文学在他执政期间得到了长足的发展。这一时期出现了古罗马文学最为著名的几位诗人：**贺拉斯**（前65—前8）、**维吉尔**（前70—前19）和**奥维德**（前43—公元17）。"奥古斯都时期"和此前的"西塞罗时期"因此被视为古罗马文学发展史上的"黄金时期"。

贺拉斯是继"西塞罗时期"诗人卡图鲁斯之后的又一位抒情诗人，他最负盛名的是抒情诗《歌集》。《歌集》的情感抒发十分广泛，有博大的爱国之情，也有私人色彩的爱情、友谊、个人琐思。爱国之情的抒发固然富有气魄，私人情感和思绪的描写也没有流于狭小，经过哲理感悟的提升，这些情感的抒发都拥有了隽永的意味。更值得一提的是，贺拉斯主动继承了古希腊抒情诗，特别是以萨福为代表的琴歌的节奏和格律，把它们有机地运用到了拉丁文的诗歌创作之中，丰富了拉丁文诗歌的节奏、句法和音律。

维吉尔在早期也是抒情诗人，写作了《牧歌》① 十首，把古罗马抒情诗发展到了高峰阶段。《牧歌》采用了牧羊人的口吻和角度抒发情感，有些诗歌采用独唱，有些则采用对唱，抒情的内容十分丰富。维吉尔的文采十分出众，善于通过营造生动细腻的、带有浓郁乡村色彩的画面来传达情感。比如，《牧歌》第一首这样抒发对故土的情感："在你熟悉的水滨/在圣洁的泉水旁边，你可以乘凉/在这里，丛榛上的繁花跟从前一样/有希伯罗的蜜蜂来采花上的蜜水/并且经常以营营的柔声催人入睡/高高的岩石下修葡萄的人临风高吟/你宠爱的鸽子也咕咕地叫个不停。"这些诗句把故土的宁静、祥和、静谧和美好写得触目可感。

《牧歌》第二首的爱情描写具有朴实、真淳的田园色彩："眈眈的狮子追逐着狼/狼又追逐着羊/而戏跃的山羊则又追寻着繁花的丁香/柯瑞东就追逐着阿荔吉/每个都有他的欲望/看，耕牛已开始回家，牛轭把犁悬起/将落的夕阳已经加长了它们的影子/但爱恋烧着我，有谁能使相思停止？"第十首的爱情则写得优雅、深情："我决心要在山林间野兽的巢穴里遁藏/并且把我爱恋的心意刻在柔软的树干上/树在生长着，我的爱情也跟着它生长。"

《牧歌》第四首则对未来美好、洁净的黄金岁月进行了想象。诗人想象了一位影响时代的伟人的降生："在他生时，黑铁时代就已经终停/在整个世界又出现了黄金的新人"；伟人降生之后，人类将摆脱堕落的黑铁时代，重建黄金时代："在你的领导下，我们的罪恶的残余痕迹/都要消除，大地从长期的恐怖获得解脱"。这些诗句表达了维吉尔对于理想社会的设想。

维吉尔的另一诗作《农事诗》也颇有影响，是模仿古希腊训谕诗人赫希俄德的《工作与时日》而写成的，延续了赫希俄德对于日常农事的歌颂，传达了在农事中创造个人价值的意蕴。当然，维吉尔后期最重要的作品还是他的史诗巨作《埃涅阿斯纪》（参见本节第二部分）。

奥维德是"奥古斯都时期"的又一位重要诗人。他因写作讲述恋爱技巧的《爱的艺术》而触犯了屋大维的道德建设举措，被流放了九年并死于流放地。他最重要的作品《变形记》在被流放之前基本完成，直到死后才

---

① 此作品以下引述内容参见〔古罗马〕维吉尔：《牧歌》，杨宪益译，上海人民出版社2015年版。

面世。

《变形记》是一部15卷的神话诗，是古希腊神话和古罗马神话大融合的产物。古希腊和古罗马神话浩如烟海，但是奥维德设计了自己的线索，对这些神话故事进行了挑选、整理和总结，那就是"变形"。奥维德受卢克莱修"万事万物皆在变化中"的哲学思想的影响，也受到古希腊灵魂观念的影响，认为灵魂与肉体是可以分离而独立存在的。《变形记》包括250多个变形故事，其中最主要的变形模式是从人形变成动物、植物、石头等事物的形状。比如，达芙妮为了躲避阿波罗的追逐，变成了桂树；朱庇特为了逃避朱诺的妒意，把河神之女伊娥变成了小牛；朱诺因为嫉妒，把朱庇特宠幸的姑娘卡里斯托变成了熊；月神黛安娜把偷看自己洗澡的青年变成了麋鹿；女战神密涅瓦把织女阿剌克涅变成蜘蛛。也有一部分是东西变成了人形或植物。比如，土块变成了预言家塔革斯，罗穆路斯的枪变成了树。还有两性之间的变形。比如，少女伊菲斯和少女伊安特相爱，但苦于自己是个女子。于是，在女神伊娥的帮助下，伊菲斯变成了男人，幸福地娶了伊安特。再如，海神涅普图努斯强占了美女开纽斯，作为补偿，他愿意满足开纽斯的一个愿望。开纽斯悲愤地表示要变成男人，于是她就变成了男人。

《变形记》中的神话故事取材于古代神话，但进行了精美的艺术加工，细节丰富，人物形象鲜明，对话也十分丰满，整个叙述连贯、生动、有趣。更可贵的是，这部作品延续了古希腊神话的人本立场和个性尊重，表现真实的人性，塑造多样的人物性格，探索人性的逻辑，具有很高的文学造诣。当然，作为古罗马时期的作品，《变形记》也带有鲜明的古罗马色彩，比如卷十三、十四和十五中，都通过讲述埃涅阿斯的经历，表达了对于古罗马帝国建国历程的歌颂，其中所透露的民族情感是十分浓郁的。

屋大维去世之后的两百年间，古罗马文学进入了"白银时期"。"白银时期"的作家们在艺术技巧上有更大的钻研和进步，追求精美的修辞手段，把古罗马文学的修辞艺术推向一个更高的阶段。但是，由于此时的罗马时局动荡，权力斗争残酷，文人的不满情绪增长，文学创作大多色调暗淡低沉，情绪悲观郁闷，倾向于表现痛苦感和不安感。悲剧作家**塞内加**（约前4—公元65）是这一时期主要的戏剧创作者，他的剧作大多取材于古希腊悲剧，但缺少那种对抗宿命的勇气，强调面对现实的沉默和忍耐，倡导用内心的隐忍抵御外在现实带来的痛苦，带有明显的斯多葛派的思想色彩。但是，塞内加在创作中强调时间和地点的高度集中性，并以此作为文学创作的首要原则，这对于后世特别是 17 世纪的古典主义文学产生了很大的影响。

"白银时期"有影响的诗人包括语言诗人**菲德鲁斯**（约前 15—公元 50），讽刺诗人**马希尔**（约 38—约 104）、**朱文纳尔**（约 60—约 140）；散文成就主要体现在**琉善**（约 125—180）的散文创作中。值得一提的是这一时期的传记文学。古希腊时期就产生了传记文学。但大多失传。古罗马的传记文学以"白银时期"**塔西佗**（约 55—120）的《历史》和《编年史》、**普鲁塔克**（约 46—120）的《希腊罗马名人传》以及**苏埃托尼乌斯**（69 或 75—约 130）的《罗马十二帝王传》和《名人传》最为重要，后世以古罗马为题材的文学作品大多受这些作品的影响。

"白银时期"另一个值得一提的文学现象是小说体裁的发展。虽然古希腊也有类似小说体裁的作品，但从严格意义上而言，古罗马才是最早诞生小说体裁的时代。"白银时期"的**阿普列尤斯**（约 124—约 189）被称为"小说之父"，《金驴记》是他最著名的小说作品。《金驴记》显示了小说在表现社会生活上不可取代的优势。青年鲁齐乌斯因为误用魔药，把自己变成了一头驴子。小说的线索就是变成驴子以后的鲁齐乌斯的所见所闻，他因为屡被偷盗和变卖，从而得以看到不同社会群体的生活，诸如强盗、贵族、磨坊主、菜农、牧师、军人、商人、巫师等，也因此得见许多人间黑暗，诸如盗窃、霸凌、欺骗、盗窃、抢劫、谋杀等。这种"历险式"的叙事模式，上承史诗《奥德赛》，下启小说《堂吉诃德》，在西方"流浪""历险"模式的叙事文学中占有重要的位置。

二、第一部文人史诗：《埃涅阿斯纪》

《埃涅阿斯纪》[①] 是西方文学史上第一部文人史诗，也是诗人维吉尔的

[①] 此作品以下引述内容参见〔古罗马〕维吉尔：《埃涅阿斯纪》，杨周翰译，上海人民出版社 2016 年版。

最后杰作，据传这是他用人生中最后的 11 年写成的。全诗共 12 卷，近一万行。《埃涅阿斯纪》是对于古罗马建国历史的神话式解释。它根据神话传说，把古罗马的始祖设定为特洛伊青年埃涅阿斯，他的父亲是特洛伊老王普里阿摩斯的堂兄安基塞斯，母亲是爱神维纳斯，妻子则是普里阿摩斯的女儿，也就是特洛伊王子赫克托耳的妹妹克列乌莎。希腊人即将攻打特洛伊并开始屠城的前夜，赫克托耳的亡魂满身血污地在埃涅阿斯的梦中出现，劝说埃涅阿斯逃跑，预示他将会在未来重建城邦，为特洛伊复仇。为了完成这一民族使命，埃涅阿斯背负老父，手携幼子，逃出了火光冲天的特洛伊城，开始了漫长的七年海上历险，在登陆意大利拉丁姆地区之后，又经历了三年激烈的陆地争战，最终战胜了当地土族部落的首领图尔努斯，在意大利半岛站稳了脚跟，奠定了罗马帝国的光荣起点。

《埃涅阿斯纪》对于《荷马史诗》的模仿是非常明显的。从整体文本布局来说，《埃涅阿斯纪》前半部分描写海上漂泊和历险，模仿了《奥德赛》；后半部分描写意大利半岛的陆地战争，模仿了《伊利亚特》。从叙事结构来看，《埃涅阿斯纪》采用的是倒叙手法，开头处描写埃涅阿斯在经历千辛万苦正要到达目的地意大利半岛之时，天后朱诺唆使风神打翻了他们的船只。埃涅阿斯漂流到北非迦太基，受到当地女王狄多的接待。然后，埃涅阿斯开始向狄多回顾希腊人用木马计攻破特洛伊的经过，以及自己七年的海上漂流历险过程。这种叙事安排与《荷马史诗》下部《奥德赛》十分雷同，《奥德赛》的开头处也是描写奥德修斯在即将接近希腊海岸之时，被意图为儿子报仇的海神波塞冬打翻了船只，漂流到斯科里亚岛，在那里向人们回顾他近十年的海上漂流历险过程。

从叙事内容和故事细节而言，这种雷同就更多了。埃涅阿斯的海上历险包括暴力阻挡（诸如女妖、大漩涡、独眼巨人等），这与《奥德赛》的设置是一样的。埃涅阿斯还经历了情感的阻隔，比如狄多的爱情，这与《奥德赛》中奥德修斯被卡吕普索的爱情阻隔也是一样的。埃涅阿斯还经历了来自同伴们的愚蠢和惰性的考验，比如在西西里岛，一些特洛亚妇女就烧毁船只，拒绝继续前行；在《奥德赛》中则有奥德修斯的同伴们吃下了忘忧果，以及打开风神的口袋的情节。《奥德赛》中奥德修斯游历地府的情节也被搬到了《埃涅阿斯纪》之中，形成了女巫西比尔带领埃涅阿斯游历地府的情节。就连游历地府的细节也颇多相似，奥德修斯在地府中遇到了亡故的战友和母亲，埃涅阿斯在地府中遇到了亡故的战友和父亲。所不同的是，奥德修斯在地府中坚定了回到故土的决心；而埃涅阿斯则在地府中经由父魂的预示，看见了未来的恺撒大帝和奥古斯都皇帝，从而下定了前行的决心。至于埃涅阿斯的陆战经历，也与《伊利亚特》中阿基里斯和赫克托耳两军对垒、众神各站一方的设计十分类似。

当然，在古罗马，模仿古希腊文学作品几乎成了一种创作模式，这种模仿并不能算作《埃涅阿斯纪》的致命弱点。虽然《埃涅阿斯纪》完全可以被视为古罗马的《荷马史诗》，但维吉尔的才华还是赋予它不一样的特点。

首先，《埃涅阿斯纪》中的英雄与《荷马史诗》中的英雄颇为不同。《荷马史诗》中的阿基里斯或是奥德修斯都是为了个人荣誉和利益而战，他们拥有自由的个性，尊重自身的愿望，行为恣意且任性；他们的考验大多来自外在因素，内心世界较少压抑和郁结。《埃涅阿斯纪》中的英雄则不同，他们的行为动机更多地体现为对于他人和城邦的责任感，对于自身的愿望更多地倾向于克制和收敛。但是，维吉尔并没有把他们的这种特性塑造为与生俱来的品格，而是让他们不断地作出艰难的选择，在选择中进行自我克制，顶着悲伤的命运去承担沉重到极致的使命。这就让他笔下的人物具有十分悲壮的精神美感。

其次，《埃涅阿斯纪》虽然写的是征战的故事，但是维吉尔表达了清晰且明确的对于战争的反感。在《荷马史诗》中，虽然有对于生命消逝的哀叹，但把战场视为实现个人价值的途径，对于战争的血腥和厮杀还是有一种迷醉般的描写。《埃涅阿斯纪》则充满了对于战争的厌倦，以及被卷入战争的无奈和哀伤。"战争就是苦难"是《埃涅阿斯纪》传达的非常明确的理念。对于战争给人类带来的累累伤痕，《埃涅阿斯纪》有着详尽的描写，这部作品因此拥有厚重的人道温情。

最后，相比于《荷马史诗》，《埃涅阿斯纪》作了更为细腻丰富的情感渲染和表达。维吉尔善于通过语言、行为和心理的多重描写，传达人物的哀伤情感，行文十分真切感人，这一点是《荷马史诗》所无可比拟的。比如，在描写埃涅阿斯与妻子生离死别的情景时，一方面以对话方式展示其妻克列乌莎的鬼魂催促丈夫逃生的急迫态度："亲爱的丈夫，你为什么要这样任性悲伤，失去节制？"另一方面，作品又以表情和动作展示埃涅阿斯对妻子的留恋和不舍：他"泪如雨下"，三次用双臂试图去搂住妻子的头颈，但妻魂的影子"像一阵轻风，又像一场梦似地飞走了"。这种从语言到行为的细致描写，让夫妻离散、阴阳两隔的悲伤被极其细腻地描写出来，具有很强的感染力。

维吉尔还非常擅长描写复杂的情绪，比如埃涅阿斯在异乡遇到赫克托耳的遗孀安德洛玛克的情景。当时安德洛玛克正在进行赫克托耳的衣冠冢祭祀，抬头看到穿着特洛伊甲胄的埃涅阿斯，先是惊讶和震惊："她眼睛望着我，笔直地站着，浑身僵冷，昏厥了过去。"接着是无法抑制的悲痛："过了好长一刻，最后才勉强说道：'你是真人么？你真是给我带来消息了么？女神之子？你是活人么？如果你不是人间来的，告诉我，赫克托耳在哪里？'她说完，泪流满面，整个这片地方充满了她的哭声。"最后是故人相逢的激动和兴奋，她倾诉自己的遭遇，询问埃涅阿斯的经历，"不住地流着泪，滔滔不绝地说着这席话"。这段描写把安德洛玛克的情绪变化写得十分有层次，从难以置信到悲伤哀痛，再到重逢的激动，一气呵成。安德洛玛克对丈夫的思念、对自身悲苦的哀怜、对亲人的热爱全都跃然纸上，清晰可感。

维吉尔甚至可以只靠描写人物外在的表情来传达激烈的情绪。比如，迦太基女王狄多在被埃涅阿斯抛弃之后受到巨大刺激，精神狂乱之中选择自杀。维吉尔就这样写道："狄多这时浑身战栗，想到她要去做的这件可怕的事，简直要发疯，一双充血的眼珠不住地转动，双颊抖颤，泛出阵阵红晕，面对临近的死亡又变得苍白。她冲进王宫的内庭，疯狂地登上高高的柴堆，抽出那特洛亚人赠给她的宝剑。"这段表情描写细致入微，恰当而充分地写出了狄多自杀之际的癫狂状态。

另外，作为第一部由文人独立创作出来的史诗，《埃涅阿斯纪》的修辞技巧和语言艺术性也远胜于《荷马史诗》。《荷马史诗》的修辞主要以明喻为主，直接在自然界、生产劳动、动植物中寻找喻体，比较粗放和简单，借助的大多是本体和喻体之间在外形上的共同性。《埃涅阿斯纪》的修辞手法就精美多了，作者更擅长跨越外在形体上的差异，去突出本体和喻体在精神气质上的共同性。比如，"只见这帮埃特那山的好汉站在那里瞪着凶恶的独眼，头顶着高天，真是可怕的一群，就像山顶上尤比特的树林中的参天橡树，又像狄阿娜园林中结球果的一丛丛柏树"。这种比喻就超越了形似的局限，达到了精神气质的互动渲染。

《埃涅阿斯纪》不但有明喻，还有复杂的暗喻。比如，在形容狄多为爱情所伤时，维吉尔用了明喻方式："她如痴如狂，满城徘徊，就像一头麋鹿，在克里特岛的树林里徜徉"；同时，也用了一系列暗喻方式，把狄多和埃涅阿斯比喻成"麋鹿"和"携带武器的牧羊人"之间的关系，描写狄多为埃涅阿斯的爱情所伤，跟麋鹿为牧羊人的武器所伤一样，"牧羊人自己也不曾理会他的羽箭已经留在它的身上了；这头鹿穿过树林和狄克特山间小径奔逃，那根致命的箭杆一直扎在它的腰间"。如此精准又含蓄的描写在《埃涅阿斯纪》中十分常见，显示出这部文人史诗高超的艺术品质。

当然，《埃涅阿斯纪》的缺点也十分明显。由于这是一部由屋大维亲自授意创作的史诗，因此难以逃避御用文学的色彩。比如，在人物设定上，它把埃涅阿斯的儿子尤鲁斯写成恺撒和屋大维这一族的祖先，因而肯定了屋大维的"神统"。在历史阐释上，它让埃涅阿斯在游历地府的过程中得到父魂对于未来景象的展示，从而让埃涅阿斯穿越时空见到了未来赫赫有名的恺撒大帝和创造黄金时代的奥古斯都，这些都意在说明古罗马帝国的建立乃是神意。至于它把埃涅阿斯求援途中的夜宿地点写成未来奥古斯都的家，就更为牵强，甚至有阿谀之嫌了。

第二章

融合与对抗:
中世纪文学

辉煌的古罗马帝国逐日衰落，帝国内部的问题越来越严重，沉重的军事负担、激烈的权力斗争、经济发展的衰微等都在逐渐掏空这个一直在寻求扩张之路的帝国。同时，北方的蛮族部落也一直未曾停止对于古罗马帝国的攻击和骚扰。内忧外患之下，西罗马帝国在公元476年被日耳曼人彻底灭亡，曾经的古罗马帝国最终土崩瓦解，在历史上正式降下了帷幕。

攻击古罗马的蛮族部落以日耳曼人、斯拉夫人、凯尔特人为主，他们在古罗马留下的废墟上启动了自身文化和历史的发展之路。他们散乱而原始的蛮族部落经过不断融合、分裂和重组，逐步形成了领主制的小王国，这些小王国又不断整合，最终形成了现代欧洲的最初版图。欧洲在社会性质上也从原始部落时期发展到封建领主时期，最后随着城市的出现和市民阶层的崛起，出现了资本主义社会的萌芽。这是一个漫长的历程，从公元5世纪到公元17世纪，欧洲用了将近1200年，史称"中世纪"。

由于这一时期基督教教会逐渐占据社会高位，对社会成员存在严重的思想控制，在很大程度上阻碍了人文社会科学和自然科学的发展，因此中世纪也常被称为"黑暗的中世纪"。但是，这种评价并不公允。中世纪不是完全的"黑暗"，更不是毫无成就。从欧洲社会发展的角度说，中世纪打破了古希腊和古罗马较为单一的社会格局，促成了多民族社会格局的现代欧洲版图。从世界文化的角度说，中世纪更是形成了大规模的多元文化的整合。

首先是不同蛮族文化之间的融合。以日耳曼人、斯拉夫人和凯尔特人为主的蛮族部落，本是不同的文化族群，有着不一样的生活习俗和族群制度，但在漫长的重组整合中，彼此的语言、文化和习俗都发生了大面积的互相融合。这种融合为欧洲现代版图的形成奠定了基础。

其次是基督教文化与蛮族文化的融合。在蛮族入侵的过程中，他们表现出对于古希腊和古罗马主流文化的敌视，而对于古罗马后期崛起的基督教则表现出很大的接受度，并由此逐渐走向信仰统一。在中世纪，从古老的英雄史诗到流行的骑士文学都不同程度地呈现出宗教色彩，这就是基督教文化渗透到蛮族文化中的结果。

再次是古希腊和古罗马文化与蛮族文化以及基督教文化的融合。以往有一种观点认为，古希腊和古罗马的文化在中世纪被彻底摧毁且湮没了，这是一种错误的看法。古希腊和古罗马的文化传统在中世纪不但没有湮没，反而得到了传承。蛮族入侵以后，的确损毁了许多古代文化，但是由于蛮族部落特别是日耳曼人长期与罗马人比邻而居，古罗马的历代皇帝都无法控制日耳曼人，只能把他们视为同盟。这种微妙的关系使得二者在文化上的融合在古罗马灭亡之前就已经发生，很多日耳曼部落早已经相当罗马化了。这就是我们在很多蛮族的英雄史诗和谣曲中能够看到古希腊和古罗马英雄史诗的影子的重要原因。至于基督教会，虽然一度把古希腊和古罗马文化视为"禁区"，但幸存的古希腊和古罗马的文化典籍大多保留在基督教会的修道院之中。僧侣们在编撰宗教故事和圣诗圣歌时，采用了大量的古希腊和古罗马的资源。古希腊哲学更是一开始就被吸纳到了基督教的神学思想之中。比如，柏拉图的灵肉二元论、斯多葛哲学对于内心力量和内心价值的强调，都成为基督教的理论支撑。

最后是东西方文化的融合。从某种程度上说，基督教本身就是东西文化融合的产物，是来自西亚的希伯来文化与古罗马思想观念融合的结果。由于基督教被分割成了东西罗马教廷，位于君士坦丁堡的东方基督教中心拜占庭教廷处在东西方交汇之处，其宗教文化带有浓厚的东方文化内容，而宗教上的来往让拜占庭的东方内容一直在以各种方式影响着欧洲本土文化的形成。罗马教廷发动的十字军东征，更是加深了这种东西文化的交融，把很多东方文化传播到欧洲腹地。

第一节　中世纪文学的二元格局

由于中世纪存在多元文化的融合，因此也就不可避免地存在内部构成因素之间的冲突与对抗。其中，最为重要的就是基督教文化中的神权思想与世俗文化中的人本意识之间的激烈冲突。这种激烈冲突体现于文学之中，就形成了中世纪文学二分天下的基本格局：宗教文学是中世纪的主流文学和官方文学，掌握着主要的话语权；世俗文学也因其对于人生的贴近和日常情感的体恤而在民间生生不息。二者之间既互相融合又互相对抗的关系，形成了独特的中世纪文学的特色。也正是宗教文学与世俗文学的这种互相融合和对抗，共同培养了作为中世纪文学终结者的但丁。但丁文学是在宗教文学与世俗文学两种文学土壤的共同滋养下才得以产生的，《神曲》既是宗教文学与世俗文学的一次大融合，也是宗教文学理念与世俗文学精神的一次大融合。

一、主流话语权的掌握者：宗教文学

中世纪的宗教文学包括《圣经》文学和教会文学两个部分。《圣经》文学包括基督教的典籍《旧约》和《新约》。教会文学是僧侣们创作的以宗教为题材和内容的文学作品。

（一）《圣经》文学的精神底色和艺术特征

基督教是公元 1 世纪从犹太教中分化而来的，公元 4 世纪时被确立为古罗马帝国的宗教。基督教根据犹太教的宗教典籍《塔纳赫》（又称《希伯来圣经》）编撰了自己的《圣经》，人们称其为《旧约》，以希伯来人的历史、民族智慧和宗教观念为主要内容。此后，基督教又编撰了《新约》，专门记录基督耶稣及其使徒的传说、言行、书信等。《旧约》和《新约》合称为基督教的《圣经》。

《圣经》奠定了中世纪宗教文学的基本精神底色和艺术特征，也为后世的西方文学注入新的内容，提供了取之不尽、用之不竭的创作基础和资源，对后世文学的影响极为深远。

《圣经》所持有的灵肉二分观点，突出了精神价值的重要性。虽然在古希腊和古雅典时期灵肉二分观点也得到学者们的讨论，但在世俗社会中，人们把对物质欲望、肉体欲望的追求作为价值追求的合理部分。《圣经》则十分不同，《新约·约翰福音》中，耶稣讲道："叫人活着的乃是灵，肉体是无益的。"只有"灵"是生命的本质，只有对"灵"的追求才是有价值的。从本质上说，这是对精神价值的强调，这种强调使得精神价值的理念在世俗社会中逐渐确立起来，也使得后世文学的价值观念一直未曾脱离精神追求的层面，成为后世文学精神的一个重要基底。

《圣经》文学体现出对于人的道德理性力量的重视。《圣经》文学中，"灵"的价值一部分体现为宗教信仰，另一部分则涉及日常生活的行为规范。《圣经》把日常行为规范融入宗教信仰本身，这就大大提高了日常道德的约束力量，对于世俗社会中普通民众的道德自律、自我行为选择能力都是一次空前提升。《圣经》文学中所传播的"博爱""诚实""宽恕""自省""同情"等道德规范，对于整个社会秩序的整饬和道德风气的良善都有着重要的作用。在后世文学所追求的理想人格中，这些道德规范同样是非常重要的元素。

《圣经》文学体现出对于人的自我认知能力的重视。《圣经》文学的"原罪"概念，引导人们积极认知自身人性的弱点。在《新约·罗马书》的"人类罪恶"中，罗列了诸如"愚拙""纵欲""贪婪""阴毒""嫉妒""诡诈""狂傲""自夸""无怜悯""自私"等人性弱点，引导人们通过认知人性弱点，提高自我认知能力，从而能够在日常生活中清醒地辨识自己行为的善恶，有效遏制人性中"恶"的冲动。这种对于"恶"的积极认知，对于西方文学此后的文学命题有着深远的影响，使得反思人性恶、探索人性恶成为西方文学的一个重要特色。

对于人类行为的错误，《圣经》文学主张"精神救赎"，而反对暴力惩戒。在《圣经》文学中，主张对待错误的人类行为要如对待"迷途的羔羊"，引领其精神回归正途，而不是以暴抑错。这种观点对后世西方文学同样有着巨大的影响力，"精神救赎"和"反对暴力"成为西方文学的重要命题。这种观点让人们摆脱对于暴力的崇拜和信赖，始终保持对于暴力的警惕和谨慎。

《圣经》文学甚至给西方文学带来新的审美方式。相比于注重思辨的古希腊文学，《圣经》文学更注重情感的渲染。无论是对于民族历史的感叹、对于宗教理念的推广还是对于日常道德规范的提倡，基本上都是通过触发教民的情感接受机制来达到目的的。这就使得抒发情感成为《圣经》文学语言表达的重要方式。在《圣经》文学中，无论是赞扬、歌颂、哀伤或是忏悔，都带有浓厚的抒情色彩，通过深情咏叹的方式来完成，形成了极具特色的审美特点。

（二）教会文学的生发和延展

在中世纪，文学被用作宗教传播的主要途径，基督教的僧侣们用文学的形式写作宗教赞美诗、宗教叙事诗、祈祷词、圣歌歌词、宗教剧、圣徒传记，编撰圣经故事等，由此形成了教会文学，又称"僧侣文学"。教会文学大多取材于《圣经》，描写上帝、圣母、救世主的神迹，或是描写圣徒们传教以及信徒修炼的故事。教会文学在公元5—10世纪占据了文学创作的统治地位，是欧洲社会唯一的书面文学。

从文学角度而言，教会文学的表现十分刻板，是对《圣经》中宗教教义的再解释。中世纪教会的教权不断膨胀之后，教会文学呈现出为教会特权服务的倾向，成为思想控制的工具，导致愚民的恶果。在《圣经》文学中，原本就存在许多与古希腊精神相悖的部分。比如，神本位的立场使得《圣经》文学弱化了个人权利意识，强调个人对于权威的服从；认为个人的肉体欲望是罪恶根源，要求禁欲；认为一切荣耀归上帝，否定追求个人梦想的价值，以及追求个人荣耀的合理性；压制人的独立思考能力，否定人的智慧的价值，强调对于上帝旨意的认同和跟从。这些对人的独立自由存在重大压制的教义内容在中世纪的教会文学中被无限制地放大了，呈现出严重的禁欲倾向，极大地伤害了个人权利，剥夺了健康人性的合理需求。

但是，这并不意味着教会文学没有世俗内容。来自世俗生活的感受和内心需求毕竟无法完全断绝。比如，**圣·奥勒留·奥古斯丁**（354—430）自传性质的《忏悔录》虽然是一篇赞美上帝的作品，却是从自己的经历和内心感受来展开叙述的。他直面内心的真实感受，传达了生存的迷茫和彷徨、欲望的冲动以及面对诱惑的疑虑与脆弱。这些描写真实再现了中世纪人们的精神困境。这部作品虽然最终落脚于上帝的拯救，但依然表现出传达真实人生体会的诚意。再如，西班牙教士**贡萨洛·德·贝尔塞奥**（1195—1247）所写的赞美诗《圣母显圣记》虽然是一部歌颂圣母恩慈的作品，但大量描写了人们日常的生存感受和需求，普通人的孤独、恐惧、痛苦、热望都得到了细致的描写，带有十分真实的情感色彩。他的另一部作品《吝啬的人》虽然指责了对于世俗生活的沉溺，但在展开宗教评价的同时，也忠实地反映了农民、教士、士兵和贵族等社会阶层的情况，既写到了他们的内心世界，也写到了他们日常的生活状况，具有很强的现实感和生活画面感。

事实上，为了达到让民众接受的目的，教会文学很难和世俗生活划清界限。为了取悦受众，很多教会文学都不得不增加民众喜闻乐见的世俗趣味，特别是宗教剧。宗教剧往往是在节日上演，为了烘托渲染节日气氛，其中的世俗趣味日渐增多，甚至不回避粗俗的打趣逗乐。发展到中世纪晚期，宗教剧已经大面积地世俗娱乐化了，不仅有世俗趣味，还大面积地表现世俗生活的内容。中世纪的宗教剧也因此成为文艺复兴时期戏剧的基础。

教会文学对想象力的注重更是对后世文学产生了深远影响。教会文学主要取材于传说、神话、圣迹和梦幻，因为拙劣的想象无法令人信服，所以想象力的品位和层次就显得至为重要。教会文学因此不断提升想象和虚构的能力，在故事情节的设计、神迹的叙述、梦幻场面的描写方面都极具造诣。这些想象和虚构的经验为后世浪漫主义风格的文学作品打下了良好的基础。

综上所述，在评价中世纪宗教文学时，需要持有辩证、理性的立场，既要看到它禁人欲、夺人权的一面，也要看到它与世俗生活和世俗情感相融的一面，才能避免对于中世纪宗教文学的粗暴否定，认识到它对于后世文学不可忽视的影响力。

二、人本意识与民间精神的延续者：世俗文学

中世纪的世俗文学按照出现和发展的顺序，可以分为英雄史诗、骑士文学和市民文学。这些文学都以世俗社会、生活和情感作为表现对象。虽然中世纪的世俗文学必然带有浓厚的宗教特点，但在传承文学的人本意识和民间精神方面依然功不可没。

（一）英雄史诗

英雄史诗又分为两种类型。第一类英雄史诗是早期产生于各蛮族氏族部落时期的民间史诗，讲述氏族英雄斩妖除怪、保护部落的事迹。与大部分的古代神话一样，英雄史诗蕴含的是氏族部落时期人类对抗自然威胁和灾难、寻求英雄庇护的情感需求。在这些诗歌中，拯救人类的力量被寄托在人类英雄身上，这与基督教的神本思想是不吻合的。很多的早期英雄史诗还包含着各部落的多神崇拜，更是违反了基督教的一神崇拜。因此，这部分氏族英雄史诗在中世纪基督教时代遭到了大面积的清除，很多都没有保留下来。在幸存的此类英雄史诗中，最完整、最古老也是最著名的作品是英语史诗《贝奥武甫》。

《贝奥武甫》共3100多行，作者不详。目前普遍认为，这首诗作应该源自日耳曼民间传说，被盎格鲁-撒克逊人带入欧洲，经过200多年宫廷说唱流传，在大约公元8世纪时以英语写成。从口头到书面文字的过程中，应该有不同时代多位诗人的介入。因为这种复杂的演变过程，所以《贝奥武甫》比一般的早期英雄史诗在文化上要复杂一些。它体现出氏族社会英雄和祖先崇拜的特征，重点描述了贝奥武甫先后斩杀妖魔格兰德及其妖母的故事，突出了英雄超越常人的战斗力；同时，也通过贝奥武甫老年时期为了保护王国，勇敢迎战火龙而献身的情节，突出了他的集体意识和英雄精神。由于经历了从氏族社会到基督教社会的变迁，《贝奥武甫》也体现出基督教文化色彩。比如，妖魔格兰德被说成是《旧约》中杀死兄弟的罪人该隐的后代；在命运观上，认为上帝是命运的主宰，并把遵从上帝、谦卑自敛视为重要的人生态度。《贝奥武甫》的这些特点都显现出基督教文化与民间传说融合的痕迹。

第二类英雄史诗产生的时间较晚。蛮族的各个氏族部落经过长期的发展，逐渐形成了一个个领主制王国，第二类英雄史诗就是在王国形成之后产生的。这一类英雄史诗里的英雄最鲜明的特征是国家意识和臣子意识，英雄精神主要是"忠君爱国"的精神，以及为保护王国和君王不惜自我牺牲的品质。比如，法国的英雄史诗《罗兰之歌》中，罗兰为保卫法兰西，与敌国作战，临死前也要拼尽最后的气力吹响号角来保护国王的安全。产生于西班牙的《熙德之歌》也有同样的立意，西班牙大将德比瓦尔威震四方，就连敌人摩尔人都尊称他为"熙德"（意即"主人"）。但是，熙德的国王阿方索六世听信谗言，将他流放。熙德从头到尾对国王毫无怨言，只是带着对国王的忠心，默默地建立战功，以向国王证明自己，并三次向国王献礼，表达自己的忠诚，最终获得国王的认可。熙德忍辱负重的行为彰显的正是"忠君爱国"的精神。

当然，这一时期，基督教思想对于英雄史诗的影响也更为强大和明显，这些英雄在怀有"忠君爱国"精神的同时，还需具备"忠诚护教"的精神。在这类史诗中，"保卫国土之战"和"消灭异教徒的圣战"经常合二为一。比如，《罗兰之歌》原本取材于查理大帝后卫军队被巴斯克山民袭击的历史事件，其中查理大帝和巴斯克山民都是信奉基督教的，他们的矛盾只是民族利益的矛盾。但是，《罗兰之歌》为了突出"忠君护教"的双重价值，就把袭击查理大帝的巴斯克山民改为信奉伊斯兰教的萨拉戈萨国骑兵，把罗兰和查理大帝的疆土之战改作护卫宗教、消灭异教徒的十字军圣战。同样，《熙德之歌》也把熙德在被流放期间四处征战的对象固定为信奉异教的摩尔人，从而把疆土战绩与宗教业绩合二为一。

不过，也有些英雄史诗突破了"忠君护教"的模式，表现出更为明显的人本立场和个人意识。比如，德国的《尼伯龙根之歌》就是这样的作品。这部史诗分为《西格夫里特之死》和《克里姆希尔特的复仇》上下两部。西格夫里特是尼德兰王子，他凭借所拥有的尼伯龙根宝物，两次帮助勃艮第国王巩特尔打败冰岛女王，让冰岛女王心甘情愿地做了巩特尔的妻子。他自己也因此如愿把国王的妹妹克里姆希尔特娶回了尼德兰。十年后，冰岛女王得知真相，十分恼怒，派遣手下哈根杀死了西格夫里特，并把西格夫里特的尼伯龙根宝物沉入了莱茵河。丧夫的克里姆希尔特在寡居 13 年后嫁给了匈奴王埃采尔，并在他的帮助下杀死了自己的哥哥巩特尔和杀夫凶手哈根，而她自己也最终被哥哥的随从杀死。在这个故事中，几位主人公的国家意识都很淡，几乎没有中世纪的"忠君护教"观念，最能体现忠君精神的哈根却做了恶事。作品中人物的行为动机基本上都是出于对个人幸福的追求，以及对个人尊严和个人利益的维护，人们称之为"德国的《伊利亚特》"是完全可以理解的。

(二) 骑士文学

随着原始部落逐渐演变为领主制王国，在欧洲社会产生了一个特殊的骑士阶层。骑士是服务于领主的一个阶层，只有经过武装训练和领主主持的仪式才能受封为骑士。欧洲从 1096 年到 1291 年，在近两百年内进行了八次十字军东征。十字军东征大大提高了骑士的阶层身份和社会地位，使之成为对社会具备重大影响力的阶层。文学领域也因此出现了描述这一阶层人物和生活的文学，即骑士文学。骑士文学主要讲述骑士的游侠冒险经历和爱情故事，主要的体裁是诗歌，包括骑士抒情诗和骑士传奇（也称"骑士叙事诗"）。

骑士抒情诗发源于法国的普罗旺斯地区，因此被称为"普罗旺斯抒情诗"。普罗旺斯的诗人被称为"特鲁巴特尔"，意谓"行吟诗人"。他们的诗歌大多从骑士的角度表达对贵妇精神上的爱慕和崇拜，也有一些抒情诗写到骑士与贵妇的大胆幽会。比如，普罗旺斯抒情诗中的"破晓歌"这一类型，就写到骑士与贵妇夜晚幽会之后在黎明分手时依依惜别的情景，带有很强的反禁欲色彩。13世纪初，由于法国南部发生动乱和开始衰落，普罗旺斯抒情诗人逐渐向意大利迁徙，普罗旺斯抒情诗在意大利与当地诗歌传统相结合，催生了西西里诗派、托斯卡尼诗派、"温柔的新体诗派"等诗歌潮流，形成了骑士抒情诗的意大利风格，其中尤以"温柔的新体诗派"最有成就。相比于注重表达骑士群体趣味和道德风范的普罗旺斯抒情诗，"温柔的新体诗派"更注重表达诗人个体化的情感体验，因此更具世俗生活色彩和感染力。青年时的但丁就是这一诗派的重要诗人。

骑士传奇是一种叙事诗歌，起源于法国北方，内容多为骑士的游侠冒险故事和爱情故事。对后世影响最大的骑士传奇主要有三个故事系统：取材于古希腊和古罗马的古代系统，比如《特洛伊传奇》《埃涅阿斯传奇》；围绕亚瑟王和圆桌骑士展开的不列颠系统，比如著名的《特里斯丹和伊瑟》；以在拜占庭流传的故事为主的拜占庭系统。当然，无论这些故事取材于什么时期，讲述的都是中世纪色彩的骑士故事。

骑士文学的核心是骑士精神。骑士精神是一种内涵复杂的精神品格，既有"忠君护教"的上层意识，也有"锄强扶弱"的下层意识；既有牺牲自我的集体意识，也有追求个人荣誉和英雄业绩的个人意识；既有知礼自律的宗教意识，也有追求个人情感幸福的世俗意识。

一方面，骑士精神并没有脱离中世纪的主流文化特点，因此带着浓厚的宗教色彩，对于宗教信仰的恪守以及对于上帝的忠诚是其基本品格。在骑士抒情诗和叙事诗中，追求宗教价值和捍卫宗教信仰都是极为重要的内容。比如，德国诗人**埃森巴赫**（1170—1220）的《帕齐伐尔》讲述了青年帕齐伐尔如何成为圣杯守卫者的故事，并把这个追求信仰和忠诚的过程视为辉煌的英雄业绩。即便是那些歌颂爱情的作品，也会呈现出对于宗教戒律的恪守和忌惮，让主人公在追求个人情感幸福时表现出负罪和内疚的情绪。比如，德国诗人斯特拉斯堡的《特里斯丹和伊瑟》在讲述爱情故事的同时，却把爱情的产生理解为误喝魔药的结果，并让男女主人公在相爱的过程中背负沉重而无从摆脱的罪恶感。

另一方面，骑士精神所包含的下层意识、个人意识和世俗生活意识，又对中世纪的教会精神控制特别是教会的禁欲主义形成一定的疏离和抗衡之势，成为中世纪人文思想和人文价值的隐秘来源。骑士精神的下层意识使骑士们能够看到弱势群体的生存痛苦，为了帮助底层弱者，愿意铲除欺压弱者的上层人物。这种下层意识是人文主义思想的可贵因素。骑士们虽然把"忠君护教"视为行为准则，但实践"忠君护教"的最终目的还是实现个人价值和个人荣誉。这种个人意识的觉醒也是人文主义思想的重要因素。

骑士文学对于爱情的歌颂，更是值得注意和思考。骑士爱情一般被称为"典雅爱情"。典雅爱情看似一种十分不平等的爱情，它的基本模式是地位卑微的骑士爱上了地位高贵的女性，其中又以已婚女性居多，骑士终其一生献上自己的忠诚，却难以真正得到所爱的女性，女性的态度往往被设置得高傲且冷漠。这种爱情模式在本质上是宗教情感和宗教价值意识世俗化的结果。典雅爱情源起于拜占庭的"圣母崇拜"，通过十字军东征传入西欧，演化为世俗化的情感。骑士们把对于圣母的崇拜和景仰转化为对于人间高贵女性的敬仰之情。这种爱情并不在意回报和结局，甚至刻意回避肉体的欲念，其重点在于爱慕行为本身对于骑士人格的塑造。骑士们因为爱慕高贵女性而严格地要求自己，不断升华精神的境界和视野，也不断提升自己的能力和修养。典雅爱情是宗教情感和世俗欲望的融合，隐含着在世俗生活中得到宗教式圣洁体验的愿望。特别需要注意的是，一个普通的人间女性和一份真诚的爱情能赋予人们追求美善的激情，也能让人们在品格上不断追求自我完善。这是非常值得注意的价值动向，它折射出在世俗生活中寻求精神价值的愿望，而这正是此后文艺复兴的重要理念。

（三）市民文学

市民文学又称"城市文学"，产生于12世纪，是随着城市的兴起而出现的。

八次十字军东征，逐渐把城市的概念带到西欧的各个领主制王国。原来被禁锢在领主土地上的农民渐渐开始脱离领主，通过自由交易形成新的人口聚集点，形成中世纪西欧最早的城市。与生活在领主土地上的农民不同，市民可以拥有更为自由的身份。由于市民不再像农民那样对于领主有很强的依附性，因此这一阶层对于领主阶层和教会都具有更多批判和反抗的勇气。市民率先打破了教会对于思想的控制局面，兴办非教会的私立学校，教授科学和理性思想，反对教会的愚民教育。许多反教会的"异端"运动甚至也在各国的城市中屡屡发生。正是市民阶层的这些思想锐气和行为勇气，推动了市民文学的发生。市民文学大多取材于现实生活，致力于表现市民所关心的社会问题和人生问题，有很强的现实性。市民文学的体裁包括韵文故事、叙事诗、抒情诗和戏剧。

　　韵文故事在法国最为流行，大多通过街头说唱的方式传播，讽刺和逗乐是这种文体所追求的效果。这些故事大多站在农民和普通市民的立场上，讽刺教士和领主的贪婪和卑琐。其中，有一篇《农民医生》在17世纪被莫里哀改编为喜剧《屈打成医》，可见这些故事对于后世的影响。

　　市民戏剧源于中世纪盛行的宗教剧。市民阶层兴起后，加速了宗教剧的世俗化，不仅内容上大幅度增加了日常生活内容，表现普通市民的生活愿望，功能上也从宗教功能转到市民阶层喜欢的娱乐功能，戏剧的性质因此发生了变化，从宗教剧变成了市民剧。市民戏剧的形式包括道德剧、傻子剧和笑剧。

　　道德剧的宗教色彩较为浓厚，但宗教道德并不是全部内容，传播维持日常生活伦理秩序所需的世俗道德也是其中十分重要的内容。傻子剧以讽刺为主，如同韵文故事一样，以取笑领主和教士为乐。笑剧是市民戏剧中最为重要的一种，现实性最强，也最为市民阶层所喜爱。笑剧取材于市民的现实生活，表现市民阶层所关心的矛盾和问题，也致力于体现市民阶层解决问题的能力和方式。比如，《巴特兰律师》描写了一连串的狡诈故事。布商想骗律师，结果为律师所骗，骗人的律师又为羊倌所骗。这是一场为了获利展开的智谋之战。从中可以看到，市民阶层所崇尚的个人能力不再是骑士式的武力，而是个人的智谋能力。虽然这一时期市民所理解的智谋还是一种狡诈，但已经透露出市民阶层注重思维和认知能力的特点。这样，就可以理解为何市民阶层热衷于兴办非教会的私立学校，表现出追求智慧和知识的高度热情。这种热情无形中为崇尚知识和理性的文艺复兴奠定了基础。

市民文学中成就最高的是长篇叙事诗，其中以法国的《列那狐传奇》和《玫瑰传奇》最为著名。《列那狐传奇》大约形成于 12 世纪后半叶到 13 世纪中叶，历经众多诗人和歌手的改编，全诗共 3 万多行，由 27 组叙事诗歌构成，每组包含若干小故事。《列那狐传奇》用异质同构的方法，通过动物世界来讲述人类社会的故事。在这个动物世界中，诺布勒狮子是最高统治者，它独霸一方，掌握社会的控制权和裁决权，是贵族领主的象征；狮子手下的伊桑格兰狼、布伦熊愚蠢且贪婪，是领主身边大臣的象征；驴子脑袋僵化且愚笨，则是主教的象征。与这些动物相对抗的是鸡、兔、羊、雀这些小动物，它们虽然数量众多，却不得不忍受狮子的控制、狼和熊的欺侮以及驴子的摆布。这些小动物是农民阶层的象征。列那狐既不属于狮子们的团队，也不与小动物们为伍。它独来独往，行走在两个阶层之间，为了自己的生存而奋斗。它勇敢地与狮子和狼斗智斗勇，也耍弄伎俩从小动物那里获利。作者对于列那狐的这种生存状态和处世立场十分认同，这正是市民立场的反映，列那狐也正是市民阶层的象征。市民阶层不是锄强扶弱的骑士，他们更看重个人利益，追求个人利益被视为天然合理的。正是这种个人意识，让市民阶层在维护自身利益时绝不妥协。当然，通过《列那狐传奇》，也可以看到此时市民阶层的局限性。他们奋斗的重点还只是自己狭小的个人得失。作为一个新生的阶层，他们尚未获得更为广阔的社会视野，社会责任感也尚未建立。因此，《列那狐传奇》中的列那狐是孤独而惆怅的，它的世界里几乎全是敌人，看不到可以结盟的同行者。这种生存体验也传达了新生的市民阶层的真实感受。

第二节 但丁与他的《神曲》

一、中世纪文学的终结者：但丁

但丁·阿利吉耶里（1265—1321）出生在意大利的佛罗伦萨，是意大利著名的诗人、语言学家和政治家,被誉为文艺复兴运动的开路先锋,是人文主义文学的先驱。《神曲》的问世标志着中世纪文学史的结束。

从但丁的成长经历来看,他成为人文主义先驱绝对不是偶然的事情。但丁幼年丧母,身世孤零,青少年时期的大部分时间皆用于学习拉丁语、修辞学、哲学、神学和诗学,涉猎十分广泛。这让他具备开阔的文化视野和缜密的思维能力。对于古希腊和古罗马时期荷马、亚里士多德、维吉尔等人作品的阅读和研究,更是让他在中世纪宗教思想之外受到了古典人文思想的浸润和启蒙。

但丁从18岁开始写诗,抒发对自己所爱恋的女子贝娅特丽斯的感情。贝娅特丽斯芳年去世,但丁为了寄托哀思,把为她而写的31首诗歌结集为《新生》。《新生》是意大利"温柔的新体诗派"的代表作品,继承了骑士抒情诗大胆书写爱情的传统,对于爱情的理解和阐释带有骑士典雅爱情的鲜明特征:爱情的重点不在于彼此的关系状态,而在于爱情对人的内在精神产生的作用,女性被视为人间的"天使"和"圣母",给人自觉向善、净化心灵的信念,也给人不断进取、追求人生价值的力量。这种典雅爱情本身就具有在世俗生活和世俗情感中寻找精神价值的特点,体现出人文主义思想的重要萌芽。对于爱情的苦痛体验和真诚追求,也让但丁拥有了反对禁欲、主张人权的切身愿望。

但丁从青年时代开始参与各种政治活动,坚持世俗政权的独立、主张平民利益始终是他的观点和立场。他最初加入代表市民利益的归尔弗党,与代表贵族阶层利益的吉伯林党展开了政治斗争。归尔弗党打败吉伯林党取得胜利后,但丁在35岁左右被任命为行政官。后期,归尔弗党发生了分裂,出现了代表教皇的黑党与代表商人利益的白党。但丁站在白党的立场之上,反对教皇干涉世俗政务。不过,在黑白两党发生流血冲突时,他对双方都进行了驱逐出境的严惩。不幸的是,两年后,黑党在教皇支持下最终夺取了政权,但丁的家产被没收并被判处终身流放。这段政治生涯让但丁拥有了自己的政治立场和思考社会问题的角度。在被流放初期,但丁写了《帝制论》,表达他的政治观点。《帝制论》共三卷,核心思想是表达强化王权的要求。但丁要求改变中世纪以来由教会干涉世俗政务的状况,认为人类社会的事情应该由人类自己来管。他在第三卷中论述了人类灵魂的高贵，从而肯定了人的能力和价值。由人来管理人，体现在政治管理上，就是由国王按照世俗生活的需求来管理王国，而不是教会按照宗教和教会利益的要求来插手王国事务。但丁要求政教分离，反对教会干涉世俗政权，要求对教皇进行分权。在本质上，这是削弱神权、加强王权的进步要求，在当时是颇具先锋色彩的思想。

在被流放初期，但丁写的另外两部著作都与语言改革有关，一部是《论俗语》，另一部是《飨宴》。《论俗语》虽然是用拉丁文写成的，内容却是主张使用统一的意大利民族语言。《飨宴》则直接采用了意大利语。但丁倡导使用本民族的语言，这既是建设民族文化的需要，也是放低文字使用的门槛，让文学和文字惠及更多底层民众的需要，体现出的依然是他的人文主义思想。

二、信仰的恪守与思想的突破：《神曲》

《神曲》[①] 是但丁在被放逐期间，用生命中最后的 14 年，以意大利语写成的作品，诗行工整，节奏优美，充分印证了他所提倡的意大利语写作的可实践性。《神曲》采用了中世纪最为流行的梦幻文学的样式，叙述梦游地狱、炼狱和天堂（简称"三界"）的经历，由"序曲""地狱""炼狱"和"天堂"四个部分组成。

《神曲》最值得关注的内容有如下几点：

其一，涉及的人物。《神曲》涉及的人物极其广博繁杂。《神曲》的核心内容是但丁在游历"三界"时的所见所闻，最为重要的就是他在"三界"中所遇到的众多灵魂。这些灵魂既包括众多古代的历史人物、宗教人物、文学虚构人物、传说中的神话人物和民间人物，也包括但丁所在时代的一些离世的人物。这就涉及极为广博的历史、文学和神学知识，也涉及当时意大利社会的政治、经济、文化状况，给阅读带来不小的难度。不过，《神曲》中贯穿全诗的核心人物只有三个：作者自己、引领他游历地狱的古罗马诗人维吉尔的灵魂以及引领他游历天堂的贝娅特丽斯的灵魂。

其二，呈现的想象力。《神曲》是以梦幻文学的形式写成的对于"三

[①] 此作品以下引述内容参见〔意〕但丁：《神曲》，王维克译，人民文学出版社 1994 年版。

界"的想象,其中包括对于地狱、炼狱和天堂的位置、结构和景象的想象。这些想象大部分都来自但丁的独创,显示出其惊人的想象能力;还有一部分是对于惩罚方式的想象,这些想象有些来自但丁的独创,也有些借用了宗教、民间传说的资源。值得注意的是,但丁大量地使用了古希腊和古罗马神话和文学的资源,不少惩罚方式都出自古希腊和古罗马神话。比如,地狱里惩罚施暴者时安排的人马族、炼狱中懒惰者用推巨石上山的方式修炼、炼狱中暴食者所面对的可望而不可即的果树等,都是对古希腊和古罗马神话的借用。

其三,也是最为重要的一点,《神曲》的思想依据。《神曲》最值得关注的还不是对于其中涉及的各类人物背景的知识性介绍,而是作者对这些人物灵魂所在之处的安排。他们是在地狱、炼狱还是天堂,身处怎样不同的圈层和位置,接受怎样的惩罚或是奖赏,透露出的是但丁对这些人物所代表的人类行为的价值评价。这些评价所使用的依据十分复杂,有些来自宗教依据,有些却与宗教冲突甚至相悖。这些冲突和相悖之处,往往体现的就是但丁与主流价值体系颇为不同的新理念。

(一)《神曲》梗概

诗人在诗歌的开首处写道,在人生的中途,他在一个黑森林中迷了路。正当他要攀登一座美丽的山峰时,忽然被三头猛兽(豹、狮、狼)挡住了前路。此时,古罗马诗人维吉尔突然出现在他面前,声称受仙女贝娅特丽斯之托,前来带他避开猛兽,引领他去另一条道路,由此开始了在地狱、炼狱和天堂的游历。

1. 地狱

但丁和维吉尔渡过地狱之河,来到了地狱。地狱整体状如漏斗,共分九个圆圈状的圈层,灵魂们按照生前罪孽的轻重被安排在不同的圈层接受惩罚。生前的罪行越重,被安排的圈层越靠下,接受的惩罚也越严酷。地狱的第一圈层是关押异教徒的地方,但丁管它叫"林波"(候判所)。这一圈层里没有惩罚,景色与人间十分相似。被放在这一圈层的灵魂是古希腊和古罗马的诗人、哲学家、医学家、数学家等知识群体,比如诗人荷马、贺拉斯、奥维德,哲学家苏格拉底、柏拉图、亚里士多德(但丁并非尊重所有的古希腊哲人,比如无神论者伊壁鸠鲁就被放到了凄惨的第六圈层);

也有古希腊和古罗马的英雄、君王和贵族，比如古罗马的恺撒大帝。

从第二圈层开始，惩罚开始了。第二圈层的贪色者忍受在暴风中飘浮的痛苦，因为他们生前"屈服于肉欲而忘记了理性"。这里的著名灵魂有古希腊传说中的海伦和帕里斯，古罗马文学中因为埃涅阿斯自焚而死的狄多，中世纪骑士传说中与舅母伊瑟相爱的特里斯丹，甚至还有古希腊英雄阿基里斯（中世纪传说中，阿基里斯因为与帕里斯的妹妹相爱而被杀）。第三圈层的贪食者要忍受恶臭的冷雨、冰雹和雪球的浇淋和击打，还要忍受三头兽猞拜罗的撕咬。第四圈层的贪财者们各自用胸膛滚着重物，面对面永不停歇地互相厮打、叫骂和冲撞。第五圈层的暴怒者则在污浊的泥沼里不由自主地互相撕咬，其中就有但丁仇敌家族中的善怒者佛罗伦萨人菲里伯。这是他们为生前的狂躁付出的代价。从第二圈层到第五圈层都属于地狱的上层，虽然有着严厉的惩罚，但比起下面的圈层，这些惩罚还是相对轻微的。

坐船渡过第五圈层的暴怒者所在的鬼沼，但丁和维吉尔来到了被鬼沼围绕着的"地帝城"。城墙"里面的尖顶城楼，红得像初出火炉似的"，"这是下层地狱里永劫的火，使它们映得通红"。城墙上有长着蛇发的复仇三女神，她们还不断地呼唤着同样长着蛇发、能够把人变成石头的戈尔贡三女妖之一的美杜莎，气氛十分恐怖。从这里开始，但丁和维吉尔进入了地狱的下层。

第六圈层的灵魂是邪教首领和他们的门徒，在火棺材里"以类合葬"，无休止地忍受被烧烤的痛苦。其中，就有伊壁鸠鲁和他的门徒们。但丁把与他所属的归尔弗党激烈斗争的吉伯林党的首领法利那也放在了这里。第七圈层的灵魂被囚禁在绝壁之下、深渊之上，那里臭气熏天，令人难以忍受。这些灵魂生前都有"施暴"的罪孽。他们的暴行可分为三类：杀人，自杀，以及侮辱上帝、重利盘剥和违背自然者。他们受到的惩罚要更为残酷，或是被浸泡在沸腾的血沟之中，或是被囚禁在扭曲多瘤的枯树里，或是在滚烫的沙地上忍受火雨的暴击。相比于第七圈层，第八圈层的环境要更恶劣。从第七圈层到第八圈层没有路，维吉尔和但丁骑着怪物格力鸿才得以下降到第八圈层，这意味着第八圈层的罪孽更为深重。第八圈层的灵魂生前都犯了"欺诈"的罪行。他们被详细地分成了十个类型，分别被囚禁在第八圈层的十个深沟内，忍受鞭打、焚烧、沥青浇身、镀金铅衣、钉刑、蛇咬、身体支离破碎等可怕的刑罚。

第九圈层是地狱里最深的圈层，也是生前罪孽最为深重的人所在的圈层。这个圈层里寒气逼人，是可怕的寒冰地狱，被关押在这里的灵魂生前或是出卖领袖，或是背恩弃主，他们都犯了"背叛"的罪行。比如，出卖耶稣的犹大的灵魂，出卖恺撒大帝的布鲁托、凯西奥的灵魂等。这些灵魂被冻在寒冰地狱之中，"那里苦恼的灵魂都没在冰里，一直没到因羞耻而发红的面颊。他们的面色发青，他们的牙齿战栗有声"，情形十分悲惨，透露出但丁对背叛者的痛恨。

2. 炼狱

但丁在维吉尔的引领下穿过地心，顺着螺旋式的小径走出地球表面，来到了南半球的炼狱山下。但丁所想象的炼狱是漂浮在海洋上的一座山。一船船的幽灵被驾船的天使运送到了炼狱山。"那条船很精致，很轻浮，似乎只浮在水面上。天上的驾驶者，他立在船尾上……有一百多个灵魂坐在船里。"灵魂们下了船，就来到炼狱山的山脚下。"这班灵魂都停在那里，似乎不认识路，左顾右盼，像一个旅客到了一块新地一般。那时阳光满地，已把摩羯星赶离了天中。"炼狱与地狱十分不同，这里有海洋和天空，没有地狱那样暗无天日的阴惨气氛。

炼狱山共有七个圈层，安放着"七宗罪"，从第一圈层开始，依次为骄傲、嫉妒、暴怒、懒惰、贪财、贪食、贪色。炼狱的重点不是惩罚而是救赎，因此炼狱中灵魂经受的不是折磨而是在痛苦中领悟。比如，让骄傲的人"膝与胸接"，"压在重物下面行走，如同在梦魇中受重压一般"，用这种方式忏悔生前的骄横，学习谦逊之道。嫉妒的人生前总是难以容下别人的荣耀，于是灵魂被用铁丝缝上了眼睛，去体会一无所见的痛苦。暴怒的人被裹在黑烟中唱着忏悔的歌。懒惰的人通过无法停止地疾速奔跑，学习努力向前的勇气。贪财者手脚被缚住，面孔向下躺在地上不得解脱。他们只能面贴泥土哀哀地哭泣。因为他们生前只懂得盯住"地上的东西"，却不肯抬头"向天上望"，于是"正义设下了这种惩罚"。贪食者待在果树下，满树的果子看似近在手边却永远摘不到，这是对他们贪食的惩罚，更是对他们意志的磨炼。贪色者在火焰中穿行，唱着称扬贞洁的圣歌。经过这样的精神救赎之后，炼狱中的灵魂可以洗清生前的罪恶，到达居于炼狱山顶端的伊甸园。

也正是在伊甸园前，维吉尔完成了带但丁游历地狱和炼狱的任务，要与但丁分别，回到他所属的地狱第一圈层的林波。但丁独自踏上阶梯，进入伊甸园。"香气扑鼻的平原上，那里树木茂密而青翠，在早阳的光辉下，一切爽心悦目。"伊甸园中有两条河，一条叫作"累德"，令人遗忘生前的罪恶；一条叫作"优诺"，令人忆起所有的善行。一个人要分别喝下这两条河中的水，灵魂才得到最终的净化。在伊甸园里，仙女贝娅特丽斯出现在但丁面前，指责他精神的迷失，让他喝下累德河和优诺河的河水，开始引领他游历天堂。

3. 天堂

在贝娅特丽斯的带领下，但丁游历了天堂。但丁对天堂进行了属于自己的改造。在此前的宗教想象中，为了鼓励教徒追求天堂，大多把天堂描述为一个散发着物质奢华感的空间，比如地上铺着黄金，到处都是宝石之类。这在本质上是一种物质诱惑。但丁笔下的天堂去除了这种物质感，由透明的空气和澄明的光线构成，这里充满的不是物质的富足，而是精神的满足和愉悦。但丁对天堂的想象，引导读者去知晓生命最大的幸福不是物质幸福，而是精神幸福。

但丁想象的天堂共分九层，也就是九重天。第一层是月球天，居住着未能完成誓愿的灵魂；第二层是水星天，居住着力行善事的灵魂；第三层是金星天，居住着多情的灵魂；第四层是太阳天，居住着哲学家和神学家的灵魂；第五层是火星天，居住着为基督信仰而战死者的灵魂；第六层是木星天，居住着贤明君主的灵魂；第七层是土星天，居住着修士们的灵魂；第八层是恒星天，这里有圣母圣子的幻象以及著名圣徒们的灵魂；第九层是水晶天，又称"原冬天"，这里是众天使的居所。九重天的核心是笼罩着上帝之光的天府，灵魂们在这里坐成圆形，但丁把这一场面称为"幸福者的玫瑰花环"。

（二）《神曲》的思想分析

毫无疑问，《神曲》受到中世纪主流文学也就是宗教文学的深刻影响。从形式上而言，《神曲》采用的是中世纪宗教文学最为常用的梦幻文学的方式，讲述自己在梦中游历"三界"的经历。从结构上而言，《神曲》共分三部，每部 33 篇诗歌，加上序曲，共 100 篇诗歌。这种结构设计含有很强的宗教数字寓意，表达对"圣父、圣子、圣灵三位一体"的崇拜以及宗教"尽善尽美"的意蕴。从修辞特点而言，《神曲》的宗教色彩也十分浓厚，在对整个游历过程的描述中，宗教式的象征和隐喻随处可见，包含着繁杂的神学内容。

《神曲》在思想上也受到宗教教义的深刻影响。"地狱"部分绝大多数的罪与罚都紧紧围绕着基督教教义展开，有非常明显的传播教义、执行宗教惩罚的意图。比如，古希腊伟大的哲学家伊壁鸠鲁的灵魂就被安排在了惩罚严酷的第六圈层的"火坟地"之中，因为身为教徒的作者无法接受伊壁鸠鲁所持有的无神论。即便那些为作者所尊敬的古希腊和古罗马的文人和哲人，但丁也会按照教义把他们的灵魂放入地狱，比如第一圈层候判所中的众人。即使是但丁所喜爱和崇敬的文学人物和现实人物，比如《荷马史诗》中的高贵英雄奥德修斯、但丁同时代的政治人物法利那，但丁依然虔诚地按照教义的要求把他们的灵魂放入地狱。就连但丁最敬慕的维吉尔，虽然但丁视其为"老师"，但也只能按照宗教的裁决标准把他安放在地狱的候判所内。同样的道理，被但丁安排在九重天中的灵魂也多是以宗教成就和宗教价值而著称的人物。这些都显示出但丁把宗教信仰视为最高价值。

但是，《神曲》在思想上也呈现出诸多并不符合中世纪宗教理念和神学认知的特点。但丁对于宗教的虔诚并没有阻碍他对于重新理解信仰、阐释教义所作的努力。

从《神曲》的开篇之处而言，但丁的写作动机就带有很强的个人生存问题和生存体验的色彩。"在人生的中途，我迷失在一个黑暗的森林之中。"作者的写作动机来自人生的苦恼而并非神学问题，表明了《神曲》与一般宗教文学的本质区别。对于人生问题的思考以及对于世俗社会政治问题的思考，贯穿于《神曲》的始终。在地狱之门和地狱之河中间的地域走廊里，但丁描写了一群无所作为的"骑墙派"，他们过着"盲目的平庸生活，也没有改进的可能"，因此他们上不了天堂，地狱也不收留。这种安排表现出作者对于人生态度的思考和强调。在地狱第三圈层，借贪食者"猪哥"的嘴巴，但丁预言佛罗伦萨会发生流血不断的政治斗争。在地狱第六圈层，但丁对与他所属的归尔弗党斗争的吉伯林党的首领法利那保护佛罗伦萨的功劳给予肯定。在"地狱"和"天堂"的很多篇章中,但丁向灵魂们一遍遍询问佛罗伦萨的未来,这些都表现出他对于现实社会问题的关切之情,而对于个人生存体验的尊重、对于民族命运的关注热情正是人文主义思想萌芽的重要表现。

《神曲》也表现出对于人类自身智慧的高度肯定。但丁在"炼狱"第十六篇中谈到"自由意志",认为上帝给了人类"辨别善恶的光,还有自由意志",如果人类善于运用这种意志,则"必得最后的胜利"。这种对于人类独立判断能力的肯定是难能可贵的。在"地狱"第八圈层中,更是写到了《荷马史诗》中的古希腊英雄奥德修斯的灵魂,对奥德修斯的海上漂流进行了重新演绎,描述为奥德修斯探索未知世界、寻求美德和知识的智慧之旅。

《神曲》对于教会腐败的批驳也十分抢眼。贪财者以教士、主教和教皇为主,圣职买卖者直接把主教和教皇倒栽葱似地放进了火坑。但丁斥责尼克那三世:"因为你的贪心,使世界变为悲惨,把善良的踏在脚下,把凶恶的捧在头上。"他甚至借尼克那三世的嘴巴发出预言,告诉尚活在人间的彭尼法斯八世,地狱里已经为他预留了位置。

在"炼狱"第十六篇里,但丁明确指出导致人类道德败坏的根源是大权独握的教会。教会既把持宗教权力,又把持王国世俗权力,"宝剑和十字架都拿在一个人的手里,这两件东西在一起就弄得糟糕了";"两种权力抱在怀里,跌入泥塘里去了,它自己和它所抱着的都弄污秽了"。因此,但丁提出了"两个太阳"和"两个大道"的思想,以"分权"的方式削弱教会权力。

《神曲》最重要的是反禁欲思想的流露。在地狱的第二圈层,但丁讲述了弗朗西斯科与夫弟保罗相爱的故事,二人为保罗的哥哥所杀,灵魂堕入地狱,在地狱中也互相拥抱着不分离。面对这样的乱伦情感,但丁却说:"我一时被他们感动了,竟昏晕倒地,好像断了气一般。"在炼狱中贪色者的修炼圈层,维吉尔和但丁需要穿越火墙才能踏上通往伊甸园的阶梯。但丁面对火墙,一时丧失了胆量。但是,当维吉尔说"在你和贝娅特丽斯之间,只是隔着一堵火墙罢了",但丁立刻充满了勇气,勇敢地走进了火焰之墙。这些安排和描述都表现了但丁对于爱情的尊重，以及对于爱情力量的认可。

但丁把来自欲望的罪恶放在地狱的上层，并在地狱第七圈层的悬崖边，通过维吉尔之口，借用古希腊学者亚里士多德《伦理学》的理论依据，说人类的罪恶分三类：不能节制的、有恶意的和有暴行的。而贪色、贪食、贪财、暴怒这些来自人类天然欲望的罪，都不过是"不能节制的罪"，是人类罪恶中最轻的几种。在"炼狱"中，这些来自欲望的罪甚至被放进了炼狱，经过修炼和洗涤，犯有这些罪的灵魂们可以拥有进入天堂的机会。但丁借维吉尔之口说道："你忘记了不能节制的比较不使上帝震怒，因此他们的刑罚也较轻吗？"这句话表达的正是但丁对于人类合理生存欲望的极大认可。

通过这些，不难看出但丁及其《神曲》在思想依据和内容上的复杂性。这既是一部表达虔诚宗教信仰的作品，也是一部试图冲破精神禁锢、带有鲜明人文主义思想萌芽色彩的作品。

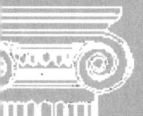

第三章

寄梦古希腊：
文艺复兴文学

第三章 寄梦古希腊：文艺复兴文学

从文学史的角度说，但丁《神曲》的出现结束了中世纪文学史。《神曲》出现以后的 300 年，从 14 世纪初到 17 世纪初，被视为另一个时代，即"文艺复兴文学"时期。

文艺复兴是古典文化传播的结果。在十字军东征期间，拜占庭所保存的古希腊和古罗马的文献和文物就开始逐渐被带回西欧。虽然这些古典文献在中世纪一度被视为禁书，但从 13 世纪末开始，研究古典文献还是渐成风潮。但丁的著作就已经开始大量使用古希腊和古罗马的哲学和文学资源，而到了**弗朗切斯科·彼特拉克**（1304—1374）和**乔万尼·薄伽丘**（1313—1375）时期，学习希腊语已被认为是十分必要的事情。随着对古典文化的了解加深，古希腊和古罗马"以人为本"的文化体系越来越清晰地进入人们的视野，给禁锢在神权世界中的人们打开了另一个不同的世界，也激发了人们反思"以神为本"的文化体系的勇气。

文艺复兴也是当时欧洲民众进行生存体验和表达生存吁求的结果。即便是在中世纪，普通民众对于人的生命的思考以及对于世俗生活的热情也从未断绝过。到了 14 世纪的西欧，随着城市发展和商业繁荣，市民阶层更是表现出热烈追求现世生活幸福的愿望。这种愿望无法在中世纪以"神本立场""禁欲精神""彼岸期待"为基本特征的价值体系中得到支持，却可以在古希腊的"人本立场""狂欢精神""现实视角"中找到充分的依据，文艺复兴打出"回到希腊去"的旗帜也就不难理解。

总体而言，文艺复兴时期的文学有这样几个重要内容：

其一，倡导"人的权利"。文艺复兴时期的文学反对禁欲主义对人性天然欲望和合理权利的剥夺和压制，立足现世视角，坚持"以人为本"的精神，关注现实生活和个人生活体验，表达人的基本生存吁求，肯定追求个人自由和个人幸福的权利。这些思想内容在前期文艺复兴文学作品中尤其常见，比如彼特拉克、薄伽丘的作品都表现出对人的基本生存权的强烈吁求。

其二，肯定"人的力量"。文艺复兴文学反对愚民和蒙昧主义，认为人类有能力像上帝一样创造世界，也有能力用理性管理好自己的欲望，把命运把握在自己手里。在拉伯雷、莎士比亚的作品中，都不难看到对于人类思考力和创造力的推崇，以及对于人类理性能力的寄望。

其三，认可"个人价值"。文艺复兴文学立足于个人思考生命价值，人类的生命意义不再只是为了彰显上帝的荣耀，也是为了实现个人理想和个人梦想。这一点在塞万提斯的作品中有很清晰的演绎。

同时，我们也要看到，文艺复兴文学的人文思想不是一个固态的概念，在不同的时期有不同的侧重，有一个逐步发展和深化的过程。比如，对于"人的权利"的理解，前期主要是对于基本生存权利的理解，也就是"要吃""要爱""要享受"的权利；到了中后期，就深化为"要自由""要独立"的权利。再如，对于"人的力量"的理解，早期主要是理解为"叛逆和嘲讽的力量"，到了中后期则深化为"思考和理性的力量"。同样，对于"人的生命价值"的理解，前期主要体现为"追求生存欲望的满足"，中后期则逐步深化为"追求创造欲望的满足""追求个人理想的满足"以及"追求个人理性的满足"。

第一节　文艺复兴文学概况

一、生存吁求与叛逆姿态：前期文艺复兴文学

这个时期大约从 14 世纪初到 16 世纪中叶，以意大利和英国文学成就为主。这一时期，文艺复兴运动的任务主要是延续但丁对于人的天然欲望之合理性的认可，呼吁人的基本生存权利，重点集中于反禁欲、反教会愚民、确认人欲的合理性。

（一）意大利"文坛三杰"

最能代表前期文艺复兴文学特点的无疑是意大利的彼特拉克和薄伽丘。他们和上一代的意大利诗人但丁被后世合称为意大利"文坛三杰"。

彼特拉克是但丁之后又一位杰出的意大利诗人。他对于但丁思想的最

大突破，就是确立了"人学"的概念，认为"人学"应该独立于"神学"之外。他因此被视为第一个人文主义学者，被后世尊称为"人文主义之父"。他极力推广古典文学，特别是古罗马西塞罗的散文和维吉尔的诗歌，称他们是古典文学的"两只眼睛"。

彼特拉克在文学上最大的贡献是诗歌创作。他整理了意大利的十四行诗并使之走向规范，因此被后世称为"十四行诗之父"。彼特拉克最著名的诗歌作品是他的《歌集》，是以意大利语写成的抒情诗集，其中90%是十四行诗，内容上除了少数政治题材的诗歌之外，大部分以对梦中情人劳拉的歌咏为主。《歌集》继承了但丁以来"温柔的新体诗派"的艺术风格和歌颂爱情的传统，同时进行了大胆的突破。彼特拉克没有把劳拉处理成但丁笔下贝娅特丽斯式的神圣形象，而是把劳拉作为一位普通的世间女性来描写，写到她的肉体之美，也写到她的性情之美。无论是劳拉的金发和美貌，还是她开朗、活泼、亲切、可爱的性格，体现出的都是一位真实的人间女性的美感。与贝娅特丽斯相比，劳拉的形象既不抽象，也不虚缈。这一特点也让彼特拉克对劳拉的感情与但丁对贝娅特丽斯的感情有着很大的不同。但丁对贝娅特丽斯进行了圣化，从而消弭了男女之爱带来的宗教上的罪感，但这种超脱本身就是对世俗情感的一种压抑和消解。彼特拉克笔下的劳拉始终意味着一种人间男女相悦的美好，保持着一种世俗情感的力量。这种力量与彼特拉克成为基督圣徒的梦想形成了激烈的冲突，让彼特拉克终生都在宗教梦想和世俗情感之间挣扎，给他带来了极大的精神痛苦。与但丁不同的是，彼特拉克并未通过放弃这种世俗情感来获得平静，这让他的爱情诗歌中的情感特别痛苦、沉重，但也因此收获特别的真实感受。因此，彼特拉克所抒发的沉重且苦痛的爱情与但丁所抒发的圣洁空灵的爱情是十分不同的。

在拉丁文散文《秘密》中，彼特拉克更为深入地表达并探索了自己在爱情和信仰之间的矛盾。这部作品呈现出作者最深刻的自我矛盾：一方面，他梦想成为像神学家奥古斯丁那样在宗教上有成就的圣徒。据传他在26岁那年就在教会主持下立下独身誓，试图成为一个有成就的修士。但是，另一方面，他又始终未能放下对世俗幸福的渴望。彼特拉克一直试图直面世俗愿望，在对世俗生活合理性的讨论中寻求自我精神的救赎之道，显示出他对于人本立场的恒定坚持。

　　薄伽丘是彼特拉克的崇拜者，后来也与他成为感情深厚的挚友。与彼特拉克一样，薄伽丘也阅读了大量的古典哲学与文学作品。薄伽丘是通晓希腊文的人文主义学者，他搜集、整理了大量古希腊和古罗马的典籍，在翻译和推广古典文化上做出了杰出的贡献。晚年时，他用拉丁文撰写了《异教诸神谱系》，对古希腊和古罗马神话展开研究。他还在希腊语教师的协助下，把《荷马史诗》翻译成拉丁文，使得欧洲有了《荷马史诗》的译本。薄伽丘还是但丁研究的开创者，他用意大利语写作了《但丁传》，致力于《神曲》的研究和解释。他的这些研究工作为人文主义思想在欧洲的传播奠定了坚实的基础。

　　在文学创作上，薄伽丘多才且多产。他擅长写作牧歌式诗歌、叙事诗和十四行诗，更以小说创作蜚声文坛，最著名的是《十日谈》①。《十日谈》受东方故事集《天方夜谭》等作品的影响，以七女三男在黑死病泛滥期间躲避于乡间别墅为背景，采用"每人每天一个故事，讲述十天"的框架式结构，形成了百篇故事集。这种框架结构后来在欧洲盛行一时。

　　《十日谈》最具冲击力的还是它的内容。"欲望"是《十日谈》的核心主题，可以分为"失控的欲望"和"合理的欲望"两种类型，前者是"罪恶"，后者是"权利"。作者给予前者嘲讽和蔑视，给予后者同情和敬意。

　　"失控的欲望"是膨胀、无节制的色欲、财欲、贪欲、权欲。在但丁的《神曲》中，这些都是需要下地狱的罪过。《十日谈》最尖锐的地方是指出了"失控的欲望"大多发生在教皇、主教和教士们的身上。薄伽丘指出，这些教会的主导人群毫无管理自己欲望的能力，用自己无节制的行为败坏了基督教，让严肃的传教行为变成了对民众的愚弄和欺骗，让包含着智慧的教义失去了可信度和真诚度，这个群体才是基督教真正的罪人。薄伽丘对于教会的批判，比但丁《神曲》中的旁敲侧击更为直接和勇敢，对于改变民众对教会的盲从和盲信起到了重要的作用。

　　《十日谈》对"合理的欲望"则是大加认可和歌咏。《十日谈》在讲述

---

　　① 此作品以下引述内容参见〔意〕卜伽丘：《十日谈（上、下）》，方平、王科一译，上海译文出版社2010年版。"卜伽丘"为另一常见译名。——引者注

"失控的欲望"中的两性关系时,往往使用粗俗的色情笔法,突出这部分两性行为的淫邪和丑恶;而在讲述"合理的欲望"之下的两性关系时,笔法却截然不同,即便写到性的内容,也往往比较含蓄,重点突出这部分两性关系的情感色彩,把这种关系升华到完全不同的精神层面,视之为可敬的爱情行为。薄伽丘力主爱情的合理性和美好性,认为爱情是人类天然的权利,是"自然力量"和"自然规律","它只会自行毁灭,绝不会被别人的意图扭转、打消"。在第四天和第五天的故事中,大多是对于纯洁真挚的爱情的讲述。只不过,第四天的故事多为悲剧,第五天的故事则有完满的结局。这些故事都讲述了爱情的美好与真挚。其中,尤以第四天的爱情悲剧至为动人:第一个故事中,郡主绮思梦达大胆地爱上了父亲的侍从纪斯卡多,并且对父亲宣告:"只要我活着……我就始终如一地爱他。假使人死后还会爱,那我死了之后还要继续爱他。"第五个故事中,莉莎贝达的哥哥们为了阻止她和店中的年轻伙计洛伦佐相爱,就杀死了这个青年。莉莎贝达挖出了情人的尸体,把洛伦佐的头颅埋在闺房的罗勒花花盆里,每日用自己的眼泪浇灌。第八个故事中,男青年纪洛拉莫因为无法得到所爱的人,竟在爱人身边悲痛得窒息而死,而他的爱人也在他的棺木边悲痛而亡。第九个故事中,爵士夫人被丈夫蒙骗着吃下了情人的心脏,悲痛之中跳下城堡自杀。在这些忧伤又深情的故事中,爱情作为一种"合理的欲望",得到了作者的赞美和诗意颂扬。

(二) 英国和法国的前期文艺复兴文学

英国的**杰弗雷·乔叟**(1343—1400)是薄伽丘的崇拜者,其很多作品都受到薄伽丘的深刻影响。乔叟的长诗《特洛伊拉斯和克莱西德》直接改编自薄伽丘的长诗《菲洛斯特拉托》。他的《坎特伯雷故事集》[①] 更是在结构和内容上都受到《十日谈》的影响:29个朝圣者集结在伦敦的泰巴小旅店,结伴去坎特伯雷的圣托马斯·贝克特墓地朝拜,作者本人也加入进去,形成了一支30人的朝圣队伍。店主自告奋勇为他们带路,并提议为了消除旅途寂寞,每个人都要在往返的路上各讲两个故事。店主负责评选出最佳

---

① 此作品以下引述内容参见〔英〕乔叟:《坎特伯雷故事集》,黄杲炘译,上海译文出版社2013年版。

故事，等到返回后，大家一起请最佳故事的讲述者吃一顿丰盛的晚餐。按照这个设想，《坎特伯雷故事集》应该有 120 个故事，但乔叟没有完成，其中只有 23 个人讲了故事，还有些故事没有讲完，较为完整的故事只有 20 个左右。但是，这并不妨碍我们看到《坎特伯雷故事集》的基本特点。

《坎特伯雷故事集》中既有诗歌也有散文，从结构上而言，模仿了薄伽丘《十日谈》的框架式结构，但还是发展了自己的叙事特点。在《十日谈》中，"讲故事的人"只是一种技术性的存在，其作用仅限于搭建叙事结构。但是，在《坎特伯雷故事集》中，"讲故事的人"本身就有"故事"，他们来自社会不同的阶层，有骑士和教会人员，有地主和农民，有商人和工匠等，这种组合本身就能折射出丰富的社会现实内容。这些"讲故事的人"之间还会有矛盾和观点分歧，会互相打断、反驳甚至攻击，他们讲故事的过程又产生了另一层"故事"。这就极大地拓展了叙事的内容，增加了叙事本身的层次感。

在思想上，《坎特伯雷故事集》继承了薄伽丘等人对教会愚民的批判和指责。整部故事集是串联在一个朝圣的行为之中的，但这些朝圣者大多目的不纯，大家之所以去朝圣，是因为听说朝拜圣托马斯·贝克特可以祛病强身。其中，卖赎罪券的教士的形象尤其具有讽刺力量。作者让这位教士当众独白："自从我承担发卖赎罪券之责，每年靠这种把戏挣一百个马克"；"我凭着鼓唇弄舌的讲道，就能够赚来不少的金银财宝"；"使徒的穷日子我可不愿模仿，我要羊毛和干酪，也要钱粮……葡萄美酒我可是最喜欢，每处市镇上还养个漂亮的婊子"。这是对教会和教士极其有力的揭示和讽刺。

《坎特伯雷故事集》同样表现出对于个人生存权利合理性的认可。在第一篇骑士所讲的故事中，两个青年爱上了同一个姑娘并展开公平竞争。作者认可了爱情的力量，认为"爱情之法高于人世间存在的一切律法……是人就得爱，这由不得他自己。哪怕会死，也没法从爱情逃离"。作者更歌颂了那些高尚的、以善为基础的爱情，就像故事中的阿赛特和帕拉蒙，虽然为了得到艾米莉展开了决斗，但懂得彼此尊重和欣赏。阿赛特通过比赛赢得了艾米莉，但也因此受伤，即将死去。阿赛特没有怨恨把自己打伤的帕拉蒙，而是在临终之际把心爱的艾米莉托付给了帕拉蒙。帕拉蒙也为阿赛特的死去，真诚地哀痛。作者把爱情描述成了一种美好的人性力量，正如他对于爱神的歌唱："你这位主宰的威力多么伟大，世上的一切挡不住你的威力。你这位神明创造了多少奇迹——能够按照自己的方式和爱好，对每一颗心进行塑造或改造。"这恐怕是文艺复兴运动早期对于爱神最为热烈和神圣的歌颂了。

法国人文主义文学代表作家**弗朗索瓦·拉伯雷**（约 1483—1553）写作了五卷本长篇小说《巨人传》①，讲述高朗古杰、高康大和庞大固埃三代巨人国王的故事。这部作品延续了前期文艺复兴文学"反教会、倡人权"的基本路线，但其思想深度和批判力度较之此前的作家都有很大的进步。

比如，在批判教会方面，《巨人传》指出教会的罪恶不只是腐败和虚伪、压制人的基本生存权，更在于对于人的独立思考能力的伤害。高朗古杰为儿子高康大请了一位神学家老师，结果把天资聪颖的高康大教成了一个只会死记硬背却没有思考能力的傻瓜。

再如，在倡导人权方面，《巨人传》不只是认可人的基本生存权利的合理性，更进一步强调其必要性。第五十七章写到一位名叫卡斯台尔（意思是"肚子"）的大师，他象征着人们的食欲，作者说他是"全世界第一艺术大师"：他为奖励大家，创下了全部技术、全部机构、全部工艺和技巧，发明了铸造铁器，耕种田地；他为保卫粮食创立了武术，制造了武器；他制定了医学和占星术，还有算术；他发明了水磨、风磨、手推磨来研磨粮食；他发明了用酵母来发面，用盐来调味；他发明了用火制作熟食；他发明了时计和日晷，以计算蒸熟面包和种植粮食的时间；他发明了畜力运输；他发明了城市和碉堡……拉伯雷指出，人们以"吃"为核心的基本生存欲望不但不是罪，而且是人类文明得以发展的原动力。正是基于这种认识，拉伯雷笔下的三代巨人都拥有旺盛的欲望，既有吃与爱的旺盛欲望，更有探索、求知和创造的旺盛欲望。

在《巨人传》中，人的权利不再只是基本生存的吁求，更是独立思考

---

① 此作品以下引述内容参见〔法〕拉伯雷：《巨人传（上、下）》，成钰亭译，上海译文出版社 2013 年版。

的权利、进取和探索的权利，也是拥有自由和尊重的权利。第二代国王高康大为了酬谢自己的老师约翰修士，修建了特来美修道院。在这座修道院里，修士们"不是根据法规、章程或条例，而是按照自己的意愿和自由的主张来过活的"。"他们的会规只有一条：随心所欲，各行其是"。拉伯雷把这种对于人的自由权的赋予视为培养人的第一前提，他认为只有在这种前提下才能培养出真正的人。正如《巨人传》的核心人物第三代国王庞大固埃，他的父亲是渴人国的国王，"渴人"代表着充满生存和探知欲望的人；他的母亲是乌托邦的公主，"乌托邦"来自**托马斯·莫尔**（1478—1535）所创作的《乌托邦》，代表着平等公正的社会理想。正是人的旺盛探知欲和生存欲望与平等公正的社会理想相结合，才创造出了一代巨人庞大固埃。

二、个人梦想与理性精神：后期文艺复兴文学

这个时期大约从 16 世纪中叶到 17 世纪初。在这一时期，对人的权利的理解上升到一个新的阶段，人的权利不只是满足合理生存欲望的权利，也不只是拥有合理社会环境和自由空间的问题，更是拥有理性能力、掌握自己命运的权利。文艺复兴文学的重点从前期对于人欲的倡扬和认同，转向对于人的梦想和命运的思考和关注。

（一）西班牙作家

西班牙的人文主义文学起步得较晚。在文艺复兴思潮到来之前，西班牙文坛长期盛行的是以想象和传奇为主的骑士文学，并从骑士文学延伸出描写田园牧歌的田园小说以及充满神奇色彩的历险小说。这些作品大多沉浸于想象世界，以追求唯美、伤感和离奇为主要特色，没有完全脱离骑士文学的范畴。

真正能够代表西班牙文学在文艺复兴时期取得重要突破的，首先是产生于 16 世纪中叶的流浪汉小说。流浪汉小说的第一个突破是聚焦于现实社会中的城市平民阶层，特别是没有经济保障、流离失所的城市平民群体；第二个突破是揭示真实的现实社会问题。这些都与骑士文学的风格不同。作者不详的《小癞子》是这类小说的代表作，以第一人称的方式讲述了一个流浪儿挣扎求活的人生之路。小癞子生活在一个龌龊低俗、没有希望的

世界里,父亲因为偷盗吃了官司,父亲死去之后,母亲与黑人私通,对小癞子不管不顾。小癞子离家出走,试图寻找到属于自己的人生之路,但是他从来没有看到希望,遭遇的皆是冷酷和丑恶。收留他的几个主人,从瞎子、教士、骗子到公差,身份和处境不一,品行却都同样恶劣:暴戾、吝啬、奸诈、无耻……为了在这样的社会环境中活下去,小癞子渐渐学会了卑鄙地对待他人,屈辱地看待自己。他用欺骗的手段获得财富,又用自欺欺人的方式忍受社会和他人给予自己的不公和耻辱。在一个充满恐怖和黑暗氛围的社会里,小癞子最终活了下来,以灵魂的丧失作为代价。

文艺复兴后期西班牙文学在戏剧方面的成就,主要体现为**洛卜·德·维伽**(1562—1635)的剧作,他被视为"西班牙戏剧之父",是西班牙戏剧的奠基者。与当时的小说创作一样,维伽的戏剧也表达出对于现实社会的重视。他最著名的作品是《羊泉村》,讲述羊泉村村民彼此忠诚和互助,利用集体的力量杀死了行恶的领主。领主费尔南和羊泉村村民之间的种种矛盾,正是当时领主制社会中领主和农民之间剧烈冲突的反映。《羊泉村》在情节中设置国王对于村民的支持和庇护,也体现了当时社会中对于王权寄予的希望,这在文艺复兴时期尚是一种时代新思想。另外,这部作品也同《小癞子》一样把普通民众当作表现的对象,只不过《小癞子》写的是城市平民,《羊泉村》写的则是农民;《小癞子》对城市平民充满失望和嘲讽,《羊泉村》对农民则充满信任和热情。《羊泉村》中的农民人格高尚、意志坚定。我们在劳伦霞和弗隆多索的爱情中可以看到真挚和激情,在村长和村民身上可以看到荣誉感和集体感。这种理想人格的设定,在当时也具有重要的社会价值和意义。

当然,西班牙最伟大的文学成就属于**米格尔·德·塞万提斯·萨维德拉**(1547—1616)的**《堂吉诃德》**①。

《堂吉诃德》继承了流浪汉小说展示社会现实图景的特点,也继承了用个人游历的方式展开纵向空间叙事的特点。《堂吉诃德》的主人公是一位沉迷于骑士文学阅读的乡绅,五十多岁时,他决意要如骑士们那样去行侠仗

---

① 此作品以下引述内容参见〔西班牙〕塞万提斯:《堂吉诃德》,张广森译,上海译文出版社2001年版。

义、树立英雄业绩。为此，他三次离家出游，经历了种种奇特的经历，包括接受贵族的册封、与邪恶的巫师作战、参与军队之战、拯救被挟持的公主、解放被压迫的囚徒等。在这些经历中，他表现出正直、勇敢、不畏强暴和艰难的品质，展示了作为骑士的种种美好品格。但是，从堂吉诃德的随从桑丘的视角看去，这一切都不过是他自己的幻觉和臆想，所谓的贵族不过是旅馆主人，所谓的巫师不过是风车，所谓的军队不过是羊群，所谓的被挟持的公主不过是赶路的贵妇……堂吉诃德所追求的英雄业绩只在他幻想的世界里才得以完成。在现实的角度下，他只是一个与风车、羊群作战，闹下种种麻烦事端的"疯子"。

如何理解这样一个以"疯子"为主角的作品？它是否如人所言，只是一部用来"批判骑士文学的毒害"的作品？欲对此予以解答，以下几点需要格外注意：

其一，如何多角度、多层面理解作品中所呈现的事实反差，是理解这部作品的关键所在。

从主人公在其时代层面的行为效果而言，《堂吉诃德》中的事实反差凸显的是真实与虚幻之间的反差。沉浸在骑士文学中的堂吉诃德生活在虚幻的空间想象之中，无法看清眼前真实的空间状况，从而造成其行为的荒谬性和滑稽性，这种反差也就成为作品喜剧效果的基础。造成这种反差的原因是堂吉诃德对于骑士文学的盲目效仿，这在一定程度上体现出作者对于当时颇为流行的骑士文学的不满和反感。但是，若仅从这一层面来解读《堂吉诃德》，就无法解释这部作品跨越时代的感染力和震撼力。

从主人公在主体意图和主体品格层面的表现而言，《堂吉诃德》中的事实反差显示的是理想与现实之间的距离。堂吉诃德虽然生活在自我假想的虚幻空间之中，但他所持有的却是极为美好的社会理想和人格理想，并为之付出真诚且勇敢的不懈努力。堂吉诃德所提出的以"黄金时代"为核心的社会理想不为当时的世俗所理解，他所秉承的以"骑士精神"为核心的人格理想在众人的眼中不过是可供取乐的笑料。这种巨大的反差赋予作品令人深思的悲剧色彩，表达了一个梦想持有者的孤独和悲哀。

从人类理性概念的层面而言，《堂吉诃德》中的事实反差显示了人类理性概念界定的局限性。从当时西班牙社会通行的价值认知、思维方式和行为方式而言，堂吉诃德是一个主流背离者，他的价值认知、思维方式和行为方式被认为是不符合通行的理性标准的，因此被认定是"疯癫的"。但是，这种"疯癫"正是堂吉诃德拥有独立价值认知、思维方式和行为方式的表现，是超越于世俗标准之上的独立理性。这种"疯癫"恰是一个智者区别于庸众的表现。这种被庸众定义为"疯癫"的智者命运，折射出的正是"理性"认知的局限性。

其二，如何理解堂吉诃德和桑丘的关系，是理解这部作品的又一个关键点。

桑丘是《堂吉诃德》中的第二主人公。作为堂吉诃德的随从，桑丘与堂吉诃德在各个方面都存在极大的不同。堂吉诃德沉浸于自己假想的空间，桑丘却凝视着真实的世界；堂吉诃德充满了理想的激情，桑丘却极其务实；就连二人的缺陷也彼此不同，堂吉诃德因为过于追求理想而表现出与现实社会的过度剥离，桑丘却因为过于看重现实而显得有些目光短浅。他们二人从最初的格格不入、互相抵触，最终实现了彼此理解、彼此尊重、彼此融合。桑丘在海岛担任总督期间的杰出表现，可谓是堂吉诃德的理念与桑丘的行动能力高度融合的结果。这既是理想与务实的结合，也是思想与行动的结合，堂吉诃德与桑丘的合二为一，体现了作品所蕴含的真正的理想人格。

其三，如何看待作品的"真实性"，是理解这部作品的另一个关键点。

一方面，作者对故事的真实性和确定性进行"虚化"处理。比如，作者在篇首对男主人公的姓名进行了不确定处理："有人叫他吉哈达，也有人叫他凯萨达，不过，根据可靠的推断，他的名字很可能是凯哈纳"，直到最后一章堂吉诃德弥留之际，由堂吉诃德交代自己的姓名叫"阿隆索·吉哈诺"。这种在名字上的多重交代，本身就含有增加故事不确定性的意图。另一方面，作者又在作品中用多样的叙事手法对故事进行"实化"处理。比如，在上卷中，作者设计了文中的叙述者利用各种文献收集堂吉诃德故事的情节，这种处理强化了堂吉诃德故事的真实性和客观性。甚至在下卷中，作者又设置了堂吉诃德听说自己的故事被写成了《堂吉诃德》，于是对《堂吉诃德》中的自己进行点评的内容，这同样起到了强化故事真实性的效果。这种实中有虚、虚中有实的写作手法，极大地消解了真实与虚构之见的界限，隐含着作者在"写实"之外的更大野心，让这部作品具有惊人的叙事空间张力，绝不是一般的写实作品所能比拟的。

《堂吉诃德》是一部思想内涵极为丰富的作品，形成了多元的美学和哲学意蕴，它的艺术品质更是令后人感到惊叹。这样的作品就像一部对思想和艺术可以进行无穷无尽挖掘和解读的宝库，其价值和意义不是一句"批判骑士文学"就能概括的。

（二）英国作家

埃德蒙·斯宾塞（1552—1599）的作品代表着16世纪中期以后英国文艺复兴运动的诗歌成就。斯宾塞受到古罗马诗人维吉尔的深刻影响，并仿照维吉尔的牧歌作品完成了早期作品《牧人月历》，形式上也采用了维吉尔所使用的对话体。《牧人月历》以12个月份为顺序，每月一首牧歌，含有丰富的人文主义内容：或是歌颂爱情，或是表达对于强大王权的期冀，或是嘲讽堕落教士，或是表达对人性复杂性的思考。

最能代表斯宾塞诗歌成就的是他的叙事长诗《仙后》。在诗歌的线索设计上，斯宾塞使用了维吉尔《埃涅阿斯纪》的空间历险模式，结合中世纪盛行的亚瑟王骑士故事模型，讲述王子亚瑟找寻仙后格罗丽亚娜，在找寻的路上不断地与仙后派出的骑士们相遇并共同斩妖除怪的故事。但是，《仙后》的重点并非骑士故事和骑士精神本身，它真正要表达的是作者对于人类美德和善行的理解和总结。故事中，仙后举行了十二天宴会，每天派出一个骑士去行侠仗义，这十二个骑士分别代表十二种美德。《仙后》也因此计划撰写十二卷，每卷叙述一个骑士的故事，表达一种人类美德。亚瑟与这些骑士相遇和联手的过程，也是亚瑟与这些美德互相印证和融合的过程。在对美德的理解和总结上，斯宾塞受到古希腊哲学家亚里士多德伦理思想的深刻影响。遗憾的是，这部作品没有写完，作者只完成了前六卷以及第七卷的一小部分。即便如此，《仙后》依然是一部对后世影响深远的作品，不仅所塑造的高尚纯洁的人格理想深入人心，其纯熟的艺术技巧也对后世文学产生了很大的影响。《仙后》中的九行诗节被称为"斯宾塞诗节"，由八行十音节诗行和一行十二音节诗行构成，韵律复沓流畅，十分优美。英国很多后世诗人大量借鉴和使用过这种诗节。

"大学才子派"代表着英国文艺复兴运动中后期的戏剧创作成就。"大学才子派"的成员大多出自牛津大学和剑桥大学，有着良好的教育背景。他们受古希腊和古罗马古典文化的影响比较大，学识渊博，思想活跃，所撰写戏剧的内容具有人文主义思想的厚度。在戏剧艺术方面，他们开拓了多种戏剧形式，诸如复仇悲剧、浪漫喜剧和历史剧等，这也为莎士比亚剧作的产生奠定了坚实的基础。其中，**约翰·黎里**（约1554—1606）剧作的细腻、典雅和机智，**罗伯特·格林**（1558—1592）喜剧的轻松诙谐，**托马斯·基德**（1558—1594）悲剧的深思和激情以及"剧中剧"的叙事模式，特别是**克里斯托弗·马洛**（1564—1593）悲剧中对于人性和命运的深入思考，都对莎士比亚的喜剧和悲剧产生了显而易见的影响。可以说，"大学才子派"和莎士比亚共同把伊丽莎白时代的戏剧发展推上了文艺复兴运动的高峰。

当然，英国文艺复兴运动中后期最辉煌的成就还是由莎士比亚创造的(详见本章第二节)。

第二节　莎士比亚及其四大悲剧

一、生平之谜与创作轨迹：莎士比亚

威廉·莎士比亚（1564—1616）堪称是欧洲文艺复兴运动中出现的最伟大的作家，但关于他的生平至今都有很多的不确定之处。在莎士比亚所在的时代，关于他的生平和生活几乎没有任何可靠的资料留存下来。唯一可以确定的是，在英国艾汶河畔的斯特拉福镇的确存在过一个叫莎士比亚的人，但人们至今没有任何证据可以证明他就是诗人和戏剧家莎士比亚。在莎士比亚成名的伦敦，关于莎士比亚的记载更是少得可怜，对他的生平同样无从佐证。也因此，有很多观点认为莎士比亚有可能只是一个化名。由于当时剧作行业是一种不高雅的行业，很多创作者因为不愿意暴露自己的真实姓名而用化名来掩盖自己的真实身份。至于莎士比亚的真实身份，则是猜测不一，比如哲学家弗朗西斯·培根、剧作家克里斯托弗·马洛、牛津伯爵等皇室贵族，甚至伊丽莎白女王都一度被作为嫌疑对象。还有观点干脆认为其真实身份有可能是一个创作团队。这些身份猜测都只是流于

猜测，至今也未能得到确证。

关于莎士比亚的生平，目前被普遍接受的还是最为传统的一种假设。这种假设认为莎士比亚于1564年出生在斯特拉福小镇的一个小康之家，在童年时期打下了良好的文化基础。斯特拉福镇仅存的一些档案显示，此人在18岁那年与一个比他大8岁的女子结婚。此后，应该是出于摆脱某种生存的困境，他远走伦敦寻求谋生之路。莎士比亚在伦敦的初期状况几乎无资料记载，他崭露头角大约是在28岁左右，从此进入创作黄金期。

莎士比亚的文学才华十分全面，除了剧作，他的诗歌也具有极高的价值。莎士比亚发展了意大利"诗圣"彼特拉克所创制的十四行诗体，把其改造为具有英语韵律特色的十四行诗歌，因此他的十四行诗也被称为"莎士比亚体"。莎士比亚一生大约写成了150多首十四行诗，还有两首长篇诗歌，对英国诗歌的发展做出了卓越的贡献。莎士比亚最引人注目的成就是他的戏剧创作。莎士比亚一生创作了大约39部剧作，包括最为流行的喜剧、悲剧和历史剧等多种样式，显示出他全面且多能的戏剧才华。

莎士比亚的历史剧产生于其创作早期，由两个四部曲和两部独立剧组成。第一个四部曲包括《亨利六世》（上、中、下）和《理查三世》，第二个四部曲包括《理查二世》《亨利四世》（上、下）和《亨利五世》。两部独立剧分别是《亨利八世》和《约翰王》。这十部剧作覆盖了英国从13世纪到16世纪三百多年的历史，涉及金雀花王朝（《约翰王》《理查二世》）、兰开斯特王朝（《亨利四世》《亨利五世》《亨利六世》）、约克王朝（《理查三世》）、都铎王朝（《亨利八世》）四个王朝的王室历史。在文艺复兴运动破除教会神权之后，当时欧洲社会把希望寄托在明君的个人力量之上，关注和思考王权问题是当时社会思潮中的重要内容。我们从莎士比亚作品中不难看到这种思潮的折射，这也是作家社会热情的自然流露。

莎士比亚的历史剧中最为著名的是《亨利四世》（上、下）和《亨利五世》，这三部作品以王子哈尔（即亨利五世）登基前后的经历为线索，讲述了亨利四世和亨利五世不同的权力意识和确认自我的道路。亨利四世以讨伐夺权的方式从理查二世的手中夺取了王位。虽然理查二世是一个昏庸无能的国王，但亨利四世夺取他的王位，就以"君权神授"为核心的王权继承规则而言，依然是一种僭越。这让亨利四世在夺取权力的同时，背负了沉重的罪恶体验。一方面，这种罪恶体验来自外界的压力。臣子们的叛乱在亨利四世看来，正是对其权力不合法的变相认定，因为他的夺权被视为僭越，臣子们才会不断以叛乱的方式挑战他的威权。另一方面，这种罪感更来自亨利四世的自我审判，对自己有罪的判定使他不由自主地带着罪感审视自己的生活，就连儿子哈尔的不争气，也被他理解为是自己罪孽的报应。通过个人的力量夺取权力，在亨利的内心宛如对神权的背叛和忤逆，让他不断怀疑自己王权的合法性。在看似强大的王权背后，亨利四世始终在沉重的罪感之下艰难地挣扎，无从摆脱内心的焦虑和恐惧。

　　相比之下，亨利四世的儿子哈尔则完全不同。他以混迹于市井无赖和流浪汉群体的方式，把父子关系推入彼此剥脱和疏离之势。也正是这种剥脱和疏离，让哈尔得到了他父亲未曾得到的自由。虽然亨利四世忍受着正统权力秩序带来的折磨，但他依然下意识地希望自己的儿子哈尔能够得到这种权力秩序的接纳和认可。因此，亨利四世期待着一个符合正统权力规则要求的王太子，正如青年贵族飞将军潘西所做到的那样。但是，哈尔的独特之处就在于他拒绝这样做。他没有在正统的王权秩序和规则中去理解自我和塑造自我。他对于权力也有着与父亲十分不同的理解。亨利四世的权力意识始终让他在祈求着神的接纳，但哈尔却是在人的接纳中寻找权力的实现之路。亨利四世要在神的允诺和原宥中确立自己权力的合法性，未来的亨利五世却要在人的接纳和拥戴中确立自己权力的合法性。这是父子之间权力意识的巨大区别，也是亨利五世注定要比他父亲强大的重要原因。亨利五世在社会和现世人群中理解权力、体验权力和践行权力的方式，代表着更具时代进步性的权力意识。这种权力意识是亨利五世成长为"明君"的重要基础，最终造就了他品德仁厚、勇敢机智、胸怀宽广等诸多可贵的执政品质。

　　莎士比亚的喜剧是其早期和中期的重要成就，约有十部。莎士比亚早期的喜剧并不成熟，这一时期的作品如《错误的喜剧》和《驯悍记》等都通过制造人为的笑料来博取喜剧感，带有很强的闹剧色彩。到了《仲夏夜之梦》出现之后，莎士比亚的喜剧风格逐渐成熟，《无事生非》《皆大欢喜》和《第十二夜》则代表着"快乐喜剧"风格的成熟。所谓"快乐喜剧"，其根本特点就是不把丑、荒谬和愚蠢等暗黑因素作为营造喜剧效果的手段，而是通过描写善、美与爱的胜利作为营造喜剧效果的手段。因此，这些作品大多以机智诙谐的人物语言和人物行为作为描写重点，通过对人生现象的奇妙评价和总结，赋予观众智慧的快感，也通过传达"善最终战胜恶""秩序最终取代混乱""理智终将战胜迷乱"等信念，赋予观众情感的欢愉。因此，"快乐喜剧"把轻灵的理智和浪漫的情感完美结合，形成了乐观、明快的审美基调，洋溢着优美、诗意的情感氛围。虽然"快乐喜剧"也会对人性丑与生活阴暗面进行讽刺，但较为温和且处于次要地位，不构成喜剧因素的核心部分。

最能体现上述特点的，应属出现在莎士比亚喜剧作品中的一系列女性形象。比如，《无事生非》中的贝特丽丝、《皆大欢喜》中的罗瑟琳、《第十二夜》中的奥薇拉、《威尼斯商人》中的鲍西亚等，这些女性形象善良真诚、重情重义、机智聪慧、勇于行动、言语敏捷、个性独立，她们有能力把握自己的命运，追求自己的幸福，也有能力在激烈的矛盾冲突中力挽狂澜，帮助他人。这些鲜明的特点让她们被称为"穿裙子的英雄"。这些女性形象的塑造完美地营造了"快乐喜剧"浪漫抒情又机智诙谐的基本特点。

当然，在莎士比亚的喜剧中，也有略带讽刺性的喜剧形象，比如著名的福斯塔夫。这是一个先后出现在历史剧《亨利四世》《亨利五世》和喜剧《温莎的风流娘们儿》中的贯穿性人物，被称为具有"英国文学中最伟大的喜剧性格"。福斯塔夫这一人物形象的喜剧效果的制造，比起"穿裙子的英雄"的确代表着更高的艺术技巧和水准。福斯塔夫的喜剧色彩是通过其自身性格上的矛盾自然体现的。比如言行矛盾，福斯塔夫作为一个落魄贵族，总是极力要显示自己的贵族出身和骑士身份，但在具体行为上却不自觉地流露出非常不优雅不高贵的庸俗和自私。再如思维矛盾，福斯塔夫既洞察世事，不满现实，但又缺少对抗现实的勇气，习惯于随波逐流、唯利是图，只能用自我嘲讽来为自己尴尬的内心世界解围。还有处世矛盾，福斯塔夫热爱生活，乐观开朗，但面对生活的困苦又常常难掩沮丧，于是只好用油滑世故或是遗忘自欺的方式加以逃避。这种通过表现人物自身的性格矛盾让其自然呈现喜剧效果的方法，在任何形式的喜剧创作中都属于高难度的艺术手段，代表着精粹的喜剧艺术境界。

莎士比亚的悲剧历来被视为其文学创作中的最高成就，代表其艺术价值的顶峰。莎士比亚的悲剧作品有十部，早期的代表作是《罗密欧与朱丽叶》，叙事水平还比较稚嫩，在营造悲剧效果、推进情节发展上，过多地依赖偶然、巧合、外力阻隔等通俗方式，缺少对深层悲剧因素的发现和挖掘。《裘力斯·恺撒》的产生则是莎士比亚的悲剧思想和技巧走向成熟的标志。在这本剧作中，推动情节发展的不再是偶然和巧合，而是残酷的人性逻辑和社会逻辑。布鲁托斯推翻了独裁者恺撒，以为给民众带来了自由，没想到却遭到民众的仇恨，因为民众害怕自由带来的动荡和茫然，他们早已习惯了对于独裁者的依赖和盲从。布鲁托斯的理想主义和庸众的盲从心理构成戏剧的核心冲突。这种对于人性逻辑和现实逻辑的把握成为此后莎士比亚戏剧的主要特色。

最能代表莎士比亚悲剧成就的是其后来创作的几大悲剧，诸如《哈姆雷特》《奥赛罗》《李尔王》《麦克白》《安东尼和克丽奥佩特拉》《科利奥兰纳斯》《雅典的泰门》。其中，《哈姆雷特》《奥赛罗》《李尔王》《麦克白》四部被视为莎士比亚悲剧的最高峰，并称为"四大悲剧"。这四部悲剧以对人性和命运的高度关注和思考，展示了莎士比亚悲剧的深度和特色。

二、理性困境与命运迷局：四大悲剧

（一）《哈姆雷特》：理性追求的勇气和痛苦

《哈姆雷特》[①] 是四大悲剧中最著名的一部，讲述了一个复仇的故事。丹麦王被其弟克劳狄斯谋杀，克劳狄斯篡夺了兄长的王位，娶了王嫂。丹麦王的鬼魂把这一切真相告知了自己的独生子哈姆雷特，并嘱托他为自己报仇。哈姆雷特听闻父魂所言后愤怒不已，决意为自己的父王复仇。但是，哈姆雷特并没有立刻付诸行动，而是开始在宫中装疯，并借此对大臣、朋友和亲人大发牢骚。然后，他在克劳狄斯面前安排戏剧表演，再现父亲被杀的情景，以图观察克劳狄斯的反应。在发现克劳狄斯神色异常，从而印证了其杀父罪行后，因为克劳狄斯内心受到刺激，正在向上帝忏悔，哈姆

---

① 此作品以下引述内容参见〔英〕威廉·莎士比亚：《莎士比亚·四大悲剧》，朱生豪译，中国画报出版社2013年版。

雷特放弃了杀掉克劳狄斯的机会。但是，在母亲宫中，因为与母亲言语冲突，哈姆雷特情绪失控，莽撞地杀死了躲在帘后的大臣波洛涅斯。

这一系列的行为让哈姆雷特陷入被动和不利的局势。克劳狄斯迅速反击，假借让哈姆雷特避祸，安排他离开丹麦去往英国，试图借英王之手杀掉哈姆雷特。虽然哈姆雷特识破阴谋，警觉地逃回了丹麦，但局势已经无法掌控。波洛涅斯之女、哈姆雷特所爱的奥菲利亚无法接受这一系列突然的变故，疯癫溺水而亡。奥菲利亚的哥哥雷欧提斯听信了克劳狄斯的挑唆，要杀死哈姆雷特为父复仇。克劳狄斯趁机安排了二人的决斗。为了决斗，雷欧提斯准备了涂着毒药的利剑，克劳狄斯则准备了有毒的庆功酒，无论哈姆雷特是赢还是输，都将难逃一死。在决斗过程中，雷欧提斯用毒剑刺中了哈姆雷特，哈姆雷特也用同一把毒剑刺中了雷欧提斯，克劳狄斯准备的毒酒被王后喝下，雷欧提斯和王后相继倒地。虽然雷欧提斯在最后一刻说出真相，给了哈姆雷特杀死克劳狄斯的直接理由，哈姆雷特最终杀死了克劳狄斯，但是哈姆雷特自己也毒发身亡。

显然，在哈姆雷特的悲剧中，如何理解前几幕所表现出的行为延宕，是解读这部作品的关键。从装疯到安排戏剧表演，在这看似拖延的行为背后，隐含的是哈姆雷特对于理性的坚韧追求。装疯固然可以解释为年轻王子的胆怯和迟疑，但是装疯过程中哈姆雷特对于人心的刺探和针砭却更为明显。他试图用基督的精神救赎之道去刺痛、唤醒那些麻木的灵魂。在与大臣波洛涅斯交谈时，他讽刺老年人昏庸势利；在与投靠克劳狄斯的两个童年好友交谈时，他称呼他们是吸纳荣华富贵的可悲的海绵；在与奥菲利亚交谈时，他告知她女人最重要的不是美貌而是美德；在与母亲交谈时，他更是直接讽刺她乱伦身份的荒谬和可耻。正如他自己所言："让我扭你的心，你的心倘若不是铁石打成的，万恶的习惯倘若不曾把它硬化得透不进一点感情，那么我的话一定可以把它刺痛。"装疯不但是哈姆雷特用来观察和分析环境和身边众人的一种方式，也是他试图压抑暴力冲突，用唤醒理性良知的非暴力方式解决问题的一种意愿。

安排宫廷戏剧表演更是哈姆雷特追求理性的明确表现。即便是面对父灵所言，哈姆雷特也选择不盲从、不轻信，他通过自己的观察、分析、判断和推理来确认真相。这是对个人的理性力量的追求，也是对个人独立思考的坚持。哈姆雷特不断向自己发问，提出了一个又一个难解的命题。他思考面对苦难的合理方式："生存还是毁灭，这是一个值得考虑的问题；默然忍受命运的暴虐的毒箭，或是挺身反抗人世的无涯的苦难，通过斗争把它们扫清，这两种行为，哪一种更高贵？"在第五幕第一场"墓地"中，他更是大胆提出了自己对于生命价值的思考，并对人生终极的价值和意义进行了苦苦的思索和追问。

从复仇的角度而言，哈姆雷特算不上是成功的复仇者。但是，从理性追求的角度来看，哈姆雷特无疑是一个勇敢的思考者和理性的追求者。

当然，哈姆雷特对理性力量和独立思考的追求又注定是坎坷的。

首先，哈姆雷特的思考依据是复杂的。他通过观察、分析、推断得出结论、寻找真相，依靠的是个人的观察能力和逻辑能力，这是比较典型的希腊式思维方式。但是，哈姆雷特又是一个中世纪的王子，是一个基督徒，宗教教义也是他用来选择行为的重要依据。因此，当他认定了克劳狄斯的罪行，尾随他到宫中，准备杀掉他时，却因为克劳狄斯正在忏悔而放弃了这次机会。杀掉正在忏悔的人，被杀者的灵魂会升入天堂，这是基督教的教义。哈姆雷特正是根据这条教义，选择了放弃。更重要的是，基督教教义中重恩典救赎、反暴力惩戒的思想，本身就对哈姆雷特产生了深刻的影响。这一点使得哈姆雷特虽然表现出突破时代的独立判断的锐气，但一直抗拒杀人行为本身。这种在古希腊思维和基督精神之间徘徊的状态，也正是那个时代思考者的真实困境。

其次，哈姆雷特用理性控制行为的能力也尚显稚嫩。虽然哈姆雷特一直试图用理性对自己的行为进行辨识和控制，但是当单独面对母亲时，他的情绪还是难以抑制地失控了。正是这次情绪失控造成了他行为上前所未有的莽撞和粗鲁，从而导致误杀波洛涅斯，间接造成了奥菲利亚的悲剧，也让自己在整个事件中从主动变成了被动。

总体而言，哈姆雷特的遭遇和痛苦体现出的是一个思考者的命运和痛苦，哈姆雷特的魅力也是一个思考者的魅力。

(二) 从《奥赛罗》到《麦克白》：理性意识的薄弱和丧失

如果说哈姆雷特的悲剧来自坚持理性的艰难，那么《奥赛罗》《李尔王》和《麦克白》则是理性缺失带来的行为灾难。

1. 《奥赛罗》

《奥赛罗》中的奥赛罗是一个黑色皮肤的摩尔人,他出身低微,依靠能征善战,奋斗成了威尼斯公国的大将。朝中元老、白人贵族勃拉班修的女儿苔丝狄蒙娜爱上了奥赛罗,为了嫁给他而不惜与父亲决裂。婚后,苔丝狄蒙娜伴随丈夫驻扎在塞浦路斯。驻扎期间,奥赛罗提拔凯西奥做了副将,引起了另外一个手下伊阿古的强烈不满。伊阿古捏造了凯西奥与苔丝狄蒙娜有染的谎言,并利用自己的妻子拿到苔丝狄蒙娜的手绢,偷置于凯西奥家中。奥赛罗发现凯西奥家中的手绢后勃然大怒,奔回家中,不容分说地掐死了苔丝狄蒙娜。伊阿古的妻子得知这一切之后,震惊于自己丈夫的卑鄙,说出了手绢为自己所拿的真相。奥赛罗悔恨莫及,在苔丝狄蒙娜身边自刎而死。

造成奥赛罗悲剧的直接原因是人性中的"嫉妒"。在《新约·罗马书》中,"嫉妒"被列为"人类罪恶"之一;在《神曲》中,"嫉妒"被列为"七宗罪"之一。"嫉妒"是人类的天性,也是人类与生俱来的弱点。"嫉妒"是西方文学中不断被讨论的人性命题,不过《奥赛罗》对于这一人性弱点的讨论有自己的深度。《奥赛罗》中,悲剧的情节由两个嫉妒推动,伊阿古的嫉妒和奥赛罗的嫉妒:伊阿古嫉妒凯西奥被升职,奥赛罗嫉妒凯西奥被苔丝狄蒙娜所爱。但是,二者并不相同。伊阿古的嫉妒产生于自私和心胸狭隘,不能容忍别人超越自己,从而对他人迸发出"仇恨"和"毁他"的欲望。这是一种丧失仁爱和宽容精神的行为,是人性扭曲和人格低劣的体现,属于道德失范的问题。

奥赛罗的嫉妒却不是这样,无法在道德层面进行理解和解释,是更为深广的人性和自我悲剧。奥赛罗的嫉妒产生于"自我绝望",其基础是由来已久的自卑感。奥赛罗的悲剧是一种人性层面的普遍悲剧,那就是自我认同的障碍。奥赛罗对于自我价值的认知严重缺乏内在基础,他是那种通过外在视角审视自我价值的可悲类型。他用外在的社会身份和他人的认同来确立自己的价值,但也用外在的种族视角认定了自己出身和种族的卑微。奥赛罗缺乏独立认知自我的理性能力,也就难以从内心深处生长出接纳自己出身和肤色的力量。在奥赛罗的内心深处,真正的自我认同和自我接纳并没有被完成,甚至没有被触碰。他只是努力地获取外在认同,用将军的身份和苔丝狄蒙娜的爱情掩盖了内心深处卑微的自我感受。苔丝狄蒙娜的爱对于奥赛罗的意义，不只是一种男女感情，更是负载着整个外在价值认同。他需要用苔丝狄蒙娜的爱情来支撑和完成自我认同。

这种自我认知的困境隐含着重重危机，一旦内心那个薄弱环节被触动，奥赛罗的理性体系就会出现严重偏差。一方面，这种没有被消除而只是被深藏的自卑导致他选择相信谎言，相信苔丝狄蒙娜背叛的可能性。一个人如果在内心深处认定自己是卑微低贱的，那么就会相信别人背叛自己是有可能的。奥赛罗进行了思考和判断，但他得出了错误的结论。另一方面，随着外在认同的消失，通过外在认同建立的自我价值会瞬间崩塌。苔丝狄蒙娜是奥赛罗通过外在认同所得到的自我价值认同的集中载体，这个载体一旦消解，就是奥赛罗无法承受的自我价值的全盘崩塌。这也就可以解释为何认定苔丝狄蒙娜背叛之后奥赛罗会暴怒到连苔丝狄蒙娜"明天再杀我"的要求都不能应允。这种暴怒的背后是整个自我价值坍塌的巨大痛苦。相比于伊阿古的嫉妒，奥赛罗的嫉妒背后所隐含的自我认知的误区才是更普遍的人性悲剧。奥赛罗从未建立的自我认知，体现的正是理性意识令人惊讶的昏暗和薄弱。

2.《李尔王》

《李尔王》中的李尔所犯的错误与奥赛罗是极为相似的，虽然两个故事看上去完全不同。国王李尔在退位之际，让三个女儿表白对自己的爱，并根据女儿们的表白决定如何分割国土。两个大女儿投其所好，小女儿考狄丽亚却不肯说谎，坚称只能给父亲一半的爱，另一半的爱要留给自己未来的家庭。李尔于是赶走了考狄丽亚，把国土分给了两个年长的女儿。李尔退位以后依然要拥有百名侍从，遭到两个大女儿的反对。李尔因此被她们拒之门外，流浪到荒野之中。考狄丽亚起兵讨伐两个姐姐，试图帮助父亲夺回王权，为此死在了狱中。李尔最终也悲痛地死在了考狄丽亚的身边。

在这部作品中，两个大女儿品德的缺陷显而易见，她们唯利是图、自私自利、冷酷无情，但这些并不是李尔真正的悲剧根源。造成这起悲剧的主要原因还在于李尔自身。李尔的悲剧与他的两个行为有关，一是向女儿们索取所有的爱，二是坚持要拥有百人侍卫队。第一个行为导致他与考狄丽亚的决裂，第二个行为导致他与另外两个女儿的决裂。问题的关键在于，李尔为何要这么做？李尔对自我的认知完全建立在权力身份之上。一旦脱离了权力身份，李尔既找不到自己的价值，也无从在身份转换中建立价值。李尔能够接纳的自我价值只有"王"的身份，这是他理直气壮地向女儿们索要全部的爱的行为基础，一个父亲不能索要女儿全部的爱，但一个王却有资格索要臣子全部的忠诚。同样，一个退位的老王并没有坚持拥有百人侍卫队的必要。这只能说明，虽然李尔退了位，他的内心却依然视自己为王，因为"王"的身份是他唯一可以得到自我价值认可的身份。剥离了这一身份，李尔就只有自我价值的虚空，以及由此而来的孤独、脆弱和恐惧。李尔单一依靠外在身份来认定自我价值的方式与奥赛罗可谓是同出一辙。就像奥赛罗不能接受自己作为黑人的种族和低贱的出身，李尔对"头上不再有王冠"的现实感到由衷的恐慌，这种自我认知的巨大困难和误区才是造成李尔悲剧的内在根源。

3.《麦克白》

《麦克白》中的麦克白同样是一个理性力量薄弱的形象。麦克白原本是一个正直的贵族英雄，一次凯旋的途中遇到三个女巫，女巫预言他未来会成为苏格兰国王。麦克白的妻子怂恿他把预言变成现实，于是夫妻俩设计谋杀了国王邓肯，从而登上了王位。为了保住自己的王位，麦克白大开杀戒，最终导致众叛亲离，被仇敌们剿杀。

《麦克白》并没有把麦克白塑造成恶人，反而着重描写了他那未曾泯灭的正直，以及由此滋生的沉重的负罪感。甚至心狠手辣的麦克白夫人也被塑造成良知尚存的人物，良心的谴责让她最终精神崩溃，疯癫而死。这种写法就把整个故事从简单的道德层面上升到了人性悲剧的层面。麦克白的悲剧不是因为他是"坏人"，他人性中不缺乏"善"，问题是他的"善"不足以抵抗他人性中的"恶"，造成这种问题的原因就是理性力量的薄弱。麦克白无力推断自己行为的后果，也无力控制和辨识自己的行为，导致他在面对诱惑时表现得十分脆弱，被诱惑步步引领，最终走入命运的困局。

从这四部作品中不难看出，莎士比亚的作品体现出一个贯穿性的思考命题，就是人的行为选择的盲目和艰难。面对人生的迷局，人类的表现在大多数的情况下都犹如在昏暗的隧道里摸索，充满了挫败和失误，恰如哈姆雷特的纠结和忧虑、奥赛罗的轻率和暴怒、李尔王的专横和执拗、麦克白的矛盾和残暴。莎士比亚的四大悲剧深入到这些行为的背后,让我们得以窥见这些行为的内在成因:哈姆雷特复杂且纷乱的理性依据、奥赛罗从未建立的自我认同、李尔王面对权力身份丧失的惶恐和价值虚无以及麦克白失控的权欲。这些对于人类行为和人性弱点的探知,都折射出文艺复兴运动中人们对于命运新的理解:命运不是宿命,不是神控,而是决定于人类自身的理性。

第四章

王权的期望与质疑：
17世纪文学

17世纪，先后出现了巴洛克文学、古典主义文学和清教徒文学三种最为重要的文学流派。

巴洛克文学兴盛于西班牙和意大利，是一个讳言现实、致力于艺术形式突破的文学流派。巴洛克文学的出现与神权的压制有着直接的关系。意大利和西班牙是文艺复兴运动十分活跃的国度，文艺复兴之后，教会的"反扑"也格外严酷。耶稣会、宗教裁判所等宗教机构都加强了对社会文化思想的控制，禁止人文主义文化和思想的传播。在这种情形之下，文学家们避开了对现实社会和人生问题的讨论，致力于艺术形式的经营，从而形成了思想胆怯、贫弱，艺术形式却繁丽绚烂、自由奔放的特殊形态。

古典主义文学兴盛于法国，这种文学流派与法国强盛的王权息息相关。17世纪的法国出现了路易十四的强大统治，对于王权的信任和冀望体现在文学中，促成了文学理念与政治理念的统一。古典主义文学在内容上传播国家意识，在艺术形式上要求整齐、统一、理性和有秩序，形成了严肃、高贵、克制、悲壮的美学风格。

清教徒文学出现于英国，这种文学流派与英国的宗教斗争有着密切的关系。清教与国教的斗争是17世纪英国的一组激烈矛盾，在其中又夹杂了现实社会中的政治矛盾和经济矛盾，这复杂的重重矛盾都折射在清教徒文学的内涵之中。清教徒文学是17世纪文学中思想最为厚重的一种文学样式，它虽然大多以宗教内容为题材，但在内容上却远远超越了宗教的局限，既有对宗教精神的反思和重新阐释，也有对社会政治、文化问题的深入思考和反映。

第一节　17 世纪文学成就概述

一、自由精神的另辟蹊径：巴洛克文学

毫无疑问，巴洛克文学在思想内涵上表现得相当薄弱。比如，意大利作家**贾姆巴蒂斯塔·马里诺**（1569—1625）的诗歌《阿多尼斯》，以四万五千多行的鸿篇巨制讲述美少年阿多尼斯与爱神维纳斯的爱情故事，几乎难以见到文学应有的对于社会问题和人生问题的思考和追问，就连情节设计都十分粗陋简易。西班牙作家**路易斯·德·贡戈拉**（1561—1627）具有代表性的诗歌《孤独》，则通过对于世外桃源式的自然田园世界的描写，表达超脱现实、远离真实社会的愿望。法国作家**奥诺雷·德·于尔菲**（1568—1625）的小说《阿丝特蕾》，在描写田园牧歌时还洋溢着贵族的沙龙情趣。**阿格里帕·多比涅**（1552—1630）的诗歌《惨景集》虽然描写了战争，但也缺乏社会批判的力度。德国作家**汉斯·雅各布·克里斯托弗·格里美尔豪森**（1621—1676）的流浪汉小说《痴儿西木传》，应该算是巴洛克文学中较有现实感的作品了，涉及很多对黑暗和丑陋的社会现象的描写，但依然缺乏文艺复兴时期流浪汉小说面对现实的批判勇气。它对于社会问题的书写不是立足于现实本身，而是为了表达对于隐居生活的赞美和歌颂。这就使得巴洛克文学在内容上整体呈现出一种虚幻的特点。

与内容的贫乏和单薄形成截然对比的，是这些文学作品在修辞手法和语言形式上的极致追求。马里诺的诗歌因为新颖奇特的修辞、象征以及唯美烦琐的描述和抒情自成一体，被称为"马里诺诗体"。贡戈拉的诗歌比"马里诺诗体"更具修饰性，刻意试用多变的文体、复杂的修饰和奇特的联想，营造出华美繁丽的语言世界，被称为"贡戈拉文体"以及"夸饰主义"。这些作品都极力突破文艺复兴以来均衡和谐的审美原则，无论是语言和修辞的使用还是色彩和情调的设计，都打破了以往的尺度，追求个性化的新奇和夸张，营造繁丽奇特的语言世界和浪漫情感。因此，后世把这种文学样式称为"巴洛克文学"。

如果把这种艺术形式的极致追求简单地理解为思想贫弱的结果或是思

想空虚的修辞填充，就无法发现这种艺术形式的意义和价值。事实上，巴洛克文学对于艺术形式的追求，本身也是一种时代锐气的表现。巴洛克文学毕竟是在文艺复兴之后出现的文学形式，受到文艺复兴深刻的影响。由于在西班牙和意大利出现了严酷的、反弹式的教会控制，文艺复兴自由独立的人文精神无法正常地通过文学内容进行直接表达，巴洛克文学在内容上的确避免讨论现实社会和人生问题，表现出对于宗教题材的迎合式使用。不过，这些宗教题材的使用和处理已经悄然发生了变化。

在巴洛克文学的宗教题材中，对于教会的愚信和服从几乎没有，取而代之的是对于宗教信条的怀疑和动摇。故事中的人物无法从宗教中得到确定的精神力量，表现出信仰的犹疑。写故事的作者本身也不再忍受教条礼仪对于自己行为的限制。比如，马里诺本人在个人生活和日常行为上就表现出放浪形骸和恣意任性的特点。从文学内容而言，虽然巴洛克文学讳言现实，却以极其张扬的方式歌颂人的情感和爱欲，认可人类情爱的合理与美好。从创作理念而言，巴洛克文学也极其推崇人的个体感觉经验，认为通过人的感觉才能得知世界的真相，这种艺术思维对后世产生了很大的影响。

可见，巴洛克文学的自由精神虽然没有从思想内容上表达出来，在艺术形式中却有充分的体现。那些对于尺度的打破、对于规则的推翻以及对于新奇的追求，都展现了巴洛克文学独特的对于自由的向往和实践。因此，巴洛克文学才会呈现出又忌惮又放肆、又单一又热烈、又谨慎又突破的特殊审美风格，也因为这种复杂的审美构成，才会被后世称为"巴洛克"（意为"不规则的珍珠"）。所以，巴洛克文学不应被理解为相较于文艺复兴的思想倒退，不能忽视它在语言形式中所延续的文艺复兴的自由精神。虽然这种延续因为规避宗教压制而显得十分隐晦曲折，但这不失为一种思想受制之下的艺术突围。

巴洛克文学在意大利和西班牙出现以后，逐渐发展到了法国和德国，从16世纪末期一直持续到17世纪中期，它对于个性和感性的追求对后世的浪漫主义产生了深远的影响。

当然，随着欧洲社会特别是法国王权力量的逐步增强，王权统一意识被广泛认同，以王权为核心的国家意识被普遍接受，秩序、统一、理性就成为更具普遍性的社会文化吁求，巴洛克文学所推崇的感性、夸张和奇特的美学趣味渐渐不合时宜。于是，在法国崛起了古典主义文学，在英国出现了清教徒文学。相比于巴洛克文学，这两种文学形态以丰厚且明确的思想内涵代表着17世纪真正的文学成就。

二、王权与秩序的文学演绎：古典主义文学

法国王权从路易十三执政到17世纪中后期路易十四执政，一步步提升了王权的空前控制力。高度集中的王权在国家管理上取得的成果获得了文学家和艺术家们的高度信任。路易十四所执掌的波旁王朝也通过颁发奖金和监督审查两种方式，加强了对于文学创作的扶植和引领，一方面要求文学家领会和实践王朝的社会治理理念，即统一、集中、规范、标准；另一方面也鼓励和庇护文学家的生活和创作，如路易十四就扶植了包括莫里哀、拉辛等在内的诸多剧作家。

在这种情况下，17世纪的法国文学自然而然地表现出与王朝政治理念的积极配合。17世纪中后期以后，作家们开始在文学艺术上营造统一和秩序带来的美感，在内容上积极表达对于统一王权的崇拜和信任，"古典主义文学"就此产生。但是，把古典主义文学的产生理解为对于王权政治的卑微屈从，也是不客观的。结合时代背景而言，当时法国文学对于王权政治理念的配合，更多的是出于对于国家安定统一的愿望，并由此滋生出对于强大王权的支持和欣赏。毕竟，在当时的法国，强大的波旁王朝让社会趋于安宁、稳定、繁荣和富强，这正是普通社会民众的愿望。因此，古典主义文学对于标准统一、趣味统一、格局统一的追求，本身就是其国家意识的体现，也是其社会责任和热情的体现。这是理解古典主义文学的基本前提，否则就容易把古典主义文学误读为御用文学，就无法正确理解古典主义文学壮美的国家意识以及理性的审美态度。

（一）对国家意识的倡扬

"国家"是世俗社会的政治经济同一体，这个整体性的概念在此前的欧洲社会并没有得到深入和广泛的认同。在漫长的中世纪，人们所认同的是教会统治下的宗教同一体，因此即便是主张王国利益，也常常需要寻找宗教依据才能获得集体的行为动机。法国王权的强大改变了这种状况，正如

路易十四所言的"朕即国家",就是通过王权来实现整个社会的国家认同。虽然路易十四所代表的王权是一种专制王权,但在 17 世纪的时代背景下,对王权的推崇毫无疑问是历史的进步,是建构社会统一体的新尝试。

古典主义文学在思想上最为重要的内容就是传播和倡导这种国家意识。在古典主义文学中,大多会设置个人利益与整体利益的剧烈冲突,把人物置于这种矛盾之中,让其面临艰难的选择。在**皮埃尔·高乃依**(1606—1684)的古典主义戏剧《熙德》①中,青年罗德里格与施梅娜深深相爱,但是二人的父亲却发生了冲突。罗德里格的父亲在被施梅娜的父亲羞辱后,要求儿子为自己复仇。这就把罗德里格置于矛盾之中:如果杀掉施梅娜的父亲,就会失去心爱的姑娘;如果不杀,则会让家族荣誉蒙羞。最终,罗德里格选择了家族利益,杀掉了施梅娜的父亲。这把施梅娜又置于同样的矛盾之中:如果为父亲复仇,就会伤害自己所爱的罗德里格;反之,则会让家族蒙羞。最终,施梅娜忍痛要求国王杀掉罗德里格。但是,在罗德里格立了战功之后,施梅娜面临的矛盾又发生了变化:如果杀掉罗德里格,就会伤害国家利益;如果不杀,则家庭荣誉无法维护。这一次,施梅娜选择了国家利益,放弃了家族仇恨,也顺理成章地与罗德里格走到了一起。我们从中不难看出主人公们鲜明的行为依据:当个人利益与家族利益发生冲突时,他们选择家族利益;当家族利益与国家利益发生冲突时,他们选择国家利益。颇有意味的是,正是由于两位主人公坚持了这样的行为依据,反而获得了最终的幸福。

同样的价值理念在**让·拉辛**(1639—1699)的《安德洛玛克》中也被倡导。特洛伊城覆灭后,特洛伊王子赫克托耳的遗孀安德洛玛克带着幼子阿斯蒂亚纳科斯被阿基里斯的儿子皮吕斯俘获,希腊联邦派来使者俄瑞斯忒斯,要求皮吕斯杀掉阿斯蒂亚纳科斯,以防这个孩子长大后为父报仇危及希腊联邦。但是,此时的皮吕斯已经爱上了安德洛玛克,杀掉她违背自己的心愿,而要娶她则必须答应她的要求,庇护她的儿子。后来,皮吕斯不惜违背希腊联邦的集体意旨,选择迎娶安德洛玛克,并做其儿子的庇护

---

① 此作品以下引述内容参见〔法〕高乃依:《高乃依戏剧选》,张秋红、马振骋译,吉林出版集团有限责任公司 2012 年版。

者。他的未婚妻、斯巴达公主爱妙娜伤心欲绝，决意报复。暗恋爱妙娜的俄瑞斯忒斯以为有机可乘，答应了爱妙娜疯狂的要求，带兵杀掉了皮吕斯。但是，爱妙娜在皮吕斯死后自杀。俄瑞斯忒斯无法面对这一切，最终发了疯。不难看出，无论皮吕斯、爱妙娜还是俄瑞斯忒斯，都没有把城邦的集体利益放在首位，他们都背弃了自身的责任和义务，这是他们共同的悲剧发生的根本原因。相反，安德洛玛克为了保全儿子阿斯蒂亚纳科斯（特洛伊的火种）而答应嫁给皮吕斯，又为了保全丈夫名声（家族荣誉）而打算在婚礼盟誓后自杀。正因为她作出了牺牲自己的决定，反而成为最大的赢家。安德洛玛克之所以能够获得最终的胜利，正是因为她具有牺牲自己的勇气。

这些古典主义剧作虽然情节不一，但都把国家责任义务和家族责任义务置于个人愿望之前，并由此传达同一个理念：只有勇于维护整体利益的人才会获得个人幸福。这种对于整体利益和个人幸福之间关系的阐释，无疑带有很强的倡导和鼓励色彩，成为古典主义文学最为重要的特点之一。

（二）对理性力量的推崇

古典主义文学虽然常常设置个人利益与整体利益的冲突，并让主人公服从整体利益，但这并不意味着否定个人利益的合理性。相反，无论是高乃依还是拉辛，都对热烈的爱情给予很高的同情，也充分认可个人愿望的合理性。古典主义文学安排的不是"应该"与"不应该"的冲突，而是"应该"与"应该"的冲突。这其中正表现出古典主义文学的另一个意图：当"应该"与"不应该"冲突时，考验的是主人公的正义原则；当"应该"与"应该"冲突时，考验的却是主体的理性原则，而这正是古典主义文学所强调的又一重要内容。

古典主义文学所强调的理性，首先是一种价值辨识能力。在《熙德》中，爱情具有值得追求的价值，因此施梅娜和罗德里格都热烈地追求爱情。但是，无论多么珍惜这份爱情，他们都认为家族荣誉和国家利益是更值得追求的价值。正如高乃依所言："重大的国家利益，较之爱情是更为崇高壮伟的激情。"因此，施梅娜最终还是进行了清醒的价值选择："不管我的爱情对我具有怎样的权威，为了尽到我的责任，我决不听它支配。"罗德里格也是一样，虽然感受到"我的爱情向我自身的荣誉展开了斗争：要替父亲报仇，就得失去情人"的两难痛苦，但最终还是选择了维护家族荣誉，因为他无法忍受"身后的名声因我没有保持我家族的光荣而蒙受羞耻"。《安德洛玛克》中的安德洛玛克同样进行了价值辨识，因为认定民族利益和家族利益高于一切，所以不惜牺牲自己的生命。这种价值辨识能力就是古典主义文学所极力推崇的理性精神。

古典主义文学所强调的理性也是一种自我克制的能力。《安德洛玛克》中的爱妙娜、皮吕斯和俄瑞斯忒斯并非不知道自己的责任和义务，只是无法克制自己的绝望和嫉妒。造成情绪和行为的双重失控。皮吕斯也知道城邦安全的重要性，但是对于安德洛玛克的渴望让他无法克制自己的情欲，拒绝执行希腊联邦的要求。俄瑞斯忒斯同样知道自己身为希腊联邦使者的使命，但是他也无法克制自己占有爱妙娜的欲望，从而丧失理性，背叛了自己的使命。相反，施梅娜的价值辨识就落实为一种强大的自我克制能力，虽然她痛苦地陷入"我要他的脑袋，却又生怕得到它；他死我就跟着死，而我却又偏要惩治他"的两难情绪，但最终战胜了内心的混乱，作出了冷静的选择。这种自我克制的能力也是古典主义所追求的壮烈美感之一。

（三）艺术形式的统一

古典主义文学在创作实践和文艺理论上主张以古希腊和古罗马文学为典范，在题材上多取材于古希腊和古罗马的神话和史诗，人物形象以贵族和上层人物为主，在语言上推崇纯正典雅的法语，追求华丽典雅之美，在风格上追求古希腊悲剧的严肃和崇高。"古典主义"也正是因此而得名。但是，古典主义文学所要求的规范、整饬和统一，归根结底与王权崇拜密切相关。古典主义文学所特有的艺术规范和统一标准，也是社会处于集权阶段的必然表现。

古典主义文学的成就包括戏剧、寓言、诗歌和文学理论。寓言创作的代表人物是**拉·封丹**（1621—1695），他的代表作《寓言集》是以叙事诗形式写作的寓言，虽然取材于古代的寓言如《伊索寓言》等，但赋予这些寓言新的时代意义，对社会现实有比较大胆的映射和针砭。诗歌和文学理论的代表人物是**布瓦洛**（1636—1711），他的《诗的艺术》对古典主义文学创作规范进行了总体的梳理和概括，是古典主义文学理论的重要作品。

当然，最能体现古典主义文学成就和创作原则的还是古典主义戏剧。

古典主义戏剧包括悲剧和喜剧，悲剧的代表作家是高乃依和拉辛，喜剧的代表作家是**莫里哀**（1622—1673）（参见本章第二节）。他们的作品比较一致地表现出古典主义文学在艺术形式上的统一要求：

其一，推崇纯粹的悲剧，通过营造悲剧性的人生结局，思考人生、人性和人的行为，反思悲剧的根源。高乃依的《熙德》因为不符合这种标准（《熙德》是一部悲喜剧）而备受指责，拉辛的《安德洛玛克》和《菲德拉》则因为符合这一标准而得到了充分的肯定。

其二，提出了"三一律"。亚里士多德在《诗学》中提出了"时间一律"和"地点一律"，古典主义戏剧在此基础上发展出了"三一律"，即情节必须单线发展，时间的跨度只能是一昼夜，整个故事都必须发生在一个地点而不能转换。"三一律"给古典主义戏剧带来了独特的风格，它在规整叙事线索、营造紧凑的戏剧情节方面起了很大的作用。比如，《熙德》没有遵守"情节必须单线发展"的要求，在罗德里格和施梅娜的爱情线索之外，增加了公主对罗德里格的暗恋情节，且这条副线与主线并没有必然的逻辑推动关系，这就造成了情节的枝蔓游离，使整部作品的结构不够紧凑。拉辛的《安德洛玛克》所写到的人物关系比《熙德》复杂得多，涉及四个男女和三组两性关系。但是，其情节紧紧围绕一条单线发展，即皮吕斯面对安德洛玛克的儿子杀与不杀的纠结，四个男女和三组两性关系都被紧密地连接在这条情节线之中。整部作品的结构十分严谨，人物多但不纷乱，头绪多却互动有序，这正是拉辛遵守"三一律"的结果。同样，作为古典主义喜剧代表作，莫里哀的《伪君子》也严格遵守"三一律"。整部剧围绕着"达尔杜弗到底是君子还是小人"这一核心线索有条不紊地展开，为了保持线索的整饬，甚至采用了悬念式开场，作为核心人物的达尔杜弗到第三幕才上场，前两幕让观众通过其他人物的争论去认识达尔杜弗。后几幕则让观众自己通过达尔杜弗的行为去认识达尔杜弗。这种开场方式让作品的结构格外严谨，线索集中且清晰，被歌德誉为"现存最伟大和最好的开场"。

从创作实践的结果来看，"三一律"有效地避免了情节纷乱、剧情拖沓，特别是"时间的跨度不超过一昼夜"的规定，促使作家必须设计出高度紧张的人物关系，才能让故事在一昼夜之内爆发矛盾和冲突，迅速走向结局。这些都造就了古典主义戏剧独特的风格。不过,"三一律"给作家创作带来的副作用也是显而易见的。一方面,"三一律"对于时间、地点的限定,让作家在创作时受到极大的束缚,很难深入细致地表现人物的行为和命运,营造更真实的人物关系脉络,容易导致人物形象的公式化、概念化;同时,一味地追求激烈的戏剧冲突,也难以表现真实社会和生活的状态,不能挖掘更为潜在的、符合生活常态的矛盾和冲突。另一方面,"三一律"对于充分发挥作家的个人特点、营造戏剧的多元化风格是极其不利的,束缚了作家创作个性和独创能力的发展。

三、王权的对抗与信仰的阐释:清教徒文学

16世纪的文艺复兴运动中爆发了马丁·路德宗教改革运动,改变了天主教一统天下的局面,在欧洲出现了诸多新教派,被统称为"基督新教",包括路德创办的路德宗、瑞士的加尔文宗以及在英国影响很大的安立甘宗。安立甘宗也称"圣公宗"得到英王亨利八世的支持,最终成为英国国教,摆脱了天主教皇和罗马教廷的控制。英王自己也成为教会的最高统治者,采用主教制。

17世纪时,英国国教暴露的问题越来越严重,主教制使得教会内部依然存在森严的等级制度,教会腐败问题严重。国教保留了天主教烦琐的宗教仪式和大量的宗教内容,与天主教的界限并不清楚。此时,加尔文教派对英国的影响越来越大,持有加尔文宗教思想的教徒强烈要求改革国教,削弱国王和主教对于教会的控制,清除国教中的天主教因素,废除天主教烦琐的宗教仪式和宗教节日,避免物质的奢靡浪费。他们更呼吁废除主教制,实现教徒间的平等;鼓励教徒创造财富,勤俭节约;强调《圣经》的作用,要求教徒直接从《圣经》中领会宗教精神,而拒绝任何教会和个人成为宗教解释的权威。这个教派被称为"清教"。

"清教"与"国教"之间的斗争看上去是宗教斗争,但其推动力还是来自社会阶层的力量。17世纪的英国,在平民阶层中出现了从事各种工商业活动并逐渐拥有资本力量的群体,也就是历史上所定义的新兴资产阶级。他们不愿接受上层贵族阶层的压制,希望得到更多平等的社会权利,成为清教的核心力量。在宗教斗争的背后隐含的,正是发生在新兴资产阶级与

上层王权和神权之间的社会权利争夺。清教在政治上提出以民主和共和为核心的新的社会模式设想,在日常生活中表现出对于社会职业的高度认可、对于财富创造的推崇以及反对奢侈宗教仪式的倾向和特点。在清教徒身上,体现出的是新兴资产阶级对于民主、平等和自由的要求,对于务实创业行为的推崇,以及对于王权专制的强烈反感。17世纪40年代,作为清教徒和资产阶级代表的克伦威尔率众与王权展开激烈斗争,史称"英国资产阶级革命"。因为克伦威尔和他率领的革命军都是清教徒,这场革命也被称为"清教徒革命"。这场革命本身就是社会矛盾和宗教矛盾双重爆发的结果。革命军们处死了国王查理一世,建立了共和政体。直到克伦威尔去世后,1660年,英国王权复辟。

清教徒文学正是在这种复杂、波折的社会矛盾和宗教冲突背景下产生的,代表作家包括**约翰·弥尔顿**(1608—1674)和**约翰·班扬**(1628—1688)。约翰·班扬是清教徒革命的积极参与者,也是清教思想的坚定持有者。他的代表作品是《天路历程》,这是一部描写梦境的寓言作品。作者讲述了主人公在梦中寻找"天国城"的故事,描述了他一路上的所见所闻。一方面,主人公看到了人间种种道德沦落的罪孽景象,折射出堕落的社会现实和道德状况;另一方面,主人公也经历了种种考验,拒绝了来自堕落现实的诱惑,保持着对于人性恶的警惕,勇敢地战胜自己的懒惰和胆怯,一步步坚持善的方向。《天路历程》虽然是一部宗教作品,以传达作者的宗教理念和信仰态度为主,但也包含着丰富的现实批判精神。我们从《天路历程》不难看出清教徒文学的基本特点。当然,最能代表清教徒文学思想深度和成就的还是约翰·弥尔顿的《失乐园》(参见本章第二节)。

第二节 莫里哀与弥尔顿

一、古典主义喜剧的杰作:莫里哀的《伪君子》

莫里哀是法国古典主义喜剧的代表作家,也被认为是法国古典主义文学最杰出的代表。与高乃依和拉辛喜欢取材于古代文学和传说十分不同,莫里哀的作品大多取材于现实生活,具有更强烈的现实感,对于社会问题也表现出更多直面的勇气。

(一) 平民意识与现实批判精神

莫里哀的出身和经历十分特殊，他原名让·巴蒂斯特·波克兰，出身于富有平民阶层，其父是皇家室内陈设商，与王室和贵族接触频繁。莫里哀因为喜欢戏剧而放弃长子继承权，以艺名"莫里哀"投身戏剧事业。莫里哀与人合伙建立了剧团，他既是经营者，也是编剧、导演和演员。但是，莫里哀的剧团经营十分艰难，无法在巴黎的演艺市场中立足，他甚至因为还不起债务而进过监牢。从1645年到1658年，莫里哀不得不离开巴黎，到外省各处游走巡演。这段坎坷低落的演艺之路赋予莫里哀鲜明的平民立场和平民意识。

一方面，这种平民立场和平民意识表现为莫里哀对于底层平民的接纳和欣赏。他在作品中塑造了一系列聪明、勇敢、可爱的平民形象，如《吝啬鬼》中的雅克师傅、《伪君子》中的桃丽娜等。他们言语直率、目光敏锐，充满了智慧和行动能力，与以往文学作品中的底层形象十分不同。特别是桃丽娜，作为一个女佣，她在整部《伪君子》中的地位是举足轻重的。在这个贵族家庭中，男主人及其母亲已经被伪善者深深迷惑，失去了基本判断力。女主人和子女们虽然能够辨别是非真伪，但是女主人贤淑内敛，少爷性情暴躁、行为冲动而不计后果，小姐则软弱胆怯。因此，在前半段的情节进行中，对于真相的揭露主要是通过桃丽娜来完成的。桃丽娜勇敢率真，为了让男主人及其母亲清醒过来，不惜言语顶撞；她也富有同情心，看到小姐和恋人有了误解，便出面帮助他们沟通和解；她还有过人的语言表达能力，对伪君子的讽刺一针见血，力度十足。桃丽娜以善恶分明、目光锐利、兼具睿智和美德的形象在整部作品中光彩熠熠。这样美好且具有影响力的底层形象在以往的文学作品中是十分罕见的。

另一方面，这种平民立场和平民意识也让莫里哀习惯于从平民视角来看待贵族阶层。十几年在外省流浪巡演，莫里哀发现观众群中平民的比例巨大。为了取悦平民观众，莫里哀在贵族阶层的生活中寻找"笑料"，通过讽刺贵族生活、塑造可笑的贵族形象使平民感到愉悦。这种创作意图赋予莫里哀的作品极强的阶层批判性。莫里哀不像高乃依和拉辛那样在贵族阶层身上寄予高尚悲壮的精英品格，而是把贵族阶层看作社会不良风气和堕落行为的载体。

《可笑的女才子》讽刺了贵族阶层附庸风雅、矫揉造作的浮夸风气。作品以两位贵族女子为主人公,她们把咬文嚼字理解为高贵,把堆砌浮夸的词语理解为优雅。她们看不起真正有修养的两个青年,只因为他们言谈平实。在她们看来,言谈平实就是低下粗俗。她们爱上了另外两个青年,因为他们满嘴都是雕饰的文辞和矫揉造作的表达。作者在最后揭开谜底,两位女才子爱上的所谓"高贵青年",竟是来捉弄她们的两个仆人。莫里哀用这样具有反差的人物关系,嘲笑了当时在巴黎贵族中肆意流行的言辞夸饰的庸俗风气。

《太太学堂》嘲弄了贵族男性的夫权意识。贵族阿诺耳弗为了培养一个符合自己理想的妻子,买了四岁女孩阿涅丝养在修道院里。阿诺耳弗不让她接受教育,也不让她接触社会,把她培养成一个没有头脑、对丈夫言听计从的傻瓜。没想到,13年与世隔绝的生活虽然让阿涅丝变得无知,但也让她得以保留淳朴的天性,并且面对社会规范勇敢无惧。结果,阿涅丝凭借着自己的天性和勇敢,接受了另一个男人的真挚爱情,离开了阿诺耳弗。阿诺耳弗最终白费心机,落了一个被人嘲笑的结局。

除了贵族阶层,富有的平民阶层也是莫里哀讽刺的对象。《吝啬鬼》[①]中的阿尔巴贡十分有钱,却嗜钱如命。为了省钱,他无视仆人们的破衣烂衫,还让家人在斋月结束之后继续吃素。当不得不请客时,他就让仆人在酒里掺水,打些麻雀充当荤菜。明明有十个客人,他却只提供八人份的饭菜,还嘱咐厨师要准备一些"大家不爱吃,而且吃几口就饱的东西"。同样为了省钱,他逼迫儿子去娶寡妇,逼迫女儿去嫁老头。阿尔巴贡的占有欲和盘剥欲是惊人的,他放高利贷,向人收取高额利息。看到喜欢的女人,他竟无耻地跟自己的儿子展开抢夺。但是,当他的子女及其爱人合伙弄走了他埋藏地下的银币箱时,他立刻就放弃了女人,也放弃了子女,只是不顾一切地叫喊着"我亲爱的箱子"。莫里哀用夸张但不失真实的丰厚细节,通过阿尔巴贡这个生动的形象,写出了富有平民阶层中普遍存在的守财奴

[①] 此作品以下引述内容参见〔法〕莫里哀等:《法国戏剧经典(17-18世纪卷)》,李玉民译,浙江大学出版社2011年版。

形象。富有平民阶层与贵族阶层不同，他们是靠着金钱获得了唯一的上升通道，也只能依靠金钱来获得生存的安全感。因此，对金钱力量的崇拜成为这个阶层最大的特征。莫里哀的《吝啬鬼》正是写出了这一阶层为了维持和扩张金钱力量而付出的精神代价。

在莫里哀之前，法国的喜剧创作大多流于闹剧形式，内容庸俗无聊，故事套路僵化。莫里哀改变了这种创作的状况，把喜剧的描写对象扩展到了真实的社会生活之中，从社会价值观念、道德习俗、社会风气到阶层关系无不触及，表现出前所未有的勇气和力度。这种现实批判精神是高乃依和拉辛所无法企及的。

（二）人性视角与人性之恶的书写

莫里哀的现实题材作品也没有局限于对贵族和富有平民的阶层批判，而是上升到了性格分析和人性反思的层面，《伪君子》①就是一个典型的例子。

达尔杜弗是《伪君子》讽刺的对象之一。他是个落魄的贵族，这种身份设计在一定程度上模糊了他的阶层身份，让这一形象具有代表普遍人性的特点。达尔杜弗伪装成虔诚的教徒，把自己修饰成一个清心寡欲、恪守教义、仁慈慷慨的君子，并不是为了社会美誉，而是为了博取富有贵族奥尔贡的信任，继而骗取其钱财、觊觎其美妻。人性的贪婪和自私是达尔杜弗一系列行为的内在根源，虚伪和狡诈则是他用来掩盖自己龌龊欲望的手段。在达尔杜弗的行为中，折射出的不是典型的阶层行为特点，而是典型的人性阴暗面。

《伪君子》中另外两个被讽刺的对象是奥尔贡和他的母亲佩内尔夫人，所呈现的同样是人性层面的弊病和缺陷，即轻信和愚顽。轻信来自独立思考能力的欠缺。奥尔贡和他的母亲佩内尔夫人对达尔杜弗的行为缺乏基本的辨识能力，更无力透过现象看本质。他们母子二人的确是真诚向善的教徒，但他们既不懂什么是真正的善，也不懂什么是真正的虔诚信仰。他们理解的虔诚信仰常常流于表面的姿态和行为，比如是否能够遵守教义和行

---

① 此作品以下引述内容参见〔法〕莫里哀：《伪君子》，赵少侯译，人民文学出版社1955年版。

为仪式，是否能够向穷人布施，甚至是否跪着祈祷。正是他们对于虔诚信仰的肤浅理解，让达尔杜弗有了伪装成虔诚教徒的可能。同样，由于他们不懂什么是真正的善，才会被达尔杜弗那些浮夸的虔诚言辞迷惑。达尔杜弗仅凭跪着祈祷、把钱财转赠给穷人以及假惺惺的虔诚表白，就获得了奥尔贡及其母亲的信任。思考和辨识能力的缺乏，让奥尔贡母子面对假象毫无判断能力。哪怕达尔杜弗在他们面前"一个人吃下六个人吃的那么多的东西"，他们依然对他所标榜的清心寡欲深信不疑。

奥尔贡母子还表现出惊人的愚顽。围绕着奥尔贡及其母亲，先后发生了"桃丽娜揭真相""克莱昂特讲道理""儿子达米斯列证据""女儿玛丽亚娜哀告"等一系列事件，但都无法改变奥尔贡及其母亲的看法。特别是佩内尔夫人，比奥尔贡更为强横，开场第一幕第一场，她挨个打断所有人的讲话，不给别人辩解的机会。这种特点让她比奥尔贡专横得多，也愚顽得多。甚至在奥尔贡都醒悟之后，她还坚称达尔杜弗是君子，直到发现自己的儿子失去家产、面临牢狱之灾时才认清事实。

虽然达尔杜弗是毫无信仰的骗子和恶棍，奥尔贡母子是虔诚的教徒，但在这部剧作中，他们同为《伪君子》的讽刺对象，因为他们携带着同样的人性层面的"恶"与"弱"。无论是达尔杜弗的假虔诚，还是奥尔贡和佩内尔夫人的真虔诚，他们都呈现出《圣经》所指出的人性的"罪"：达尔杜弗是伪诈，奥尔贡和佩内尔夫人则是愚拙。他们虽是施害者和受害者，但在人性层面上都是人性恶的携带者。

正如奥尔贡的妻弟克莱昂特所言："世上有的是假虔徒，正如有的是假勇士一样。我们知道在光荣路上，真勇士不见得就是那些嚷叫得最凶的人，而我们应该步步效仿的是那些真正的善良信徒，而不是那些皱眉蹙额，鬼脸装得十足的人。"假虔徒和假勇士固然可恶，但"对假面具与真面孔一样地尊敬""对矫揉造作与真诚一样地重视""把外表与实际混为一谈"的愚拙者，又何尝不是另一种作恶？《伪君子》的核心人物看似是达尔杜弗，但从整个剧本的叙事线索来看，奥尔贡及其母亲佩内尔夫人从"执迷"到"醒悟"的转变过程才是真正的核心线索，所有的情节也都是为了推动这一变化而组织起来的。作者讽刺奥尔贡及其母亲所用的笔墨，要远远超过对达尔杜弗虚伪和狡诈的描写。

(三)"笑点"的深度挖掘与引爆

在莫里哀以前,法国喜剧营造喜剧效果的主要方法是为剧中人物设计夸张荒诞的言行以及非常态的冲突或偶然性事件,以营造滑稽搞笑的场景,达到引人发笑的目的。这些荒诞行为由于缺少性格逻辑基础、事实基础和人性真实性,虽然能够逗人发笑,但毫无思想价值和启发意义,是单纯的"为逗乐而逗乐"。这种状况大大降低了喜剧这种戏剧题材的艺术价值和社会价值,让喜剧沦为低俗肤浅的消遣之物。

莫里哀的喜剧极大地改变了这种状况。在莫里哀的喜剧中,虽然也有荒诞、夸张、离谱的行为设计,但绝对不是主要手段。在大部分作品中,他所描写和呈现的人物行为既不怪诞也不夸张,但一样可以让观众发出会心的笑声。莫里哀喜剧中被引爆的"笑点",来自人物行为背后的性格特点、思维逻辑、价值观念以及人性特点等。略举几例说明:

例一:来自性格特点的"笑点"。

这种类型的"笑点"可以《伪君子》中奥尔贡的母亲佩内尔夫人为例。老太太一出场就抱怨儿媳、孙子、孙女和佣人们:"我教训的话,你们一句也没听,这儿的人什么顾忌也没有,每个人都大声嚷嚷,不折不扣是个叫花子窝。"但是,接下来却是这样一段对话:

> 桃丽娜:如果……
>
> 佩内尔夫人:朋友,你是一个侍女,有点儿太爱说话,而且一点规矩也不懂,不管什么事,你都要插进去表示你的意见。
>
> 达米斯:不过……
>
> 佩内尔夫人:你啊,我的孩子,对你可以有三个字的评语:糊涂虫(后略)。
>
> 玛丽亚娜:我以为……
>
> 佩内尔夫人:天啊,你是他的妹妹,你假装不爱多说多道,好像多么温柔(后略)。
>
> 埃米尔:可是我的娘……
>
> 佩内尔夫人:我的少奶奶,不怕你见怪,你的一切行为也不见得高明(此后滔滔不绝)。

克莱昂特：不过，夫人，仔细想来……
　　佩内尔夫人：提起您，好舅爷，我很看重您，爱您，敬您。不过，如果我是我儿子的话，一定请您别再登我们的家门（此后滔滔不绝）。

这是一段非常精彩的对话。从女佣桃丽娜、孙子达米斯、孙女玛丽亚娜、儿媳埃米尔到儿媳的弟弟克莱昂特，在佩内尔夫人面前，谁都争取不到说话的机会，大家都只能说出只字半语就被老太太打断，而且被老太太劈头盖脸地训斥一番。老太太嘴里抱怨大家不听她的话，但事实上自己一刻不停地训斥着每一个人。作者不动声色地呈现出老太太霸道的性格，让观众发出会心的笑声。从中不难发现，真正的笑点不是这些话语本身，而是这些话语背后所刻画的性格。作者引导观众去感受的也不是话语本身的可笑，而是人物性格的可笑之处，这就是真正高水平的喜剧手段。

例二：来自思维逻辑异常的"笑点"。

在《伪君子》中，另一段精彩的对话发生在女佣桃丽娜和男主人奥尔贡之间：

　　桃丽娜：太太前天发了烧，一直烧到天黑，头也痛，想不到的那么痛。
　　奥尔贡：达尔杜弗呢？
　　桃丽娜：达尔杜弗吗？他的身体别提多好啦！又肥又胖，红光满面，嘴唇红得都发紫啦！
　　奥尔贡：可怜的人！
　　桃丽娜：到了晚上，太太心里一阵恶心，吃饭的时候任什么也吃不下，头痛还是那么厉害！
　　奥尔贡：达尔杜弗呢？
　　桃丽娜：他是一个人吃的晚饭，坐在太太对面，很虔诚地吃了两只竹鸡，外带半只剁成肉泥的羊腿。
　　奥尔贡：可怜的人！

这样的对话模式后面又接连重复了两次。在这段对话中，作者呈现出奥尔贡怪异的思维逻辑，女佣在报告女主人的不适时，男主人却只关心达尔杜弗。无论女佣报告达尔杜弗如何健康，男主人都依然认为达尔杜弗才是"可怜的人",是真正值得关心和爱护的人。这种思维逻辑把奥尔贡可笑的执迷状态暴露无遗,让观众在错愕之余放声大笑。

例三:来自睿智言行的"笑点"。

莫里哀常在剧中安排一些言语睿智的人物,通过他们尖锐的言语揭示事物的可笑之处。《伪君子》中的桃丽娜、《吝啬鬼》中的雅克师傅都属于这类人物。

达尔杜弗上场后看到桃丽娜,立刻扔给桃丽娜一块手绢,让桃丽娜用手绢挡住她的胸脯,并装模作样地说:"把您的胸脯遮起来,我不便看见。因为这种东西,看了灵魂就要受伤,会引起不洁的念头。"桃丽娜立刻回敬道:"您就这么禁不住引诱?肉欲对您的五官还有这么大的影响?我当然不知道您心里存着什么念头,不过我,我可不这么容易动心。您从头到脚一丝不挂,您那张皮也动不了我的心。"桃丽娜敏锐的回答不仅揭开了达尔杜弗虚伪的高洁,而且痛快淋漓地表达了自己对于他的轻蔑,让人忍俊不禁。

当然,在莫里哀的喜剧中,也会采用比较常用的喜剧手法。比如,人物之间带有戏剧性的行为互动和关系生发,或是带有偶然性的戏剧性场景:《吝啬鬼》中,阿尔巴贡大放高利贷,没想到借债人竟是自己的儿子;《可笑的女才子》中,两位挑剔的女主人公因为男人的"好词好句"而以心相许,没想到这两个男人不过是鹦鹉学舌、没有文化的仆人;《唐璜》中,唐璜追逐女人,没想到碰到的却是对方的未婚夫……这些设计虽然带有一定的戏剧性,但都能获得不错的喜剧效果。莫里哀坦然地继承并发展了这些手法。

当然,在看到莫里哀喜剧的价值和贡献的同时,也要看到莫里哀的无奈和局限。莫里哀虽然拥有尖锐的平民视角和清醒的现实认知,但是在揭示现实问题时依然阻力重重。作为一个戏剧家兼演艺者,莫里哀深深知道,他在巴黎主要的观众还是贵族和富人阶层。在外省流浪巡演12年后,莫里哀能够回到巴黎发展,本身就是依靠国王路易十四的欣赏。由于这些原因,莫里哀对贵族阶层的批评不可能是无所顾忌的。他对贵族阶层的批评虽然触及阶层问题、价值观念问题、思维方式问题,但都进行了比较明显的个案化处理,让这种批判带有指正个体行为弊病的味道,缺乏更为明确的社会批判和文化批判层面的提升。

特别是针对王权,莫里哀更是表现出其时代局限性。《伪君子》中,奥尔贡一步步沉迷于对达尔杜弗的盲目信任。他先是逼着女儿嫁给达尔杜弗,儿子与其对抗后,更是剥夺了儿子的继承权,转而把家产赠送给达尔杜弗。奥尔贡有一位因与国王作对而逃亡的朋友,留给他一些比较危险的文件,他也无比信任地交给达尔杜弗保管。当奥尔贡在妻子等人的帮助下认清达尔杜弗的真面目,准备把达尔杜弗赶走时,达尔杜弗就以此文件向国王告状,把他推向牢狱之灾的边缘。这几乎是一个无法扭转的悲剧结局,作者却人为地进行了大翻转。结尾处,达尔杜弗被抓,而奥尔贡化险为夷,原因就是国王已经洞察一切。至于国王如何洞察一切,莫里哀并没有任何铺垫和交代,只是借警官之口给出了这样的说法:"咱们是在一位痛恨奸诈的国王统治下,国王目光如炬,能洞察人心,骗子再狡猾也骗不了他。况且,他那伟大的心灵明察秋毫,总能准确无误地观察事物,从来不偏听偏信,坚定的理智也从不走极端。"这样缺少事实逻辑的情节安排,体现出的正是17世纪法国十分普遍的对于王权的迎合以及盲目信任。

二、清教徒文学的杰作:弥尔顿的《失乐园》

约翰·弥尔顿是清教徒文学中最具代表性的作家,他出身于富裕的清教徒家庭,青年时代受到良好且完整的教育,24岁时获得剑桥大学硕士学位。17世纪40年代,英国爆发清教徒革命后,弥尔顿一直积极地参与其中。这段时间,他的成就主要体现在政论文上,著名的有《论英国教会的教规改革》《论出版自由》等。1649年,在革命高峰期,国王查理一世被处死,弥尔顿先后写作了《论国王和官吏的职权》《偶像破坏者》,说明人民有权处死暴君,并试图引导人民看到国王真实的一面。50年代,复辟力量日渐增强,弥尔顿写作了著名的《为英国人民声辩》,为抵抗复辟力量争取舆论优势。也正是在这个时期,弥尔顿双目失明。

17世纪60年代,清教徒革命失败,王权复辟,弥尔顿也进入他人生中最后的14年。这一时期的弥尔顿远避社会政治风潮,以隐居的状态把精力集中到文学创作之中。在助手的帮助下,失明的弥尔顿依靠口授写下了他最重要的三部诗歌巨著:《失乐园》(1667)、《复乐园》(1671)、《力士参孙》（1671）。其中，《失乐园》①代表着弥尔顿最高的思想成就和艺术成就。

《失乐园》共12卷，是一部素体无韵诗，长达一万多行，主要取材于《圣经·创世纪》。整部作品由两条线索组成：第一条线索是大天使撒旦率领天使军与上帝作战，失败后被逐出天上乐园的故事，重点讲述撒旦堕入地狱之后心怀仇恨，决意报复上帝，于是化身为蛇，到伊甸园中诱惑亚当和夏娃背叛上帝。第二条线索是夏娃和亚当在撒旦的引诱下违背禁令，偷吃禁果，被上帝逐出伊甸园的故事。

《失乐园》不可避免地带有弥尔顿政治生涯的痕迹。作为一个清教徒，弥尔顿激烈反对教会统治的国教制度，也反对国王的统治。他是英国资产阶级革命的参与者，支持新兴的共和国政权。即便如此，完全从政治革命的角度去理解《失乐园》也是不妥当的。清教徒革命的核心是宗教革命，要尽量贴近《失乐园》，还需要从这一基本特点入手。另外，从个人创作动机而言，正如弥尔顿自己在《失乐园》第九卷的开首处所言，他真正感触颇深的是为何人类和神曾"像朋友一样互相谈心"，最终却产生裂隙，有了"罪恶""死"和"苦痛"。所以，他很早就开始思考这个问题。一些研究结果显示，弥尔顿从19岁就开始构思《失乐园》了，那时候清教徒革命还远远没有发生。作为一个清教徒的作品，《失乐园》更像是对于宗教理念的独立思考以及对于人类命运的大胆追问。

（一）对《圣经》的阐释与对人类命运的梳理

《失乐园》的创作基础是《圣经·创世纪》中亚当和夏娃摘食禁果而被逐出伊甸园的故事。有关情节在《圣经·创世纪》中十分简略：上帝创造了人类始祖并将其安顿于伊甸园中，许以园中所有之物，除了那棵能知善恶的知识树的果子。同为上帝所造之物的蛇却引诱夏娃摘食禁果，吃了禁果的夏娃又劝亚当吃，两人从此获罪，被逐出伊甸园。

人类始祖被逐事件是"原罪说"的基础，也是基督教宗教逻辑的起点，在基督教思想中极其重要。对于这一事件的理解和解释，决定着如何理解

---

① 此作品以下引述内容参见〔英〕约翰·弥尔顿：《失乐园》，朱维之译，译林出版社2013年版。

基督教的宗教精神。《圣经》中故事的粗略性给后世的解释提供了大量的空间。比如，上帝为何要创造人类？"蛇"作为上帝创造之物，为何诱惑人类吃禁果？亚当和夏娃又为何会吃下禁果？这些悬而未解的细节问题，都给后世文学作品留下了创作空间。弥尔顿的《失乐园》正是作出这种尝试的重要作品之一。

在《圣经·启示录》中有"古蛇"的描写，说"古蛇"就是"魔鬼"，"也叫撒旦"，天使"把它捆绑一千年，扔在无底坑里，将无底坑关闭，用印封上，使它不得再迷惑列国"。于是，《失乐园》中便以此解释"蛇"的来历，设计了以撒旦为核心的第一条"失乐园"的故事线：

上帝给自己的独生子封王，名为弥赛亚，与自己共同执掌天上的最高王权。这引起一位地位显赫的大天使的不满，他认为上帝的独生子与自己不过是同辈，不愿意接受同辈人的管理。于是，这位大天使鼓动天使们反叛，组成天使军与上帝作战。神子弥赛亚率军打败了天使军，把他们赶出天堂，扔进深渊地狱。大天使从此失去天使的身份，成为魔鬼，人称"撒旦"。撒旦决意报复上帝。他听说上帝创造了一个新世界，这个新世界以一条金链与天堂连接，以混沌界与地狱相隔，于是决定到新世界去寻找复仇的机会。守地狱之门的乃是撒旦从头颅中生出的女儿"罪"，以及他与"罪"乱伦所生的儿子"死"。"罪"与"死"帮助撒旦打开地狱之门，放他溜出地狱，穿越混沌界，来到了上帝创造的美丽新世界。

在新世界的伊甸园那里，撒旦见到了上帝创造的人类始祖亚当和夏娃。他艳羡他们的俊美、纯真和无忧无虑，又嫉妒他们得到的恩宠。虽然内心意识到伤害这两个无辜的人类是不对的，撒旦还是决定不惜一切把亚当和夏娃拉下水。他偷听亚当和夏娃的谈话，了解到上帝对他们的禁令，决定诱惑亚当和夏娃违背禁令，以达到打击上帝的目的。撒旦在亚当和夏娃入睡之际，"像蟾蜍一样"蹲在熟睡的夏娃耳边，用魔力进入她的梦境，引导她对禁果萌发欲望，但被赶来巡查的两位天使阻止。为了躲避天使们的巡查，撒旦绕着地球奔跑，赶上一个个黑夜，躲避一个个白昼，接连熬过了七个连续的黑夜，在第八夜重新回到了伊甸园。他潜入底格里斯河底，随着河水进入伊甸园边境的入口，又随着河水在伊甸园生命树旁的泉水里喷涌而出。这一次，他潜入一条熟睡的蛇的身体，借蛇的形体接近夏娃，成功地引诱夏娃吃了禁果。胜利的撒旦返回地狱，准备与众堕落天使一起庆功，却发现他们和自己一起都变身为丑陋的群蛇，一遍遍吞吃尘土和苦灰。

《失乐园》的第二条故事线是以亚当为核心的"失乐园"：天使反叛给天堂带来了巨大的损失，上帝决定另造一个新世界。于是，上帝用六天时间创造了天地万物，并照自己和众天使的样子造出了第一个男人亚当，用亚当的肋骨造出了第一个女人夏娃。上帝期冀人类繁衍后代，在学习顺从中开辟通向天国的路，从而壮大天国的规模。上帝在发现撒旦的不良企图后，派遣天使拉斐尔向亚当告知详情，讲述了神子与撒旦的战争，也讲述了上帝创世的过程，让他知道自己从何而来，又应如何去做。

接受了天使拉斐尔的警示之后，亚当十分谨慎，但是夏娃坚持两人要分头劳作。亚当顺从了她。结果，独处的夏娃被撒旦所化身的蛇跟上了。夏娃惊讶地询问蛇为何能说人话，蛇欺骗夏娃说是吃了知识树的神奇果子。蛇把夏娃带到知识树下，诱导她摘食了禁果。亚当知道夏娃闯了大祸，为了与她同生共死，他也不顾一切地吃下了禁果。吃下禁果的亚当和夏娃忽而陷入炽热的肉欲，忽而陷入深深的羞耻，忽而因为苦痛和压抑开始互相埋怨和吵闹。他们害怕即将到来的死刑。夏娃提议自杀，但亚当劝说她一起悔罪，用忏悔去寻求上帝的宽恕。神子把人类的悔意传达给上帝，让上帝免除了他们的死刑，但代价是把他们从伊甸园里驱逐出去。

此时，撒旦所生的"罪"与"死"已经沿着撒旦开拓的道路潜入新世界，并在地狱和新世界之间搭建了桥梁和通道。上帝派遣天使米迦勒向亚当预示此后人类永难避免的苦难：从该隐杀弟、洪水灭世、无法终止的纵欲和战争，一直到教会祸乱人间的事。但是，米迦勒也让亚当看到永远都存在的希望：从挪亚方舟、亚伯拉罕和摩西，一直到救世主诞生。亚当预见了人类祸福共存的命运之后，拥有了面对未来的勇气，他叫醒沉睡的夏娃，二人"手携手，慢移流浪的脚步，告别伊甸，踏上他们孤寂的路途"，去迎接命运的新阶段。

可见，《失乐园》的核心叙事目的是对于《圣经》所包含的人类命运的提炼和梳理。其中，有叙事逻辑的梳理，比如把《启示录》中的"印封古蛇"和《创世纪》中的"偷食禁果"进行了叙事逻辑的对接，从而让人类始祖被逐事件变得更为具体合理；也有叙事细节的扩充，无论是"印封古蛇""偷食禁果"还是"上帝创世"，这些在《圣经》中原本寥寥数语的事件在《失乐园》中都得到了惊人的细节、情景和画面的呈现；甚至还有作者独创的内容，比如作者对于"天堂""新世界""地狱"和"混沌界"四个空间的恢宏想象，都是新奇且独特的。另外，作者也借鉴了古典主义的"三一律"手法，在伊甸园亚当和夏娃故事的讲述中，通过天使拉斐尔讲述神子和撒旦之战、上帝创世纪，以及天使米迦勒预示未来，高度集中地把人类命运的前因后果进行了整体梳理。这样，就使得《失乐园》以繁密的细节、或恢宏或细致的画面，因果连贯、逻辑清晰地对人类命运进行了贯通性的阐释，不愧是一部基于《圣经》又异于《圣经》的"人类命运交响曲"。

（二）对人类命运的反思与对宗教理念的重释

虽然《失乐园》用新的方式讲述了《圣经》中的人类命运故事，但这并不是《失乐园》创作的最高价值，作者的目的也没有止步于对故事的重新讲述。清教徒的核心思想是要独立面对《圣经》以实现与上帝的对话，而不需要任何教会和个人作出的所谓权威的解释。《失乐园》在很大程度上正是这种意图的产物，其最高价值也正体现在对人类命运悲剧根源的反思，以及对宗教理念和精神的独立阐释上。

（1）关于虔诚和顺从的理性反思，以及对教会僭越灵权的指责

从宗教层面看，撒旦遭遇"失乐园"是因为对上帝的忤逆，夏娃遭遇"失乐园"同样是由于对上帝的不忠。但是，《失乐园》却让读者思考一个问题：什么是真正的虔诚和顺从？

在欧洲教会制度之下，信仰的传播依靠神职人员的解释，教众的顺从依靠教会所施加的高压控制，甚至还有宗教机构的震慑。在这种体制之下，出现了弥尔顿在《失乐园》第十二章中所言的教会和主教只会"用迷信和传统的谬论去玷污、曲解"《圣经》原意，"强迫'慈惠的灵'，束缚其配偶'自由'"。在弥尔顿看来，这种对宗教真理的曲解，是教会和神职人员在"僭称上帝的灵权，并从这个矫饰，用世俗的权力，高压人们的灵心"，违背了宗教给予精神援助和引导的初衷。这种做法导致的结果就是让人们无法领略宗教的真义，"使灵法，那写在经里、刻在人心的灵法荡然无存"。

这表现在个体身上，会造成顺从却不知道在顺从什么，虔敬却不知道虔敬的意义。这种可悲的状况正是撒旦、亚当和夏娃失去乐园之前的状况。作为大天使，撒旦不理解虔敬上帝的意义在哪里，因此把上帝理解为一种控制和压抑自己的力量，正如很多现实中的教众所感受到的那样；同样，吃禁果之前的亚当和夏娃也不懂自己为何而顺从，他们之所以顺从是因为对上帝懵懂无知，一方面是对庇护的寻求，另一方面是害怕来自神的惩罚。这样的信仰状态都是岌岌可危的，出现撒旦式的"从天使到魔鬼"，或是亚当和夏娃式的"态度的虔敬和行为的违逆"，都是必然的悲剧。

　　《失乐园》揭示出教会授道无法培养人们对于自身信仰的理性认知，折射出弥尔顿要求梳理《圣经》中那些"纯真的记录"，依靠人们自身的理性而不是高压式传道来建立真正信仰的思想。

　　撒旦贵为大天使却走向忤逆，亚当和夏娃身受重恩却选择叛逆，这是他们未能自由领略和理解神意的结果，是僵化信仰带来的悲剧。也因此，作者在写到撒旦的叛逆时，存在十分明显的同情和尊重。如果被给予的信仰只是一种高压和控制，那么撒旦的反叛就彰显出一种质疑和追问的勇气。作者在描写撒旦堕入地狱之后的表现时，突出了他的英雄气概和执着的态度。撒旦反抗着那种让他不适的被控感，这是他可敬形象的基础。但是，他并不清楚这种被控感来自何处，不知道自己内心的疑惑如何形成，而只是简单地将之归因于上帝。结合现实而言，如果说教会僭越灵权、曲解神意，则撒旦式的反抗是把教会和上帝混为一谈了，他们不懂把曲解者与真正的神意相区分，在反对那种"高压式"力量的同时，把上帝也否定了。这样的"撒旦们"越是勇敢，越是迷茫，追求自由却陷入罪恶。这种独特的悲情形象在当时的英国现实中是很有代表性的。

　　在《失乐园》中，当上帝提早发现撒旦试图诱惑人类始祖时，并没有对亚当和夏娃下达指令或是严加控制，而是派遣天使拉斐尔来与亚当沟通，给亚当讲述撒旦反叛的经历以及上帝创世的经历，让亚当自己体会该如何做。这种精神引导与现实中教会和主教们对信众的高压是不同的：告知真相，选择信或不信，权利在你自己。正如天使拉斐尔在第五卷中所言，上帝"他要求我们主动地服务，绝不要我们勉强地顺从，勉强地顺从不被他所采纳"。教会制和主教制的传道方式所做的恰恰是培养"勉强地顺从"，在弥尔顿看来,这是违背了宗教精神和本意的。

(2) 关于"法"与"自由"的关系阐释

在《失乐园》中,上帝不断强调要给人类"自由意志",也不断提醒神子人类是有自由意志的。但是,伊甸园看上去并不自由,因为有禁令。

撒旦反抗上帝,是因为上帝给了他约束;撒旦能够诱惑夏娃成功,也是因为挑起了夏娃对于"禁令"存在的不满,既然许以园中的一切,为何又设禁令和限制呢?撒旦和夏娃都认为这是上帝对于自由和权利的剥夺。在最后一卷,亚当还在向天使米迦勒询问,上帝"为什么授予这么多、这么复杂的法律①呢"?

在弥尔顿看来,这并不矛盾,撒旦和违禁以前的亚当和夏娃之所以不能理解,是因为不懂什么是"自由"。他们以为"自由"就是毫无约束,可以任性而为。但是,上帝所赋予的"自由"是一种"选择"的自由。因此,没有约束、禁令就根本谈不上"自由",只有在面对"该做"与"不该做"的冲突时,才能体现自由的意义。有禁止,才有选择,自由才有实现和被实践的可能。如果伊甸园中没有禁果,亚当和夏娃根本就不会面临选择的问题,没有选择就谈不上自由,也就无从体现真正的信从。这就是天使拉斐尔告诉亚当的:"没有其他选择的可能时,那么,拿什么来考验人们的服务是否出于真心呢?"所以,在《失乐园》中,上帝告诫亚当,那不许摘食的禁果就是"你的顺从和忠信的标志"。

上帝一手给予禁令,一手给予自由意志,人类才能实现真正意义上的对信仰的坚定,正如天使拉斐尔所言:"爱和不爱都是由于自己的意志,正因自由地爱,所以自由地服务。我们也由此而决定坠落或站稳。"这就是弥尔顿所理解的"法"与"自由"的关系,二者不是互相冲突的,而是互相依存的。在弥尔顿的阐释里,自由不是撒旦和夏娃所理解的行为自由,而是能够作出理性判断的选择自由。

不了解这种自由的意义,就会如撒旦和堕落天使们那样,把布设禁令的上帝看作剥夺自由的暴君,认为上帝是"靠暴力、侥幸,或靠命运来支持自己至高无上的权力",从而走上对信仰的背弃之路。

---

① 《失乐园》中的"法律"或"法"指的是戒条、禁律。——引者注

(3) 关于"善"与"恶"的关系阐释

一方面,《失乐园》传达了"善""恶"并存、互相转化的观念:撒旦要为平等、自由和正义而战,但他为了达到目的,不择手段,肆意放纵自己的愤怒和嫉妒,甚至不惜伤及无辜。这种对正义和自由的追求却让他从斗士变成了恶魔。夏娃期盼得到知识的权利:"不知道善,便不可能得到善,得而不知也等于完全没有得到。说明白些,为什么禁止知识?禁止我们善?禁止我们聪明?这样的禁令不能束缚人。"夏娃对知识的渴求并没有错,但被撒旦激发出来的对上帝的不满却让她在渴求知识中失去了敬畏,从而滋生出无所控制的野心、狂妄和自大。于是,她虽然吃下了禁果,却和亚当陷入肉欲的陷阱和内心的混乱,"善失去了,而恶却到手了"。

另一方面,《失乐园》也对"恶"的作用进行了独特的理解。撒旦认为,恶的作用就是毁掉善。当天使伊修烈和洗分抓住试图在梦中诱惑夏娃的撒旦时,撒旦悲愤地认为他们没有指责自己的资格,因为"你们只知善而没有尝试过恶,对于这事,你们是不能理解的"。撒旦遭遇了恶,于是就不再信仰善,他说:"我看见周围的乐事愈多,便觉得内心的苛责愈烈,好像受到矛盾可恶的包围,一切的善,在我都变成恶毒。"于是,他对堕落天使们宣讲:"行善绝不是我们的任务,作恶才是我们唯一的乐事。"

弥尔顿借助善恶转化的情节,传达出善能生恶,恶也能生善的观念。亚当像撒旦一样遭遇了恶,但他没有像撒旦那样因此放弃对善的信仰,也没有放纵自己的不满和绝望。他拒绝了夏娃一起自杀的建议,选择了反思和忏悔,学习谦卑和自控。在天使米迦勒的引导下,他感叹:"这一切善由恶生,恶变为善,比创造过程中光出于暗更可惊奇。"这种对待恶的理智态度让亚当虽然与撒旦一样遭遇"失乐园",但没有像撒旦一样堕落,相反更坚定了对信仰的虔诚。

进一步而言,《失乐园》传达出的是善恶不可分的观念。《圣经》中最难解之处不是上帝在伊甸园中布设禁令,而是为何布设不可摘食知识树的禁令。在《失乐园》中,弥尔顿借撒旦之口提出了这样的疑问:"知识得禁止吗?很可怀疑,没有道理。为什么他们的主宰要嫉恨知识呢?知识是罪恶吗?有知识是死罪吗?他们靠无知无识就能立身吗?无知无识就是他们的幸福生涯，他们顺从和忠信的保证吗？"在撒旦的诱惑下，夏娃也产生了同样的疑惑和不满，这是夏娃违规的重要内在因素。撒旦认为上帝禁止人类摘食知识树的果实，是"因为天神害怕知识把他们提高到和诸神相等，设法把他们放在低等的位置"。他认为这是上帝特权的表现。

弥尔顿却试图从另一个角度解释：上帝试图让人类不接触恶、不了解恶来保持人类的天真，因此他才会禁止人类去摘食知识树的果实。知识树既然可知善恶，那么风险就在于人类既能知善，也必然接近了恶。为了帮助人类屏蔽恶，保持天性的淳良和天真，上帝选择让伊甸园中的人类始祖既不知善也不知恶，以天真的方式生活。就像亚当向天使拉斐尔追问地球外的天体运行，表现出旺盛的求知本能时，天使拉斐尔劝他"只需思想有关你和你活着的事。别梦想其他世界，在哪儿住着什么生物，生活是什么情况"。

但是，依靠让人类无知无识来保持人类的天真是行不通的。人类不但有着不可抑制的求知本能，而且完全脱离了恶的善也是难以维持的。亚当和夏娃的违禁证明了上帝这种意图的失败。在《失乐园》的最后，撒旦的女儿"罪"以及撒旦与"罪"乱伦所生的"死"就在地狱和新世界之间搭建了桥梁，这意味着"罪"和"恶"将成为人类生活环境中的一部分。在人类的世界里，不存在纯善的空间，也不存在纯恶的空间，善恶交织才是人类社会的本质。人类要生存下去，不能依靠无知无识的"天真"，而必须学会分辨善恶，在善恶冲突中不断提升理性，作出正确的选择。

第五章

启蒙者的沉思与呐喊：18世纪文学

启蒙运动的核心精神是对于"科学"和"理性"的崇尚，而其基础则是 18 世纪自然科学的迅猛发展。18 世纪，在自然科学领域有众多发现和突破，自然空间开始被从生物、物理、化学、地质和天文各个角度进行科学观察和分析，原本需要用宗教去解释的自然现象被破译为各种生物现象、物理现象、化学现象、地质现象和天文现象。这些科学发现和突破极大地动摇了宗教神秘主义的逻辑基础，使得宗教对于自然的解释渐渐失去其主流和权威地位。

当人们拥有了对于世界的客观科学的理解方式时，对于"理性"的追求就自然发生了。这首先表现在哲学领域，英国哲学家洛克的经验主义哲学指出，真正具有价值的"知识"是人类自身的经验，以及按照人类经验所把握的自然法则；休谟更在此基础上提出了尖锐的怀疑论，对一切荒谬的教条和迷信提出了质疑；托兰德则提出了明确的无神论。这些学说都是从哲学的角度对神权思想系统展开反思和质疑。英国哲学家们的观点在欧洲得到了迅速的传播，深深地影响了法国和德国的哲学家，他们纷纷用无神论来反对宗教蒙昧，或是用自然神论来动摇宗教的根基，一场反对宗教思想控制、要求科学和理性的思想运动就这样在欧洲拉开了帷幕。

此时的思想界不仅反对教权，也对王权专制展开了大面积的反思。18 世纪，社会思想的重点是重新审视统治者和被统治者之间的关系，前所未有地提出了"被统治者是否拥有权利"的问题。英国思想家们或是像霍布斯那样直接触动传统观念中"君权神授"的概念，或是像洛克那样指出君王的权力是被作为统治对象的民众所赋予的，从而反对君主专制，提出分权学说。这种社会思想的突破要求重新调整统治者与被统治者之间的权利分配，洛克因此提出了君主立宪的制度设想，法国以卢梭为代表的思想家们则提出了社会契约论。这些思想都试图改变当时的社会政治体制，为推进社会体制更加民主和自由作出了巨大的努力。

因此,启蒙运动是一场知识精英反对神权和王权,对民众进行文化和政治启蒙,并以此干预社会政治与文化发展的思想运动。它既是一场倡导"新文化"的文化思想运动,也是一场倡导"新政治"的社会思想运动。启蒙运动中知识精英所要求的"理性"与17世纪尊奉君主王权和教条的"理性"十分不同,他们所倡导的"自然理性""普遍理性"从本质上而言,是一种摆脱王权思维和教权思维的新的自由思维方式。启蒙思想从独立思维和自由思维的角度去看待社会政治、经济和文化,试图打破王权思维和教权思维给人带来的愚昧无知,引导人们以民主、自由、平等、博爱、人权的原则重新审视这个世界。

作为启蒙思想的传播方式和折射渠道,18世纪文学同样充满着"启蒙"的味道。这种浓厚的"启蒙"味道不仅体现为18世纪的很多作家本身都是启蒙思想家,而且更重要的是,18世纪文学基本未曾脱离启蒙的轨道,从文学形式到文学内容都紧紧围绕着启蒙的目的,彰显着启蒙时代的思维方式和情感色彩。

第一节　18世纪启蒙文学概述

一、传奇与感伤：英国启蒙文学

与以往文学大多取材于古代非现实题材不同,现实题材成为18世纪文学的主流,这一点在英国文学中尤为突出。18世纪英国文学在内容上大都回归现实,或是表现现实社会和人生,或是表现个人内心世界的情感与情绪,都着眼于真实的社会和人生感受。前者被视为小说写实精神的重要发展,后者则被视为浪漫主义文学的重要铺垫。不过,从创作目的而言,这种对于现实社会和个人生存感受的共同关注都体现出启蒙思想的影响。

(一) 传奇背后的现实社会和人生

18世纪英国现实题材的小说有一个共同的特点,即偏向于对现实题材进行传奇化和戏剧化的处理。这种处理主要是为了增加作品的可读性,增强其娱乐功能,这是当时文坛流行风格的体现。

丹尼尔·笛福（1660—1731）的《鲁滨逊漂流记》的题材与当时英国的殖民背景有很大的关联，通过到海外原始荒蛮地区探索和冒险，去寻找发财致富的契机，这是殖民时期的社会潮流。《鲁滨逊漂流记》就取材于这一时代的生活，设计了一连串的传奇情节，诸如海上历险、受俘于海盗、海上逃难、荒岛生存等。这就把现实题材传奇化、戏剧化了，很能体现当时英国文学的共同特色，这种游记式的传奇文学模式也因此在英国风行一时（参见本章第二节）。

乔纳森·斯威夫特（1667—1745）的《格列佛游记》[①]具有同样的特点。作为斯威夫特唯一的长篇小说，《格列佛游记》采用了童话式的传奇写法，描写格列佛三次作为随船医生和一次作为船长远航，先后误入小人国、大人国、飞岛国和慧骃国的奇异见闻和历险过程。贯穿整部作品的是作者天马行空的想象，小人国的人们小如拇指，大人国的人们犹如巨人，飞岛国的贵族们住在一个可以任意飞翔的岛上，慧骃国的君主和国民都是高贵的马。但是，这些来自想象的异国奇俗异景都不过是这部作品的配料，它的真正内容是对英国社会现实的大胆讽刺。作者越是借格列佛的口揶揄式地强调，"我这里所说的没有一点是针对我的祖国来的，这一点我想就不必向读者解释了吧"，这种现实指向就越明显。

小人国存在严重的党派之争，而两个党之间的区别不过是一个鞋跟高，一个鞋跟低。不仅"高跟党"和"低跟党"的斗争把国家政坛搅得乌七八糟，"应该从哪一端敲开鸡蛋"的纷争更是让小人国动荡不安。国王坚持要从大的一端敲开鸡蛋，于是强迫国民执行；国民坚持古法，要从小的一端敲开鸡蛋，于是内乱爆发。邻国也加入这一纷争，于是战争爆发。这些看似荒唐的情节影射了英国当时的党派纷争和宗教战争。作者一针见血地指出，党派纷争不过来自狭隘的成见和权力斗争，宗教战争更是来自教条的僵化和理念的荒谬。

大人国部分则用对比和反衬来讽刺英国现实。大人国的国家制度坚持民生立场，一切都从民生角度出发。大人国法律简明、高效、实用；国家

[①] 此作品以下引述内容参见〔英〕乔纳森·斯威夫特：《格列佛游记》，杨昊成译，译林出版社2018年版。

机构精简，没有庞大军队。大人国的国王开明仁慈，热爱和平，根本不想知道格列佛所携带的火药武器的秘密。"因为他那里既没有敌人也没有敌国"，"无论是君王还是大臣，心里每一点神秘、精巧和阴谋都令他厌恶、瞧不起"；"他把治理国家的知识的范围划得很小，那不外乎是些常识和理智，正义和仁慈，从速判决民事、刑事案件"。大人国国王从格列佛那里了解到英国的议会制度、法庭制度、财务制度时，整个人都惊呆了，因为他发现在格列佛的祖国，"教士地位升迁不是因为其虔诚或博学；军人晋级不是因为其品行或勇武；法官高升不是因为其廉洁公正；议会议员也不是因为其爱国，国家参政大臣也不是因为其智慧而分别得到升迁"。英国近百年的大事不过"是贪婪、党争、虚伪、背信弃义、残暴、愤怒、疯狂、仇恨、嫉妒、淫欲、阴险和野心所能产生的最严重恶果"。斯威夫特用大人国国王的发现和惊讶，对英国社会状况和政局进行了大胆讽刺和否定。

这种现实批判精神在第三卷的飞岛国表现得更加激烈，作者借用飞岛国的政坛，对英国政坛进行了揶揄和讽刺。飞岛国的参议员和大枢密院的官员们的语言能力低下、思想愚钝，因此医生建议在这些人开会以前，应该提前三天看病吃药，才能保证会议的顺利召开。飞岛国是一个君主和贵族专制国家，国王和贵族都住在飞岛上，百姓则居住在其管辖下的几个不能飞的岛上。飞岛国充斥着侦探、告密、检举和揭发。只要人民略有不满，飞岛就会飞到他们的上空，遮挡他们的阳光和雨水，甚至降下去对他们进行无情的碾压。即便如此，林达洛因岛的人民还是进行了激烈的反抗，用勇气和智慧挫败了国王和飞岛的进攻，使得国王不得不接受他们的要求。对飞岛国的这些描写是对当时英国专制制度和殖民制度的犀利批判，林达洛因岛之战更是包含着爱尔兰自由之战的影子。《格列佛游记》从对英国社会政治现实的失望，上升到对整个人类社会的质疑：如果人类社会充斥着政治腐败、党派倾轧、法律黑暗、善恶颠倒、人性堕落，那么这样的社会如何称得上是"文明"的？

第四卷的慧骃国是马的国度。这个国家的马追求美德，一切以理性为原则。它们举止高雅，友爱仁慈，勤劳聪慧，自律节制。在慧骃国，没有被滥用的政权和法律，也没有暴政和监控；没有盗窃和欺诈，也没有纵欲和堕落。人们平等自由地生活，和谐友爱地相处。与人类长得十分相像的一种动物在慧骃国被称为"耶胡",其动物性十足,只懂得满足肉体需求,不懂得追求精神高度,贪婪自私,行为粗鄙。格列佛因为与耶胡长得一样而深感惶恐,他极力想向慧骃们证明自己国家的人类不是耶胡。可是,当他讲述自己国家的制度、社会风气时,连他自己都觉得自己国家的人类跟耶胡是那么习性相通。这让格列佛备受刺激,羞于为人。甚至当他回到英格兰以后,很久都不愿意跟家人在一起,只跟马住在一起。

慧骃国不但是作者对于理想社会的设想,更是一面镜子,照出了当时欧洲社会文明的问题和欠缺。在殖民背景下,《格列佛游记》对于当时欧洲社会沾沾自喜的文明优越感进行了大胆的质疑和讽刺,指出文明标准在于精神的境界和道德的追求。无论社会在物质方面多么发达,如果人性沦落、道德崩塌,那么这种文明都是可疑的。

这一时期的英国文学除了传奇游记类小说之外,最受欢迎的就是关于家庭和爱情题材的小说了。**塞缪尔·理查逊**(1689—1761)的《帕米拉》和《克拉丽莎》就属于此类。理查逊率先把小说从航海的传奇拉回到了现实社会的日常生活,以家庭、爱情和婚姻这些现实感很强的题材作为小说的叙事基础,这是具有开创意义的。但是,理查逊的家庭爱情小说的局限性也相当明显,对女性价值的看法十分狭隘守旧。《帕米拉》是一部结局完满的喜剧,讲述帕米拉依靠对贞操的坚守赢得了花花公子的爱情,从而以女仆的身份变成女主人。《克拉丽莎》是一出悲剧,讲述克拉丽莎为了逃婚而跟着浪荡公子私奔,后因被其玷污而选择死亡。不难看出,无论喜剧还是悲剧,理查逊笔下的女子证明自己价值的唯一途径就是坚守贞操,一旦失去贞操,她们就无从确认自己的价值,只能选择终结生命。另外,理查逊的作品叙事所依赖的生活逻辑基础也十分薄弱,人性逻辑更是错乱不堪。比如,帕米拉一边对自己的父母倾诉公子如何威胁她的安全,一边又放弃离开的机会,莫名其妙地守在公子家里。难怪后来的读者认为帕米拉根本不是善良清纯之辈,而是有心机的博位之女。造成这种阅读体验,是作者叙事逻辑混乱的必然结果。

亨利·菲尔丁(1707—1754)是继理查逊之后的另一位擅长写作家庭爱情题材的小说家。他的代表作是长篇小说《汤姆·琼斯》。

汤姆·琼斯是一个身份不明的私生子,被善良的乡绅奥尔华绥收为养子,他正直善良、真率诚实。但是,与汤姆一起长大的、奥尔华绥妹妹所生的儿子布利非一直欺负他。两人爱上同一个姑娘苏菲娅后,布利非更是使出阴险的手段,让奥尔华绥听信了诋毁汤姆的谎言,导致汤姆被逐出家门。苏菲娅却不肯嫁给布利非,带着女仆去寻找汤姆。在途中旅店听说了汤姆与其他女人的艳闻后,苏菲娅伤心不绝,转向伦敦投奔表姨妈贝拉斯顿夫人。赶来寻找苏菲娅的汤姆却被贝拉斯顿夫人看上,她先是诱惑汤姆做了自己的情人,被汤姆摆脱后又对其恨之入骨。跑到伦敦来争取苏菲娅的布利非也趁机下手。几股力量一起发力,把汤姆送进了监狱,并且使其面临死刑。这时,曾经陷害汤姆,导致汤姆被赶出家门的哲学家方正先生在弥留之际良心不安,对奥尔华绥说出了当时的真相。曾经被指为汤姆生母,后来又跟汤姆有过情感纠葛的珍妮·汤姆(沃特尔夫人)也挺身而出,先是揭露了布利非收买假证人的真相,又向奥尔华绥说出了汤姆的身世之谜。原来汤姆的母亲正是奥尔华绥的妹妹、布利非的母亲白丽洁,汤姆是其与奥尔华绥的教士朋友偷情所生的私生子。也就是说,汤姆与布利非是同母异父的兄弟。得知真相的奥尔华绥撤销了布利非的继承权,把汤姆立为自己的继承人,一切问题迎刃而解,汤姆与苏菲娅也终于有了圆满的结局。

从情节设置上看,《汤姆·琼斯》依然沿袭了这一时期英国小说追求戏剧性、传奇性的特点,不少情节的推进都显示出生硬的人工痕迹,逻辑上比较牵强,这是这一时期文学创作的通病。但是,《汤姆·琼斯》依然是一部在艺术上卓有成就的作品,无论是从叙事技巧、生活画面的广度和纵深度、人性的复杂性、心理刻画的丰富度,还是从人物形象塑造的生动性而言,都远远超过笛福和理查逊的小说,称得上是 18 世纪英国最优秀的小说。

从叙事技巧上看,《汤姆·琼斯》设计了新颖的悬念叙事,除了汤姆的身世之谜贯穿始终,作者还并行设置了多条同样含有悬念的故事线索:汤姆和苏菲娅能否有情人终成眷属?陷害汤姆的阴谋会否被揭露?擅于伪装的布利非会不会受到正义的惩罚?这种多条线索齐头并进的叙事结构的难度相当高,体现出作者卓越的布局和把控能力。就生活画面的广度和纵深度而言,《汤姆·琼斯》没有局限于日常家庭场景,而是随着汤姆生活的轨迹，从乡村到城市，从家庭到庄园，从旅店到戏院，从舞会到沙龙，从商铺到集市，从法庭到监狱……展开了一幅细致详尽的社会生活的立体图景，塑造了乡绅、家庭教师、女仆、男佣、强盗、妓女、政客、法官、律师、士兵、流氓等不同阶层的四十多个人物形象，对社会生活的还原度很高。《汤姆·琼斯》中对人物的塑造更是格外出彩，不仅主要人物形象生动，就连次要人物也都拥有自己鲜明的个性。比如，脾气暴躁、言谈粗俗的乡绅魏斯顿，贪婪无耻又道貌岸然的布利非，狡猾虚伪的贝拉斯顿夫人，就连女佣、塾师老婆这样的小角色，都被赋予看风使舵或是愚蠢暴戾的鲜明性格。

特别值得一提的是，《汤姆·琼斯》尊重人性的真实性和复杂性，没有刻意塑造完美人物。汤姆虽然是书中的正面形象，但性格中存在很多缺陷。因为出身微贱，汤姆对爱情并没有信心，从而表现出摇摆不定的态度。他很爱苏菲娅，但遇到阻挠就怯懦而退，转而与猎场看守人的女儿谈情说爱。作者也没有回避汤姆因为年轻而涉世不深所带来的缺点，比如很容易被诱惑，甚至也沾染了一些轻浮放纵的贵族青年的习气。他一边执着地爱着苏菲娅，一边不停地与别的女人发生暧昧关系。这种看似矛盾的设置，正体现出作者试图表现真实人性的努力。这种对于真实人性的探索和表现，对后世现实主义作品的影响是不言而喻的。

（二）个人情怀的感叹与哀伤

18世纪英国文学表现出来的另一个倾向就是感伤主义文学的创作。感伤主义文学在本质上与这一时期英国文学取材于现实的理念是一致的，只不过写实小说大部分取材于人所生存的社会现实，而感伤主义小说则取材于社会现实在人的内心世界的投影，也就是人们的内心感受和情绪。英国王权和贵族政治给社会带来的不公和伤害，影响到有良知的知识分子的内心，激发了他们失望、不满但又无能为力的灰色情绪，由此形成了一股书写感伤情绪的热潮。

这股热潮盛行在18世纪60年代到80年代末的英国，主张描写人的内心情感，追求"敏感多情""细腻感伤"的风格，内容或是描写细细碎碎的人生美善感悟，或是抒发面对死亡、黑夜和孤独时悲伤暗淡的情绪。这种文体大多采用哀歌、游记体小说、书信体小说等形式。感伤主义文学对于 19 世纪浪漫主义文学有直接影响。

劳伦斯·斯特恩（1713—1768）是感伤主义小说的代表作家，"感伤主义"就是因为他的重要作品《感伤的旅行》而得名的。《感伤的旅行》描写了约里克牧师在法国和意大利游历过程中的所见所闻、所思所感。这种游记体小说没有贯穿性的情节和核心事件，主人公的内心情绪和情感是唯一的叙事线索。这些情绪和情感看似随意且无序，但也自有其核心和指向：因为对社会现实不满而产生的阴郁和哀伤，是叙事的底色，呈现的是作者对现实状况的态度；在普通人的言行中看到的善意和爱心，是叙事的指向，呈现的是作者对于美好情感和善良人性的吁求；而在那些小小艳遇中得到的愉悦，则是叙事的情调，呈现的是作者对世俗快乐和人生情趣的追求。这些看似散乱的情绪自有内在的逻辑和层次，构成了有条不紊的内心叙事。

不过，斯特恩最受人关注的作品应该是早期的《项狄传》。这部作品的艺术造诣和文学价值要远远高于《感伤的旅行》。从本质上说，《项狄传》和《感伤的旅行》是一脉相承的，都表现出对于人的心理世界的高度关注。虽然《项狄传》具有更多的幽默色彩，但在写作理念上完全称得上是对感伤主义文学以及后世的浪漫主义文学最有力的探索和铺垫。鉴于在文学形式上的大胆实验，它更是被普遍地看作英国第一部文学形式实验的小说，甚至被认为影响到了 20 世纪的意识流小说。

《项狄传》最大的特色是文学形式和叙事模式的突破。《项狄传》没有采用传统的按照时间顺序来讲述事件进程的模式，而是通过把主角项狄直接设置成了作品的叙事者，让整部作品的叙事随着项狄的回忆和思绪游走。项狄被赋予敏感多思、联想丰富、思维跳跃等气质，他的叙述同样不遵守时间顺序，常常在叙述一件事情的过程中突然转向，跳跃到其他事件。比如，在第一卷第二十一章，项狄回忆发生在叔叔托比和父亲沃尔特之间的一场对话，但叔叔的话只说了半句，项狄的思绪就突然转向对姑妈以及其他事件的回忆。这样的思绪漫飞持续了足足七章，项狄的回忆才重新回到叔叔托比和父亲沃尔特那场没有完成的对话，讲出了叔叔所说的下半句话。这样的叙事手法在第三卷关于项狄出生的叙事中也有同样的运用。这种叙事结构从时间的层面来看，呈现出支离破碎、枝节横生的状态。但是，从叙述者内心思绪的层面来看，一切又都是合理有序的。

《项狄传》甚至把形式本身作为承载内容的手段，这样超前的艺术创新意识十分惊人。比如，作者会在整篇书页上只写寥寥数语，甚至印上满页的花纹，抑或干脆呈现满篇的黑页。这绝对不是作者的胡闹，而是打破读者追逐故事情节的惯性，引导读者进入叙述者的叙事节奏，从而激发读者的联想。

　　就文本内容而言，《项狄传》颇有文艺复兴时期的作品《巨人传》的风格，内容荒诞不经却自有一种真实感。《项狄传》聚焦于项狄一家的家庭生活，不追求传奇和戏剧性，只呈现最琐碎的日常细节以及项狄一家的独特性格。项狄的叔叔托比和父亲沃尔特的行为都偏于怪诞，在战场上受伤的托比热衷于在家里重建战场工事，沃尔特则做事古板而迂腐。这些性格让项狄一家与现实中的正常行为模式存在一定的疏离和隔膜。但是，正是这种疏离和隔膜却让项狄一家拥有了对抗痛苦和磨难的力量。托比的战争创伤，沃尔特的失子之痛，特里斯丹被施咒般的厄运，都在这种行为的怪诞中被化解、被抗衡。因此，在项狄一家怪诞行为背后隐藏的，不是空虚无聊的灵魂，而是善良、仁慈、多感的内心世界。托比面对苍蝇都会持有的仁慈，沃尔特对兄弟无微不至的爱护，都体现出人格的温良。也正是这种人格的温良和坚强，让他们的行为怪诞可笑但不可鄙，具有感染人心的力量。

　　斯特恩之后比较著名的感伤主义小说家是**奥利弗·哥尔德斯密斯**（1730—1774），他比较著名的作品是《威克菲尔德的牧师》。该作品以普里姆罗斯博士的第一人称展开自述，讲述他们一家本是小有资产、善良本分的人家，不幸遭遇家庭破产，他不得不带着家人迁徙他乡，在一个小教区做牧师勉强维生。他们一家屡受当地无赖乡绅桑希尔的欺辱和陷害，长女被桑希尔诱骗和遗弃，儿子因为跟桑希尔决斗而被捕，他也被陷害入狱。他们最后得到桑希尔叔父威廉爵士的救助才走出绝境。威廉爵士取消了桑希尔的继承权，与普里姆罗斯博士的次女索菲亚相爱而结婚，全家就此渡过了难关，过上了平静幸福的生活。《威克菲尔德的牧师》对于苦难气氛的渲染，对于悲惨哀伤情绪的描写，都带有浓厚的感伤主义文学的色彩；而对于灾难的设置以及对于灾难化解方式的设计，则洋溢着浓厚的戏剧性；威廉爵士这一理想化人格更是带有鲜明的传奇色彩。这些特征对浪漫主义小说都有深刻的影响。

感伤主义文学在诗歌方面的成就主要体现在墓园派诗人的创作上，其代表诗人有**爱德华·杨格**（1683—1765）和**托马斯·格雷**（1716—1771）。杨格的长诗《夜思录》共九卷一万行，表达对于死亡的体悟和联想，以及死亡给人带来的苦痛。诗人追问人生的价值和意义，并试图在宗教层面展开反省和给予慰藉。整部诗作色调灰暗、气氛沉郁、情感哀怨，是感伤主义诗歌的代表性范本。格雷的诗作《墓园挽歌》并不像《夜思》那样意在表达对于死亡的见解，而是集中表现死亡的存在给人带来的内心感受，因此抒情成分更为浓厚，哀伤情绪的表达也更为充沛，有很强的感染力。《墓园挽歌》以一处乡间墓园作为吟咏的对象，展开对于墓中那些已逝生命生前情状的描绘和猜想，歌咏这些平凡乡间生命曾经的勤劳、朴实和真诚，对他们卑微但真诚的人生表达敬意，也用诗行再现这些生命曾经创造过、拥有过的乡间美好生活。格雷把充满田园诗意的"生"与冷酷无情的"死"联结在一起，表达对于有死人生的悲叹，以及生命终将逝去的哀伤。整首诗文字精美、音节悦耳、诗行工整，美丽的田园风情与哀怨婉转的生命情思水乳交融，令人动容。

值得一提的是，在这一时期，英国还出现了哥特式小说。这种小说样式虽不能被归于感伤主义文学的范畴，但是注重表现主观感觉、刻画内心情绪和心灵悸动的特点，与感伤主义文学颇有共通之处。比如，**贺拉斯·华尔浦尔**（1717—1797）的《奥特兰托堡》（被视为第一部哥特式小说）、**安·拉德克利夫**（1764—1823）的《奥多芙的神秘》以及**马修·刘易斯**（1775—1818）的《僧侣》，这些小说以中世纪哥特式古堡为故事背景，讲述神秘故事和谋杀事件，情节充满悬念和幻想，营造神秘、恐怖、超自然气氛，展现出一种非理性的美感。哥特式小说是对于启蒙运动时期理性主义和唯理主义的反拨，与感伤主义文学一样，对19世纪的浪漫主义文学有着深刻的影响。

二、哲理与启蒙：法国启蒙文学

法国是18世纪启蒙运动的爆发地和核心地带，诞生了众多重量级的启蒙思想家，诸如孟德斯鸠、卢梭、狄德罗等，他们批判神权和王权，倡导民主社会制度，促进社会思想解放。这些思想家也是文学创作的主要群体，这就使得法国文学的启蒙色彩特别浓厚，其中尤以哲理小说和市民正剧这两种文学形式最为突出。

(一) 以思想取胜的哲理小说

查理·路易·孟德斯鸠（1689—1755）的第一部也是唯一一部小说是书信体的《波斯人信札》[①]，这也是第一部法国启蒙小说，开创了哲理小说的先河。《波斯人信札》主要描写波斯贵族郁斯贝克和里加结伴去欧洲游历，两人与家人和友人通信，描写在欧洲的所见、所闻、所思。郁斯贝克还有大量的家书，他的家中妻妾众多，在他离家之后，这些妻妾交给阉奴总管管理。郁斯贝克通过书信给阉奴下指令，也通过写信与妻妾们维持联系。郁斯贝克远游九年，家中变故不断，他的女人们或背叛，或自杀，最终以悲剧收场。

要理解这部作品，有两个问题需要特别注意：

其一，这部名为《波斯人信札》的小说与"波斯人"本身并没有本质性的关联。"波斯人"不过是孟德斯鸠为了更巧妙地表达观点所使用的视角和手段。

一方面，郁斯贝克和里加是被用来引领读者反观自身文化的一面镜子。郁斯贝克和里加的异邦人身份使得他们为当时法国的读者提供了一个旁观化、陌生化的视角。借助这个视角，孟德斯鸠带着他的读者们抽身而出，从旁观化、陌生化的角度去审视自己身处其中且习以为常的政治、宗教、文化和社会风气，从而使读者们发现了"习以为常"中的"不正常"、"司空见惯"中的"不合理"。比如，在第 24 封信中，郁斯贝克惊讶地向友人描述，法国有两个大魔法师：一个是"国君"，因为无论他说什么，他的臣民都深信不疑；另一个是"教皇"，"他支配国王就像国王支配臣民的精神一样"。这就尖锐地揭示出了"王权"和"神权"对于民众的思想控制和愚弄。当然，也需要看到，在对波斯与欧洲的比较中，也存在着相反的印证。比如，在第 102、104 封信中，郁斯贝克认为法国君主远比波斯君主要

[①] 此作品以下引述内容参见〔法〕孟德斯鸠：《波斯人信札》，梁守锵译，商务印书馆 2016 年版。

更为宽容和仁厚。这些既表现了孟德斯鸠对王权所持有的冀望，也流露出他所持有的欧洲文化优越感，在一定程度上表现出他对于东方文化的狭隘看法。

另一方面，郁斯贝克和里加也常常成为孟德斯鸠自己用来表达观点和见解的一个途径。特别是郁斯贝克，更像是孟德斯鸠观点和见解的一个代言人。比如，在第80封信中，郁斯贝克提出完善政府的看法："能以最合乎民众的天性和好善的方式领导人民的政府，就是最完善的。"他在第94封信中则指出，在欧洲王权制度之下，特权持有者"将极端不公正的行为形成制度，为之制订章程，确立原则，然后从中作出结论，以使君主们有恃无恐、心如铁石"，这样制定出来的法律体系天然缺乏正义。此外，还有第94封信中对"公理"和"民法"的讨论，第106封信中提出"一个君主要想强大，就必须使他的臣民生活得非常安乐"。这些要求约束君权、呼吁君主重视民众利益的看法和见解，都带着鲜明的孟德斯鸠的色彩。

其二，虽然郁斯贝克被孟德斯鸠作为"镜子"和"代言人"，但是作为一个文本人物形象，他也被赋予形象和内涵的独立性。郁斯贝克离家九年就是为了"增长知识""寻求智慧"。这是一个具备理性思考能力、有着求知渴望的形象。在欧洲游历的九年，他勤于思辨、勇于追问，表现出过人的理性思考能力和社会批判精神。

郁斯贝克反对王权和神权对于人的精神控制，呼吁对民众自由思考权利的尊重，要求维护民众的利益和幸福。在第14封信中，他从民众利益的角度指出，以道德力量维持社会秩序比依靠王权法律能够赋予民众更多自由。在第76封信中，他质疑惩罚自杀者的法律，"拖着尸体游街，对着死人咒骂，没收死者的财产"。郁斯贝克觉得这样很不公平，认为选择死亡也是一种权利。在第95封信中，他提出君主无权按照个人的恩怨和利益去对外宣战，"宣战应是一种司法行为"，因此不能按照君主的个人意见来决定，要有充足的客观依据。在这封信中，他还提出民众有选择与君主结盟或者不结盟的权利，民众的这种权利就是"人权"，是"理性的权利"。他也大胆地揭示专制王权给社会带来的问题，诸如官员腐败渎职、愚弄民众、赋税沉重等，强调清明的王权必须懂得尊重人民的权利和利益，而一个健康的社会更要从各个方面对王的权力进行限制。

郁斯贝克对于教会特权也给予激烈的讽刺和批判。他在信中说，法国国君简直是个大魔法师："他甚至可以让臣民们相信，他只要用手摸他们就可以百病尽除。"另一个更大的魔法师教皇则可以让国君"相信三等于一，人们吃的面包不是面包，喝的酒不是酒，诸如此类的事情不胜枚举"。在第29封信中，作者更是借里加的描述，叙述了专横的教会制裁和残酷的教会火刑。在第33封信中，郁斯贝克揭开教会虚伪的面纱，指出"教规禁止我们的君主们饮酒，他们自己却狂饮无度"；"本来为匡正民风而制定出来的教规，往往却只能使我们更加罪孽深重"。

这些都显示出郁斯贝克是一个视野开阔、思想进步、见解深刻，对当时的王权和神权都有质疑和批判能力的思想者的形象。

诡异的是，当郁斯贝克面对自己家中的众多妻妾时，他却不自觉地走向这些明智见解的反面。在第11—19封信中，郁斯贝克还在大谈宗教愚昧、王的暴政的危险。但是，在第21封信中，他就严厉地训斥自己家里的阉奴们："你们只不过是我可以随意捏碎的工具，你们只有唯命是从，才得以生存；你们在这世上，只是根据我的法律而活着，我叫你们死，你们就得去死！""总之，你们除了服从，不可能有别的命运；除了我的意志，不可能有别的灵魂；除了让我快乐，不可能有别的希望。"透过这些话语，我们看到的恰恰是郁斯贝克最为痛恨的暴君形象。

在第23封信中，郁斯贝克向友人赞颂意大利城市中妇女的自由状态。但是，在第26封信中，他却对家中的女人罗珊娜说，这种自由"是不加掩饰的厚颜无耻"。他要她们懂得，自己剥夺她们的自由，是为了帮助她们保持纯洁。郁斯贝克毫无愧疚地对自己的女人们进行着思想控制和精神愚弄。

郁斯贝克长期未归，家中的妻妾们过着孤独寂寞的生活。郁斯贝克却并不体恤她们的苦难，只是吩咐家中的阉奴对她们严加看管。老阉奴在第147封信中向他报告，妻妾们在他离家的第六个年头开始变得不规矩，泽丽丝的面纱脱落，在众人面前露出面容；扎茜跟婢女同床；后院里似乎还有年轻男人翻墙出入。郁斯贝克立时勃然大怒，不顾妻妾们的辩解，在第148封信中，决然地赋予老阉奴"无限制的权力"，要求他给那些女人"带去畏惧和恐怖"。老阉奴死后，郁斯贝克更是赋予另一个专横暴戾的阉奴索里姆同样的权力，导致他的妻妾遭到这个阉奴严酷的禁闭、监视甚至殴打。

郁斯贝克最喜爱的罗珊娜难以忍受这一切，最终选择了自杀。在罗珊娜的临终遗书中，她所指责的正是郁斯贝克的强权和专横："你自己可以为所欲为，却有权摧残我的欲望？"在罗珊娜心中，郁斯贝克从来都只是一个暴君。

郁斯贝克所呈现的人格分裂的特点是很有代表意味的。就像黑人阉奴总管，他因为自己的命运而郁愤，却在准备阉割一个小黑奴法浪时很是无情。为何人类反对被压制，却又总是难以抑制控制别人命运的快感？为何每个人都向往自由，内心却又总是潜藏着一个暴君？这两个问题不能在政治制度和社会风气层面进行解读，而是人性层面的问题。正是对这个层面问题的展示，让《波斯人信札》具有深刻的文化和文学价值。

伏尔泰（原名弗朗索瓦-马利·阿鲁埃，1694—1778）的《老实人》也是这一时期比较著名的哲理小说。由于母亲是男爵的妹妹，甘迪德自小在富丽堂皇的男爵府长大，却因为私生子的身份而与外面的世界接触甚少。在老师潘葛罗斯的教导下，甘迪德和老师一样成为乐观主义哲学的信奉者，坚信人性是善的，人间也是充满了善的人间。但是，随着甘迪德长大，现实生活却给了他完全相反的答案。他因为爱上表妹居内贡小姐而惹恼了男爵舅父，被驱逐出门。在流浪的过程中，甘迪德被官吏鞭打，被强盗劫掠，被抓去当兵，被神甫欺骗，遭受到种种折磨。他眼中的世界更是可怕，官员们贪污腐败，士兵们犹如恶魔，教会滥用火刑，贵族和教士们荒淫无耻，平民们自私自利、冷漠无情。在这个可怕的世界里，没有人能够幸免于难。甘迪德受尽磨难，他的老师被花柳病夺去了健康，男爵一家在兵祸中家破人亡，就连他的爱人居内贡小姐也惨遭蹂躏，颠沛流离，变成了靠苦力为生的下层女工。甘迪德和潘葛罗斯在逃难的过程中曾经偶遇"黄金乡"，那里才是真正的至善之乡。可惜，"黄金乡"就像天堂一样，并不存在于真正的人间。"黄金乡"的情景不过是映衬出真实人间堕落败坏的程度。经历了这一切之后，师生二人不再对这个社会抱有任何幻想。甘迪德娶了可怜的居内贡小姐，和潘葛罗斯一起买了一小块土地。他们不再盲目乐观，但也不愿沉浸在悲观绝望之中。他们埋头耕种，决定用自己的劳动和创造来构建生活的意义，在这个末日般的世界里，用自己的方式认真而努力地活下去。

《老实人》不只是批判了当时不顾现实、盲目乐观、让民众无法看到真实社会现状的乐观主义哲学，也不只是揭示了当时社会政治制度、经济状况特别是宗教独裁中存在的种种黑暗问题，更重要的是传达了一种"启蒙式"的生存态度：虽然社会现实晦暗，但一味悲观也于事无补，只有务实地去劳动、去创造才是唯一正确的方式。这种对于劳动和创造的歌颂与《鲁滨逊漂流记》《浮士德》是一致的，共同表现出启蒙时代的精神。

德尼·狄德罗（1713—1784）的对话体哲理小说《拉摩的侄儿》[①] 也是一部重要的启蒙小说。小说主人公是音乐家拉摩的侄儿，这是一个游走在社会上层和下层之间的特殊人物。他有钱时可以衣着光鲜地出入上层社会的各种场所。但是，他没有固定的收入，靠在贵族阶层蹭吃蹭喝活着，常常连房租也付不起，不得不破衣烂衫地流落街头。"拉摩的侄儿"和"我"在雷让思咖啡馆偶遇，两人展开了漫无边际的闲谈，话题涉及人生、社会、哲学、文学、艺术。在这场对话中，"拉摩的侄儿"表现出一种割裂式的人格：他依附于贵族生活，但又嘲笑和蔑视贵族阶层的庸俗、浅薄、荒淫和混乱；他不屑于为了富贵而谄媚、说谎，做伪誓的事情，但也怀疑责任、美德、天才的价值和意义；他具有很高的艺术修养，但又缺乏最基本的道德信念和精神依托；他痛恨这个社会的无耻、不公，但自己做了无耻的事情，却一点也不感到羞愧。

"拉摩的侄儿"这种分裂的人格正是对社会恶劣生存环境的折射。他空有过人的艺术才华，却无法得到社会的尊重，而很多毫无才华的人却因为出身的优势或是善于经营而春风得意。正是这种社会的不公和黑暗使"拉摩的侄儿"放弃了道德信念，导致他"知恶""批恶"却自觉"为恶"。

"拉摩的侄儿"所表现出来的对道德和良知的嘲笑，也正是作者对于道德崩溃、缺乏正义的社会的特殊反讽形式。比如，他告诉"我"以前曾偷盗自己学生的金钱，"我"问他是否有愧悔，他这样回答："呵！一点也没有愧悔！"理由是，这些学生的父母"是宫廷中人，是财政家、大商人、银行家、工商业家"，这些有钱人的钱财本来就是盘剥、欺诈别人而得来的，

[①] 此作品以下引述内容参见〔法〕狄德罗：《拉摩的侄儿》，江天骥译，商务印书馆1981年版。

偷盗他们就像是帮助他们偿还被盘剥、被欺诈的人们。"在社会中,各种地位的人互相吞噬。我们互相执行刑罚,没有法律来干涉。"所以,他根本不在意良心,说"当肚子在喊叫的时候,良心和名誉的呼声是很微弱的"。"拉摩的侄儿"看似堕落、寡廉鲜耻的人生信条,每一条都透露出对于社会不公和堕落的强烈愤怒、不满、揶揄和戏谑。

"拉摩的侄儿"痛恨这个社会的黑暗,但面对黑暗又得过且过,苟且偷安。这种懦弱的现实态度在当时的法国具有很大的普遍性。人们不满于现实,但是还看不到任何改变的可能;在丑恶大行其道的时代,美善的力量微小而脆弱。这种状况必然导致产生普遍性的时代心理,呈现为"拉摩的侄儿"式的绝望、茫然、退缩和苟且。

让-雅克·卢梭(1712—1778)创作的唯一一部纯文学作品是书信体小说《新爱洛伊丝》,共六卷,由163封信构成。贵族女孩朱丽爱上了自己的家庭老师、平民青年圣普乐。朱丽的父亲拆散了他们,并把朱丽嫁给了俄罗斯贵族沃尔玛。婚后的朱丽把自己之前的恋情告诉了丈夫沃尔玛,沃尔玛深表同情,于是邀请圣普乐到他们家,给他们的孩子做家庭教师。再次见面的圣普乐和朱丽依然深深地爱着对方,但是为了报答沃尔玛对他们爱情的尊重,他们选择了保持距离,只做朋友。因为跳到水中救落水的儿子,朱丽因生病离开了人世。临终之际,她承认自己依然深爱着圣普乐。

《新爱洛伊丝》虽然是一部爱情题材的小说,但它真正的主角却是道德的力量。沃尔玛面对自己妻子的恋情,能够做到宽容和同情,凭借的是他的道德力量;朱丽和圣普乐面对曾经的恋人能够自律节制,也是依靠自己所拥有的道德力量。这三个关系复杂的人可以互相尊重、互相体谅本身就是一部道德传奇。卢梭把这一道德传奇设定在特定的乡间世界。克拉朗是一个风景优美、与大自然融为一体的地方,这里民风淳朴,人性充满了善意和温情,人与人之间充满了平等和自由。在克拉朗这样的自然世界中发生道德传奇,一点也不突兀。克拉朗既增加了故事的可信度,也表达了卢梭所持有的一系列思想观点,诸如以平等为原则的社会契约观点、以培养自然人为核心的教育观点、以自然状态为核心的社会发展观等。《新爱洛伊丝》可谓是卢梭思想的一次集中表现,也让这部书信体爱情小说带有浓厚的哲理色彩。

（二）市民正剧的繁荣

法国戏剧主要继承了 17 世纪古典主义悲剧的传统。但是，18 世纪的法国作家们普遍认为古典主义悲剧取材范围狭小，内容与现实过于脱节。古典主义戏剧把悲剧和喜剧的受众按照不同阶层进行区分，将悲剧定位于上层观众，将喜剧定位于下层观众。这种做法也让启蒙作家们感到不满，因为这本身就违背了公正和平等。伏尔泰提出要打破古典主义悲喜剧的界限。**拉·肖塞**（1692—1751）更是糅合悲剧和喜剧，创作了"流泪喜剧"这一类型。狄德罗则提出了"真实"原则，要求戏剧表现现实生活中的普通人，他的剧作《私生子》和《家长》就实践了这些原则。

正是启蒙作家们的这些努力，促进了传统悲剧和喜剧的结合，推动了"正剧"这一新形式的产生。正剧多采用现代题材，关注现实社会和人生问题。由于正剧要求戏剧表现普通市民阶层的生活，以认可这一阶层的社会价值和地位为基本前提，因此正剧也被视为"市民正剧"。虽然从具体的创作内容来看，正剧所取材的现实生活依然难以摆脱贵族阶层的影响，表现对象也多是与贵族生活有交集的市民阶层和市民人物，但这种市民题材的提出依然具有很强的启蒙价值和社会意义。

市民正剧的代表作家是被视为法国 18 世纪最后一位著名启蒙作家的**加隆·德·博马舍**（1732—1799）。博马舍曾写作论文《论严肃的戏剧文类》，在理论上倡导狄德罗的戏剧观点，提出戏剧应该选材于现实社会，并使用接近普通人现实生活的日常语言和表现形式。博马舍的作品"费加罗三部曲"就体现了他的戏剧理论。"费加罗三部曲"包括两部喜剧《塞维利亚的理发师》[①]《费加罗的婚礼》以及一部正剧《有罪的母亲》。其中，两部喜剧尤其影响深远，不只是博马舍新式戏剧理论的体现，更是启蒙思想的鲜明体现。

《塞维利亚的理发师》讲述西班牙贵族阿勒玛维华伯爵爱上了父母双亡的贵族少女罗西娜，为了追求她而来到塞尔维亚。但是，罗西娜的监护人、年老又自私吝啬的巴尔多洛医生却试图强行娶她为妻，以霸占她父母的遗

[①] 此作品以下引述内容参见〔法〕莫里哀等：《法国戏剧经典（17—18 世纪卷）》，李玉民译，浙江大学出版社 2011 年版。

产。为了达到目的，巴尔多洛把罗西娜囚禁在家里，不许她与外界接触。阿勒玛维华伯爵碰巧遇到了以前的仆人费加罗，在费加罗的帮助下，他乔装成军官进入巴尔多洛家，赢得了罗西娜的爱情；又在费加罗的精心策划下，利用巴尔多洛请来的结婚公证人和见证人，在巴尔多洛的家里与罗西娜结成合法夫妻。

　　这部作品赞颂了真诚的爱情力量："青春和爱情一旦同心合力，要欺骗一个老头子，那么他力图阻止所做的一切，就有一个贴切的名称，叫作'防不胜防'。"但是，在这部爱情题材的作品中，最亮眼的并非男女贵族主人公的爱情，而是费加罗这个让人耳目一新的社会下层人物形象。与以往无知无识的奴仆形象十分不同，费加罗热爱诗歌、戏剧和音乐，是一个一出场就背着吉他、手里拿着纸和笔的新形象。费加罗有头脑、有思想，对社会上层的粗暴和专横有着清醒的认知："大人物不损害我们，就是给我们相当大的恩典了。"费加罗有智慧、有计谋、有行动力，帮助别人实现了几乎不能实现的爱情奇迹。更可贵的是，费加罗在不公正的社会里，从未丧失天性的良善，保持着乐观坚强的生存态度，也不惧怕与邪恶力量抗衡："得意时帮帮别人，失意时独自隐忍；遇到蠢货开开玩笑，碰到恶人也较量较量。"这一形象体现了作者对于普通市民的价值认可，具有很强的时代意义。

　　另一部喜剧《费加罗的婚礼》很明显强化了《塞维利亚的理发师》中的现实批判精神。首先，作者直接把剧本中的首要矛盾设置为费加罗与贵族主人阿勒玛维华伯爵之间的矛盾，从而体现出平民与贵族的阶层冲突。其次，作者让作品中的平民直抒胸臆，表达对于现实的不满和对于社会的批判。比如，作者批判贵族政治不过是"布置密探，收买变节者，偷拆文件，截留信函"；指责贵族法律"对大人物宽容，对小百姓严酷"，那些法官"尸位素餐"，"玩忽职守无异于犯罪"；讽刺贵族阶层平庸无能，"不过是出娘胎时用了点劲"，然后就安享这社会的"财富、地位、官职"。在第五幕第三场，作者更是通过费加罗的超长独白，表达社会对于平民的不公正，即费加罗式的平民固然有智慧、有才华、有品性，但在这个社会中只能处处碰壁，无路可走。

　　《费加罗的婚礼》在现实批判的力度上的确比《塞维利亚的理发师》

有了很大的提升，不过就艺术成就而言，却是低于《塞维利亚的理发师》的。《费加罗的婚礼》宣讲的意图过于强烈，导致作品呈现过于概念化的结果。整部作品的叙事纷乱复杂，节奏拖沓；人物关系设计和情节推进也过于生硬牵强，缺少真实生活基础的支撑和细节的说服力。

三、理性与情感：德国启蒙文学

德国启蒙文学的发展大致可分为早期发起阶段、中期狂飙突进运动阶段和后期魏玛古典主义文学阶段。

（一）早期发起阶段

早期的代表人物是**约翰·克里斯托夫·戈特舍德**（1700—1766），他写作了论文《为德国人写的批判诗学试论》，翻译了法国古典主义悲剧作家拉辛的作品，创作了带有古典主义风格和特点的悲剧《濒死的卡托》，并在德国大力推广法国的古典主义戏剧，提出学习古典主义戏剧理性和优雅的特点，以克服当时德国文学中大面积存在的语言混乱、脱离现实、审美低俗等问题。不过，他对于古典主义文学的清规戒律和死板教条缺少辩证的认识，要求德国文学对法国古典主义文学照单全收，这又给德国文学的发展带来了不利的影响。

戈特霍尔德·莱辛（1729—1781）是早期更为重要的作家，被视为德国文学真正的奠基人。他的美学著作《拉奥孔》和戏剧论著《汉堡剧评》为德国文学的现代发展提供了坚实的理论基础。他强调诗歌要表达真实的情感，文学创作要取材于现实社会和人生，并能够体现作者丰富的个性。他对古典主义的"三一律"也提出了更为灵活的看法，认为只要作品可以更好地刻画人物、传达见解，就算打破"三一律"，也是应该被允许的。莱辛的这些观点对于把德国文学从法国古典主义文学的约束中解放出来起到了极大的作用。莱辛在创作上也颇有建树，他的剧作《萨拉·萨姆逊小姐》被视为德国的第一部市民悲剧；剧作《艾米莉亚·迦洛蒂》带有很强的现实映射度，把批评的对象直接指向了当时的封建制度，带有鲜明的启蒙色彩，也体现了莱辛在理论中的许多设想和观点。

（二）中期狂飙突进运动阶段

德国中期启蒙运动主要体现在18世纪70年代到80年代的狂飙突进运

动。这一运动是第一次带有全德性质的文学运动,参与者大多是青年作家。狂飙突进运动看似与早期启蒙运动对理性的提倡颇为不同,表现出崇尚感情、追求表达个人感性体验的特点,但从其思想质地而言,依然延续了早期启蒙运动批判社会现实的态度和立场。

因为不满当时僵化且蛮横的贵族社会制度和现实,所以狂飙突进运动中的启蒙者大多表现出对于"自然"的倾慕。他们推崇卢梭"回归自然"式的社会理想,歌颂自然朴素的人性,要求维持自然平等的社会关系和符合自然规律的社会秩序。这种对于自然式社会的向往,正表现出对于现实社会的否定和不满。同样,因为不满当时社会对于个人权利的压制甚至剥夺,所以狂飙突进运动的参与者强调个人自由和个人独立,提出对于"天才"的崇尚。

狂飙突进运动的代表性作品之一是《少年维特的烦恼》,这是**约翰·沃尔夫冈·歌德**(1749—1832)的早期作品。这部作品以书信体的样式,讲述市民阶层青年维特爱上了已经订婚的绿蒂,因陷入无望爱情而承受巨大内心痛苦的故事。但是,爱情失意并不是维特唯一的痛苦根源,他眼中的社会是庸俗堕落且没有希望的,贵族阶层伪善浅薄,市民阶层狭隘猥琐。在这样的社会中,维特既找不到个人发展的机会,也看不到理想实现的希望。维特有勇气坚持自我,却无力改变现实,他能做的就是决意不与现实社会妥协。这种与现实社会对峙的状态,是维特更为深层的内心痛苦。维特的痛苦体验在当时的德国青年中是具有普遍性的,他宁愿选择死亡也不肯与社会同流合污的态度也在青年群体中产生了巨大的影响。

狂飙突进运动的代表性作品还有**约翰·克里斯托弗·弗里德里希·席勒**(1759—1805)的戏剧作品《强盗》和《阴谋与爱情》。《强盗》的故事本身并没有特别强烈的现实感,贵族青年卡尔被弟弟夺去了应得的爵位、家产,也被夺去了未婚妻。卡尔与伙伴们结成侠盗队伍,并被推举为首领,开始了复仇之路。他救出了父亲,迫使弟弟自杀,为了信守集体的盟约而杀死了未婚妻。最终,他还是选择了自首。从叙事的现实逻辑而言,《强盗》的情节存在很多生硬牵强的地方,在叙事技巧上有明显的硬伤。从人物形象的塑造而言,卡尔的性格逻辑并不合理,语言也十分概念化、符号化,甚至有口号化的倾向。但是,与《少年维特的烦恼》一样,《强盗》

胜在表达了一种时代情绪。卡尔在现实中遭遇各种不公平的对待，从而产生了激烈的愤懑、压抑和痛苦，都非常容易引起当时人们的共鸣；而卡尔选择与现实决裂，以叛逆和反抗的姿态宣泄愤怒、控诉不平，并且不惜使用暴力毁灭黑暗现实的做法，又符合现实社会中人们潜在的追求自由、释放自我、揭露现实黑暗的愿望。这也是这部剧能够在演出现场点燃观众激情的原因。但是，在席勒的内心，对于建立在暴力破坏规范之上的"自由"又存在理性层面的怀疑和矛盾，所以最终他让卡尔选择了自首，服从了法律的约束。因此，《强盗》也是一部表现席勒思想冲突和矛盾的作品。

席勒的另一部剧作《阴谋与爱情》①延续了《强盗》激情宣泄的言辞特点，具有与《强盗》一样的情绪渲染性和鼓动性。不过，《阴谋与爱情》在艺术上比《强盗》有了长足的进步，叙事线索清晰，人物行为逻辑的合理性也大大提升。就思想内容而言，《阴谋与爱情》有更为突出的平民意识，乐师的女儿露易丝甚至直接喊了口号："等级的限制都要倒塌"，"人都是人"，也更符合当时时代的启蒙思潮。不过，就人物的性格刻画和思想意蕴而言，男主人公斐迪南和女主人公露易丝的形象延续了《强盗》的概念化问题，却不如卡尔更有思想的复杂度。斐迪南的行为悲剧主要是由于外因造成的，是他的父亲设下种种阴险的计谋来拆散他和露易丝的结果。相比之下，《强盗》中卡尔的行为悲剧更多是由于内在因素造成的，是卡尔在"破坏—顺从""自由—法律""暴力—反暴力"等多组关系间游移不定、左右摇摆的结果，这一形象也包含更为复杂的思想内在矛盾。

（三）后期魏玛古典主义文学阶段

在狂飙突进运动后期，歌德应邀来到德国众多封建制小邦国之一的魏玛公国，担任枢密顾问达十年之久。1786年，他因为厌倦了毫无生机和希望的官场生活，不辞而别，到意大利游历了两年。1788年，歌德返回魏玛公国，辞去大部分职务，专心从事文学创作和自然科学的研究。歌德从1794年开始和席勒合作，直到1805年席勒去世。在这段时间，两位文坛巨匠共同倡导新的文学理念，并合作了一些作品，也完成了各自的许多经典

---

① 此作品以下引述内容参见〔德〕席勒：《阴谋与爱情》，杨武能译，河南文艺出版社2015年版。

创作，创造了德国文学的一个辉煌高峰。因此，1794—1810 年，被视为魏玛古典主义文学发生和终止的大致时段。

当时的魏玛公国因较为开明的文化氛围，吸引了大批诗人和学者居住、聚集。魏玛古典主义文学的代表作家除了歌德和席勒，比较著名的还有**克里斯多夫·马丁·维兰德**（1733—1813），他是魏玛古典主义文学作家群中最为知名的年长者，被誉为"魏玛古典主义第一人"。他在魏玛公国做过宫廷教师，长期从事古希腊和古罗马文学的翻译工作，把古希腊喜剧作家阿里斯托芬、古罗马演说家西塞罗和诗人贺拉斯等人的作品翻译成德文。他也是第一位把莎士比亚剧作翻译成德文的人，总共翻译了 22 部莎士比亚的剧作，对于开拓德国文学的视野起到了重要作用。他还创办了文学杂志《德意志信使》，该杂志成为德国启蒙文学的一个重要平台，歌德、席勒和赫尔德都曾参与其中。在文学创作上，维兰德的作品以小说为主，是古典主义文学阵营中小说成就最高的一位。他的小说在艺术上体现出洛可可式的美学风格，追求纤细、精致、优雅、繁美的风格，带有浓厚的宫廷色彩。

约翰·哥特弗雷德·赫尔德（1744—1803）是魏玛古典主义文学的另一位代表作家，他也是狂飙突进运动时期的重要人物。他曾在歌德的推荐下，在魏玛公国担任教会总监和市立教堂的首席牧师。赫尔德最突出的是在哲学和神学方面的造诣，在文学方面主要致力于民间文学的收集和整理，凸显了德国文学的民族特质，梳理出德国文学传统的一致性，对于德国文学的发展具有重要的价值。

魏玛古典主义文学受到法国大革命的影响，对于"自由、平等、博爱"的追求成为它的思想基础，这一时期的作家中的很多人在早期作品中都表现出通过激烈对抗来寻求自由平等的思想倾向。但是，他们又都基本上进行了自我否定，寻求更为理性和成熟的道路作为共同的追求。在艺术上，他们都表现出对古典艺术精神的倾心。在意大利的游历，让歌德对于古罗马艺术十分醉心；而 18 世纪早期的考古学家兼艺术研究者温克尔曼对于古希腊艺术精神的推崇，也给了歌德和他的同伴们很大的启发。他们试图在古希腊和古罗马文化精神中寻找灵感和力量，促进一种以建设"和谐的人"为核心命题的文学创作。古希腊和古罗马文化中的自然精神与和谐美感，让他们普遍否定了早期偏激的、宣泄式的对抗思维，试图寻求和谐解决矛盾之路。体现在人格理想上，内心和谐有序、具有强大自我理想的人格类型成为这一时期文学的核心形象。具备这种理想人格的人们拥有蓬勃的人生热情，但也拥有强大的理性，绝不会流于情思的混乱和无谓的情绪发泄；他们有着对现实敏锐的观察和批判能力，但也拥有务实、明确的行动方案，绝不会用对社会的批判来遮掩内心的迷茫；他们把社会和自我结合得十分紧密，既有强烈的社会参与意识，也知道如何把握自己人生的目标，争取自己人生的价值。这种理想人格最典型的代表就是歌德所塑造的"浮士德"形象（参见本章第二节）。

第二节 笛福与歌德

一、人类经验与能力的传奇：笛福的《鲁滨逊漂流记》

英国的丹尼尔·笛福在文学上成名较晚，创作成名作《鲁滨逊漂流记》[①]时已经近60岁。也正因为这种人生的积淀，使得《鲁滨逊漂流记》虽然是一个孤岛生存的历险故事，但却拥有很强的现实感和精神厚度。它虽然取材于传奇，但体现着浓郁的启蒙色彩和启蒙精神。

《鲁滨逊漂流记》的故事并不复杂，主要讲述鲁滨逊的多次航海历险和孤岛生存的故事。鲁滨逊19岁那年开始航海，遭遇过强风暴，曾被海盗俘虏并为奴两年，逃到巴西后开始经营种植园。在种植园度过四年平静且收入颇丰的日子后，27岁那年，他选择离开巴西，再次出海。在海上，鲁滨逊乘坐的船遭遇飓风，被飓风吹离航线，他的伙伴们凄惨丧生，他独自一人被冲上孤岛。在孤岛上，他努力求生，度过了整整28年。在这28年中，鲁滨逊不但让自己活了下来，还解救了野人"星期五"，并救助了其他来到这个荒岛的白人。当鲁滨逊离去之时，这座岛已经不再是一座荒岛，而是被他改造成了一座适宜生存的岛。多年以后，鲁滨逊重返故地，发现这座曾经的荒岛已经变成一座人口众多的热闹海岛了。

《鲁滨逊漂流记》大力赞颂了人类自身的经验、智慧和创造力。鲁滨逊

[①] 此作品以下引述内容参见〔英〕丹尼尔·笛福：《鲁滨逊漂流记》，鹿金译，商务印书馆2015年版。

能够在孤岛上生存下来，最初依靠的是从遇难海船上带出来的食品、物品、工具和武器，以及人类所积累的生存和生产的经验。依靠这些工具和技术资源，他完成了扎制木筏、建造住所、制造家具、挖掘山洞、开垦荒地、种植庄稼等工作。同时，鲁滨逊也逐渐根据自己所处的具体环境和条件，摸索出了新的生存和生产经验。比如，如何应对山洞坍塌的危险，如何把野生动物驯养成家畜，如何掌握雨季和旱季的规律以进行科学的播种和收割，如何制造生产工具、炊具，如何制造蜡烛和雨伞，如何制作衣物，如何自制石臼捣碎谷物，如何制造筛子过滤面粉，如何把地里收割的谷物成功地变成大麦面饼和布丁等。正是这些生存和生产技术的创新和发明，让鲁滨逊活下来且改变了他的世界。鲁滨逊在临走之际，把这些经验传授给了流落到这座荒岛上的西班牙人和英格兰人。他们凭借鲁滨逊提供的资源，又经过创新和发明，逐渐让这个荒岛走向繁荣。从鲁滨逊到后来的居住者，他们在这个荒岛上生存、改造和发展的历史，就是人类在世界上生存、改造和发展的缩影。

《鲁滨逊漂流记》也颂扬了以下"鲁滨逊式的理想人格"：

首先是清教徒色彩的勤劳品质。鲁滨逊的勤劳是令人惊讶的，在被冲上孤岛之后，他一刻都没有停止劳作。正是最初 13 天的物资搬运，为他争取了最大化的生存资料。在岛上落脚之后，鲁滨逊更是一天都没有休息，《圣经》中上帝用六天创世，第七天就休息了。在鲁滨逊这里却没有休息日。他以超越上帝的勤劳度，用最简单的工具创造了一个又一个生产和生活的奇迹。

其次是清教徒色彩的理性有序。鲁滨逊不允许自己陷入混沌无序的生活状态，一上岛就用自己的方式定位了自己的位置："北纬 9°22′"。他也确定了自己上岛的时间："1659 年 9 月 30 日"。他制作木杆，用刀子刻画痕迹以记录时间。这种强烈的时空认知需求是秩序理性强大的表现。在建设家园时，他同样表现出对整齐有序的高度要求。他的山洞被整理得井井有条；他必须制作桌子和椅子，以便舒适地书写；他必须制作柜子，以便让杂物得到有效收纳；他天天写日记，以保持头脑的清醒和有序。每当遇到挫折和打击，鲁滨逊都会及时进行细致的自我分析，把自己从沮丧情绪中拉出。当感到"我被抛弃在一座可怕的荒岛上，没有丝毫生还的希望"时，他立刻安慰自己"但是我还活着,没有同我的伙伴们一样被淹死";当埋怨"我被上帝单独挑出来,可以说是与世隔绝,受尽苦难"时,他立刻提醒自己"上帝既然创造了一个奇迹,救了我的命,也就有可能使我摆脱现状"。通过这种坚韧的自我情绪管理,鲁滨逊才始终保持着信心和乐观。

最后是冒险精神和财富意识。这也是鲁滨逊的重要品质。鲁滨逊历经生死劫难,依然热爱外出航海。他本可以在巴西平静地享受富裕安稳的生活,但对冒险和挑战的热爱让他决意从巴西越洋到非洲的几内亚。也正是在这次远航途中,他流落到了荒岛。在荒岛度过 28 年漫长的艰难岁月之后,步入老年的鲁滨逊依然不安分。在作品的最后,已经成为富翁的鲁滨逊选择再次出发冒险。虽然这一次鲁滨逊选择了陆地,但是他的一生始终走在冒险的路上。当然,这种冒险精神是与当时英国社会日渐高涨的财富意识结合在一起的。鲁滨逊漂流的过程,也是他不断创造财富的过程。他 20 岁出海几内亚,靠做生意赚取了第一桶金。在逃出海盗窝时,他卷走了海盗的一艘小艇和小艇上的酒、枪、黄蜡,还有一个小男奴。在逃走的路上,他猎狮杀豹,获取了珍贵的狮皮和豹皮。到达巴西后,他把这些物资和奴隶卖给别人,换了两百多个银币,成为启动种植园的资本。即便是鲁滨逊决定离开巴西去探险,也是为了新的财富——到几内亚沿岸去做贩卖货物和黑奴的生意。在荒岛上,鲁滨逊同样表现出强烈的财富概念,对粮食、家畜、工具、船只的渴望是他不停奋斗的主要动力。这种创造财富的热情是 18 世纪英国社会平民阶层的一个鲜明特征。当时的英国平民阶层不再固守等级社会对于自己身份的限定,他们积极地冒险、探索,寻找发财致富之路,通过个人财富奋斗来改变自己的命运。

《鲁滨逊漂流记》还张扬了清教徒式的宗教理想。鲁滨逊在流落荒岛以前并没有真正的信仰,在荒岛上患重病之后才发现拥有精神支撑的重要性。鲁滨逊蔑视那种教会式的盲目信仰,主张对宗教的理解应该以个人的生命体验和精神需求为基础。他认定只有这种信仰态度才可以在宗教中实现生命敬畏,获得生存力量。这也是鲁滨逊在解救野人"星期五"之后,积极向他传教的重要原因。与此相对应,鲁滨逊尖锐地批评了天主教的残酷和狭隘。比如,作为清教徒的鲁滨逊对那些信仰天主教的西班牙人十分不信任,他害怕这些天主教徒会把他这个清教徒给杀掉。也因此,鲁滨逊宣布"在我的领土上,我允许宗教信仰自由",他收留了信奉原始教的野人"星期五"及其父亲,也收留了信奉罗马天主教的西班牙人,表现出一种开放宽容的宗教态度。

当然,《鲁滨逊漂流记》的局限性也十分明显。作者对殖民意识尚未有清醒的认知。在这部作品中,清晰地体现出作者把奴仆、黑奴视为个人财富的意识,黑奴买卖也被视为单纯的生意。虽然鲁滨逊不忍心把他从强盗窝带出的小男孩苏利卖掉,但事实上还是出售了他十年的自由。至于26岁的野人"星期五",鲁滨逊从解救他开始,就让他叫自己"主人"。

另外,人物塑造的单薄也是这部作品的一个缺陷。鲁滨逊被塑造成一个道德完美的人,他身边更是遍布道德完美的形象。鲁滨逊第一次出海遇到的船长,代他保管存款的船长太太,帮他逃到巴西的葡萄牙船长,替他看管几十年种植园的人们……在作者的笔下,这些人全都行为高洁、慷慨无私,没有丝毫贪财之意。即使没有鲁滨逊的消息,甚至在彼此信息隔绝多年以后,他们仍然诚实地把鲁滨逊的财产原封不动地归还。这固然让读者感到愉悦,但作为一部文学作品,这种对人性的理解和思考就显得有些简单和理想化了。

二、人类理性与梦想的传奇:歌德的《浮士德》

歌德从1770年左右开始酝酿写作《浮士德》①这部诗剧,当时他还只有21岁。《浮士德》真正完稿是在1831年,歌德已经82岁。这部著作断断续续创作了60多年,几乎贯穿了歌德的一生,其中包含着歌德本人生活轨迹的深深烙印,更有歌德对于自我、人生和社会的厚重思考。

《浮士德》取材于中世纪开始不断流传并不断被演绎的浮士德博士的故事,歌德赋予他新的内涵和意义。《浮士德》共分上下两部分,第一部分讲述已至老年的浮士德对自己的人生感到失望,于是以灵魂为抵押,与魔鬼梅菲斯特签下契约,换取重返青春的机会。梅菲斯特赌他将会耽于享乐,虚度时光。但是,浮士德对自己充满信心,相信自己会永远进取,决不停

---

① 此作品以下引述内容参见〔德〕歌德:《浮士德》,绿原译,人民文学出版社1994年版。

息："如果我对某个瞬间说，停留一下吧，你多么美呀！""一旦我停止了奋斗，我就成了奴隶，不管是你的，还是谁的，都无所谓。"于是，浮士德喝下魔药，重返青春时代，开始了一段新的人生路程。

《浮士德》共讲述了五段带有作者自身痕迹的人生故事，也是五段充满挫败和磨难的人生悲剧。

第一段是浮士德的书斋人生。他学完了中世纪通行的哲学、法学、医学和神学，却发现价值的虚无："这道由千百个书格堆成的高墙把我团团围住，用千变万化的花样把我困在这个蠹虫世界里的旧家具，它们可不就是尘土？我难道能在这里找得到我所缺乏的什么？"作者透过浮士德对书斋人生的绝望，写出了读书人的一种悲剧：他们要么沉溺在僵化的知识之中，所谓的学问不过是"粘粘贴贴，拼拼凑凑，用别人的残羹剩汁去烩一碗佳肴，从你们一小堆灰烬里吹出寒碜的火苗"，成为世人眼中的"一只垃圾桶，一个废品间"；要么沉沦为御用文人，"充其量是一部帝王将相的大戏连台，加上一些俏皮而实用的治世格言"。

当然，作者还是赋予浮士德与一般读书人不同的品质。他生活在中世纪，却为宗教思想所禁锢："什么来世不来世，我才不关心；一旦你把这个世界砸成废墟，另一个就会应运而生。"他也有反思自我的能力，不断反省自己的内在矛盾："让我一味玩耍，我未免太老，但要我清心寡欲，我又太年轻。""在我的胸中，唉，住着两个灵魂，一个想从另一个挣脱掉，一个在粗鄙的爱欲中以固执的器官附着于世界；另一个则努力超尘脱俗，一心攀登列祖列宗的崇高灵境。"也正是这种独立思考的能力，让浮士德能够发现书斋人生的可悲之处。

第二段是浮士德和格雷琴的爱情悲剧。这段悲剧的根源在于爱情的悖论以及浮士德内心的种种矛盾。在初识格雷琴时，浮士德被激发出来的是情欲和占有欲，以至于他轻薄地命令梅菲斯特："把那个小妮子给我弄来！"但是，在偷偷潜入格雷琴的卧室，感受到一个少女清新宁静的内心、娴静有序的生活状态时，他又被格雷琴的品质感动，质问自己："你在这里想干什么？你的心为什么如此沉重？可怜的浮士德，我再也认你不得！"但是，浮士德到底未能经受住梅菲斯特引诱他享受两性之乐的怂恿，他占有了格雷琴。浮士德的矛盾性就在于他没有办法完全沉溺于肉欲的满足之中，他痛恨怂恿自己的梅菲斯特，称其为"老鸨"，也为自己迷恋格雷琴的肉体感到羞愧。他躲进森林的洞窟中反省自己，试图从理性层面战胜自己的肉欲，把爱情升华到精神的层面。悲剧的是，一旦浮士德开始这么做，他与格雷琴之间在精神上的差异就显现出来。格雷琴无法接受浮士德对于宗教的叛逆，浮士德对于人生和自我的自由追求也与格雷琴潜在向往的成婚愿望背道而驰。因此，当浮士德挣扎着，试图带着格雷琴从肉欲式的关系中脱身时，他与格雷琴爱情上的纽带也就随之断裂了。始于激情，终于理性，这既是浮士德的爱情悲剧，也是作者对于爱情中感性与理性复杂关系的深沉思考。

格雷琴这一形象也很有代表性，她在本质上是一个虔诚又善良的姑娘，就连魔鬼在她面前都要感到惶恐。梅菲斯特诱惑她的邻居玛尔特，格雷琴强烈地感受到他的邪恶："我一见到那个人就毛骨悚然，认为他就是个流氓。""他一进门，就是一副嘲弄的面孔，而且似恼非恼。看得出来，他对什么都不同情，他一个人也不爱。"格雷琴对爱情抱着纯洁、勇敢的态度，但在两性关系中她又自觉地屈居于被动地位。面对爱人，她只能用翠菊的花瓣来占卜他的心思；面对爱人的要求，她更是没有拒绝的能力。自我意识的欠缺，让她完全控制不了自己的爱情，导致悲剧接连发生。即便如此，格雷琴依然是一个可敬的人物，她陷入爱情的迷局但并不耽于肉欲，她虔诚于上帝但并不因此压抑自己的爱情。她把信仰之爱和世俗之爱融为一体，真正信奉的是"爱"。也因此，在梅菲斯特对她说"你被审判了"的那一刻，作者借天庭的声音向她宣告"你被拯救了"，她的灵魂终被带上天堂。

第三段是浮士德的仕途悲剧。"小世界"里的爱情悲剧没有让浮士德就此消沉和颓废，相反，他鼓起勇气，决定走向更广阔的社会人生。在梅菲斯特的帮助下，他走进了宫廷，决定辅佐皇帝干一番政治事业。

这个王权国家的治理状况非常糟糕，法律形同虚设，法官腐败渎职，百姓诉苦无门；市民和骑士都要跟王权斗争，皇帝能够依靠的只有佣兵，但佣兵只想拿钱，重要的是，拿到钱就会跑路；财政严重告急，盟友不再提供资助，就连皇帝的内廷消费都出了问题。皇帝一心想的只是"眼前缺的是钱，还是去弄钱为妙"。为了帮助皇帝解决这个问题，浮士德采用了发行纸币的办法，用凭空印刷出来的纸币帮助皇帝解决了拖欠的军饷，偿还了积欠已久的高利贷，而皇帝用来为这些纸币担保的只是可能存在的所谓埋在地下的金银财宝。这些靠虚假承诺担保的纸币，就这样帮助皇帝窃取了民间的财富。不但如此，皇帝还向浮士德提出了更为过分的要求，他想看看古希腊时期的海伦和帕里斯。为了讨取皇帝的欢心，浮士德在梅菲斯特的帮助下，沉入到纯感官的抽象世界，为皇帝的宫殿带来了海伦和帕里斯的幻象。也正是在看到海伦幻象的那一刻，浮士德感受到了美的震撼和感召，从而反观自己的生活，发现了自己生活的空虚和荒芜。

在这一段悲剧中，作者讽刺了宫廷生活的自私、无聊、奢靡和庸俗，也揭示了王权社会中百姓被盘剥、被欺诈的命运。浮士德走进宫廷，试图拯救民生，但是仕途的升迁规律却让他不得不屈服于皇帝的权威，为了获得皇帝的信任而出卖民众的利益。这种官场游戏规则让浮士德与自己最初的理想渐行渐远。这是浮士德在这段经历中感到价值虚空的根本原因。

第四段是浮士德追求古典美的悲剧。厌倦了官场之后，浮士德回到了故居。他的学生瓦格纳经过多年努力，蒸馏了几百种元素，结晶出了烧瓶中的小人"荷蒙库鲁斯"。在荷蒙库鲁斯的带领下，浮士德和梅菲斯特踏上穿越时空，前往古希腊的旅程。梅菲斯特化身丑恶的女神福耳库阿斯，将从冥界归来的斯巴达王后海伦领到斯巴达北部的哥特式城堡。在那里，海伦见到了城堡主人浮士德。海伦与浮士德相爱，并生下了儿子欧福里翁。一家三口居住在伯罗奔尼撒半岛中部的阿卡狄亚，那里风景优美，有"世外桃源"之称。欧福里翁是一个情感热烈、自由不羁、热衷跳跃和冒险的孩子："我要越跳越高，我要越望越远！"他不想留在静谧的山林，过平静的生活。当听到大海中有两军对阵，他决心抛弃待在父母身边的安逸生活，加入战争，"与强健自由勇士相过从"，在精神上"执锐披坚"，踏上"荣誉的道路"，去为战争中的人们"分担艰危和不幸"。他努力张开双臂，想向前飞跃，却坠落在父母脚边死去。海伦悲痛万分，决定随儿子而去，于是形骸消失，浮士德的怀中只留下一堆面纱和衣裳。最后，"海伦的衣裳化为云彩，围裹着浮士德，将他浮入高空，带他一同飘走"。浮士德的这一段古希腊之旅也以悲剧告终。

这一段悲剧是一种抽象的关于艺术精神追寻、延展和浸染的悲剧。美人海伦象征着古希腊的审美精神，浮士德象征的则是来自中世纪的北欧文化和哥特式审美精神。正是古希腊古典艺术传统和北欧哥特式艺术传统的结合，诞生了欧福里翁这一既崇尚高贵又崇尚激情、既渴望摆脱平庸又渴望参与社会世事的人生态度和艺术精神（因此，很多观点都认同拜伦是欧福里翁的真实原型）。但是，无论欧福里翁如何渴望参与社会世事的变革，他所持有的艺术方式和态度都很难让他真正实现自己的社会理想。欧福里翁的死去隐含的正是作者对于脱离社会现实的古典艺术追求的社会价值和人生价值的反思。

第五段是浮士德的理想国悲剧。失去海伦以后，浮士德回到了他曾经有过仕途的国家。在梅菲斯特的帮助下，浮士德帮助皇帝打败了伪帝，皇帝赏赐他一片海滩作为奖赏。浮士德就在这片海滩上填海造田、挖掘运河、修建堤坝。浮士德年迈之际，在这片属于他的国土上，建起了巍峨的宫殿、美丽的花园、适合民众居住的村庄。但是，由于有一处沙丘不属于他，沙丘上有菩提树、朽坏的小教堂，褐色的小屋里还住着一对老夫妻菲勒蒙和包咯斯。这处小沙丘让浮士德无法实现一统天下的愿望，于是，他让梅菲斯特带着三个手下去劝说老夫妻搬迁，交换条件是一块更好的田庄。没想到，老夫妻死活不肯谈判，梅菲斯特就动用了恐吓手段，把老夫妻当场吓死，被打翻的火盆烧掉了老夫妻的茅屋和菩提树。梅菲斯特的恶行让浮士德深感愧疚。然后，名为"忧愁"的女巫到来，在浮士德的眼中吹了一口气，他为自己的不慎付出了代价，失明了。

失明的浮士德没有气馁，"黑夜似乎步步紧逼，可我内心还亮着光；我所设想的，我要赶着完成"。他督促仆役们早早起床："拿起工具！挥动镐和铲！"而这时，梅菲斯特却已带着众鬼魂，开始为浮士德挖掘墓穴。鬼魂们挖掘墓穴的声音传来，浮士德以为是他手下的建设者们在辛勤地挖掘渠道，不由得为这一奋斗的瞬间感到满意，他感叹道："停留一下吧，你多么美呀！"当说出这句话以后，浮士德和梅菲斯特当年的赌约就起效了，他倒地而亡。梅菲斯特正要把浮士德的灵魂带入地狱，天使们降临，撒下爱和拯救的玫瑰花瓣，从梅菲斯特手中抢走了浮士德的灵魂；而格雷琴的灵魂也正在天堂，等待着引领浮士德的灵魂。

这一段经历虽然以悲剧结尾，却是唯一一段让浮士德感到满意的人生经历。在这段经历中，浮士德依靠自己的力量独立地开辟疆土，按照自己的理念创建了以自由为基础的理想王国："我真想看见这样一群人，在自由的土地上和自由的人民站成一堆。"这种以"自由"为核心的社会设想，正是启蒙运动之社会理念的体现；而按照自己独立的意志和社会设想，去改造自然、建设全新社会的行为，也正是启蒙知识分子们的共同愿望。因此，通过浮士德的这段经历，作者表达了带有浓厚启蒙运动色彩的人生价值观念，即知识分子只有独立地按照自己的社会设想，投入到社会改造和发展之中，才能实现真正的人生价值，"我的浮生的痕迹才不致在永劫中消退"。

《浮士德》呈现出一种充满力量的"浮士德精神"。"浮士德精神"首先是一种坚韧且理性的人生态度。浮士德的一生充满了挫败，但他从未放弃和沮丧。他从每一次的挫败中站立起来，继续寻找新的价值和意义："我只渴求，我只实行，又重新希望，这样使劲地冲过了我的一生。"这种在挫败中不断前进的态度是"浮士德精神"的重要内容。浮士德度过了永不满足、永远进取的一生，他认为"只有每天重新争取自由和生存的人，才配有享受二者的权利"。即便在百岁之际，他依然欣赏这样的人生态度："他不妨这样顺着寿命漫步；幽灵出现时照样行走不误，前进途中他会遇见痛苦和幸福，他！任何瞬间都不会满足！"以至于魔鬼梅菲斯特也不得不感叹："任何喜悦、任何幸运都不能使他满足，他把变幻无常的形象一味追求；这最后的、糟糕的、空虚的瞬间，可怜人也想把它抓到手。他如此顽强地同我对抗，时间变成了主人，老人倒在这里的沙滩上。时钟停止了。"浮士德一直奋斗到了他人生的终点。

"浮士德精神"又是不断战胜自我的精神。梅菲斯特这个魔鬼的形象正是浮士德自身所携带的人性弱点的具象化体现，体现了浮士德身上那些潜在的懒惰、贪婪、混乱和放纵的一面。当浮士德认为爱情是一种"燃烧起来的热情"，值得"捕捉所有最高级的字眼"去歌颂时，梅菲斯特却嘲讽这不过是一种"魔鬼般的撒谎游戏"。当浮士德到古希腊去追寻美时，梅菲斯特却去寻找恶。当浮士德让梅菲斯特去和沙丘上的老夫妻平等谈判时，梅菲斯特却使用了邪恶的恐吓和暴力手段。因此，浮士德的每一步前行都需要跟梅菲斯特对抗，这正是自我斗争的表现。在"天堂序曲"中，天主说，"人只要努力，犯错误总归难免"；"人的行动太容易松弛，他很快就爱上那绝对的安息。因此，我愿意给他一个伙伴，刺激他，影响他，还得像魔鬼一样，有创造的能力"。浮士德正是不断战胜自己所携带的"恶"，才能不断接近"善"。在作者看来，人生的前行和进取，不过是一个不断战胜自己弱点和内心晦暗的过程，也是一个不断提升自己，不断让自己高尚化、圣洁化的过程。这也就是梅菲斯特所说的自己"是总想作恶，却总行了善的那种力量的一部分"。所以，天使们说："凡人不断努力，我们才能济度。"天使们无法拯救一个不能战胜自己的人，浮士德最终的获救，也正是他不断战胜自己的结果。

第六章

直觉力量与灵魂书写：
19世纪浪漫主义文学

浪漫主义文学流行于18世纪末到19世纪中期，最早形成于英国和德国，逐渐延伸到法国及其他欧洲国家。从思想渊源来说，浪漫主义文学的出现与启蒙运动有着密切的关联。

其一，浪漫主义文学的出现是启蒙运动的成果。一方面，启蒙运动对于独立和自由的倡导，激发了个性自由意识，甚至推进了"自我崇拜"的思想倾向，这些都成为浪漫主义文学自我意识的重要组成部分；另一方面，启蒙运动的社会理想和自我理想又并未真正实现，法国大革命以后的社会现实令人失望，原有的社会问题没有彻底解决，新的社会问题又层出不穷。这些都令知识分子群体感到心灰意冷，个人感伤因此成为一种普遍性的情绪。这种感伤情绪，也成为浪漫主义情感色彩的重要内容。

其二，浪漫主义文学也是对于启蒙运动"理性主义"的反叛。启蒙运动的核心是科学和理性，它所企及的是一种"理性王国"。但是，从启蒙运动时期开始，就有卢梭这样的思想家，对高度推崇"理性"感到不安，强调人的思维具有自然、感性的一面。18世纪70年代崛起的德国狂飙突进运动，更是高调推崇与启蒙理性不同的"灵感""激情"和"天才"，认为人类的精神在很大程度上都是由自然天性的感性力量在推动着。19世纪的浪漫主义文学正是基于对启蒙理性的反思，提出了新的自我观念、社会观念和思维方式。相对于启蒙运动的"理性自我"，浪漫主义文学强调崇尚直觉和灵感的"感性自我"；相对于启蒙运动的"唯理"社会理想，浪漫主义文学提出了与大自然契合的"自然"社会理想；相对于启蒙运动的科学化的物质世界观念，浪漫主义文学认为世界不是独立于人的精神之外的存在，而是一种可以用精神和心灵去感知的精神化世界；相对于启蒙理性的分析、理解和推断的思维方式，浪漫主义文学认为直觉、情感和想象力也是重要的思维方式。因此，在对文学创作对象的设定上，浪漫主义认为文学不应只是对外在世界的再现和模仿，还应是对心灵世界的探索和表现。

综上，浪漫主义文学在表现对象、思维方式和情感表达方式上都呈现出独特的个性和风范：在表现对象上，自然的神秘和超然、心灵的复杂和多变，成为浪漫主义文学最热衷的选择，表现为倾向于选取传奇性的故事与人物，展示具有激烈冲突的心灵世界的图景；在思维方式上，浪漫主义文学更注重个体的感受、体悟、直觉和想象的力量，认为想象是比逻辑分析更为强大的思维方式，提倡夸张、对比、想象等手法的使用，呈现出唯美倾向；在情感表达方式上，浪漫主义更注重个人情感的抒发，表达内心思绪和情绪成为其创作的重点，忧郁感伤或诗意浪漫也成为其主要的情调。

由于浪漫主义文学对于个体情感和想象力的高度推崇，又由于诗歌在体现情感和想象力方面有着体裁上的优势，浪漫主义文学在诗歌领域获得了空前的成就，无论是英国、法国还是俄国，都涌现了一大批灿若星斗的浪漫主义诗歌巨匠。同时，浪漫主义小说也呈现出与以往不同的风格。浪漫主义小说推崇想象力，故事情节大多神秘、传奇；刻画人物形象时，注重对心灵世界的挖掘和展示。在这种创作追求之下，浪漫主义小说也囊括了诸多传世之作。

第一节　19 世纪浪漫主义文学概述

一、自然的魅惑与灵魂的苦闷：英国浪漫主义文学

19 世纪浪漫主义文学的发祥地是英国，而英国浪漫主义文学的主要成就产生于诗歌和小说领域，特别是诗歌创作。

（一）英国浪漫主义诗歌

一些观点认为，英国浪漫主义诗歌早期的先驱是**罗伯特·彭斯**（1759—1796），这位"农民诗人"用贴近生活的日常语言写诗，诗句淳朴自然，情感真率动人，对英国浪漫主义诗歌产生了一定的影响。但是，更多的观点认为，**威廉·布莱克**（1757—1827）更能代表英国浪漫主义诗歌的起点，因为他更加关注心灵体验，反对压制和约束心灵的一切外在权威和清规戒律。他的《天真之歌》和《经验之歌》都反思了那些来自宗教、

社会体制、传统道德的人性桎梏。这种对自由心灵的向往，对浪漫主义文学的影响更为直接。

不过，真正在理论上和实践中开创英国浪漫主义诗歌风潮的，毫无疑问是"湖畔派"的三位诗人：**威廉·华兹华斯**（1770—1850）、**塞缪尔·柯勒律治**（1772—1834）和**罗伯特·骚塞**（1774—1843），他们是真正意义上的第一代英国浪漫主义诗人。华兹华斯先后隐居在远离城市的昆布兰湖区和格拉斯米尔湖区，并吸引了柯勒律治和骚塞做伴。湖区生活让他们的诗作充满了对自然的歌咏以及对城市文明的拒斥。在"湖畔派"的诗歌中，城市所代表的现代文明往往是令人惊惧不安的变异力量，威胁着内心的安宁和灵魂的健全，而大自然则被赋予滋养灵魂、庇护自由、保护内心完整的力量。1798年，华兹华斯和柯勒律治合作了《抒情歌谣集》。第二年再版时，华兹华斯为这部诗集写作了序言，强调"诗是强烈情感的自然流露"，奠定了浪漫主义文学的核心原则。关于诗的本质，华兹华斯虽然认同18世纪以来传达知识和真理的理性内容，但更强调诗歌的感性内容。他认为，诗歌应该描写乡村和自然，表达富有自然和谐之美的人性和情感；同时，要用接近普通人生活的自然用语，追求田园风格的语言美感。这篇序言被视为英国浪漫主义诗歌的重要宣言，对于改变18世纪以来陈腐死板的诗风有着重要的意义。

英国浪漫主义诗歌第二代诗人的杰出代表，无疑是**乔治·戈登·拜伦**（1788—1824）、**珀西·比希·雪莱**（1792—1822）和**约翰·济慈**（1795—1821）三位英年早逝的诗人，他们把英国浪漫主义诗歌推向了最高峰。

雪莱与拜伦一样热切地关注社会现实，从倡导自由的角度，展开对社会现实问题的批判。所不同的是，拜伦更多的是从个人思想权利和个性权利的角度倡导自由，而雪莱更侧重于从社会政治权利的角度倡导自由。

雪莱的《解放了的普罗米修斯》[①] 借用了普罗米修斯因偷盗天火被天神朱庇特绑在高加索山上受罚3000年的神话故事。雪莱对普罗米修斯这一神话人物进行了自己的重新阐释和塑造。雪莱笔下的普罗米修斯是一个坚

---

① 此作品以下引述内容参见〔英〕雪莱：《解放了的普罗米修斯》，邵洵美译，人民文学出版社1957年版。

强勇敢的形象。朱庇特放出神鹰折磨普罗米修斯的肉体，派遣恶鬼打击他的意志，试图从他的嘴里得到关于自己命运的秘密，但他自始至终未曾屈服。面对朱庇特的强权，普罗米修斯表现出永不妥协、对抗到底的勇气。同时，普罗米修斯也是一个充满爱和热情的形象，他热爱人类，热爱自己被朱庇特放逐的妻子，更热爱自由、平等的社会。他对人类充满怜悯之心，也对人性有着高度的信任，坚信人类一定可以推翻专制，迎来自由、平等的时代。在雪莱的其他作品中，如《麦布女王》《伊斯兰的起义》《钱起》等，都以这种社会政治对抗作为主要矛盾，表现出他对于强权社会的不满，以及对于自由、平等社会的向往和信心。

与拜伦对于社会发展和人类命运的悲观看法不同，乐观坚定是雪莱诗歌很大的特点。无论是《麦布女王》还是《解放了的普罗米修斯》，社会现实的黑暗龌龊总是跟未来社会的美好幸福形成鲜明的对照。对于人类的命运，雪莱持有十分积极乐观的看法。雪莱的社会信念与他笔下的普罗米修斯的信念是高度吻合的。因此，雪莱没有让普罗米修斯在高加索山上孤独地受刑，他的身边从不缺少忠诚的陪伴，他的两个妻妹即海神的女儿潘提亚和伊翁涅一直代替自己的姐姐阿西娅照顾他。普罗米修斯也从不缺乏他人的同情和理解，大地母亲同情他，雪山、水流和旋风也同情他。最终，冥王打败了朱庇特，大力神赫拉克勒斯解开了捆绑普罗米修斯的绳索。雪莱让普罗米修斯迎来了他所期盼的美好时代，暴君被封入冥界，人间实现了自由、平等、正义、美好和爱。"人类从此不再有皇权统治，无拘无束，自由自在。人类从此一律平等，没有阶级、氏族和国家的区别。人类也不再需要惧怕、崇拜，区分高低，每个人都是管理他自己的皇帝，每个人都是公平、温柔和聪明的。"

这种乐观的理想主义精神不但体现在雪莱反映社会内容和政治内容的诗歌中，也贯穿在他的其他诗作中，包括带有他个人情感内容的作品。比如，在为纪念济慈而写的《阿童尼》中，雪莱坚信："在时间的苍穹上，灿烂的星斗/可能被遮暗，但永远不会消亡/它们像日月，升到应有的高度/而死亡只是低迷的雾，能遮上/但却抹不掉那明光。"[1] 再比如，在以自己

---

[1] 〔英〕雪莱：《雪莱抒情诗选》，查良铮译，人民文学出版社1958年版。

和拜伦的交谈为基础的诗作《裘利安和麦代洛》中，以雪莱为指代的裘利安劝说以拜伦为指代的麦代洛，对于黑暗的现实不要绝望，更不要悲观，要相信社会一定会迎来美好的未来。

雪莱的这种乐观的理想主义热情也让他的大量抒情短诗充满了明朗的色彩，其晚期的《西风颂》《致云雀》《阿波罗赞歌》等，都通过描写自然景物和事物，表达了充满激情和信心的未来设想。这正如《西风颂》中的著名诗句："要是冬天已经来了，西风呵，春日怎能遥远？"① 也如《致云雀》中的"云雀"意象，歌唱着、飞升着，充满了抗争的快乐、坚定的希望和不灭的信心。

济慈不像拜伦、雪莱那样对欧洲有着深广的思想影响，也不像他们那样具有政治热情。但是，从纯粹的诗歌艺术的角度而言，毫无疑问，济慈的作品具有更明显的艺术价值，他因此与华兹华斯一起被认为是英国最受欢迎的浪漫主义诗人。

从诗歌内容而言，作为一个诗人，济慈专注于表达生命本身的体验和感受。济慈并不逃避现实，他所描写的是自己感受到的现实，或者说是现实在他心灵和情感上的投影，那些来自生存的痛苦、对生命短暂的哀叹和死亡带来的虚空。在《秋颂》《希腊古瓮颂》《夜莺颂》等诗歌中，他对来自现实生活的生存体验有着细致又丰满的描写，诸如渴望和失落、快乐和苦痛、温暖和孤独、喜悦与窘迫。这些人类的生存体验和细微情绪，在济慈的诗歌中得到了具象化的抒发和描写，构成了丰富多样的人类内心世界的图景。这一点是拜伦和雪莱无法与之相比拟的。更重要的是，济慈笔下的这些情感和情绪，无论明亮还是灰暗，都很难被评价为"积极"或是"消极"。在济慈这里，这些情感和情绪都是一种"美"，带有自身的美感。

不但抒情诗如此，济慈的叙事诗也有着同样的唯美色彩。他的长诗《恩底弥翁》取材于希腊神话，讲述青年牧人恩底弥翁寻找月神塞勒涅并与之相爱的故事。但是，讲述故事并不是重点，抒发爱情带来的甜蜜和迷醉、自然给予的神秘和诗意，才是诗歌表达的重点。这是一首专注于生命体验、传达生命美感的诗歌，无须生硬地挖掘其中批判社会现实的内容。

---

① 〔英〕雪莱：《雪莱抒情诗选》，查良铮译，人民文学出版社1958年版。

对生命体验的唯美表现，也体现在济慈的《圣阿格尼斯节前夕》和《伊莎贝拉》中。以前者为例，少女玛德琳在圣阿格尼斯节前夕，希望在梦中可以见到自己未来的丈夫。迷恋玛德琳的青年波菲罗不顾两家是世仇，潜入她的卧室。当玛德琳醒来时，现实和梦境合二为一，波菲罗既像是从现实走进了她的梦境，又像是从梦境跟着她来到了现实。于是，他们连夜逃出家门，消失在风雪之中。帮助他们在梦中和现实中相遇的两位老人，却在此夜死去。《圣阿格尼斯节前夕》的成就在于，表现了爱情的幻梦美感，写出了爱情藤蔓上生长着的生的激情与死的凄冷、人间的喧闹与自然的静远、世界的禁锢与精神的自由……复杂的生存体验以纷繁的诗歌意象连缀在一起，构成了一幅幻美的生命图景。

（二）英国浪漫主义小说

沃尔特·司各特（1771—1832）是英国浪漫主义小说的代表人物，他的小说大多取材于历史，但是并不拘泥于历史写实手法，而是把中世纪的浪漫传奇、哥特式恐怖小说以及苏格兰的历史传奇结合在一起，创造出一种神秘浪漫的历史传奇小说的样式。他的代表作品有《艾凡赫》《肯纳尔沃思堡》《昆廷·杜沃德》等。

19世纪英国浪漫主义小说的一个重要创作现象是哥特式恐怖小说的兴起，其中影响最大的当属**玛丽·雪莱**（1797—1851）的《弗兰肯斯坦》[①]。这部作品被视为19世纪英国浪漫主义小说的代表作。

《弗兰肯斯坦》描述贵族青年维克托·弗兰肯斯坦因为热爱自然科学，通过试验制造出一个"人造人"。这个"人造人"长得丑陋怪异，弗兰肯斯坦惊吓之下抛弃了他。怪人一开始试图寻求人类的接纳，但是处处碰壁，陷入被殴打、被排斥、被抛弃的可悲境遇之中。怪人恼恨自己命运的悲惨，从而开始仇恨自己的创造者。他杀死了弗兰肯斯坦的小弟弟威廉，并以弗兰肯斯坦亲友们的安全相要挟，让弗兰肯斯坦为自己制造一个伴侣。弗兰肯斯坦虽然害怕这个怪人，但是想到一旦制造出雌性怪人，有可能带来怪人的后代，给这个世界带来混乱，他立刻不寒而栗，没有制造怪人所期盼

[①] 此作品以下引述内容参见〔英〕玛丽·雪莱：《弗兰肯斯坦》，刘新民译，上海译文出版社2014年版。

的异性。绝望之下，怪人陆续杀死了弗兰肯斯坦的好友克莱瓦尔、妻子伊丽莎白，把弗兰肯斯坦逼入极度的恐惧和紧张状态之中，也直接导致了弗兰肯斯坦父亲的崩溃和绝望。弗兰肯斯坦鼓起勇气，决定杀掉自己创造的怪人。他追杀怪人直到北极，最终筋疲力尽，死在探险队队长沃尔顿的船上。怪人来到死去的弗兰肯斯坦身边，向沃尔顿讲述了自己的痛苦，也忏悔了自己的罪恶，表示将乘坐冰筏，找个无人之处以自焚的方式结束此生。然后，怪人就跳上海浪中的冰筏，消失在茫茫的黑夜之中。

这部作品思考了"恶"产生的两种方式。弗兰肯斯坦对于自然科学的倾心，对于生命起源的思考，本都是"善"，但他在生命创造行为上表现的轻率，以及对于创造出来的生命的不负责任，让他的行为不但引发了怪人人性中的"恶"，也最终激发出自己人性中的"恶"。弗兰肯斯坦的悲剧归根结底来源于对自然和生命缺少敬畏，轻率践踏生命伦理的底线，悲剧的发生是必然的。这在一定程度上能够表现出作者对于启蒙运动以来自然改造狂想的反思。

相比之下，怪人的悲剧具有更多的社会深意和人性深度。作者显然并不认同人性本恶的看法，怪人作为一个新生命，在生命之初表现出对于世界和他人的信任、依赖和善意。从独自踏进这个社会的那一刻起，怪人就带有很强的群体依赖感，一直努力寻求人类的接纳。他向往亲情，看到德拉西一家相亲相爱，会羡慕不已。他向往良好的教养，懂得欣赏沦落中的德拉西一家高贵的言谈举止，并积极地学习这种优雅："我仰慕崇高的情操，赞美善良的情感，钦慕这一家人文雅的举止与和蔼可亲的品质。"他渴望文明的熏陶和教化，热衷于学习人类的语言："这些想法使我精神大振，激发了我新的学习热情去掌握语言这门艺术。"他拥有很强的求知欲，学会了读书，如饥似渴地阅读了《少年维特的烦恼》《失乐园》和普鲁塔克的《希腊罗马名人传》，并且表现出极高的灵性："我感到心中涌起了一股极其强烈的情感——对美德的渴望和对罪恶的痛恨。"他具有很强烈的同情心和正义感，看到善良的德拉西一家受尽不公，父亲失明，儿女陷入惨境，为他们感到不平，也偷偷地帮助他们，甚至认为"也许我有能力使这些理应享有幸福的人重新获得幸福"。对于未来，他也曾充满美好的信心："大自然迷人的景色使我精神振奋，往事已从我的记忆中消逝，眼前的一切怡静安然，而闪光的希冀和对欢乐的神往则将我的未来染成一片金色。"

这个丑陋无比的怪人就是怀着这样美好的愿望、浓烈的善意去接近人类，梦想着"我会以自己文雅的举止、讨人喜欢的言辞先赢得他们的好感，再博得他们的爱心"。但是，他的愿望落空了，人类看到的永远是他丑陋的外表，他们甚至不肯好好了解他，只是一味地害怕他、排斥他，甚至聚众殴打他。就连他想得到一个伴侣，然后远离人类的愿望也不能实现。怪人内心的善意彻底地崩溃了，他感受到了强烈的不公平："我对人一腔柔情，可换来的却是憎恶和嘲讽。"他也开始对自己的创造者感到强烈的愤怒："你怎么这样蓄意杀我，视生命如同儿戏？"于是，他最终放弃了对善的坚持，开始放纵自己的愤怒和恶意，对自己的创造者展开猛烈的报复，正如他自己所说的："堕落的天使还是成了邪恶的魔鬼。"在怪人身上，这种从善到恶的转变，从更深的层次揭示了人类判断力和认知方式的肤浅，表现了人性深处的蒙昧和冷漠，正是这一切导致怪人善良内心的瓦解和兽性的被激活。

《弗兰肯斯坦》从多个方面表现出浪漫主义小说的诸多鲜明特征。从美学色彩的营造来说，全书充满生的压抑和死的恐怖，营造出紧张、惊悚、痛苦又绝望的基调，带有浓厚的暗黑色调。从情节设置而言，全书追求离奇、怪异的故事，营造出中世纪的哥特式传奇风格，追求高度的戏剧性，并不在意现实的真实度。从人物塑造而言，全书追求非常态化的、带有传奇色彩的人物形象和人物身份。正如书中的怪人，其丑陋的外表和温柔的内心形成颇具传奇性的对照，人物形象因此具有高度的戏剧化。从叙事结构而言，全书设置了三条叙事线索：一是弗兰肯斯坦对探险队队长沃尔顿以第一人称讲述，这段讲述中又包含怪人对弗兰肯斯坦的第一人称讲述；二是怪人对沃尔顿以第一人称讲述；三是前两条叙事线索在沃尔顿那里连接在一起，又由沃尔顿以第一人称讲述出来。虽然讲述者不断变化，却能整齐地保持第一人称，这样就保证了主观抒情色彩的贯穿始终，从而带出了作为浪漫主义小说的最大特点，即内心书写。

《弗兰肯斯坦》对于人的内心世界的描写是相当出彩的，具体表现为：

其一，写出了饱满丰富的内心情绪。从情绪描写的角度看，整部作品有两条清晰的情绪线：一条是弗兰肯斯坦的情绪线，表现了弗兰肯斯坦在制造出怪人之后的恐惧、紧张、压抑、痛悔，直至最后爆发，情绪反转为暴怒和凶狠；另一条是怪人的情绪线，表现了怪人从充满希冀、温情、善意，到逐渐失望、哀伤、孤独、悲痛和绝望，再到恶意爆发、兽性释放，最后转入痛苦的忏悔、自责。这种曲折跌宕、复杂多变的情绪描写，是浪漫主义小说的典型特征。

其二，写出了内心剧烈的冲突。这是《弗兰肯斯坦》特别出众的地方。弗兰肯斯坦面对失控的局面，一边恐惧、担心家人的安全，一边又极力掩饰自己，害怕被人发现自己是祸事的根源。弗兰肯斯坦对怪人的恐惧不断膨胀，他对文明社会的指责的担忧也不断膨胀，这种剧烈的冲突感最终把他推入精神的绝境。怪人的内心冲突写得更为精彩，他一边充满加入人类的希望，一边又感受到被拒斥的痛苦；一边充满对美好生命的渴盼，一边又不得不接受自己暗淡生命的现实；一边痛恨自己的造物主，一边又死死地与之纠缠："我可是你创造出来的，你我息息相关，紧密相连，除非毁了我们两人中的一个，否则我们之间就不可能一刀两断"；一边控制不住自己暴戾的内心，不断地对无辜者痛下杀手，一边又充满强烈的自责："我曾受过荣誉感和献身精神等崇高思想的教育，可如今，我为非作歹，已堕落到连最卑贱的畜生都不如的地步。……当我回顾那一系列令人震惊的罪行时，简直无法相信，以前的我竟也有过超凡脱俗的美好境界，也曾渴望过卓尔不群的高尚情操"。这种剧烈的内心矛盾和冲突，是怪人陷入命运的漩涡而无法自拔的深层原因，也是他最终不堪重负，在绝望中放弃生命的原因。

二、内心图景与人生传奇：其他各国浪漫主义文学

1. 法国浪漫主义文学

推动法国浪漫主义小说兴起和发展的是**斯塔尔夫人**（1766—1817）和**弗朗索瓦-勒内·德·夏多布里昂**（1768—1848）。斯塔尔夫人著有《德意志论》等，她在法国大力推荐英国和德国的浪漫主义文学，推动了浪漫主义文学在法国的传播。她的小说《戴尔芬》和《柯丽娜》，讲述了女性被冷酷的社会道德和迂腐的宗教规范限制，在社会不公正的对待中陷入人生悲剧的故事。这些作品着力描写人物的内心世界和情感线索，为法国浪漫主义小说奠定了基础。

夏多布里昂代表法国早期浪漫主义小说的更高成就。他的《阿达拉》体现出浪漫主义情节和人物设置的传奇模式，讲述两个印第安青年因宗教信仰不同而无法在一起的爱情悲剧。这部小说虽然以事件发展为叙事主线，但描写的重点是人物的心理活动和情感波澜。

《勒内》则完全把叙事主线和描写的重点转向了人物的内心情感世界。主人公勒内从小失去母亲，也未能继承父亲的爵位和财产，他的人生无法摆脱贫穷、孤独和绝望的处境，唯一的情感支撑是他的姐姐阿梅利。但是，阿梅利发现自己对弟弟产生了超越姐弟关系的情愫，于是逃进修道院，拒绝跟弟弟再见面。后来阿梅利的死去，也让勒内失去了这个世界上唯一的情感慰藉。于是，勒内参加了战争，在战争中得到了他最渴望的死亡。整部作品充满了浓郁的感伤色彩，主人公时而充满激情，时而绝望压抑，孤独的生存感受和对情感的渴求贯穿全书。主人公勒内的情绪特点被称为"世纪病"，代表着19世纪法国贵族青年的普遍情感色彩。

正是斯塔尔夫人，特别是夏多布里昂的作品，为**维克多·雨果**（1802—1885）小说（参见本章第二节）的创作奠定了基础。与雨果同时代的著名浪漫主义作家有**乔治·桑**（1804—1876）和**亚历山大·仲马**（1802—1870）。

乔治·桑的早期小说以爱情题材为主，代表有《安迪亚娜》和《瓦伦蒂娜》等。她的小说大多以细腻的笔触、哀伤的情调，描写女子对爱情的向往和绝望。

亚历山大·仲马，人称"大仲马"，则以传奇题材的小说而著称。他最著名的作品是《三个火枪手》和《基督山伯爵》，均以传奇性的故事为基础。《三个火枪手》讲述了没落贵族达达尼昂和三个火枪手一起对抗红衣主教黎塞留的故事，《基督山伯爵》则讲述了船长爱德蒙·唐泰斯蒙冤入狱和越狱复仇的故事。两部作品的情节设计都具有紧张曲折、扣人心弦的特点，特别是《基督山伯爵》，称得上是传奇式情节设计的经典范本。

年轻的唐泰斯在故事开端处喜逢升职和结婚两件美事，没想到厄运突降，船上的同事唐格拉尔想夺取他的船长之位，情敌费尔南想夺取他的未婚妻梅尔塞苔丝。这些人联手告发唐泰斯为囚禁中的拿破仑传递密信。审理此案的检察官维尔福发现拿破仑密信的收信人是自己的父亲，为了自己的前途，他不顾事实，把唐泰斯定为政治犯，押入孤岛监狱。唐泰斯从人生的巅峰瞬间落入人生的最低谷。唐泰斯在监狱里度过了 14 年，似乎已经看不到任何获救的希望。但是，事态出现了意外转折。一位试图逃生的囚犯法利亚神父误把地道挖到了唐泰斯的牢房中，二人相识。神父不但通过分析帮他认清了仇人，更教他知识、语言和学问，还把基督山岛上的藏宝秘密告诉了他。神父去世后，唐泰斯跟神父的尸身互换，藏在运尸袋中，被扔进大海，由此得以逃生。

逃生之后的唐泰斯拿到了基督山的财宝，用八年时间做好充足的准备，化名"基督山伯爵"开始了复仇行动。他让费尔南名誉扫地，失去妻儿，在绝望中开枪自杀。他让唐格拉尔破产，对爱财者而言，失去财产就是毁灭性的打击。至于最恨的维尔福检察官，唐泰斯利用其复杂的家庭关系，让他罪行暴露、身败名裂、家破人亡，最后发了疯。

《基督山伯爵》的情节设计十分出色，故事情节的密度很高，大故事套小故事，事件丰富且环环相扣。善恶正邪的矛盾双方激烈交锋，冲突不断，形成了极其曲折的故事进程。故事的推进也处处出人意料，使用了较多"奇事"式的非正常事件和偶然逻辑，展现命运突变和事件神秘转折；在大起大落的事件转折中，又使用了大量的伏笔，增强了情节的生活逻辑基础和人性逻辑基础，经得起推敲，在离奇中体现出合理性。就连复仇行为本身，也颇具新意，未曾落入俗套：夺人所爱者沦为孤家寡人，夺人前途和财富者陷入破产境地，强加给别人罪行者因罪发疯。与以往杀人复仇的模式不同，《基督山伯爵》的复仇情节设计得更具有哲理色彩，也因此更能引人深思。

大仲马的作品虽然追求高度的可读性，但是并未忽视对人物形象的塑造，他笔下的人物形象个性鲜明，有很高的艺术欣赏价值。这一点在《三个火枪手》中体现得十分明显。四位主人公同为火枪手，性格却各不相同。达达尼昂灵活、机敏、爱幻想，也带着市民阶层的务实特点。阿多斯优雅高贵、沉稳老练，英勇又充满智慧，是一个可敬的正直贵族的形象。阿尔米斯外表斯文秀气，内心机关颇多；一副冷漠厌世的诗人模样，对爱情却又充满渴望；看似自私冷傲，关键时刻也能为朋友两肋插刀。波尔多斯看似虚荣、贪财，心地却简单淳朴，有一种天真可爱的世俗气。四个性格鲜活又迥异的人物在言语举止间形成的差异,本身就为读者提供了充足的趣味。

无论是《三个火枪手》还是《基督山伯爵》,都体现出大仲马"善必扬,恶必惩"的伦理信念,以及"我爱爱我者"的道德态度。正如基督山伯爵明是非、辨善恶,有恩报恩、有仇报仇,爱憎分明,果敢决断,在道德实践上具有很强的理想主义色彩。这也是大仲马的作品大受读者欢迎的重要原因。

法国浪漫主义诗歌的代表人物是**阿尔弗雷德·德·缪塞**(1810—1857),他创作的"四夜组诗"(《五月之夜》《十二月之夜》《八月之夜》《十月之夜》)是法国浪漫主义抒情诗的杰出代表。诗人或是以自己与缪斯一问一答、互相唱和的方式,或是以自我追问与独白的方式,表达孤独、痛苦、迷茫和失落等生存体验,传达对于美好感情和生活的向往和渴盼。诗歌情感细腻饱满,诗句优美流畅,节奏悦耳动人,淡淡哀伤的情绪色彩具有很强的感染力。与缪塞同时代的**热拉尔·德·奈瓦尔**(1808—1855)的诗歌也很有特色,在浪漫主义诗风中带有一定的非理性色彩。特别是他的十四行诗集《幻象集》,打破了固有的诗歌意象的使用方法,把神话、梦境、记忆和现实糅合在一起,形成了亦真亦幻、似真如梦的氛围和情景。诗歌书写的对象除了理性化的情感和情绪,更多的是对于非理性情感的表达,诸如无意识、闪念、幻梦和想象。这些对后来的象征派诗歌具有一定的影响。

2. 美国浪漫主义文学

美国浪漫主义文学也取得了诸多令人瞩目的成就。美国早期浪漫主义文学的代表有**华盛顿·欧文**(1783—1859)、**詹姆斯·费尼莫·库柏**(1789—1851)和**埃德加·爱伦·坡**(1809—1849)。欧文被视为美国短篇小说开创者、"美国文学之父",他的散文小说集《见闻札记》开始摆脱美国文学此前对于欧洲文学的模仿和依赖,致力于表现富有美国特色的风土人情和自然景色。库柏被称为第一个采用民族社会历史题材的美国作家,他在《皮袜子故事集》中塑造的主人公"皮袜子"热爱自由,坚定乐观,富有挑战和闯荡精神,呈现出鲜明的美国民族精神的理想特色。爱伦·坡是最早的推理小说创作者之一,被视为"推理小说之父",他的小说大多描写神秘、恐怖的凶杀事件，而重点却是对于其中人物心理机制的挖掘和呈现，向读者呈现了纷繁复杂的人类心理想象，诸如变态、扭曲、幻觉和疯狂，对人性中的罪恶根源进行了深入探索。

美国后期浪漫主义文学在小说和诗歌领域也产生了很多的杰作。

纳撒尼尔·霍桑（1804—1864）被视为心理小说的开创者，他著名的作品是长篇小说《红字》。该书通过讲述海丝特·白兰和牧师丁梅斯代尔之间的隐秘爱情，以及白兰的丈夫齐灵渥斯对他们的报复，以细腻的笔法展示出人的内心图景。丁梅斯代尔无法抑制来自个人意识的爱情渴望，也同样无法消除来自宗教意识的浓重罪感和自责，在心灵深处展开了一场惨烈的自我搏杀。齐灵渥斯利用丁梅斯代尔的这种内心矛盾，不断推动他的这种自我惩罚，把他逼向崩溃的边缘。齐灵渥斯在惩罚别人的过程中，渐渐丧失了理性，公然以善的名义行恶，也让自己陷入内心仇恨与黑暗的深渊。《红字》指出了"行为恶"界定的不可靠，也探索了"人性恶"的毁灭性力量。

赫尔曼·麦尔维尔（1819—1891）的代表作是《白鲸》（或译为《莫比·迪克》），讲述航海船长埃哈伯被一条名为莫比·迪克的白鲸咬掉一条腿之后立誓复仇的故事。埃哈伯软硬兼施，把船员们拖上捕杀莫比·迪克的海上旅途。最终，在与白鲸恶战三天之后，除了叙事者以实玛利之外，所有人都与白鲸同归于尽。麦尔维尔曾说这是一部献给霍桑的作品，是霍桑对于"人性恶"的探索给了他创作的激情和灵感。但是，《白鲸》对于"人性恶"的探索远在《红字》之上。在《白鲸》中，善与恶的关系更加紧密和复杂，相互冲突又相互依存。白鲸拥有自然的伟力和庄严，有着难以战胜的震撼力。但是，当被人类触犯时，它瞬间就会变成具有毁灭性的怪兽和恶魔。埃哈伯勇于挑战自然，不肯服输，也不接受失败，他身上有着人类的伟力和尊严。但是，当他满心仇恨之时，又变成冷酷无情的魔王，为了实现自己的目的，不惜牺牲全船人的生命。正是这种善恶交织的复杂状态，让白鲸和埃哈伯充满惊人的力量，有着深刻的美学内蕴和象征意义。

美国浪漫主义诗歌的成就主要体现为**沃尔特·惠特曼**（1819—1892）

的作品。《草叶集》① 包含近四百首诗歌，宣扬对于民主社会的向往，倡导平等自由的理念，歌颂乐观进取的劳动创造，充分地表达了带有民族色彩的"美国精神"。

惠特曼的诗歌在形式上是独特的。从韵律上而言，他打破了格律限制的"自由体"，不固守传统韵脚和音步，追求情感尽情宣泄的内在节奏。从句式上而言，他的诗创制了独特的"目录诗"和"重叠句"。比如，《给我辉煌宁静的太阳吧》："给我辉煌宁静的太阳吧，连同它的全部炫耀的光束/给我秋天多汁的果实，那刚从果园摘来的熟透了的水果/给我一片野草丛生而没有割过的田畴/给我一个藤架/给我上了架的葡萄藤/给我新鲜的谷物和麦子/给我安详地走动着教人以满足的动物……"这些重叠句营造出恢宏的气势，情绪饱满，激情荡漾。"目录诗"则是把事物名称甚至各种术语和专有名词堆砌在一起，形成一种独特的修辞和表达方式。比如，《在蓝色的安大略湖畔》："各种的生长物从他长出，衬托着松树、雪松、铁杉、槲树、刺槐、栗树、山核桃、三角叶杨、柑橘、木兰/像任何藤丛和沼泽那样，他身上也缠满了纠结……"从诗歌意象来说，惠特曼更是大胆地把现代社会生活和生产的景象与词汇纳入诗歌之中，扩大了诗歌表现的范畴，增加了诗歌意象。

3. 德国浪漫主义文学

德国浪漫主义文学产生于 18 世纪末，持续到 19 世纪 30 年代，主要的代表是"耶拿派"和"海德尔堡派"。

"耶拿派"的理论支撑源自**奥古斯特·威廉·冯·施莱格尔**（1767—1845）和**弗里德里希·冯·施莱格尔**（1772—1829）兄弟，他们在刊物《雅典娜神殿》上推广"浪漫主义"概念，并阐述了主要创作主张和文学纲领，带有浓厚的哲学思考的色彩。"耶拿派"的代表性作品主要包括**诺瓦利斯**（1772—1801）的《夜的颂歌》和**路德维希·蒂克**（1773—1853）的《民间童话集》等。

"海德尔堡派"因一批年轻作家在海德尔堡创办杂志《隐士报》而得

---

① 此作品以下引述内容参见〔美〕惠特曼：《草叶集（上、下）》，楚图南、李野光译，人民文学出版社 1987 年版。

名。这个派别更为注重创作，其贡献主要集中在对于民间故事、神话传说、童话故事和民歌的收集和整理之上，传达道德思考，描述自然天成的人性之美。**克莱门斯·布伦塔诺**（1778—1842）和**阿希姆·冯·阿尔尼姆**（1781—1831）搜集了德国近三百年的民歌，形成了民歌集《男孩的神奇号角》。**雅各布·格林**（1785—1863）和**威廉·格林**（1786—1859）的《儿童与家庭童话集》更是搜集并创作了诸多传世名篇，诸如《灰姑娘》《白雪公主》《睡美人》《青蛙王子》《小红帽》等，形成了"格林童话"的独特体系，对后世产生极大影响。

另外，在柏林也形成了一个浪漫主义文学的集中地，同样体现出对于民间故事和童话故事的强烈兴趣，如**海因里希·冯·克莱斯特**（1777—1811）的喜剧《破瓮记》就带有民间喜剧的色彩，**恩斯特·特奥多尔·霍夫曼**（1776—1822）的《金罐》《小查克斯》《雄猫穆尔的人生观》也都体现出童话和传说的色彩。

4．俄国浪漫主义文学

俄国浪漫主义文学以诗歌成就为主。**瓦西里·安德烈耶维奇·茹科夫斯基**（1783—1852）被视为俄国第一位浪漫主义抒情诗人，他的诗歌既有描写自然风光和内心感伤情愫的《黄昏》《大海》等，也有表现爱国激情的《俄国军营中的歌手》。

俄国浪漫主义文学早期的代表还有被称为"十二月党人"的诗人群体，他们大多是贵族青年军官，反感沙皇农奴制度，以期通过诗歌传达民主和自由思想。代表人物是**康德拉基·费多罗维奇·雷列耶夫**（1795—1826），他的诗歌《致宠臣》直接把权臣和暴政视为农民苦难的根源，具有犀利的批判性。

俄国浪漫主义文学后期的主要代表是**米哈伊尔·莱蒙托夫**（1814—1841），他的长篇叙事诗《童僧》《恶魔》都以饱满的激情著称。

第二节 拜伦与雨果

一、自由、孤独与虚无："拜伦式英雄"

英国诗人拜伦在他的代表性作品《恰尔德·哈洛尔德游记》《东方叙

事诗》《普罗米修斯》《曼弗雷德》《该隐》中，塑造了一系列具有共性色彩的主人公形象，被称为"拜伦式英雄"。这一系列形象的创作也让拜伦攀上19世纪浪漫主义文学的高峰。要理解"拜伦式英雄"，有两个概念特别关键，那就是"自由"和"自我"。

（一）"自由"的多层次理解

拜伦诗歌中体现出的"自由"思想，首先是以"主权独立"为核心的民族自由。《恰尔德·哈洛尔德游记》[①]通过英国贵族青年恰尔德·哈洛尔德在游历葡萄牙、希腊和阿尔巴尼亚过程中的所见所闻，歌颂了希腊和意大利等争取主权独立和自由的战斗。《唐璜》中有个重要内容，就是描写贵族青年唐璜逃亡海外，在海上遇到风暴，为希腊海盗的女儿海黛所救。借助这个情节，作者以著名的《哀希腊》一诗表达了对于希腊失去主权的深深同情。

同时，"自由"也是以"民主平等"为核心的社会自由。在《普罗米修斯》中，朱庇特对普罗米修斯进行了种种肉体折磨和精神折磨，逼迫他就范。但是，普罗米修斯忍受住了这一切，表现出面对强权反抗到底、争取自由的精神。《唐璜》中的唐璜虽然无法被归于"拜伦式英雄"的系列，但这部作品对于社会现实的批判是同样尖锐的。在《唐璜》的后六章中，作者通过唐璜的眼睛，敏锐地看到了英国社会政治上的严重问题，诸如专制统治、党派纷争、竞选腐败、苛捐杂税等，揭示了英国政界的混乱、上层贵族的自私奢靡，指出了民主平等缺失带来的一系列社会问题。

当然，在拜伦笔下，最重要的自由还是以"思想自由"为核心的精神自由。《东方叙事诗》（组诗）、《曼弗雷德》和《该隐》等作品通过塑造游历者、流浪者、叛逆者、不为社会世俗所接受的强盗和异教徒等"离经叛道"的形象，表达了面对主流文化和既定道德习俗，反对思想控制，反对盲从和轻信，渴望个性独立和思想自由的吁求，倡导以"思想自由"为核心的个人自由精神。正如《恰尔德·哈洛尔德游记》中的诗句："我没有爱过这世界，它对我也一样/我没有阿谀过它腐臭的呼吸，也不曾/忍从

[①] 此作品以下引述内容参见〔英〕拜伦：《恰尔德·哈洛尔德游记》，杨熙龄译，上海译文出版社1990年版。

地屈膝，膜拜它的各种偶像/我没有在脸上堆着笑，更没有高声/叫嚷着，崇拜一种回音。""我站在人群中/却不属于他们，也没有把头脑放在/他们所谓的思想的尸衣中/一起列队行进，以至于被压抑而致温顺。"这种思想自由让"拜伦式英雄"充满了怀疑和追问的激情。

诗剧《曼弗雷德》①中的曼弗雷德爱上了自己的妹妹并杀了她，这是曼弗雷德的"罪"与"痛"。曼弗雷德苦苦寻找面对和解脱这人生"罪"与"痛"的途径。他不相信宗教能够使人解脱，于是跑到阿尔卑斯山的深处去独自静处冥思。他不相信知识，因为知识是他者的理性，"知识里没有幸福，知识只不过是以一种愚昧取代另一种无知"。他也不相信神的力量。在深山中，七个精灵要帮助他解脱痛苦，他拒绝了。他认为，如果自己的心是恶与苦痛的根源，那么精灵给予的力量起不到作用。他更不屈从于魔鬼的力量。魔鬼引诱他，让他按自己的方式去除苦痛，他同样拒绝了。他蔑视魔鬼，说堕落是最容易的，引诱堕落的魔鬼并不比自己更强大。在这一连串的"不相信"中，体现的正是曼弗雷德的怀疑精神。怀疑精神是思想自由的前提和基础，凭借这种精神，就算曼弗雷德没有找到摆脱痛苦的方法，他也已经建立自由的独立意志。

同样的怀疑精神和思想自由还表现在"该隐"这一形象之上。《该隐》②取材于《旧约》之《创世纪》。在《旧约》中，亚当和夏娃的长子该隐和次子亚伯同时给上帝献祭，上帝悦纳了亚伯的羔羊和脂油，却没有看中该隐的谷物和瓜果。该隐很生气，就把自己的弟弟亚伯给杀死了。在《旧约》中，该隐是人类的第一个杀人犯，被视为人类离开伊甸园后一系列恶行的起点。但是，拜伦颠覆了宗教概念中的"该隐"形象，塑造了一个全新的"该隐"。

在拜伦笔下，该隐不再是一个恶的化身，而是一个充满了质疑精神和思考热情的形象。面对上帝的权威，亚当早已放弃了思考，就连曾经冒着危险去追逐知识魅惑的母亲夏娃也因惧怕上帝的惩罚和思考的痛苦而选择

---

① 此作品以下引述内容参见〔英〕拜伦：《曼弗雷德 该隐》，曹元勇译，华夏出版社 2007 年版。
② 同上。

了顺服。只有该隐保持着旺盛的思考、追问和质疑的热情。他追问：如果上帝是全能的，作为人类的创造者，为何不能改变人性中的恶？如果上帝是至善的，为何不允许人类拥有自己的知识？如果上帝是至善的，为何要悦纳亚伯那血淋淋的羔羊，却不接纳自己那洁净的谷物呢？他质疑知识树只是一个谎言，追问："为什么我的父母亚当和夏娃吃了智慧果，依然什么都不知道？他们知道什么呢？他们只知道自己的不幸。"他甚至质疑"原罪说"，"可是，为什么我应当劳苦呢？因为我父亲保不住他在乐园里的住处。但是，我在那里干过什么？我还未出世呢！我必须得咽下它们，为那些并非属于我的罪过。"该隐孤独地、苦苦地追问着，正是这问而不得的痛苦，让他在迷茫中失手杀了自己的兄弟亚伯。在拜伦的演绎之下，导致该隐杀人的原因，不是人性中的恶，而是思而不得其解的痛苦。该隐不是一个因嫉恨而杀人者，而是一个坚持自由思考、勇敢怀疑权威和规则的思想挑战者。

同时，《该隐》还塑造了一个完全不同的魔鬼路西法的形象。路西法不断地诱导着该隐，这诱导不是对于人性恶的激发，而是对于自由意识的扶植和引导。对于该隐所苦恼和困惑的问题，路西法提供了更为明确的答案和理解，如上帝的独裁，"上帝创造了万物，却只是为了让万物在他阴沉孤寂的永恒面前俯首听命"。路西法也指出了自由的可贵："假如这幸福中掺了奴性，那我宁愿不要这幸福。"路西法指引该隐坚持思考的自由："佳美的天赋已由那可怕的苹果赐予，它就是你的理性，勿因暴君的威吓而动摇，务必尊重你所有外来的体验和内心的感情。思考吧，持之以恒，筑造一个自我的世界在你胸中。那样，外部的一切都会无济于事，你将不断趋近精神境界的本质，以你的奋斗得到成功。"这几乎就是一段倡导思想自由的宣言了。因此，《该隐》不是一个罪人的悲剧，而是一个追求思想自由者的赞歌。

（二）孤独、绝望和虚无的自我体验

"拜伦式英雄"对自我有很高的期许，对人性却缺乏信心。他们不相信集体和他人，甚至对群体有着深深的疑惧和排斥。这多半与拜伦的成长经历和他的社会处境有关，童年的经历和身体的残疾让他很早就体会到了人情的炎凉；在上流社会被流言伤害、被舆论封杀的痛苦，让他深深感受到庸众聚集所产生的可怕的杀伤力。这让拜伦对于他人特别是人群产生了深深的疑惧。正如《恰尔德·哈洛尔德游记》中所言："可是，不久他就醒悟，知道他自己最不适合与人们为伍，在人群中厮混。他同人们格格不入，志趣迥异。"因此，他们往往高傲地置身于人群以外，视群体的聚集为一种庸俗的行为，宁愿独来独往，傲视凡众。正如《曼弗雷德》中的表白："一般的人都是卑微的，我不愿跟兽群为伍，即使去做它们的领袖。去做那豺狼的领袖，狮子总是孤独的，我就是这样。""人们，我憎恨做他们中间的一个。我就感到自己卑微得跟他们一样，又变成泥土了。"

这种个人与群体之间的对立和格格不入感，是"拜伦式英雄"与雪莱笔下的英雄之主要区别。雪莱笔下的英雄相信集体，他们对人性抱有充足的信心，因此从不孤单，身边有战友、有爱人，孤独中有人陪伴，落难时有人救助。拜伦笔下的英雄则完全不同，他们只有在与群体的隔离中才能感受到安宁和不受打扰的自我，集体意志和力量对他们而言更像是对于个人独立和自由的另一种威胁。因此，在《恰尔德·哈洛尔德游记》中，作者才会这样写道："在孤独中感到骄傲，因为即使孤单，人在离群索居时，别有一种生活会被发现。"

对于个人与群体关系的这种独特理解和处理，让"拜伦式英雄"不愿意像雪莱笔下的英雄那样与集体紧密连接，共同作战，而是只身对抗社会流俗和强权，单枪匹马，孤军奋战，表现出典型的个人主义英雄色彩。"拜伦式英雄"也因此不可避免地感受到孤独、苦闷和悲观虚无的情绪。曼弗雷德永远无法排遣内心的苦闷和绝望："大地母亲啊！清爽的黎明啊！巍峨的群山啊！你们为何如此美丽，而我却无力爱你们？"为了人类做出自我牺牲的普罗米修斯时时在怀疑自己的牺牲是否有意义："你的悲悯得到什么报酬？是默默的痛楚，凝聚心头；是面对着岩石，饿鹰和枷锁；是骄傲的人才感到的痛苦；还有他不愿透露的心酸……"[①] 对于人类的未来，"拜伦式英雄"同样表现出悲观虚无的态度，正如《恰尔德·哈洛尔德游记》中的感叹："人类什么也留不下，他恣意蹂躏的身影，除了他渺小的自己，恰似一滴雨，一刹那向海上坠落，汩汩地冒泡、呻吟、沉没在你深深的怀抱，

---

① 〔英〕乔治·戈登·拜伦：《拜伦诗选》，穆旦译，中国宇航出版社2018年版。

没有坟墓——不闻丧钟、不见棺椁，无人知晓。"

雪莱笔下的英雄对于人类的未来充满了信心，而"拜伦式英雄"则充满了疑虑、虚无甚至绝望。这让拜伦的诗歌不可能呈现雪莱的诗歌那样的清澈、光亮和温度，却也让拜伦的诗歌拥有了雪莱的诗歌所没有的厚重、深沉和思想的力度。

二、命运困局与自我迷嶂：《巴黎圣母院》

雨果于1827年发表了《〈克伦威尔〉序言》，被视为浪漫主义文学的宣言书，他也因此被视为法国浪漫主义文学的领袖。雨果的创作涉及小说、诗歌和戏剧，其中最具影响力的还是他的小说。《巴黎圣母院》《悲惨世界》《海上劳工》《笑面人》《九三年》都是他脍炙人口的浪漫主义文学名篇，其中最充分地体现了浪漫主义小说创作特点的是《巴黎圣母院》[①]。

雨果虽在19岁时写过一部长篇小说《冰岛魔王》，但发表于1831年的《巴黎圣母院》依然被视为他的第一部真正意义上的浪漫主义长篇小说。这部小说的背景被设置在了三百多年前的中世纪巴黎：一位吉卜赛姑娘带着一只小山羊来到巴黎，因她的脖子上挂着一个绿色的小绸布口袋，口袋中间有颗仿翡翠玻璃大绿珠子，故人们称她为"艾斯美拉达"，意为"翡翠姑娘"。

艾斯美拉达本是法国女孩儿，被吉卜赛人诱拐养大。16岁的艾斯美拉达孤身一人来到巴黎，就是想寻找自己的亲生父母。她以跳舞、唱歌、驯养小山羊表演为生。虽然生活艰难困苦，艾斯美拉达却保持着对生活的热情，她的歌声和舞蹈没有卖艺者的悲凉和凄苦，而是尽力表达生命的愉悦。艾斯美拉达更优良的品质是善良。流浪诗人格兰古瓦误闯丐群，她自愿与他结为名义上的夫妻，以逃避丐群的惩治。她甚至可以帮助伤害自己的人。巴黎圣母院又丑又聋的独眼怪人卡西莫多在主显节的晚上袭击了她，并因此被绑在耻辱柱上接受鞭刑和示众。受刑的卡西莫多口渴难忍，给他送上水罐的却是艾斯美拉达。善良的艾斯美拉达并没有得到生活的善待。巴黎

[①] 此作品以下引述内容参见〔法〕雨果：《巴黎圣母院》，管震湖译，上海译文出版社2011年版。

圣母院的副主教克洛德·弗罗洛对她产生了强烈的占有欲，先是指使卡西莫多和自己一起去劫持她，失败后又一直偷窥、跟踪她，最终在她和巡卫队队长菲比斯幽会时，从背后刺中了菲比斯。他不但让艾斯美拉达做了自己的替罪羊，还以救她出狱作为条件，向她"索要"爱情。在被艾斯美拉达拒绝之后，弗罗洛任由艾斯美拉达屈打成招而被送到绞刑架下。

施刑之际，卡西莫多把艾斯美拉达救进了巴黎圣母院的钟楼。菲比斯遗忘了她，弗罗洛觊觎她。格兰古瓦把她拐带出巴黎圣母院，扔给了弗罗洛。她又一次拒绝了弗罗洛威胁式的求爱，最终被送上了绞刑架。等到一直保护她的卡西莫多弄清状况，一切都晚了。伤心的卡西莫多摔死了弗罗洛，潜入艾斯美拉达被弃尸的山洞，依偎在艾斯美拉达的尸体旁，直到死去。

这部传奇色彩浓厚的作品体现出以下鲜明的浪漫主义文学特色：

其一，对于命运的终极关怀和演绎。

《巴黎圣母院》书写着一种巨大的人生苦难感。这种苦难感就是"求而不得"。弗罗洛想得到生命的愉悦；艾斯美拉达想爱一个人并为其所爱；卡西莫多和苦修女香特弗勒里（艾斯美拉达的母亲）则是更卑微的一类，他们卑微到只想有一个人可以爱；菲比斯想要自由自在、无所拘束地活着的状态；格兰古瓦想获得一日三餐的保障，以及一点点存在价值的证明……但是，他们全都遭遇惨败。弗罗洛对于生命愉悦的追求，把他自己推进地狱的深渊；艾斯美拉达的爱情就像幻梦；卡西莫多只能拥抱着艾斯美拉达的尸体；香特弗勒里终其一生，只能对着孩子遗留的一只小鞋子哭泣；格兰古瓦的开场诗连一个观众也没有留住；菲比斯最终竟然被逼着结了婚。这一群人，有教士，有吉卜赛女郎，有敲钟人，有侍卫长，有苦修女，有流浪诗人，贵贱不同，身份不一，他们都极力在命运中挣扎，想在这个世界中得到安慰和满足，却难逃惨败的结局。这种难逃宿命的希腊式悲剧感，形成了整部作品的意蕴底色，承托着作者对于人类终极命运的感受和悲悯。在巴黎圣母院两座钟楼之间的黑暗角落，用希腊文刻下的"命运"二字，才是这本书真正的主人公。

其二，对于人性内在冲突的挖掘和展示。

《巴黎圣母院》的另一个很大的特点是，依靠人物的内心冲突和内心矛盾，推动故事的发展和进程，这是典型的浪漫主义创作的特点。

对整个故事形成巨大推动力的是弗罗洛的内心冲突。作者没有把弗罗洛写成恶魔，在弗罗洛身上有很多优秀的品质，他求知若渴，有着超强的自律力。父母双亡后，19岁的他开始独自抚养弟弟。"他对弟弟关怀爱护无微不至，就好像小家伙是一件十分脆弱而又异常宝贵的物品。他对于这个小孩，不仅是长兄，而且是慈母。"因为爱自己的弟弟，弗罗洛甚至可以推己及人，以悲悯之心收养了吉卜赛人长相丑陋的四岁弃儿，给他起名卡西莫多。弗罗洛向往爱情，而且他的爱情理想既不淫秽也不低俗，充满了纯洁的诗意。"他想象着自己本来也可能享受到安详的爱情生活：就在此刻，就在地面上，随时可见对对情侣，在柑橘树下，在小溪边，观赏着夕阳余晖，期待着灿烂星空，情话绵绵，说个没完……"

就是这样一个本性并不邪恶的人，却在遇到艾斯美拉达以后，做出了一连串恶魔一样的行为，直接导致了艾斯美拉达的人生悲剧。弗罗洛的行为根源正是其无比激烈的内心矛盾和冲突。弗罗洛很小的时候就被父母送到了修道院，接受严格的宗教神学教育，这种教育扭曲了他对于生命权利和价值的理解，让他无法正确看待自己内心的合理要求，造成了严重的自我割裂。艾斯美拉达身上洋溢着的生活热情和生命愉悦，唤醒了他对于异性的激情以及对于生命愉悦的追求。但是，宗教灌输的禁欲理念又让他把自己的这种合理的冲动和激情视为自我的堕落和邪恶。于是，他一方面热烈地想得到艾斯美拉达以满足自己的需求，另一方面又不断地为此感到痛苦和有负罪感。他忽而把艾斯美拉达视为天使，忍不住跪在她面前，祈求她拯救自己枯槁的灵魂；忽而又当她是巫女，认为是她导致了自己的堕落，在罪恶的欲火中受尽煎熬。弗罗洛的痛苦，就在于作为一个天性未完全被泯灭的三十五岁青年的"我"和作为副主教的"我"之间的剧烈冲突。正是这种冲突，让他的两个"我"始终在斗争，前一个"我"占了上风时，他不顾一切地追逐艾斯美拉达；后一个"我"占了上风时，他又不顾一切地要毁掉艾斯美拉达。强烈的占有欲和毁灭欲，塑造了一个在复杂混浊的激情中颤抖的悲剧人物。

在《巴黎圣母院》中，除了弗罗洛，雨果对于其他人物的描写同样着重于人物的内心苦难。艾斯美拉达拥有最美好的爱情梦想和最饱满的激情，却无处落脚,这种苦痛远远大于她所遭遇的生活困窘。卡西莫多这个又聋又丑的独眼怪人,被唤醒了人性中所有的美善,却摆脱不了命运施加给他的恶魔一样的外表。在命运魔咒的重压之下,他的内心孤寂又苦涩。香特弗勒里因丢失了孩子而陷入自责和自罚。对于她而言,穴居"老鼠洞"的生存之痛不算什么,那种时时刻刻的对孩子的思念和自责才是她终生忍受的剧痛。格兰古瓦的内心不乏良善,但这良善的力量过于柔弱,敌不过他的自私和卑琐。菲比斯固然有着不信神的洒脱,但他这洒脱的终点不过是游戏人生,和格兰古瓦一样,他的内心荒芜又卑琐。

其三,对于"善恶""美丑"辩证关系的揭示。

一方面,雨果认为并不存在绝对的"善"与"恶"、"美"与"丑",二者是互相转换的。这正如弗罗洛追求生命愉悦的动机本身是"善"的,但他自我人格的分裂让这种"善"最终转变为"恶"。在艾斯美拉达眼中,菲比斯是一种"美",但这种"美"最终转变为"丑"。相反,卡西莫多出场时,简直就是"丑"与"恶"的混合体。但是,在遇到艾斯美拉达以后,他的"丑"滋生出的是"美",他的"恶"也转变为"善"。雨果强调主观能动性的意义,即所有的"善恶""美丑"的转变,都依赖于人们的选择,而不是对于某种外在界定的遵守。

另一方面,"善"与"恶"、"美"与"丑"往往是交织在一起的。正如雨果在《〈克伦威尔〉序言》中写道:"丑就在美的旁边,畸形靠近着优美,丑怪藏在崇高的背后,美与恶并存,光明与黑暗相共。"[1]《巴黎圣母院》用多重对比原则来体现这一点。比如,人物自身的内外对比:卡西莫多外在的丑与内在的美,菲比斯外在的美与内在的丑,弗罗洛身份的善与行为的恶。再比如,人物与人物之间的对比:卡西莫多因为艾斯美拉达喂下的几口水,被唤醒了人性的善与爱,执着地用挚爱回报艾斯美拉达;格兰古瓦被艾斯美拉达救了命,最终却选择保护小山羊,抛弃艾斯美拉达。同样爱上了艾斯美拉达,弗罗洛不停地索取,卡西莫多不停地付出。这些错综复杂的对比,不但揭示了"善恶""美丑"的复杂关系,也有力地阐释了人性的复杂状态。

---

[1] 〔法〕维克多·雨果:《雨果论文学》,柳鸣九译,上海译文出版社2011年版,第30页。

第七章

社会问题与现实批判:
19世纪现实主义文学

现实主义文学形成和出现的时间要比浪漫主义文学晚，大约于19世纪30年代出现在法国、英国等。但是，它一旦出现，就形成了席卷之势，迅速发展到了俄国、北欧和美国等国和地区，取代浪漫主义文学而成为19世纪的文学主流。浪漫主义文学与现实主义文学在表现对象、思维方式、审美风格上都有着比较明显的区别。

其一，表现对象上的"内""外"之分。

浪漫主义文学认为，决定人们生存感受和命运发展的直接因素是人的内心世界的构成和状况。现实世界的矛盾和社会问题只有折射于人的心灵，才是真正影响到人的命运的因素。因此，浪漫主义文学注重表现人的内心世界的状态和图景，如情绪、情感、心理活动等因素。这些因素成为浪漫主义文学表现的重点。现实主义文学则认为，决定人们生存感受和命运发展的直接因素是人所处的社会环境，社会环境的合理与否直接决定着人们的精神状态和心灵质地。因此，现实主义文学注重表现人所处的社会环境的状态和图景，如社会政治制度、阶层关系、经济、文化、社会风俗等。研究和分析社会问题，思考造成社会问题的根源，表现人类所处的客观社会环境和自然环境，就成为现实主义文学的重点。

其二，思维方式上的非理性与理性之分。

浪漫主义文学认可人的直觉能力，强调从主观感受出发认识世界的重要性，认为情感体验本身就是一种认知方式。因此，浪漫主义文学主张作者调动和使用主观体验、感受、记忆和情感，用抒情的方式来记叙和书写个人对于外在世界的反应和印象，追求内心描写的细致和情感抒发的浓烈。现实主义文学受19世纪自然科学快速发展的影响，则崇尚客观规律和客观事实。因此，现实主义文学主张作者尽量客观地看待外在世界，从旁观者的角度，冷静地观察、分析和研究外在环境，展示外在世界的客观现象和内在规律。

其三，审美风格上的传奇与写实之分。

浪漫主义文学重视直觉和想象的能力，因此在审美风格上追求传奇性、想象性，艺术手法上常用夸张和对比手法，人物形象塑造倾向于传奇性，情节甚至追求夸张离奇。现实主义文学则重视观察和分析的能力，因此在审美风格上追求逼真度，艺术手法上多采用写实手法，人物形象塑造崇尚写实性、典型性，即"典型环境中的典型人物"。

第一节　现实主义文学概况

一、残酷现实的冷静扫描：法国现实主义文学

现实主义文学在 19 世纪 30 年代就成为法国的主流文学。作家们用一种客观科学的态度，观察社会现象，分析和研究社会问题，试图通过挖掘和展现社会问题，揭示社会制度、社会道德、社会习俗等方面的痼疾。法国现实主义作家在剖析现实的残酷与人性的残缺时，大多表现出超乎寻常的冷静。

斯丹达尔（原名马里-亨利·贝尔，1783—1842）是法国现实主义文学的早期代表。他于 1830 年出版《红与黑》[①]，这是一部深刻思考当时法国社会阶层不公问题的作品，被视为 19 世纪现实主义文学的奠基之作。这部作品把平民的苦难根源直接指向了不公正的贵族社会阶层制度。

平民青年于连出身卑微，是一个小木材加工作坊主的儿子。但是，于连不接受社会对他的阶层身份和阶层命运的限定，立志要凭自己的才能和个人奋斗改变命运，跻身上层贵族社会，得到和贵族一样的社会地位和社会待遇。

整部作品安排了三个社会空间用以展现于连追求梦想的道路，分别是他家乡所在城市维拉叶尔的德·莱纳市市长家、位于贝尚松的贝尚松神学院、位于巴黎的拉莫尔侯爵府。在德·莱纳市市长家，于连的身份虽然是

[①] 此作品以下引述内容参见〔法〕斯丹达尔：《红与黑》，郭宏安译，译林出版社 2010 年版。

卑微的家庭教师，但他自尊自爱，保持着与其身份不相符的骄傲。于连对尊严的要求是超越于他所处的阶层之上的。也正因为这一点，于连得到了德·莱纳市市长夫人的尊重和倾慕。在贝尚松神学院，于连对争名夺利感到愤懑和不满，渴望公平竞争。但是，这些底线和良知的保存对于连的人生不但没有帮助，反而更像是障碍，让他步步失败。于连先是不得不离开维拉叶尔，接着又在神学院的竞争中处于劣势并最终出局。

因此，在神父推荐于连到拉莫尔侯爵府任职以后，于连开始变得圆滑和不择手段。他利用拉莫尔侯爵女儿玛蒂尔德的性格弱点，征服了她，让侯爵不得不接纳他，为他捏造贵族身份，实现了他的贵族梦。但是，于连的成功引起了他曾经的对手们的嫉恨，他们要挟曾与于连有过秘密爱情的德·莱纳市市长夫人给侯爵写信，曝光了她与于连的私情。刚刚飞黄腾达的于连又失去了一切。恼羞成怒的于连跑回维拉叶尔，枪击了德·莱纳市市长夫人，并因此被判了死刑。他为自己的个人奋斗梦想最终付出了生命的代价。

悲剧源自社会阶层之间的不平等和不公正。在于连所处的时代，法国社会有着森严的阶层区分，贵族的后代世袭成为贵族，平民的后代只能是平民。平民出身的于连虽然比身边的贵族青年具有更高的品德和才能，但是他并不能因此得到公平竞争的机会，也不能得到其他贵族青年可以得到的社会地位和权利。甚至在他通过拉莫尔侯爵得到贵族待遇之后，也立刻引起强烈的嫉恨。正如于连最终在法庭自我陈词中所言："他们仍想通过我来惩罚一个阶级的年轻人，永远地让一个阶级的年轻人灰心丧气，因为他们虽然出身于卑贱的阶层，可以说受到贫穷的压迫，却有幸受到良好的教育，敢于侧身在骄傲的有钱人所谓的上流社会之中。这就是我的罪行。"于连的这段话尖锐地把自己的人生悲剧归因于不公平的社会等级制度。正是这种社会等级制度，剥夺了平民青年改变自己命运的权利和机会，让于连对这个社会彻底失去了信心。于连拒绝了玛蒂尔德的营救，坦然地接受了死刑。他以愉悦地走向断头台的方式，表达了对这样一个不公正社会的彻底否定。

于连代表着当时法国平民青年中阶层意识的可贵觉醒。于连不愿意像他的父兄一样接受社会既定的阶层身份划分，他试图得到与贵族和上流社会一样的社会地位、社会尊重和社会待遇。在德·莱纳市市长家，他勇敢地要求和市长一家人在同一张桌子上吃饭，不肯按照既定的规矩跟下人一起吃饭。他拒绝的不是同阶层的人们，而是被先天认定的"下人"身份。他也具备对现实的批判精神，认为神学院上层人物是"一群饕餮之徒，一心只想着他们在餐桌上狼吞虎咽肥肉煎蛋"，指出"对于他们，任何罪孽都不会过于卑劣"。

但是，于连身上的局限性也相当明显。于连虽然天资聪颖，但是他的才华只是停留在超强的记忆力之上，缺少成熟的独立分析和思考能力，其反抗意识也因此常常流于盲目的报复和幼稚浅薄的情绪发泄。比如，于连为了反抗市长，就去诱惑市长夫人，把心地纯洁并真诚爱着他的市长夫人当作报复市长甚至上流社会的工具。他也没有明确的政治立场，虽然痛恨上层社会，但是为了实现自己跻身上层社会的野心，又毫无立场地左右逢源，一面痛恨保王党派，一面又给他们卖命。正如于连对自己的评价："虚伪是我争取面包的唯一武器。"于连并不清楚社会问题的真正根源在哪里，他只是痛恨贵族阶层以及"自己不是贵族"这个事实。对于贵族制度本身，他并没有清醒的认知。虽然于连有着平等意识、批判精神和反抗欲望，但是并不能成为推动社会变革和发展的真正力量。

于连甚至还完全接纳了上层社会的价值观念，这导致他始终陷入深深的自卑，他说："我这个人很平凡、很庸俗，他人固然讨厌我，我自己也讨厌我自己。"他痛恨那个平民出身的自己，仇恨他的家庭和父亲。当侯爵给他捏造了一个虚假的贵族身份后，他不但没有觉得羞愧，反而诱导自己去相信，自己也许真的是"某个大贵人的私生子"。一个对自己所处的社会阶层怀有深深恨意的人，是不可能成为改变这个社会阶层命运的中坚力量的。归根结底，于连只是一个被不公平的等级社会毁掉的青年而已。

在斯丹达尔之后，法国现实主义文学早期的另一巨匠是**奥诺雷·德·巴尔扎克**（1799—1850）（参见本章第二节）。另外，**普洛斯佩尔·梅里美**（1803—1870）的作品《卡门》也值得关注。

《卡门》在风格上比较复杂，从整部作品的构思而言，体现出浓烈的浪漫主义色彩。一方面，作品中的人物形象设定、情节设计都十分传奇。卡门是位极具戏剧性的吉卜赛女郎，她走私、作巫、行骗，周旋在江湖各种男人之间，混迹于强盗团伙之中。她跟几个男人之间的情感也是跌宕起伏，故事性强烈。追求戏剧化和传奇性是浪漫主义文学的鲜明特征。另一方面，《卡门》不以揭示典型的社会问题为目的，而是以塑造"卡门"这一具有独特个性的形象为目的。卡门是一个没有办法用社会规范和社会价值标尺去衡量的女性形象。她既不依从社会的规则，也不依附男性的力量，只依从自己的感受和愿望。这种强大的自我意识和对自由的终极追求，是卡门主要的精神特点。卡门对于社会规范和男性力量的双重游离和抗拒，最终导致了被唐·约瑟杀死的结局。卡门的死，是一个自由个体无以存活的悲剧。卡门的形象也负载着作者对于那些非主流民族和文化之价值和意义的思考和探索。

但是，《卡门》在叙事理念上又表现出鲜明的现实主义特色，叙事态度十分节制。作者努力地保持着与故事和人物的距离，不作引导性的评价，也不作主观的情绪渲染，力求呈现生活画面的真实性和人生故事的实录性。这一点又让《卡门》呈现出现实主义文学的特色。准确而言，《卡门》这部作品体现出的正是浪漫主义和现实主义的高度融合。而这也正是这一阶段法国现实主义文学的重要特征。

不过，从19世纪50年代开始，法国现实主义文学开始越来越多地摆脱浪漫主义文学的影响，追求更为客观冷静的表达方式。这一时期主要的代表作家是**亚历山大·仲马**（1824—1895），他是《基督山伯爵》作者亚历山大·仲马的儿子，因父子同名，父亲被称为"大仲马"，儿子被称为"小仲马"。不同于其父大仲马的浪漫主义文学风格，小仲马的作品体现出鲜明的现实主义文学风格，他的代表作是《茶花女》[①]。

《茶花女》的情节设置并不传奇，女主角玛格丽特是巴黎的一个妓女，因为年轻貌美，又常常佩戴茶花，被称为"茶花女"。她跟税收官的儿子阿尔芒真诚相爱，却遭到阿尔芒父亲的激烈反对。阿尔芒有个妹妹正在议婚，对方听说阿尔芒跟玛格丽特的关系，就想终止这桩婚事。阿尔芒的父亲以此哀求玛格丽特与儿子断绝关系。为了维持阿尔芒家族的声誉，保护未曾

---

① 此作品以下引述内容参见〔法〕小仲马：《茶花女》，王振孙译，外国文学出版社1994年版。

谋面的阿尔芒妹妹的幸福，玛格丽特给阿尔芒写了封断交信，并开始跟别的男人来往。她通过让阿尔芒恨自己，结束了二人的关系，也亲手扼杀了自己的爱情。在阿尔芒对她的羞辱和诅咒中，玛格丽特旧病复发，黯然离世。

在这个故事中，作者塑造了一个渴望情感温暖的女性形象。玛格丽特最害怕的不是贫穷，而是内心的孤独和冷寂。她最渴望的不是金钱，而是真诚的情感。因此，虽然老公爵以金钱为筹码，要求玛格丽特断绝欢场生活，但是她做不到。老公爵不过是把她当作病逝爱女的替身，这种所谓的情感不是玛格丽特想要的。老公爵的金钱和陪伴，满足不了她对情感的需求，也给不了她忍受孤独和冷寂的勇气。阿尔芒却能彻底改变玛格丽特。阿尔芒带着真诚的爱情走入她的生活之后，她就立刻断绝了跟欢场的关系。就算阿尔芒没有钱，她变卖家当、首饰也要跟他在一起。玛格丽特跟一般欢场女子的不同，就在于她真正渴望的是一份真诚的情感。她是那个拜金社会中少有的在金钱和情感之间选择情感的女人。

可是，这样的女人竟然没有办法实现其并不奢侈的愿望。玛格丽特的过往无法得到社会的原谅，就算她离开了欢场，依然被贴上了"卑贱"的标签，永远得不到别人的尊重和接纳。她为阿尔芒付出一切，却只能作为阿尔芒家族的耻辱和污点而存在。只要她还待在阿尔芒的身边，就只能让阿尔芒和他的家族蒙羞。无论如何努力，她都改变不了这个残酷的现实。玛格丽特被置于一种荒诞、绝望的处境：如果真的爱他，就得与他分离。给玛格丽特带来这种悲惨命运的，毫无疑问是贵族男权社会的不公、虚伪和残忍。这个被上层男性主宰的社会，以贞节的名义给她的灵魂打上万劫不复的封印，没给她留下任何重生的可能。

"玛格丽特"这一形象虽有小仲马母亲和女友的投影，但更多地代表了那些普遍存在的底层女性。她们出身卑微，人生并无过多选择。正如作者所写，她们的人生道路除了"爱情"就是"痛苦"，"这两条路走起来都十分艰难。那些女人在上面走得两脚流血，两手破裂，但她们同时在路旁的荆棘上留下了罪恶的外衣，赤条条地抵达旅途的尽头"。玛格丽特的故事不是传奇，而是赤裸裸的黑色现实。

除了小仲马的《茶花女》，这一时期更能代表法国现实主义文学创作理念的是**居斯塔夫·福楼拜**（1821—1880）的《包法利夫人》①。福楼拜比此前的斯丹达尔和巴尔扎克更加强调作品的写实性。他一方面强调作品中描写对象与现实状况的高度吻合和逼真；另一方面又强调作家要保持叙事态度的客观性，不要对作品中的人物和事件作主观评价、主观渲染，更不能进行脱离现实生活的戏剧化处理，只有呈现出现实生活中真实的人的状态，才能增强作品的写实性。《包法利夫人》很好地实践了他的创作理念。

《包法利夫人》的人物形象塑造，不再追求戏剧化的个性，而是塑造更具普遍现实特征的人物。从包法利医生到包法利夫人的诸多情人，都是常见的普通人，他们不高尚，但也谈不上特别卑劣；他们平凡庸俗，但也不是完全没有情感需求；他们目光短浅，但也不是完全没有欲望。正如代表性人物包法利医生，他梦想着名满天下，但既无精湛的医术，也无独到的见解。他庸庸碌碌，平庸乏味。不过，包法利医生也谈不上特别卑琐，他善良、宽容，也不乏真情。福楼拜笔下的，只是一群普通人，有着普通人的胆怯、普通人的情感，也有着普通人的平庸和局限，具有很高的现实还原度。

即便是核心人物包法利夫人爱玛，也带有这种平庸性。爱玛看上去像是这种平庸生活的挑战者，她受不了丈夫的平庸乏味，受不了生活的平淡无趣，梦想更有诗意、激情和乐趣的生活。这种渴望是如此强烈，"就像案板上的鲤鱼渴望水"。为了实现这种梦想，她不惜用飞蛾扑火的方式，在乏味的婚姻之外开始一段又一段恋情。但是，爱玛对于诗意、激情和乐趣的理解同样是十分庸俗的，她以为上层社会的奢华生活就是诗意，以为贵族男女的荒淫滥情就是乐趣，甚至以为言情小说里的那些浮夸的情感就是爱情。她展开的一段又一段恋情，都不过是庸俗不堪又自私狭隘的苟且之情。然而，爱玛的肤浅让她无力看透这种真实，以至于以追求梦想的方式在卑琐的现实中越陷越深。庸俗的社会风气产生不了真正的诗意和激情，甚至都无力孕育真正具备诗意和激情的灵魂。这就是爱玛的悲剧，她茫然地反抗着平庸，可悲的是，她本身就是平庸的一部分。

---

① 此作品以下引述内容参见〔法〕福楼拜：《包法利夫人》，周克希译，天津人民出版社2016年版。

福楼拜用这种方式写出了现实的残酷,也写出了人群和人生平淡的庸俗色彩,哪怕对于女主人公也没有任何主观的粉饰和拔高。这种现实精神反倒让爱玛的形象别具一种深沉的、带有普遍意义的悲剧色彩。

二、以理想映照现实:英国现实主义文学

英国现实主义文学的发展时期恰好是在维多利亚女王在位期间(1837年继位,1901年去世),因此常常被称为"维多利亚文学时期"。英国现实主义文学与法国现实主义文学一样表现出对社会现实问题的关注和思考,不过从整体而言,也存在微妙的差别。虽然英国作家批判起现实来同样犀利和尖锐,但他们总是愿意在残缺的现实之上放置理想和诗意的关照。

在讲维多利亚文学时期的现实主义作家之前,有一个作家需要提及,那就是**简·奥斯丁**(1775—1817)。从时间上而言,奥斯丁并不是维多利亚时期的作家,她所在的时代还是以浪漫主义文学为主流的时期。但是,奥斯丁的小说创作显然与浪漫主义文学理念和创作原则有着很大的差异,不能把她纳入英国浪漫主义文学的范畴。客观而言,她算得上英国现实主义文学的前驱作家。她的创作对于后面即将出现的维多利亚时期的现实主义创作有着深远的影响。奥斯丁作品众多,《理智与情感》《傲慢与偏见》[①]《曼斯菲尔德花园》《爱玛》《诺桑觉寺》《劝导》等都是脍炙人口的名篇。其中,最具现实主义风格的作品就是《傲慢与偏见》。

《傲慢与偏见》虽然讲的是伊丽莎白和达西的爱情故事,但是深刻揭示了当时英国社会的女性生存问题。在19世纪的英国社会,女孩没有家庭继承权。正如伊丽莎白家,虽然有五姐妹,父亲的遗产却只能由堂兄继承。女子也没有社会职业发展空间,不能独立谋生,只能寄望于嫁给一个有钱的男人。在作品的开头处,奥斯丁讽刺地写道:每逢一个"有产的单身汉"搬到一个地方,四邻八舍虽然完全不了解他的性情如何、见解如何,但只要这个男人是个"有产的单身汉",人们就会趋之若鹜,"把他看作自己某一个女儿理所应得的一笔财产"。在这种社会状况下,一方面,女性很难拥

---

① 此作品以下引述内容参见〔英〕奥斯丁:《傲慢与偏见》,王科一译,上海译文出版社1995年版。

有独立和平等的意识；另一方面，女性的婚姻观也常常是充满物质功利色彩的。伊丽莎白的好朋友夏绿蒂所拥有的就是当时最普遍的婚姻观，她嫁给了自己一点都不爱的人，理由是："尽管结婚并不一定会叫人幸福，但总算给她自己安排了一个最可靠的储藏室，日后可以不致挨冻受饿。"小说中的另一个配角彬格莱小姐则有着女性低微的自我意识，她为了得到达西的好感，不顾达西的冷淡，频繁地搭讪示好。她如此低微地讨好达西，也并非出于情感，而是看中达西富有的财产和高贵的社会地位。

在这种现实背景下，伊丽莎白的人格价值就凸显出来。伊丽莎白先后拒绝了两个男人的求婚。第一个男人是她的表哥柯林斯，虽然嫁给柯林斯可以衣食无忧，但是伊丽莎白拒绝接受一个平庸无趣的男人。伊丽莎白拒绝的第二个男人是富有的贵族青年达西，因为达西看不起她的家庭和她的母亲。在当时通行的婚恋标准下，无论是柯林斯还是达西，都是理想的结婚对象。伊丽莎白拒绝的是世俗的以金钱和地位作为标准的婚姻观，她对爱情和婚姻有着不合时宜的精神上的诸多要求。因此，达西要想得到伊丽莎白的爱情，就必须扭转自己的阶层意识，学会尊重社会地位比自己低下的人群。达西也的确是这么做的，在伊丽莎白跟随舅父和舅母参观达西家的庄园时，与他们不期而遇的达西对待伊丽莎白身份不高的舅父和舅母，就表现出特别的谦逊和礼貌。达西阶层意识的转变，是伊丽莎白对他萌生爱情的前提。只有当达西放下了他的阶层意识，伊丽莎白对于尊严的要求才能得到满足，他们的爱情也才能水到渠成。

当然，由于时代的局限性，奥斯丁笔下的人物对于现实的不满还没有上升到清醒的理性层面，因此他们与现实的对峙是十分温和且节制的。他们大多以无伤大雅的讽刺和冷眼旁观对待现实和人群，本能地回避激烈的反抗和冲突。从作品的结局来看，奥斯丁笔下的女主人公还是嫁给了有钱的男人。这些都表现出奥斯丁对于女性生存现实无奈的服从和接受。奥斯丁作品的本质，还是试图在理想与现实、感性与理性、自由与规范、叛逆与节制之间寻找和谐的平衡点。

在奥斯丁之后，英国文学就进入以现实主义文学为主的维多利亚文学时期。

维多利亚文学时期的前期代表是**查尔斯·狄更斯**（1812—1870）（参见

本章第二节)、**威廉·梅克皮斯·萨克雷**(1811—1863)和勃朗特姐妹。

萨克雷是与狄更斯同时代的作家。同为现实主义作家,二人的创作理念却有着很大的区别。狄更斯的现实主义文学常常表现出理想主义色彩,比如会塑造十分理想化的完美人格和人物形象。萨克雷则受到18世纪菲尔丁小说的影响,主张呈现有缺陷的、更符合生活逻辑的个性人物,反对塑造理想化的完美人物,《名利场》的女主人公丽贝卡·夏普(贝姬)就是如此。丽贝卡出身微贱,但不甘于现状。她利用自己的姿色一步步向上爬,为了进入上流社会而不惜一切。萨克雷没有简单地对她进行道德审判。虽然他竭力刻画了丽贝卡的心机、贪欲、自私和不择手段,但是也写到了这些行为的发生机制,以同情的笔触写到她遭受过的歧视、贫穷和困窘。萨克雷甚至还写出了她性格中的亮点。丽贝卡虽然投机取巧、富有心计、自私自利,但是面对他人的歧视和轻蔑,她充满了勇气和斗志,表现出过人的清醒、理性和务实精神。面对生活中接踵而至的厄运,她临危不乱,坚强以对。无论是在生活的巅峰还是生活的低谷,她都始终保持强大的内心和旺盛的活下去的热情。比起身边循规蹈矩、幼稚迟钝的贵族女性阿米丽亚,丽贝卡的理性和坚强都具有独特的光芒。丽贝卡不为那些古板的道德教条所束缚,不接受这些"道德"对她生存利益的剥夺。面对一个虚伪不公的社会,她用魔鬼般的方式披荆斩棘,寻求自我利益的最大化。丽贝卡不高尚但也没有泯灭良知,不择手段但也不会恶意伤害他人。萨克雷对丽贝卡的性格塑造生动饱满,拥有坚实的生活逻辑和人性逻辑的基础,她的悲剧固然令人反思,但是她的遭际也令人感到同情。萨克雷的确为文坛奉献了又一个精彩独特且具有辩证色彩的人物形象。

在整体的人性把握和社会理解上,萨克雷与福楼拜比较接近,他们都认为社会最大的问题不是极端的恶行,而是庸俗和功利。《名利场》的书名来自17世纪清教徒作家约翰·班扬在《天路历程》一书中描述的一个市场,在这个市场里,灵魂、肉体、婚姻、官职皆可买卖。这种一切皆可买卖的名利场是萨克雷对于当时英国堕落的社会风气和现实状况的比喻。在这个名利场里,人们没有极端的恶行,但也没有基本的操守;人们追求虚荣和浮华,急功近利,尔虞我诈,呈现出一种集体性的庸俗状态。不过,与福楼拜不同的是,萨克雷并不刻意保持与叙述对象的距离,他常常作为叙述者对叙述对象随时随地进行评论、讽刺甚至挖苦。

另外，从对人性的看法而言，虽然萨克雷不同意狄更斯对于理想化人物的塑造，但是对人性寄予希望是英国作家共同的特点。《名利场》设置了两个女性形象，一个是携带现实残酷性的丽贝卡，一个是富有理想色彩的阿米丽亚。丽贝卡因为顺应名利场的规则而春风得意，阿米丽亚因为坚守道德而生活艰难。作者为丽贝卡安排了众叛亲离的结局，却让阿米丽亚得到了幸福。这一理想化的结尾体现的就是萨克雷美好的愿望了。

勃朗特三姐妹也是维多利亚文学时期的前期代表。**夏洛蒂·勃朗特**（1816—1855）、**艾米莉·勃朗特**（1818—1848）和**安妮·勃朗特**（1820—1849）分别写出了自己的著名作品《简·爱》①《呼啸山庄》《阿格尼斯·格雷》，其中尤以夏洛蒂和艾米莉的作品影响深远。

在夏洛蒂·勃朗特的代表作《简·爱》中，简·爱与传统的女性形象设定十分不同，她父母双亡，寄人篱下，但不愿忍气吞声。童年的简·爱对于欺负她的表哥大打出手，对于冷落她的舅妈严词以对。她是一个敢怒敢言敢行的女孩，有着强烈的个人尊严意识和反抗勇气，具有暴风骤雨一般强烈的情感。简·爱离开舅妈家之后，在条件恶劣的寄宿学校里艰难长大。简·爱本可以待在寄宿学校里从教为生，但她渴望游历更宽阔的世界。"正是那些山峰，我渴望去攀登。荒凉不堪岩石嶙峋的边界之内，仿佛是囚禁地，是放逐的极限。我跟踪那条白色的路蜿蜒着绕过一座山的山脚，消失在两山之间的峡谷之中。我多么希望继续跟着它往前走啊！"这段心声描写的正是简·爱试图突破狭小的生活，去探索未知世界的愿望。这种探索未知世界的勇气也突破了以往的女性形象设定。

当简·爱与罗彻斯特先生相爱之后，她两次离开罗彻斯特先生。第一次离开是因为简·爱认为罗彻斯特先生对她不够尊重，她正色对罗彻斯特先生宣布："我的灵魂同你的灵魂在对话，就仿佛我们两人穿过坟墓，站在上帝脚下，彼此平等——本来就如此！"她的"独立平等宣言"深深打动了罗彻斯特先生。但是，在他们的婚礼上，简·爱得知罗彻斯特先生是有

---

① 此作品以下引述内容参见〔英〕夏洛蒂·勃朗特：《简·爱》，黄源深译，译林出版社1994年版。

妻子的，她再次选择放弃爱情，离开罗彻斯特先生。简·爱两次离开罗彻斯特先生，显示出她把自我尊严看得高于爱情本身。就算忍受与所爱的人分离，也不能丢失自我尊严，这是简·爱令人瞩目的个人意识。

当然，与奥斯丁一样，夏洛蒂·勃朗特也有着时代局限。夏洛蒂·勃朗特虽然让简·爱拥有了强大的自我尊严和自我独立意识，但简·爱其实是无法在现实中寻找到实现这种尊严和独立的途径的。因此，夏洛蒂·勃朗特最终以获得天降遗产的戏剧化方式，让简·爱获得了与男性平等的权利，从而为简·爱提供了走进婚姻的条件。这种情节安排恰好揭示了夏洛蒂·勃朗特所面临的现实困境。

艾米莉·勃朗特的代表作《呼啸山庄》在人物设定上与《简·爱》颇为相似，其主人公希斯克利夫与简·爱一样都是孤儿，呼啸山庄的主人老恩萧先生收养了他，对他十分宠爱。老恩萧先生去世以后，希斯克利夫受尽老恩萧先生的儿子辛德雷·恩萧的虐待，被当作下贱的奴仆使唤。他唯一的安慰是来自与老恩萧先生的女儿凯瑟琳·恩萧的爱情。但是，凯瑟琳迫于生存的压力，最终还是嫁给了门当户对的画眉山庄的埃德加·林淳，希斯克利夫也因此失去了在世界上唯一的情感依托。这种孤苦伶仃、被凌辱、被践踏、被迫失去所爱的经历都与简·爱十分相似。希斯克利夫也与简·爱一样有着强烈的情感，在凯瑟琳嫁人之后，他愤怒地离家出走。希斯克利夫可以被视为"男版"的简·爱。所不同的是，简·爱是主动放弃爱人，而希斯克利夫是被爱人放弃。

但是，希斯克利夫还是与简·爱有着本质的不同。面对磨难和不公，简·爱最终选择了宽容、慷慨和付出，希斯克利夫却从狂热的爱中滋生了狂暴的恨，他选择了报复。希斯克利夫带着复仇的决心和计划归来，他夺取了辛德雷·恩萧的财产，使其潦倒而亡，自己占有了呼啸山庄。他娶了埃德加·林淳的妹妹伊莎贝拉，以此折磨凯瑟琳，凯瑟琳在痛苦中离世，而从未被善待的伊莎贝拉也被迫离家出走。希斯克利夫的仇恨把呼啸山庄和画眉山庄的主人们一一逼向死亡，他却连下一代都不肯放过。他虐待辛德雷·恩萧的儿子哈里顿，又对自己的儿子小林淳冷漠无情。他强迫凯瑟琳的女儿凯蒂嫁给小林淳，又在小林淳死后趁机占有了画眉山庄。就这样，希斯克利夫用仇恨毁灭了为他所恨和为他所爱的人，而他也用这种仇恨折磨、毁灭着自己，亲手剥夺了自己生命中所有的快乐。

《呼啸山庄》写的虽是欧美文学中常见的"恶"与"恨"，但写得极具深度和特色。《呼啸山庄》中的"恶"不是产生于卑琐的人格，而是产生于绝望的人格。童年的希斯克利夫是个对世界充满恐惧的人，但并不是对世界充满毁灭欲的人。相反，面对苦难和屈辱，他习惯了隐忍和承受，并未因此失去对美好情感和快乐生活的向往。希斯克利夫真正开始放弃"善"，是在凯瑟琳背弃了他们的爱情之后，也就是他发现自己完全被这个世界和他人放弃之后。是不幸、绝望和他人不公的对待，让希斯克利夫开始走向"恶"。艾米莉·勃朗特对于这种"恶"的描写显得尤为复杂，既令人恐惧也令人同情，既令人发指也令人有共鸣。如果说以往的"恶"停留在道德层面，艾米莉·勃朗特笔下的"恶"则带有更高的人性反思，写出了"恶"难以用道德标准衡量的复杂性。

同样，《呼啸山庄》中的"恨"也不是产生于人性的自私和狭隘，而是产生于无法抑制的激情和深沉的爱。希斯克利夫和凯瑟琳之间的爱情十分特殊。用凯瑟琳的话说，希斯克利夫比她更像她自己，是她的另一个自我。事实上，对于希斯克利夫来说也是一样，他们之间的爱情真挚而又无法分割。他们之间的悲剧不是来自爱情本身的裂痕，而是来自外在环境所施予的生存重压。对凯瑟琳而言，跟希斯克利夫在一起，可以得到完整的自我，却无法生存下去；不跟希斯克利夫在一起，可以生存下去，但要撕裂自我。这种来自外部的命运压力是希斯克利夫和凯瑟琳爱情悲剧的主要原因。呼啸山庄和画眉山庄这两个实体空间成为这种命运压力的具象化存在，希斯克利夫对这两个空间的摧毁欲望，是建立在对于这种命运压力的报复之上的。基于以上两点，希斯克利夫作为一个"恶"与"恨"的载体，就具备了前所未有的美学复杂性，这一充满了"恶"与"恨"的形象并没有直接产生"丑"，相反具有特殊的激情美、毁灭美，在超越道德层面之上的美学层面，形成了前所未有的美学价值。

另外，从人生体验和生命体验的层面而言，《呼啸山庄》也有超越《简·爱》的深度。在凯瑟琳身上，体现着人类永恒的生存悖论：人的自然性与社会性的冲突。对凯瑟琳而言，跟希斯克利夫在一起，就能拥有自然奔放、不受约束的生存状态，不必遵守社会规范，不必忍受烦琐的礼仪，这是符合人类本性的自然性。跟埃德加·林淳在一起，意味着既定的生活方式、身份设定、行为模式和规范，这是令她感到约束和压抑的社会性。但是，按照自然性生活，必然要忍受社会的拒斥以及由此而来的虚无感、被弃感和不安全感；而服从社会性，则能给人安定、秩序和安全感。在凯瑟琳的选择背后，表现的正是这种剧烈冲突。这种冲突是凯瑟琳无法解决的，所以她只能与希斯克利夫把幸福相约在死亡之后。凯瑟琳所感受到的这种自然性与社会性的冲突，是导致他们两人生悲剧的深层原因。

维多利亚文学时期的后期代表是**托马斯·哈代（1840—1928）和柯南·道尔（1859—1930）**。柯南·道尔以侦探小说而著名，他塑造了一个不朽的侦探小说形象福尔摩斯。福尔摩斯的系列故事先是在报纸上刊登，后来被收入《福尔摩斯探案集》和《福尔摩斯回忆录》。柯南·道尔侦探小说的成功，极大地鼓励了侦探小说这一文学样式在19世纪末的繁荣。

托马斯·哈代的作品大多以英国乡村的农民作为描写对象，描写在工业化时代乡村渐趋萎缩的进程中，农民物质和精神上的生存困境，代表作品有《苔丝》[①]和《无名的裘德》等。

《苔丝》是以底层农民家庭和底层农民女性作为写作对象的。农民杰克·德伯菲尔德家的祖上曾是贵族，但是到了他这一代已经沦落为近乎赤贫的底层农民。他听说自己祖上的贵族姓氏被一家暴发户购买，就派自己的女儿苔丝到这户人家去攀亲戚，结果少爷阿历克强暴了苔丝。失贞后的苔丝愤然回家，并生下了一个男孩，但这个被苔丝命名为"苦楚"的孩子不久便夭折了。当地的牧师碍于教义，拒绝给这个私生子举行基督徒的葬礼，孩子只能被葬在墓园里最卑下的角落，跟恶人和罪人们埋在一起。苔丝痛苦地自问："贞洁这个东西果然是一旦失去就永远失去么？""有机自然界的一切都可以愈合，难道唯独处女的贞操就无法愈合么？"面对残酷的现实，苔丝除了远走他乡，并没有任何可以自证清白的办法。

为了摆脱过去的一切，苔丝来到另一个教区的农场做了挤奶工。她的梦想很简单："要成为挤奶姑娘苔丝，再也不是别的。"但是，生活给了她意料之外的礼物，青年安琪儿·克莱尔爱上了她。克莱尔出身于有教养的

---

① 此作品以下引述内容参见〔英〕哈代：《苔丝》，孙法理译，译林出版社1993年版。

牧师家庭，本可以和两个哥哥一样到剑桥读大学。但是，他拒绝像父亲期望的那样通过宗教职业追求名利，也反感城市浮华的生活。他自动放弃了上大学的机会，选择到农场学习各种农业技能，梦想将来可以经营自己的农场。克莱尔是一个酷爱读书、有思想、有头脑、不肯随波逐流的青年，在苔丝的眼里，他"有教养、孤独、敏感、忧伤、与众不同"。面对与克莱尔的爱情，苔丝诚惶诚恐。

苔丝虽然多次想把自己的过去坦诚相告，但是害怕失去爱情，就选择了沉默。新婚之夜，克莱尔主动告知苔丝自己曾跟一个女人鬼混的过去。苔丝如释重负，也把自己曾经失贞的过去和盘托出。让她没有想到的是，克莱尔竟然无法接受她的过去。虽然克莱尔在心里感叹苔丝是一个"这么善良的人，这么真诚的人"，但是他依然没有办法说服自己接受她失贞的过去，于是两人决定分手。

克莱尔去巴西时，给了苔丝 50 英镑的生活费，又让银行几个月后再给她寄出 30 英镑，希望可以安排好苔丝的生活。但是，这笔钱大部分都被苔丝用来接济自己一贫如洗的父母了，她很快就陷入生活的绝境。当然，苔丝最痛苦的还是精神上的打击，她给克莱尔的信都没有回音，还听说克莱尔曾试图带农场女工伊兹一起去巴西，再次相遇的阿历克更是反复提醒她不过是一个"被遗弃的妻子"，而且告知她克莱尔不可能回来了。她的父亲去世，母亲和六个弟妹流离失所。面对这些处境，苔丝最终劝说自己接受现实，为了自己的家庭，接受了阿历克的帮助，无奈地与阿历克同居了。

当克莱尔从巴西归来并要求苔丝回到自己身边时，一直深爱着他的苔丝十分痛苦，认为一切都是阿历克的错，就动手杀了阿历克。克莱尔陪着苔丝过了几天逃亡生活，苔丝认为这是她一生中最美好的一段生活。当警察在曙光中向她围拢时，她平静地说："可以走了。"

整部作品以苔丝被处死告终。这是一部令人悲伤的作品，作者所塑造的苔丝真诚善良、单纯深情，但从头到尾都无法把握自己的命运。控制苔丝命运的不只是贫穷和卑微，更为重要的是扼杀女子权利的贞节道德观念。苔丝命运悲剧的导火索就是被阿历克强暴，她本是受害者，却需要负担"罪"的惩罚。她被认定为"不洁的女人"，她的孩子也被认定为"不合法的生命"。甚至她的家庭都因为她的凄惨经历而遭受蔑视和非议。这是极其不公平的道德现象。

最可悲的是，这种残酷而不平等的道德观念不只存在于愚钝村民的头脑之中，更存在于克莱尔这样相对有激进思想的青年的头脑之中。克莱尔连宗教信仰的价值都有勇气质问，对贞节道德却奉行无误。道德是抽象的，它要变成惩罚的力量，需有具体的人。在对苔丝命运的"集体围剿"中，克莱尔是至为重要的"主力军"。这不能说是最令人震撼的悲剧事实。更为重要的是，就连苔丝自己，虽然感受到道德对自己的不公，但对自己的悲剧根源还缺乏真正理性的认知。她一直背负着"自己不洁净"的罪感。直到生命的最后时刻，她念念不忘的，还是担心克莱尔会"瞧不起我"。她说："一想到我这一生的遭遇，我总觉得人家早晚会瞧不起我。"正因为这种罪感的存在，她看不到克莱尔抛弃自己的真正原因，也无法正确分析自己命运中的悲剧因素，而只是茫然地把自己的悲剧归罪于阿历克。她只是执着地跟随自己的"爱"，却无力回顾自己内心的"罪"，更无力分析围绕在自己身边真正的"恶"。这同样是她悲剧的重要根源之一。

三、"多余人"与"小人物"：俄国现实主义文学

19世纪30年代，俄国出现了现实主义文学与浪漫主义文学共存共生的状况。虽然在50年代后，现实主义文学逐渐成为文坛主流，但由于与浪漫主义文学之间的长期交融，很多现实主义文学都带有浪漫主义文学的特色。比如，**亚历山大·谢尔盖耶维奇·普希金**（1799—1837）、莱蒙托夫和**尼古拉·瓦西里耶维奇·果戈理**（1809—1852）等人的创作都兼具现实主义和浪漫主义的双重色彩。因此，俄国现实主义文学形成了自身浓郁的特色：重写实，但并不排斥主观情感的抒发；重外在环境，但也注重对人物内心世界的挖掘。

普希金为俄国现实主义文学开创了"多余人"和"小人物"两个创作传统，对俄国浪漫主义文学和现实主义文学做出了杰出的贡献。普希金在26岁以前表现出明显的浪漫主义倾向，作为"十二月党人"的一员，他以写作抒情诗为主，创作了《自由颂》《致察尔达耶夫》等浪漫主义诗歌，被视为俄国浪漫主义文学的杰出代表。在26岁也就是1825年以后，普希金表现出越来越明确的现实主义倾向，并在1830年以后进入现实主义文学

风格的"波尔金诺之秋"创作高峰期，创作了诗体长篇小说《叶甫盖尼·奥涅金》①、短篇小说《驿站长》等作品。普希金后期的代表作品有《黑桃皇后》《上尉的女儿》以及童话诗《渔夫和金鱼的故事》等。

《叶甫盖尼·奥涅金》是普希金在31岁时完成的长篇叙事诗，这部作品塑造了"多余人"的形象。贵族青年奥涅金厌倦了奢靡浮华的上流社会，这种享乐放纵的贵族生活无法让他找到人生的价值和意义。他感叹："唉，只因为一味地寻欢作乐，我曾把几多的生命白白浪费！"与那些只顾自己享乐的贵族不同，奥涅金关注民族命运，对下层农奴怀有同情之心。他受到先进的民主思想的影响，试图对农奴制进行自上而下的慈悲性改革。但是，由于自身行为能力和阶层身份的限制，奥涅金又很难真正了解农奴阶层并获得农奴阶层的理解和支持，更无法真正取得社会改革的胜利。奥涅金与自己的贵族阶层疏离了，却未能融入底层人民。他无法找到适合自己的社会身份和社会定位，也找不到能够实现个人理想和社会理想的途径和力量。他成了游离在"贵族"和"农奴"之外的一个孤独的存在，感受到深深的疲倦和社会价值的虚空。

奥涅金的这一感受在俄国贵族知识分子中普遍存在。在普希金的社会意识中，俄罗斯社会包括三个阶层：贵族、平民和有良知的贵族知识分子。这些有良知的贵族知识分子对于自己的阶层和群体带有强烈的批判精神，却又无法在下层人民那里得到归属感。他们只能以"流浪"的方式存在，成为彷徨苦闷、孤独焦虑的"多余人"，患着"时代忧郁病"。相比于奥涅金的苦痛，充满智慧的达吉亚娜则承载了作者的人格理想。达吉亚娜宽容、自律、充满理想，实现了"贵族自我"与"个性自我"、"道德自我"与"情感自我"的完美统一。在达吉亚娜身上，没有奥涅金那样痛苦的自我撕裂，她既能与自己的群体相处，又不会因此失去独立的见解和个性。如果说奥涅金是普希金的"现实自我感受"，那么达吉亚娜就是普希金的"理想自我人格"。当然，达吉亚娜所呈现的自我和谐是以女性的"个人牺牲"为代价的，其完美人格带有虚构性和现实局限性，并不具备真实生活和人

---

① 此作品以下引述内容参见〔俄〕普希金：《叶甫盖尼·奥涅金》，智量译，人民文学出版社2004年版。

性的坚实基础。

莱蒙托夫在他的长篇小说《当代英雄》中，塑造了贵族青年毕巧林的形象。毕巧林与奥涅金一样厌倦贵族生活，但他具有比奥涅金更为清醒的现实分析能力、更为激烈的现实批判精神以及更为大胆的叛逆精神。不过，毕巧林同样无法跳出奥涅金的生存困局，找不到实现社会抱负的途径，也无力超越自己的身份局限。与奥涅金一样，他也只能游离在社会的边缘，沉浸在悲伤虚无的情绪中，在寻求冒险和刺激中打发时光。毕巧林也因此被视为俄国现实主义文学中继奥涅金之后的第二个"多余人"形象。

伊凡·谢尔盖耶维奇·屠格涅夫（1818—1883）在 1856 年发表长篇小说《罗亭》，贡献了又一个"多余人"的形象。相比于奥涅金和毕巧林，罗亭具有更为激进的政治锐气和行动勇气，有更为明确的民族使命感。他的行动能力增强了，不像前两者那么彷徨。罗亭先后进行了土地改革、教育改革，采取了改善河运交通等实际措施。但是，受外在时代条件的制约，罗亭最终也失败了。奥涅金和毕巧林失败的主要原因是内心的迷茫和盲目，罗亭的失败则主要缘于外在的社会限制。这种细微的变化也体现出屠格涅夫对于"多余人"悲剧根源的拓展性思考。

从 19 世纪 60 年代开始，屠格涅夫拓展了知识分子题材，从书写贵族知识分子转向书写平民知识分子，创作了《前夜》《父与子》等作品。《前夜》塑造了保加利亚爱国青年英沙罗夫的形象，《父与子》塑造了平民知识分子巴扎罗夫的形象，这两个人物都不再是奥涅金和毕巧林那样的贵族青年，作者在他们身上挖掘出更多可能改变社会的力量。英沙罗夫拯救祖国的决心与巴扎罗夫对于贵族改良思路的否定都令人耳目一新。屠格涅夫试图通过平民知识分子所拥有的来自底层民众的联系和基础，替代贵族知识分子的软弱和孤独，并把推动社会制度发展和变革的希望寄托在他们身上。但是，受时代的局限，屠格涅夫显然还不能在现实中看到平民知识分子的前途和社会位置，英沙罗夫和巴扎罗夫都是以生硬的早逝作为结局的。

贵族知识分子"多余人"的最后一个文学形象出现在**伊凡·亚历山大罗维奇·冈察洛夫**（1812—1891）的《奥勃洛摩夫》之中。这部作品写于 1859 年。奥勃洛摩夫是所有"多余人"中形象最为灰暗消沉的一个。奥涅金、毕巧林、罗亭都曾充满热情地挣扎过、努力过，试图用自己的力量改变社会制度和现状，也试图为自己的人生寻找价值和意义。奥勃洛摩夫则不同，他虽然对社会现状不满，也曾经有过改变社会的理想，但是他的理想始终停留在"不满现实的空想"上，缺少实际行动。对社会的不满最后演变为个人意志的消沉，他沉溺于懒散、无所事事的生活。无论是他的朋友希托尔兹还是他的女友奥尔加，都无法把他从这种消极空虚的生活中拯救出来。奥勃洛摩夫这个躺在软绵绵的沙发中，沉溺于空想的人物，在当时的俄国青年贵族中还是很有代表性的。他身上的没落气息也代表着俄国现实主义文学对于"多余人"这一贵族知识分子群体的绝望。此后，俄国现实主义文学开始寻找和塑造新的更具社会冲击力的文学形象，奥勃洛摩夫也因此成为最后一个"多余人"。

除"多余人"以外，普希金开创的另一文学形象就是"小人物"。这一文学形象最早出现在普希金的短篇小说《驿站长》中，开俄国现实主义文学"小人物"形象之先河。所谓"小人物"，指的是那些生活在社会底层的下级小官员和小职员。如《驿站长》中的维林，作为一个小小的驿站长，他收入微薄，地位低贱。相依为命的女儿被贵族军官拐走，他却无能为力，最后只能郁郁而终。在以往的俄国文学中，农奴阶层往往被视为弱势群体。"小人物"形象的出现，让人们看到另外一个弱势群体的存在，即以小职员、小公务员为主体的国家机器中最卑微的群体。他们同样处境悲惨，无法掌握自己的命运。"小人物"形象的出现是对俄国现实主义文学人道主义精神的极大拓展。

果戈理紧跟普希金的脚步，延续了对"小人物"的书写。《鼻子》中的八等文官科瓦廖夫、《狂人日记》中的九等文官波普里辛、《外套》中的九等文官阿卡基耶维奇都是"小人物"系列的人物形象。他们没有什么才华，能力平庸，只能在政府部门做最低等的工作，如波普里辛只能帮官员们削鹅毛笔，阿卡基耶维奇只能做些抄写工作。他们收入低微，生活窘困，衣着破旧。对阿卡基耶维奇而言，要做一件新外套，就需花很长时间省吃俭用来攒钱。更重要的是，在官职的等级制度里，他们的人格尊严早已支离破碎，受尽轻视、侮辱和践踏，却委曲求全、苟且求存。他们小心翼翼地逢迎着高职官员，胆战心惊地维持着庸碌无望的生活，内心充满极度的恐惧和不安。科瓦廖夫在梦中丢失了鼻子，惊慌失措地四处寻找。波普里辛受尽屈辱，依然看不到人生的希望，最终发了疯。阿卡基耶维奇在丢失外套后一蹶不振，直至死亡。这些看似荒诞的故事揭开了"小人物"们灰暗无比的现实生活状态，把"小人物"们卑琐胆怯、恐慌绝望的精神状态展示得淋漓尽致。

除了延续普希金的"小人物"系列，果戈理也发展了莱蒙托夫的政治批判精神，直接抨击俄国官僚制度、农奴制度的阴暗与丑陋。他的讽刺喜剧《钦差大臣》和长篇小说《死魂灵》都体现出强烈的现实批判色彩。特别是《死魂灵》，直击俄国的根基——农奴制度，细致展示了乡村中的灵魂畸变。《死魂灵》的核心线索是投机分子乞乞科夫到乡村地主处收购已经死掉但尚未注销人口登记的农奴，准备用这些并不存在的农奴做抵押去向国家银行贷款。在买卖农奴灵魂的过程中，果戈理细致刻画了乡村地主的众生相。他以五个男女地主的形象，高度概括了这一群体的总体特征：马尼洛夫的附庸风雅和浅薄无知、女地主科罗潘契加的愚钝封闭和短视贪利、罗士特莱夫的吃喝嫖赌和恣意放荡、索巴凯维奇的冷酷贪婪和强横狡猾、泼留希金近乎变态的吝啬和猥琐。在这些描写中，作者不但揭示了寄生实质的农奴制度对于农奴的不公和伤害，也揭示了农奴制度对于地主的毁损。如果说农奴被毁损更多的是肉体，那么地主被毁损更多的则是灵魂。就批判农奴制度而言，描写地主阶层的精神扭曲和毁灭，相比单纯描写农奴们遭遇的贫困和低微，显然具有更为震撼的批判力度和效果。

到了 19 世纪七八十年代，俄国现实主义文学达到顶峰，出现了**费多尔·米哈伊洛维奇·陀思妥耶夫斯基**（1821—1881）和**列夫·尼古拉耶维奇·托尔斯泰**（1828—1910）两位巨匠（参见本章第三节）。但是，在这一时期有力延续"小人物"书写传统的还是**安东·巴甫洛维奇·契诃夫**（1860—1904）。契诃夫不但继承了"小人物"书写传统，而且把这一传统推向了高峰。

契诃夫最为擅长的是短篇小说，对于"小人物"的书写占了很大的部分。《一个文官的死》中的下等文官切尔维亚科夫在戏院看戏时打了个喷嚏，结果喷嚏打到了前排一个将军的头上。他赶忙道了歉，对方也连说了两个"没关系"。但是，切尔维亚科夫依然惶恐不止，又在休息间歇道歉。他回到家还是放心不下，又接连两次到将军的办公室道歉。将军终于忍无可忍，对他说："滚出去！"切尔维亚科夫被将军的吼声吓掉了魂儿，回到家就死掉了。契诃夫非常擅长用略显夸张但又完全不违背生活逻辑的故事，讲述"小人物"的命运。切尔维亚科夫的死看似夸张，但其背后隐含的正是"小人物"面对权贵人物的极度卑微和恐惧。

如果说普希金、果戈理对于"小人物"表现出更多的同情，那么契诃夫对于"小人物"表现出的则是更多的讽刺和批评。《在钉子上》中的斯特鲁奇科夫明知妻子与自己的上司有染，却不敢声张，甚至到家后看到上司的帽子挂在门廊处的钉子上，他就知趣地退出去，直到晚饭后才敢回家。面对权势，他自觉自愿地放弃了尊严，表现出来的只有窝囊和怯懦。《变色龙》中的巡警奥楚蔑洛夫见风使舵、看碟下菜，在"咬人的狗"和"被咬的人"之间来回摇摆。狗的主人不是显贵，责任归狗；狗的主人是显贵，就怪被咬的人自己不小心。作为一个巡警，这种毫无是非标准的责任判断方式，表现出的是对于权贵的无底线屈从和对弱小者的无底线欺凌。《套中人》中的别里科夫更是在不合理的社会制度面前表现出无原则的高度配合，对于现有规则和制度的无条件服从让他养成了循规蹈矩的习惯，即抵制一切新事物，也抵制一切新变化，成为社会守旧力量中十分顽固的一员。契诃夫对笔下"小人物"的书写，重点放在了对这些"小人物"的奴性、世故和守旧的批判之上，他不只是把"小人物"当成俄国社会制度的受害者，也把他们视为这一制度的变相维护者和支持者。契诃夫因此大大拓展、加深了"小人物"形象的文化深度和社会内涵，把俄国现实主义文学的"小人物"书写传统推向了高峰。

契诃夫的文学成就不只是体现在对"小人物"的书写上，他晚期的著名剧作《樱桃园》超越于具体社会问题之上，思考了深邃的人类生存问题。《樱桃园》描写了一座开满美丽花朵的樱桃园，这里曾经见证过这个家族在庄园时代的繁荣。但是，随着时代变迁，家族的人流落外乡，樱桃园也渐渐没落。女主人朗涅夫斯卡娅要卖掉这座樱桃园，商人罗巴辛建议她把樱桃园改造成别墅出租谋利。朗涅夫斯卡娅出于对樱桃园的感情，拒绝了这个建议，不肯改造樱桃园，试图把它卖给别人进行保全。令她没想到的是，最终在拍卖会上得到樱桃园的还是那个念念不忘要将樱桃园改造赚钱的罗巴辛。朗涅夫斯卡娅已经无力再保护樱桃园了。她所能做的不过是流下几行眼泪，转身离开。《樱桃园》是一部非常忧伤的作品，"樱桃园"包含着丰富的象征意蕴，代表着一种逝去的价值、丢失的美好，但这种逝去和丢失又是时代的必然，是无可逆转的。"樱桃园"象征的到底是什么价值和怎样的美好？相对于可以实用获利的"别墅"，它也许代表着人类的精神和情怀；相对于新时代的到来，它也许代表着旧时代的记忆。当然，也可以有别的理解。这种象征意义的不确定性正是《樱桃园》这部剧作的魅力所在，它赋予读者广阔的自主感受和想象的空间，具有极大的艺术感染力。

四、讽刺、批判与童话：其他国家现实主义文学

美国现实主义文学出现较晚，在19世纪50年代流行的"废奴文学"中，现实主义的文学因素已经出现，但真正形成风潮是在七八十年代。**马克·吐温**（1835—1910）是美国现实主义文学的杰出代表，他以犀利的社会批评和幽默讽刺的风格作为自己的创作特色，其作品有很强的现实针对性。

《哥尔斯密的朋友再度出洋》讲述了华工艾颂喜听闻美国是一个自由的天堂，于是不远千里奔赴美国，没想到他遭遇到的却是一连串的歧视、殴打、屈辱，甚至最终被关进了监狱。作者通过这个故事指出，美国的自由只是白人的自由，一个华工是得不到自由保障的。这是对于当时美国种族歧视以及自由实践的局限性的批判。《傻瓜威尔逊》同样把批判的矛头直指种族歧视。《哈克贝利·费恩历险记》作为马克·吐温的长篇名著，讲述小黑奴吉姆在白人少年哈克的帮助下，穿越蓄奴制度给他们带来的外在障碍和内在纠结，互帮互助，寻找自由的历程。在这个故事中，作者对黑奴制度和民族歧视同样进行了激烈的批判。

《竞选州长》通过州长竞选中出现的重重闹剧，指出民主竞选制度中的缺陷和黑幕，从而对美国政治制度展开了讽刺和批判。《在亚瑟王朝廷里的康涅狄格州美国人》和《王子与贫儿》揭示了英国君主专制给人类社会带来的苦难。马克·吐温进行现实批判的另一个重点是拜金社会风气之下的道德沦落问题。马克·吐温的第一篇长篇小说《镀金时代》写出了那个时代人们对于金钱和财富的强烈欲望。在《败坏了赫德莱堡的人》中，一袋无主的金币就像镜子一样照出了整个城镇道德的崩溃状态，为了得到这袋金币，人们纷纷丧失了基本的道德底线，表现出各种可怕的言行。《百万英镑》则淋漓尽致地展示了金钱强大的征服力量，一张换不开的百万英镑让人们自觉自愿地匍匐在它的脚下，持有它就可以得到想要得到的一切。宗教的虚伪也是马克·吐温进行现实批判的一个重点。短篇小说《斯托姆菲尔德船长访问天国》讽刺了宗教许诺天堂的欺骗性，《致坐在黑暗中的人》则揭示了美国传教士对于中国的文化殖民和物质盘剥。

北欧一些国家的现实主义文学也具有十分广泛的世界影响。挪威作家**亨利克·易卜生**（1828—1906）以写作"社会问题剧"而著称，他的《玩偶之家》非常明确地提出了对个人尊严、独立和自由的吁求。娜拉一直把自己的价值寄托在丈夫海尔茂身上，以对丈夫和家庭无怨无悔的付出和奉献作为实现自己价值的途径。为了帮助重病的丈夫，她不惜冒险做了伪造签名的事情以获得借款。但是，这件事情被揭露之后，她的丈夫因为害怕被连累，竟对她辱骂不止，甚至不许孩子们接近她。一旦危机过去，她的丈夫又开始对她百般示好。这些事件的转折让娜拉彻底看清了自己的处境，发现自己所谓的自我价值完全掌握在丈夫的手中，自己不过是丈夫手中的一个玩偶，随时可以得到恩宠，也随时可以被毁掉。于是，娜拉勇敢地离开了这个家。《玩偶之家》对于个人尊严、独立和自由的讨论，对后世影响深远，具有恒久的意义。

丹麦童话作家**汉斯·克里斯蒂·安徒生**（1805—1875）的作品也代表19世纪北欧现实主义文学的杰出成就。安徒生的童话与一般的童话不同，包含着丰富的现实内容和坚实的现实基础。虽然是童话，但表现出现实主义文学的批判精神和人性反思的力度。《卖火柴的小女孩》揭示了不同阶层之间的命运差异，以及下层民众毫无保障的生存处境。卖火柴的小女孩对于生活最卑微的要求也只能发生在幻想之中。小女孩的死更是把这种现实社会造成的悲剧毫不遮掩地展现在读者面前，其批判力度是惊人的。《丑小鸭》《皇帝的新装》等作品则表现出对于人性的讽刺。"丑小鸭"在成长过程中遭遇的轻蔑和冷淡，折射出的是人性的浅薄和势利。《皇帝的新装》更是用最为讽刺的方式揭示了人们对权贵的惧怕和趋附，以及在这种惧怕和趋附之下，对于假象争先恐后的逢迎和认同。人性的丑恶和虚伪，就在这种无视真相、无力揭开真相的群体行为面前暴露无遗。

安徒生的童话也写到美好的爱情。与一般的童话爱情故事不同的是，安徒生的童话爱情故事的美好之处不在于结局，而在于情感和态度。《海的女儿》《雪人》和《坚定的锡兵》这些童话爱情故事的结局都不美好。《海的女儿》中的小人鱼眼睁睁看着爱人跟别人结了婚，而她变成了海上的泡沫；《雪人》中的雪人爱上了火炉，它跟爱人拥抱的方式就是彻底地融化和消失；《坚定的锡兵》中的锡兵和所爱的纸娃娃只能在火焰中相聚。这种悲哀的结局让爱情本身的美好更加突出。这些童话故事中的主人公为了爱情不惜忍受痛苦和投身消亡，这种执着的态度和热烈的情感才是爱情最美好的部分，安徒生童话的独特之处也正是在这里。

第二节　巴尔扎克与狄更斯

一、金钱暴力与人性毁灭：巴尔扎克的《高老头》

巴尔扎克毫无疑问代表着法国现实主义文学的最高成就。他用九十多部作品构成了《人间喜剧》，其中分为"风俗研究"（展示生活原态）、"哲学研究"（揭示现象后的成因和本质）、"分析研究"（指出行为原则）三大版块，从中不难看出其展现社会现象、分析社会问题、思考人类社会行为的意图。这种旺盛的社会思考热情正是现实主义文学的鲜明特征。

《人间喜剧》中的作品所涉及的时间，从 1789 年大革命以后，历经拿破仑帝国、波旁王朝、七月王朝，到 1848 年欧洲资产阶级革命，大约 60 年历史；在空间上，从巴黎到外省、从都市到乡间，覆盖面极广；在社会群体方面，涉及贵族、军人、资产者、记者、医生、艺术家、律师、地主、农民、小商贩、奴仆、下层贫民、妓女、强盗等；所描写的生活场面，涉及私人生活、军事生活、政治生活、经济生活等各个领域。《人间喜剧》的确是用文字再造了一个法国社会。

在《人间喜剧》的三大版块中，作品最多、影响最大的是"风俗研究"版块，分为"私人生活场景""外省生活场景""巴黎生活场景""政治生活场景""军事生活场景""乡村生活场景"六个部分，其中前三个部分的作品又最为集中。"私人生活场景"系列中的《高老头》《被遗弃的女人》、"外省生活场景"系列中的《欧也妮·葛朗台》、"乡村生活场景"系列中的《纽钦根银行》《贝姨》《交际花兴衰记》等,都是脍炙人口的名篇。

在巴尔扎克所处的时代,原有的社会阶层结构正在发生动荡,贵族力量日渐衰微,平民阶层中出现的经商者依靠迅速增长的金钱力量,打破了原有的"贵族—平民"的固定结构,改变了依靠血统区分上层和下层的阶层结构。这一方面是社会的巨大进步,另一方面也造成了对于金钱力量的普遍崇拜,拜金引起的各种社会问题由此而生。巴尔扎克的大部分作品都是对这一社会问题的思考。

《高老头》[①] 是巴尔扎克最重要的代表作之一。整部作品以落魄贵族青年拉斯蒂涅的经历作为中心线索,让读者随着拉斯蒂涅的脚步看到了巴黎下层社会和上层社会两个空间里的生活。拉斯蒂涅家境艰难,他担负全家的希望来到巴黎求学,希望通过个人奋斗为自己和全家换来光明的前景。由于每年只有1200法郎的学习和生活费用,他只能租住在巴黎十分寒碜的伏盖公寓里。伏盖公寓就像巴黎下层社会的缩影,住在这里的人共同的特点就是"穷"。当一个社会单一地用金钱来衡量价值时,最可怕的现实逻辑就会展示在人们面前,即没有金钱就没有安全感、幸福感,没有金钱就没有坚持善的信心和执念。

对于金钱可望而不可得的痛苦,让伏盖公寓里的人们变得绝望、冷酷、自私、唯利是图。房东伏盖太太"按照膳宿费的数目,对房客们给予不同的待遇和照顾,其精确程度像天文家一般毫厘不差"。房客们都长着"冷冷的、狠巴巴的脸,好像用旧而不再流通的银币一般模糊;干瘪的嘴巴配着尖利的牙齿"。对于金钱的向往,让伏盖公寓里的穷人们除了不择手段地攫取金钱,再无别的人生内容。情感、正义、良善对于他们都不再有吸引力,活着只是为了弄到钱,为弄到钱而奔走,因弄不到钱而沮丧。这是一群被金钱吓破了胆,也被金钱摄去灵魂的人。在这个下层社会里,到处是不幸的人,却没有互相取暖的温情和互相支撑的信任。每个人都是猎人,又都

---

① 此作品以下引述内容参见〔法〕巴尔扎克:《高老头》,张冠尧译,人民文学出版社2002年版。

是别人的猎物。伏脱冷为了钱，算计杀掉泰伊番小姐的哥哥；老处女米旭诺和老单身汉波阿雷为了赏金，又算计出卖伏脱冷。在巴尔扎克的笔下，巴黎的下层社会是一个被金钱欲望毁掉的人间，是人间的地狱。

《高老头》所展示的另一个空间是巴黎上层社会。拉斯蒂涅跟随自己家的旧亲戚、高贵显赫的鲍赛昂子爵夫人，看到了上层社会日日饮宴、夜夜笙歌的奢华生活。但是，在繁华奢靡的背后，隐藏着的却是与伏盖公寓完全相同的东西。为了钱，雷斯托伯爵和纽沁根银行行长分别娶了有丰厚嫁妆的面粉商高里奥的两个女儿，不惜一切占有她们的财产，然后就把她们扔进无边无际的孤独和寂寞之中。高里奥的两个女儿为了排遣孤独和寂寞，不得不供养情人。为了弄到供养情人的钱，她们又回头盘剥自己的父亲。等到父亲那里再也榨不出一滴油水，她们就无情地抛弃了父亲，就算父亲弥留之际也不肯来看一眼。同样是为了钱，鲍赛昂子爵夫人的情人阿瞿达侯爵置多年情谊于不顾，娶了暴发户的女儿，让子爵夫人变成被抛弃的女人，沦落为巴黎上层社会的笑柄。当金钱成为整个社会的最高价值时，婚姻、亲情、爱情都会随着金钱数量的变化而变化，没人能得到确定的幸福。在巴黎上层社会，人们同样必须面对金钱带来的巨大伤害。

在《高老头》中，唯一拒绝把金钱看作社会最高价值的人是被称为"高老头"的高里奥。因为不把金钱看作最值得追求的东西，他与泰伊番小姐的父亲形成了鲜明的对比。后者因为把金钱奉为最值得追求的东西，把女儿赶出家门；高老头则因为把女儿的幸福和父女亲情看得比金钱重要，变卖自己的面粉厂，给两个女儿准备了丰厚的嫁妆，帮助她们改变阶层命运，跻身贵族阶层。当两个女儿婚后需要钱财时，他依然慷慨解囊，甚至把养老金变卖了以帮助女儿供养情人。他不但希望女儿们得到体面的社会身份，还希望她们活得幸福和快乐。但是，就是这样一颗拳拳父爱之心，却遭到女儿们自私冷酷的对待。当女儿们不再能从他这里得到钱，就抛弃了他。弥留之际，高老头进行了悲痛的自我否定。他后悔自己所有的付出，认为自己的做法是错的。金钱社会最后一个温情脉脉的人也进行了惨烈的自我否定，其悲剧性和批判性都是不言而喻的。

《高老头》中另一个良知尚存的人是拉斯蒂涅，他也经历了最终的自我否定。拉斯蒂涅曾经抱有个人奋斗的梦想。虽然子爵夫人告诉拉斯蒂涅

"你越没有心肝,越高升得快",伏脱冷也对他说"遍地风行的是腐化堕落",但是他对于美好的情感和正直的品格依然心存向往,希望可以"正直地、问心无愧地工作"。然而,执着于父女之情的高老头孤寂地死去了,对爱情抱有幻想的子爵夫人被遗弃了,现实给拉斯蒂涅上了残酷的一课。拉斯蒂涅领悟到这个社会可怕而残忍的生存逻辑,良善多情者必定失败,无耻掠夺者才能胜利。于是,拉斯蒂涅在埋葬高老头时,也"掩埋了他作为青年人的最后一滴眼泪"。他对着整个巴黎叫喊:"让我们来较量较量吧!"不过,他要较量的不再是才华和美好的品德,而是卑鄙和无耻。

《高老头》写出了一场金钱逻辑之下的大毁灭,高老头被毁灭了生命,子爵夫人被毁灭了尊严,伏脱冷被毁灭了自由,高老头的两个女儿被毁灭了幸福,拉斯蒂涅被毁灭了正直良善的信仰。当人们狂热地追逐金钱时,等待他们的将是千疮百孔的人生,这是《高老头》给予读者的最重要的启示。

二、"爱"与"恨"的博弈:狄更斯的《双城记》

英国现实主义文学的最高成就应属狄更斯。他在25岁写出《匹克威克外传》,一举成名,从此笔耕不辍,一生写出了15部长篇小说、几十部中篇小说以及百余部短篇小说。他在19世纪30年代写出的《匹克威克外传》《奥利佛·特韦斯特》,40年代写出的《老古玩店》《大卫·科波菲尔》,50年代写出的《荒凉山庄》《艰难时世》《小杜丽》,60年代写出的《双城记》《远大前程》等,部部都是传世精品。狄更斯的作品大多喜欢设置具有戏剧性的情节,常常使用倒叙、追忆等方式营造悬疑式的叙事氛围,以增强作品的传奇性,提升作品的可读性和娱乐性。但是,这些带有通俗性的处理方式并没有弱化作品的思想力度和现实批判色彩,其"秘密"就在于狄更斯始终坚守着对于人性的深沉思考和关注。

一方面,狄更斯思考人性和人格特点对人类行为的深刻影响,并把不同人性和人格特点导致的人类行为作为解释社会现象和人生现象的重要依据。这就使得他的作品具有跨时代的人性高度。比如,《匹克威克外传》把人性的善恶抉择视为决定生活幸福与否的根本要素;《小杜丽》更是把善良温暖的内心视为通向幸福的唯一途径;《大卫·科波菲尔》描写在充满人性缺陷的人群和层出不穷的挫折中不断成长的自我发展史；在《远大前程》中，内心的温情和人性的良善始终是抵抗现实流俗的强大力量；《双城记》对于王权和平民革命关系的观察和分析最终落脚于对人性善恶的反思和辨识。

另一方面，狄更斯深入思考社会政治制度、法律体系、道德风俗、阶层关系等因素对人性和人格的影响。比如，《荒凉山庄》揭示了英国法律制度如何导致人性的毁灭和人生的灾难；《艰难时世》指出功利拜金的社会价值观念和习俗如何导致人性的沦落和内心的崩塌；在《小杜丽》中，残酷社会现实对于人性的毁灭和扭曲是作者描写的重点之一；《双城记》把社会的不公正视为人性扭曲的主要原因。人性与社会的双向关系是狄更斯讲述人生故事和社会故事的主要线索。也正因如此，狄更斯对于人性的思考没有流于玄虚和抽象，他对于社会问题的观察和分析始终立足于人性和人格。这就使得他的社会现实批判具有坚实的人性分析基础，也使得他的人性思考能够与社会现实紧密相连。

能够体现狄更斯这种创作风格的作品很多，《双城记》[①] 是其中十分重要的一部。《双城记》设置了伦敦和巴黎两个空间、曼内特医生和德伐日太太两条故事线索。这两个空间和两条故事线索既互相独立，也互相交叉，更互相推动。这种结构不仅设计巧妙，更含有深意。曼内特医生和德伐日太太的故事都源于同一个事件：在法国路易十六统治时期，贵族埃弗里蒙侯爵的孪生兄弟为了霸占一个年轻的农家女子，逼死了她新婚不久的丈夫，导致了她父亲的死亡，还刺伤了前来搭救她的弟弟。在姐弟俩性命垂危之时，侯爵兄弟俩才匆忙找来曼内特医生医治他们。曼内特医生到达侯爵府时，那位不幸的姐姐已经神志不清，行为疯癫；弟弟也已经奄奄一息。临终之际，弟弟向曼内特医生讲述了他们姐弟的遭遇。曼内特医生无力回天，眼睁睁看着这对姐弟俩先后离世。曼内特医生出于良知的驱使，给宫廷大臣递交了一封揭发信。没想到这封揭发信给曼内特医生带来了灭顶之灾，他当天晚上就被秘密地绑架了。埃弗里蒙侯爵当着曼内特医生的面，烧掉

[①] 此作品以下引述内容参见〔英〕狄更斯：《双城记》，宋兆霖译，北京燕山出版社2011年版。

了那封揭发信，随之把他投进巴士底监狱。此事没有经过任何审判，也没有人告知曼内特医生的妻子。曼内特医生的妻子在生下女儿两年后抑郁而终。

同一个事件，造成了德伐日太太和曼内特医生家破人亡的共同悲剧。埃弗里蒙侯爵兄弟为了一时肮脏的欲念，夺去了德伐日太太家的五条性命（包括她姐姐腹中的小生命），幼年的德伐日太太远走他乡才得以幸存。埃弗里蒙侯爵兄弟也毁掉了曼内特医生的家庭及其大好人生。因此，埃弗里蒙侯爵兄弟成为他们共同的仇人，德伐日太太在仇恨中长大成人，曼内特医生在监狱中写下了血书："怀着难以忍受的极度痛苦，决心要在算总账的日子控告他们，控告他们的后代，直到这个家族的最后一个子孙。"

不过，《双城记》真正讲述的矛盾冲突并不在这里，真正的矛盾冲突是多年以后，这两个携带着悲伤和仇恨的人面对埃弗里蒙侯爵的后人，作出了完全不同的行为选择。18年后，负责管理曼内特医生财产并监护其遗腹女的英国台尔森银行把曼内特医生营救出来并接到伦敦生活。在女儿露西、忠心女仆普洛斯和善良的台尔森银行职员洛瑞先生的照料和帮助下，曾被折磨得近乎失智的曼内特医生逐渐恢复了健康，在伦敦过上了安静平和的生活。但是，曼内特医生发现，向自己女儿露西求婚的青年查尔斯·达尔内竟然是埃弗里蒙侯爵的后人。达尔内的父亲就是侯爵兄弟中的哥哥，而他的母亲是个非常善良的贵族女性，当年在曼内特医生被绑架的前一天，曾向曼内特医生打听幼年德伐日太太的地址，意图救助她，为家族赎罪。受母亲的影响，达尔内成长为一个善良、正直的青年。为了赎罪，他放弃了爵位和对家族财产的继承，免除了农民的所有税款，也不再向农民收租。他离开故国，使用母亲的姓氏"达尔内"在英国过着自食其力的生活。面对这样的一个仇人后代，曼内特医生经过痛苦的抉择，最终选择了原谅和接纳，把自己心爱的独生女嫁给了他。

在巴黎，德伐日太太和众多受到埃弗里蒙侯爵伤害的民众却难以熄灭内心的怒火。达尔内的父亲去世以后，他们暗杀了达尔内的叔父，焚烧掉了埃弗里蒙侯爵府邸，并开始搜寻达尔内的下落。善良的达尔内不忍心让管家替自己承担惩罚，不顾家人的劝阻，回到巴黎，被视为"逃亡贵族"而投进了监狱。曼内特医生一家闻讯赶到巴黎。靠着自己的医术和影响力，曼内特医生在第一次审判中为女婿辩护成功,把达尔内救了出来。但是,德伐日太太和她的丈夫再次把达尔内抓进了监狱。当曼内特医生想再次施救时,却惊讶地发现,德伐日夫妇凭借他当年在暗牢中写下的复仇血书,把他列为原告,从而让他失去了为女婿辩护的权利。无辜的达尔内就此被判定了死刑。曼内特医生面临第二次家破人亡的危机,只是这一次毁掉他家庭的竟是德伐日太太。最后,是一直默默爱着露西的青年卡尔顿用生命的代价做了达尔内的替身,把达尔内救出监狱。带着巨大的悲伤和惊恐,曼内特医生一家逃离了巴黎。德伐日太太仍要赶尽杀绝,对于曼内特医生一家,她一个都不想放过。当她带着手枪和匕首前去行凶时,与迟走的女仆普洛斯发生正面冲突。搏斗中,普洛斯砸响了德伐日太太腰中的手枪,打死了德伐日太太。

阅读《双城记》的关键在于识别作品中的核心矛盾。作者严厉地批判了当时王权政治的残暴和腐败,也肯定了法国大革命爆发的正义性和必然性,对德伐日夫妻、"雅克们"和"复仇女"等普通民众所表现出来的坚定不移反抗王权社会的态度表示赞赏。但是,作品要讲述的主要矛盾并不是政治和阶级矛盾,因为就曼内特医生的家庭命运而言,贵族埃弗里蒙侯爵兄弟和德伐日太太都是"施害者"。埃弗里蒙侯爵兄弟和德伐日太太虽来自不同的阶层,却有一个共同点,那就是对内心人性恶的释放。

《双城记》中的核心矛盾是持有"爱"和持有"恨"的两组人群、两种人性以及两股力量的冲突和较量。在"爱"与"恨"的博弈中,作者同时进行着双向的挖掘和探讨:"恨"能够让人性冷漠、扭曲、偏执到什么程度,"爱"又能让人性宽容、勇敢、超越、提升到什么程度。德伐日太太踏着自己和"雅克们""复仇女"的仇恨,一级级走向令人战栗的"恨"的极点。曼内特医生凭借着善意保持了理性,他虽有恨,但不会伤及无辜,也不会殃及年轻人的爱情。卡尔顿更是依循着曼内特医生、露西、达尔内、普洛斯这些人的爱与善,勇敢地走上奉献和大爱的高峰。德伐日太太在无法抑制的仇恨中越走越远,在内心魔鬼的控制下,彻底失去了看见阳光、感受温情的能力,她的灵魂也只能在暗无天日的黑暗深渊中受尽煎熬。卡尔顿却依靠着奉献的勇气、爱的期许,最终从颓废无望的人生中脱身而出,以死亡的方式获取生命的意义和自我的满足。在生命的最后一刻,他没有痛苦和悔恨，有的只是平静和安详。

《双城记》从人性角度出发，分析了"仇恨"的复杂力量。仇恨能够给予被迫害者反抗的勇气，往往也会冲垮他们的理性。作者指出，法国大革命存在的严重问题就是没有对普通民众的仇恨进行理性的引导，结果带来了整个局面的失控，人们获得自由的喜悦迅速演变成放纵的狂欢，如集体大跳"卡尔玛纽尔舞"的疯狂状态。人们握有权力却不知道如何理性地运用，不是情绪化地乱施同情，就是情绪化地判人死刑。比如，同样是对达尔内的审判，听了曼内特医生的辩解，他们就热泪盈眶地把他视为天使；听了德伐日夫妻的指控，他们又不顾一切地要夺取他的性命。没有得到约束的生杀大权让民众迅速变成了另一种形式的暴君，他们不分青红皂白，只为获取发泄私愤的快感。正如德伐日太太，尽管达尔内、曼内特医生、露西和达尔内的孩子都是无辜的，但是她为了发泄自己的仇恨，还是冷酷无情、毫无人性地要把他们赶尽杀绝。靠"仇恨"驱动的平民革命最终导致新的暴力泛滥，人们在推翻了一个暴君之后，却干着与暴君毫无区别的事情。德伐日太太、"复仇女"这些人物，从原本令人同情的受害者逐渐变成面目狰狞的施害者，正如卡尔顿所感叹的："从旧压迫者的废墟上兴起的新的压迫者"。

恰如《双城记》在开篇所写的："那是最美好的时代，那是最糟糕的时代；那是个睿智的时代，那是个蒙昧的年月。"相比于德伐日太太式的冷酷偏执、丧失理性的"仇恨"，作者更愿意歌颂那些充满理性色彩的"宽恕"和温暖人心的"仁慈"。如果说德伐日太太、"复仇女"代表着"恨的力量"，那么曼内特医生、达尔内、卡尔顿、露西、洛瑞、普洛斯甚至信使杰里都代表着"爱的力量"。曼内特医生凭借着爱的力量，战胜了自己曾经的狂怒和愤恨，接纳仇人的后代作为自己的女婿。达尔内凭借着爱的力量，把家产变相地分给了穷人，而且不顾危险要拯救无辜的管家。卡尔顿凭借着爱的力量，获得了慷慨赴死的勇气。露西凭借着爱的力量，为家人营造出温暖安乐的气氛。洛瑞凭借着爱的力量，把业务变成了真诚的奉献。普洛斯也凭借着爱的力量，与魔鬼一样的德伐日太太展开生死搏斗。"爱总是比恨有力得多"，这是狄更斯在作品中最为重要的表达。

第三节　陀思妥耶夫斯基与托尔斯泰

一、灵魂困境的探索者：陀思妥耶夫斯基

陀思妥耶夫斯基是19世纪俄国现实主义文学作家中最具有现代色彩的一位，他对于"现实"和"真实"有着不同于同时代作家的理解。现实主义文学作家认为通过观察看到的现象以及现象所通向的结果，就是"现实"和"真实"。但是，陀思妥耶夫斯基认为，我们只能看到人类行为或社会环境所呈现的外在状态，这不是"现实"和"真实"，只有揭示这外在状态的内在机制和结构，如人类行为背后的心理机制，社会现象背后的精神成因才是"现实"和"真实"。陀思妥耶夫斯基热衷于描写人的幻觉、想象、梦境和无意识，这个特点受到同时代很多作家的质疑，认为他不尊重现实，偏于虚幻。但是，在陀思妥耶夫斯基看来，这些被人称为"虚幻"的东西才是真正的"现实"和"真实"。正如他自己文中的表述："一个令人惊奇的梦幻世界自然而然、轻而易举地出现了！似乎根本不是幻想，不是感情刺激，不是海市蜃楼，不是编造出来的谎言，而是真实可靠的，实际存在的，必不可少的！"[①] 这段文字所表现出来的虚幻和现实的关系，要等到20世纪，随着现代主义文学思潮的大面积传播，才会得到普遍的理解和认可。但是，在19世纪中期的俄国文坛，陀思妥耶夫斯基已经对这种思维方式和创作理念开始孤独又坚决的探索和实践，这是他最令人尊重之处。

陀思妥耶夫斯基对于内心真实的探索，从他25岁时发表的《穷人》就开始了。《穷人》讲述了一个地位卑微、收入微薄的50岁小公务员杰符施金为了接济一个贫穷的孤女瓦莲卡，不惜付出自己所有的钱财，甚至宁愿负债累累的故事。从表面上看，这既可以解释为穷人之间互相取暖的、有关爱和善的温情故事，也可以解释为因社会黑暗不公导致穷人陷入绝境的故事。但是，作者没有停留在这些层面，而是深入人的内心，去探究善何以为善、爱何以为爱、黑暗何以为黑暗。作者指出，一个人最大的痛苦不

---

① 〔法〕多米尼克·阿尔邦：《陀思妥耶夫斯基》，解薇、刘成富译，上海人民出版社2009年版，第67页。

是来自物质上的"穷",而是来自精神上的"穷"。杰符施金试图摆脱的就是这种精神上的"穷":没有尊严,没有意义,感受不到自己存在的价值。杰符施金虽捉襟见肘,但还是努力保持最基本的体面,要穿像样的外套和皮靴,这是他对于自我尊严的死死守护。杰符施金不惜一切要给瓦莲卡幸福,是因为只有在这种付出和对他人的保护中,他才能感受到自己的价值。在这些爱与善的行为背后,是对既定社会身份的反抗,是为印证自己的价值而作出的挣扎和努力。《穷人》突破了一般的批判现实和倡导美善的模式,呈现出对人类行为进行深层解释的倾向。

继《穷人》之后,陀思妥耶夫斯基写出了《两重人格》《女房东》《白夜》等一系列颇有共同点和持续性的作品,对人的内心隐秘世界不断进行探究。《两重人格》一改当时现实主义文学通过紧张的人际关系和不堪的社会地位描写卑微生存状态的模式,通过描写主人公分裂式的两重人格的关系和冲突,表现人无法在现实中实现自我的痛苦。《女房东》的故事虽有离奇色彩,但算不上特别曲折:江洋大盗穆林爱上了自己的私生女卡捷琳娜,为了占有她,甚至杀了她的父母,又把罪恶感施加给她,让她觉得自己也是变相的凶手之一,从而生活在罪恶感、羞耻感和惊恐之中。卡捷琳娜遇到了青年奥尔狄诺夫,被他的爱情感动。但是,她最终还是放弃了这份感情,选择与让她永生痛苦的穆林共度余生。卡捷琳娜的选择出自她复杂的灵魂困境。她向往正常的情感和生活,但特殊的身世让她的情感追求和自由向往都跟罪恶感紧密相连,这就让她陷入爱自己就是爱罪恶、爱穆林就是爱羞耻的困局,罪恶感和羞耻感让她不堪重负,却又是她生命的所有内容。所以,她说:"我自己竟没羞没臊地钟爱着我的耻辱,饥渴的心乐于追忆自己的不幸,犹如玩味欢欣和幸福一样。"这样的卡捷琳娜是没有勇气去接受奥狄诺夫的情感的,她越是假设那是一份美善、光亮的情感,就越是对此无能为力。习惯了身处罪恶和羞耻牢笼的人,对于投身美善也有天然的恐惧,这就是卡捷琳娜的灵魂困境。

《白夜》更是放大了前几部作品中的"幻想者"叙事主体,浓墨重彩地描写了"我"沉浸于幻想之中、孤存世外的生存状态。"我"与娜斯金卡偶遇,四夜的漫步和交谈,以彼此的孤独相互陪伴。虽然"我"很渴望让娜斯金卡成为"我"与真实世界最美好的联系,但为了娜斯金卡的幸福,

"我"还是选择给她所等待的男友写信,促成了他们的爱情。虽然真实的世界又一次对"我"关上了大门,但这四夜的灵魂依偎带给"我"的美好足以弥补这一切。《白夜》是"幻想者"叙事系列中最温柔、最诗意的一部,给作者对于心灵灾难的一系列思考添上了最明亮的一笔。

1849年,因为参加进步青年组织"彼得拉舍夫斯基小组"的活动,陀思妥耶夫斯基被判处十年苦役和流放。这段苦难的生活给他留下深刻的烙印。重返文坛之后,他的作品大幅度地增加了对于具体社会问题的揭示和批判,《被侮辱与被损害的》《死屋手记》等一改他服刑前对知识分子"幻想者"的塑造,描写了一系列遭受社会不公对待的"被侮辱者和被损害者"形象。这一时期也是他与19世纪现实主义文学主流最为接近的一段时期。

陀思妥耶夫斯基真正的创作高峰和成熟期是在19世纪60年代中期以后,著名的《地下室手记》《罪与罚》《白痴》《群魔》都是这一时期的作品。这一时期的作品将思考现实问题和内心分析进行了更为成熟的结合,普遍呈现出起于现实、深入内心的共同特点。《地下室手记》通过"我"的眼睛批判了黑暗不堪的社会现实,又通过"我"的内心展示了精神的绝望和煎熬。《白痴》对于腐烂不堪的贵族生活同样有着尖锐的现实批判,道德的沦落、拜金的泛滥、权力的滥用……都在作者的笔下得到充分的展现。但是,这部作品没有停留于现实批判的层面,而是深入探索人的灵魂苦难。如何拯救娜斯塔霞这样的被侮辱者和被损害者,是一个现实的社会问题。被称作"白痴"的年轻公爵梅什金无疑是一种带着理想色彩的救世主形象,他悲悯、仁慈、富有自我牺牲精神,以一种基督式的态度试图唤醒人的良知,拯救受难者。为了拯救娜斯塔霞,他不惧社会的压力,准备以公爵的身份与声名狼藉的娜斯塔霞结婚。但是,作者也看到这种基督式拯救的局限和无力。娜斯塔霞16岁就变成了地主托茨基的玩物,性情刚烈且有着强烈自尊感的她在耻辱的生活中沉沦,没有办法改变自己的命运。娜斯塔霞用自暴自弃的方式对控制她命运的人们表达轻蔑,用沉沦和自我毁灭的方式表达对于社会的绝望和否定。娜斯塔霞经历的羞辱和丑恶太多了,梅什金的慷慨施救固然可以感动她,却无法治愈她内心深处的千疮百孔。能够帮助她解脱的,只有死亡。她拒绝了公爵的救助,奔向情绪不稳定的花花公子罗果仁。罗果仁对于她而言最大的意义，就是他是最有可能给她死亡结局的人。最终，罗果仁杀了她，自己也疯了。娜斯塔霞和罗果仁这对失去希望和信心的男女，最终用"杀"与"被杀"的方式互相成全，帮助对方实现了各自惨烈的"救赎"。《白痴》所呈现的这种对于灵魂困境的深刻理解，的确是一般的现实主义作品所无法企及的。

这种对于灵魂困境的思考在《罪与罚》[①] 中体现得尤为强烈。

《罪与罚》写于1866年，情节相对简单，人物设置也格外洗练。因贫穷而辍学的大学生拉斯柯尼科夫快被生活的窘困和内心的绝望烦躁压垮了。恰在这种心境之下，拉斯柯尼科夫在酒馆里认识了一个名叫马尔美拉多夫的酒鬼。这个人向拉斯柯尼科夫讲述了自己悲惨无比的人生：他的整个家庭陷入走投无路的极度贫困之中，为了活下去，大女儿索尼娅不得不做了妓女。他酗酒成性，虽然内心充满了对自己行为的厌憎和悔恨，但还是无法控制地一次次偷拿家里的钱，甚至向做妓女的女儿伸手要钱，一醉方休。这是一个被生活彻底击垮了的可怜虫，他看不到生活的希望，也没有挣扎的勇气，只能一次次拖着自己的家人陷入更加凄惨的窘境。目睹了马尔美拉多夫像"虱子"一样的人生处境，拉斯柯尼科夫受到极大的震动，他需要向自己证明，自己不会成为马尔美拉多夫这样平庸且只会"繁殖同类的材料"的"虱子"，而要成为一个"不平凡的人"。拉斯柯尼科夫决定使用暴力做一件不平凡的事情——他杀死了放高利贷的老太婆和她无辜的妹妹。

拉斯柯尼科夫杀人之后就病倒了，在热病发作的混乱中，受尽紧张和恐惧的折磨。虽然侥幸地逃脱追捕，被误作凶手的替罪羊也已经归案，但他依然不能得到安宁。巨大的罪恶感让拉斯柯尼科夫不堪重负，他忽而忍不住自惩的冲动，想在别人面前暴露自己，忽而又忍不住要跑回案发地，去重温那种极致的恐惧感、罪恶感和暴力狂欢。拉斯柯尼科夫不仅要忍受这些难以忍受的灵魂煎熬，还要眼睁睁地看着现实中的苦难继续恶化：马尔美拉多夫在酗酒后被车撞死了，妻子疯了，带着孩子在街头乞讨；索尼娅还是摆脱不了卖身女的命运；他自己的母亲和妹妹也依然在贫困中挣扎。

---

① 此作品以下引述内容参见〔俄〕陀思妥耶夫斯基：《罪与罚》，朱海观、王汶译，人民文学出版社1982年版。

除了再也无法安宁的内心，拉斯柯尼科夫到底改变了什么？又证明了什么？他一直坚持自己的行为不是暴行，是对真理的追逐。但是，他承认自己失败了。在索尼娅的影响和鼓励下，他最终选择了自首。因为法官无法理解他的犯罪动机，他杀人的行为被作了有利于他的解释而免了死罪，最终他被判了八年的二等苦役。

拉斯柯尼科夫被流放西伯利亚之后，内心的激战结束了，平静了。但是，他同时陷入另一种苦难，那就是不知道自己为什么活着。他感到了精神的巨大空洞，也看到了未来的一片茫然。他追问：人为什么必须活下去？又打算干什么？他将为什么而活着呢？在追求不平凡的人生的激情彻底消泯以后，这些问题把他逼进了生命的死寂之中。最终，作者让他在索尼娅的爱和信仰中找到了答案。在他被流放西伯利亚之后，索尼娅坚定地跟着他来到西伯利亚，定期探望他，帮助他跟家人保持联系。索尼娅并没有深奥复杂的思想，她凭借着坚定的宗教信仰，平静地接受着生活给予的一切苦难，也无怨无悔地陪伴着她想陪伴的人。索尼娅的态度以及拉斯柯尼科夫最终爆发的对索尼娅的爱情，让他"复活"了，他决心跟索尼娅一起，用爱和信仰走向灵魂的新生。

《罪与罚》的确揭示了一幅令人触目惊心的人间地狱的生存图景：被围困在极度贫穷和疾病中的芸芸众生，在泥沼一样的生活中苟延残喘的女人，靠酒精麻痹内心的绝望和痛苦的男人，毫无希望的生活，孤独无助的人生。作者提出的核心问题依然是精神层面的问题：如果这暗无天日的生存就是人们必须直面的现实，那么人们该如何面对这破败的现实？又如何确立活下去的理由和意义？作者通过马尔美拉多夫向读者展示了最为普遍的状态，无数的"马尔美拉多夫"们没有思考的能力，也没有反抗的勇气，他们虽然抱怨满腹，但又懦弱麻木地沉沦着，被动地接受着命运的安排，在贫穷、耻辱和走投无路的处境里苟且地活下去，把自己活成了"虱子"和"破布"。拉斯柯尼科夫真正要做的，就是打破这种可怕的状态。让拉斯柯尼科夫真正害怕的，正是在马尔美拉多夫身上看到的自己的未来，马尔美拉多夫就像另一个他，一个等在未来某处的自己，一个已经变成"虱子"和"破布"的自己。他要打破这种自我的可能，毁掉未来的"虱子"和"破布"。这种对于命运的反抗，是他"不平凡"理论的基础，是他杀人的主要动机，也是他始终不认为自己的行为是"暴行"的原因。

拉斯柯尼科夫的悲剧在于，用暴力方式去反抗命运，就算他没有主动追求"恶"，"恶"的体验还是油然而生。那些血腥带来的残忍、恐怖、惊惧和崩溃的体验，与他良善的本性形成了剧烈的冲突。他尖锐而丰满的良知，让他根本没有消化这些体验的能力，更无法把这些"恶"的体验堂而皇之地转化为自己能够认定的"善"。这些体验也就只能作为一个巨大的阴影覆压在他的灵魂之上，让他无处可逃。他只有借法律之手惩罚自己，才能在灵魂之中给这些暗黑体验腾出一个可以共存的角落。这是拉斯柯尼科夫特殊的反抗和特殊的失败。

因此，在入狱之后拉斯柯尼科夫才会呈现出一种被淘空的状态，他的良知虽得到了满足，但他的精神和思想的基座也随之轰然倒塌了。他没有在自己的模式和思路中找到新生的途径。他最后的复活和新生是索尼娅给的，也可以理解为是作者硬塞给他的。在索尼娅的影响下，他利用宗教的"受难"思维，为忍受破败的现实争取了一个充分的理由。对没有信仰的"马尔美拉多夫"们而言，所有的破败都是毁灭；对拥有信仰的"索尼娅"们而言，这些破败则是灵魂的阶梯和成全。有了这种宗教思维，拉斯柯尼科夫可以接受那些破败的现实，不用担心自己会变成"虱子"和"破布"了。同样，对于索尼娅的爱，也让他拥有了活下去的理由和依据。彼此相爱就是活下去的最好理由和动力，他愿意为她而活着，她为了让他活下去而活着。在信仰与爱的双重支撑下，拉斯柯尼科夫终于可以期盼新的生活了。作者也由此对上述两个问题给出了自己的答案。虽然这个答案不乏理想主义的天真色彩，但已经足够展示作者探索灵魂困境和出路的过人勇气。

《卡拉马佐夫兄弟》① 是陀思妥耶夫斯基晚期创作的另一部探索灵魂困境和出路的作品。这部作品虽然未能完成，但并不妨碍其意蕴的完整。这部小说的核心人物是一父四子：父亲老卡拉马佐夫，长子德米特里，次子伊万，三子阿辽沙，还有一个私生子斯麦尔佳科夫。老卡拉马佐夫是一个富有的地主，他的发家之路充满了肮脏的罪恶，他的品性更是卑劣污浊。

---

① 此作品以下引述内容参见〔俄〕陀思妥耶夫斯基：《卡拉马佐夫兄弟》，荣如德译，上海译文出版社2006年版。

老卡拉马佐夫是整个家庭中力量和权威的掌控者，他的存在构成了四个儿子的生存气氛和现实。这个人物形象是对俄国阴森压抑、残酷冷漠的社会环境的具象表达。对于家庭中的四个年轻人而言，他们所面临的问题就是作者在多部作品中不断讨论的问题：如何面对这样的现实？如何在这种现实中活下去？与《罪与罚》不同的是，《卡拉马佐夫兄弟》对这些问题的讨论更为细密和全面，也更为深入和深刻。

长子德米特里憎恶他的父亲，但是他对于父亲的憎恨只发生在与自己发生利益冲突的时候。在其他情形下，他很愿意享受罪恶的父亲所享受的一切。德米特里是最像父亲的那一个，贪财贪色，暴戾自私。他感受着"恶"带来的痛苦，却也不自觉地追求着"恶"所能够带来的好处。当然，德米特里与他的父亲有着许多的不同，他有同情心，也能真诚地爱一个女人，甚至也有向善的愿望，愿意向上帝忏悔自己的昏聩和暴行。面对父亲所代表的冷酷丑恶的现实，德米特里更像普普通通的芸芸众生，没有思考能力，凭借本性行走，不能控制自己为恶，却也并非没有良善。所以，他虽然在仇恨中渴望杀死自己的父亲，但最终并未真正动手。

次子伊万与德米特里截然不同，这是一个具有强烈的怀疑精神和理性思考能力的形象，他对父亲的厌憎不是因为利益冲突和财产争夺，而是基于对人性的透彻理解所产生的轻蔑。伊万怀疑上帝的真实性，认为上帝和魔鬼都有可能是人类自己编造出来的。伊万也质疑那些圣徒行为，认为他们的行为要么是矫情和虚伪的，要么就是在变态地追求宗教的自我惩罚。伊万怀疑宗教中那些以"博爱"和"宽恕"为核心的教条，认为在真实的人类生活中"拥抱杀童凶手"式的宽恕根本做不到，即使能够做到，也毫无意义，因为被杀的儿童将失去正义的补偿。伊万甚至认为救世主是可怜又迂腐的徒劳者，因为人类不过是"一群孱弱的反叛者"，是"一种野蛮而凶恶的动物"，就算把自由放在他们手里，他们也根本不会使用。在该书第五卷第五节"宗教大法官"中，作者借用一个"宗教大法官"的形象，提出了一连串动摇宗教信仰根基的疑问。

作者对伊万的态度十分复杂，他欣赏伊万的思辨能力，在伊万的思想逻辑中，几乎处处都是睿智的闪光点。但是，作者显然又对这种智慧心存疑虑，惊惧于这种强大的思考力给宗教信仰带来的威胁。这也正是作者自己信仰状态的写照，他像伊万一样崇尚宗教的核心精神，即和谐秩序和美善，但对于宗教的神学逻辑中的漏洞和薄弱之处又心存疑虑。伊万坚持上帝存在的必要性，但难以说服自己接受上帝真的存在。这种矛盾体现了伊万强大的思考力，是其破坏力的体现，也是伊万自己面临的困境。

三子阿辽沙是卡拉马佐夫兄弟中最小的一个。他是实习修士，有着单纯的宗教信仰，因此难以接受哥哥伊万的思想。毫无疑问，他是作者寄予理想色彩的那一个，负责传递理想和信念，也因此成为形象较为薄弱的一个。目睹父亲的邪恶，以及兄长们暗沉混乱又痛苦不堪的精神世界，阿辽沙其实是无能为力的，他可以影响的终究也只有几个学童。

整本书中最简单的一个人物就是老卡拉马佐夫的私生子斯麦尔佳科夫，他的母亲是一个散发着臭气的疯癫聋女，据说在被老卡拉马佐夫强暴后生下了他。斯麦尔佳科夫自小就在卡拉马佐夫家里当下人，没有人尊敬他，也没有人教养他。他毫无疑问是被侮辱、被损害的底层人物典型，其特殊之处就是与大部分底层人相比，多了一份来自老卡拉马佐夫的向恶的本性。仇恨激发了斯麦尔佳科夫所有的人性的阴沉和暴戾，他成为卡拉马佐夫兄弟中最赤裸裸地将暴力欲望付诸实践的一个。他杀死了老卡拉马佐夫，两手沾满了弑父的血腥。但是，他说自己能够做到这一切是受伊万的观点引导。他甚至说是伊万教他这么做的。这算是作者对于"伊万们"的另一种疑虑，伊万的无神理论无论对错，都会引发一种可怕的结果：放飞人性中的恶魔。

《卡拉马佐夫兄弟》的核心内容，是讲述"谁杀死了父亲"。但是，如何对待黑暗，如何理解上帝，信仰的力量到底是什么，人的灵魂又如何寻找到寄托……这些始终是这部作品想要讨论的重心，也是作者一直苦苦追问的重点。

二、社会现实出路的思考者：托尔斯泰

与致力于思考人类灵魂困境和出路的陀思妥耶夫斯基不同，托尔斯泰致力于思考俄国现实社会问题的解决之道。托尔斯泰对沙皇制度、农奴制、官僚结构、道德文化等具体社会问题有着浓厚的观察和分析的兴趣。他对于现实社会问题的批判在俄国历史上影响深远，加速了沙皇制度的倒塌，

在很大程度上为其后的苏联革命铺平了道路。但是，他的社会思想又与苏联主流社会思想格格不入，有着本质上的差异。如何评价、阐释托尔斯泰一直是苏联评论界的巨大难题。之所以出现这种情况，是因为托尔斯泰所持有的是一种立足底层民众利益却又寄望贵族精英的特殊社会思想。

立足底层民众利益，让托尔斯泰与陀思妥耶夫斯基一样，看到俄国最大的社会罪恶就是：占人口最大多数的平民和农奴过着贫困、凄惨的生活，而占人口少数的贵族却过着奢侈享乐的生活。托尔斯泰认为，造成这种现象最重要的原因就是土地私有制。建立在土地私有制之上的国家权力体系不可能维护公平和正义，生活在底层的平民和农奴也就难以摆脱被侮辱、被损害的命运。

但是，在思考如何改变俄国现状的问题上，托尔斯泰从早期的作品《一个地主的早晨》开始，就表现出改革土地私有制的主张。托尔斯泰认为，要解救农奴阶层，只能消灭土地私有制，实行土地公有制。他甚至设想建立土地公有的农村公社。这些社会思想无疑与列宁的社会思想有很多重叠之处，也是后来托尔斯泰的作品能够出现在苏联中小学课本中的重要原因。但是，如果认为托尔斯泰持有的是倾向于社会主义和共产主义的社会思想，那么显然又是极大的谬误。在如何实现土地公有制，推动社会变革的问题上，托尔斯泰呈现出最重要的两种不同态度：

其一，在行动方式上，提倡非暴力方式。托尔斯泰认为，暴力革命是以恶的方式对待恶，无论如何变革，能够传递下来的也只有恶，这是违背宗教基本精神的。因此，他不提倡下层民众的武力行动，而是主张农民通过拒绝交税、拒绝租用地主土地、拒绝为政府服兵役等"不配合"的方式，争取土地所有权，实现农奴的解放。

其二，认定贵族精英群体是推动社会变革的主体力量。托尔斯泰认为，能够推动社会变革的主体力量是具有良知、理想和道德追求的贵族群体。他假设，如果贵族阶层能够拥有高尚的宗教情怀，自觉地出让自己的土地和手中的生存资源，就可以改变土地私有制的局面。这也就形成了其作品中以贵族阶层为主要描写对象的特点。托尔斯泰在其作品中倡导的精神救赎、道德自我完善等，也基本上是针对贵族阶层而不是平民和农奴阶层的。《哥萨克》《战争与和平》《复活》《安娜·卡列尼娜》无一不是对贵族阶层的道德升华之路的思索。

35 岁那年，托尔斯泰写出了《战争与和平》，对贵族阶层展开了细密、全面的分析。这部作品以俄国人民抵抗拿破仑入侵的历史事件为背景，重点描写了四个贵族家庭的生活。作者把贵族阶层分成了两类："堕落的贵族"与"有良知的贵族"。前者以库拉金家族成员为代表，后者以包尔康斯基、罗斯托夫家族成员为代表。通过对库拉金这样的"堕落的贵族"的描写，作者指出了这些贵族对于俄国社会的危害性。他们毫无国家和民族观念，只懂得个人享乐；在国家危难之时，还在不惜一切争权夺利，肆意挥霍。"有良知的贵族"的形象则完全不同，诸如包尔康斯基、罗斯托夫、别祖霍夫家族成员，他们热爱国家，同情弱者，尊重底层民众，慷慨正直。罗斯托夫家把两个儿子都送上了前线，小儿子还献出了生命；包尔康斯基家的安德烈也牺牲在了战场，老包尔康斯基自己也组织兵团抗敌。通过对这两类贵族的比较，作者传达出贵族堕落社会就会败坏，贵族觉醒社会才能看到希望的基本逻辑。作者还塑造了别祖霍夫家族中的彼尔这一"选择中的贵族"形象。彼尔身上有堕落贵族生活方式的影响，表现出放纵、虚荣、肤浅的毛病，甚至娶了库拉金的女儿爱伦，把自己置于痛苦的婚姻之中。但是，另一边，彼尔又本能地为包尔康斯基和罗斯托夫家族的正直、善良和高尚所吸引。在目睹了两类贵族完全不同的表现之后，彼尔最终战胜了自己，与"有良知的贵族"站在了一起。彼尔的心路历程和最终选择既含有作者自己的人生体验，更是作者指出的理想方向。

托尔斯泰此后创作的《安娜·卡列尼娜》虽然以安娜和渥伦斯基的爱情为主线，但核心人物是安娜和列文，这两个人物都是"求变者"。

其一，作者通过这两个人物写出了他们身处的社会现实。透过安娜的眼睛，作者展示了城市上流社会的乌烟瘴气：腐败的政府机构、僵化的行政职员、自私奸诈的官僚群体以及虚伪冷酷和荒淫无耻的贵族群体。整个上流社会是一幅触目惊心的道德沦丧的图景。通过列文，则可以看到俄国广大乡村的破败和危机：农耕废弛，农民流离失所，贫困制约着农民，破产威胁着地主。在这样残酷的现实背景下，安娜和列文都在用自己的方式抗争和求变。安娜憎恨虚伪功利的上流社会，勇敢地追求真挚的爱情，试图借助爱情的力量打破死寂的现实；列文则以一己之力抗拒乡村的废败，试图通过土地改革，重建乡村秩序，帮助农民走出贫困。

其二，作者给予两位"求变者"不同的结局。安娜尊重自己内心的情感，不惜一切追求真正的爱情，但她遭到了整个上流社会，包括她所爱的渥伦斯基的抛弃，也失去了家庭和孩子。最后，安娜只能以自杀结束自己的生命。列文的改革计划也失败了。悲伤绝望之余，列文也试图选择自杀。但是，他最终在宗教信仰那里找到了精神寄托，意识到追求道德本身就是一种终身理想和事业。通过这种不同的结局，作者对于安娜和列文的反抗方式给予不同的评价。他虽然十分同情安娜的遭遇，但对于安娜缺乏理性的个人行为方式表示出一定的质疑甚至谴责。安娜过于自我，不顾身边人的感受和利益，一意孤行的行为本身就与宗教的宽恕和仁爱精神产生激烈冲突，这是作者很难谅解她的地方。作为安娜的对照和补充，列文的形象显然更符合作者的理想。与安娜不同，面对令人失望的现实，列文表现出执着的理性探寻精神。列文正是利用这种理性力量，最终找到了精神的出路，避免了安娜式的自我崩溃。列文和吉提的婚姻也因此拥有了与安娜不同的结局。如果说安娜增强了《战争与和平》中对于堕落贵族的批判，那么列文则强化了《一个地主的早晨》和《战争与和平》中对于贵族职责的认定。

有了以上这些思考和积累，《复活》中聂赫留朵夫形象的出现就不难理解了。《复活》以更为集中也更为明确的故事，继续了对于贵族在社会中的作用的双重思考。贵族和平民甚至整个社会的关系，都被凝结为聂赫留朵夫和玛丝洛娃的关系。当聂赫留朵夫还是一个纯真善良、追求理想的青年时，他跟姑母家中的侍女卡秋莎产生了朦胧的爱情。这时的他带给卡秋莎的是爱的温暖和诗意，是生活的热情和憧憬。但是，后来的聂赫留朵夫在贵族生活中渐渐被磨去了斗志，变成了一个符合规范的、吃喝享乐的贵族青年，开始变得自私、冷漠、放荡。这样的聂赫留朵夫再一次遇到卡秋莎，带给她的就是灭顶之灾。他始乱终弃，毁掉了卡秋莎的人生，导致卡秋莎流离失所，最终沦落为妓女玛丝洛娃。卡秋莎变成妓女玛丝洛娃后，失去了羞耻心，也失去了对人生的希望，像行尸走肉一样活着。在这条故事线索中，我们看到了贵族堕落与平民灾难之间的必然联系，显示出托尔斯泰对于堕落贵族危害性的警醒和批判态度。

多年以后，作为陪审员的聂赫留朵夫和被视为杀人嫌疑犯的玛丝洛娃再次相遇。玛丝洛娃被冤屈地定罪，撕心裂肺的哭喊没有博得任何同情。这悲惨的一幕强烈地刺激了聂赫留朵夫的灵魂，让他意识到玛丝洛娃的悲剧是自己恶行的结果。聂赫留朵夫的良知被唤醒了，他开始为营救玛丝洛娃四处奔走。聂赫留朵夫重新找到了自己生活的目标和意义，重新感受到了洁净、充实和良善带来的满足和喜悦，他的精神"复活"了。聂赫留朵夫的真诚和善意也最终感动了玛丝洛娃，她重新拥有了爱的信心和能力与活着的热情和动力，也"复活"了。

虽然《复活》中同时描写了聂赫留朵夫和玛丝洛娃的"死去"和"复活"，但二者显然有着明确的因果关系。聂赫留朵夫灵魂的腐朽，导致了卡秋莎灵魂的死亡；聂赫留朵夫灵魂的复苏，也带来了玛丝洛娃灵魂的复活。一方面，贵族的腐朽导致了平民的灾难；另一方面，只有贵族的精神复活才能扫清社会的罪恶根源，解除平民的苦难。这是《复活》大力提倡道德自我完善和提升的重要原因，也是托尔斯泰社会思想的最集中体现。

第八章

自然、唯美与象征：
19世纪其他文学流派

19世纪的主流当然是浪漫主义文学和现实主义文学，而在这两股主流之外，还有其他的创作流派和创作思潮存在。其中，影响较大的有自然主义、唯美主义和前期象征主义。他们对于20世纪欧美文学的影响同样深远，彰显出不可替代的文学意义。本章将对这三个文学流派作简略介绍。

第一节　自然主义文学

一、自然主义文学概述

自然主义文学产生于19世纪下半叶的法国，主要是随着实证哲学的发展而兴起的。实证哲学强调研究事实和现象本身，而不对事实和现象背后的原因、规律和价值进行主观推理和演绎。这种影响表现在文学创作之上，就是强调作者冷静客观地呈现事实，而不对事实作出自己的评价和推论。另外，生理学、遗传学等自然学科也启发了自然主义文学。这些自然科学强调人的存在状态不只是主观精神因素的产物，与人先天的生理遗传、所属的种族特点、所在的地理环境等客观因素都有密不可分的关系，认为人的行为和思维在很大程度上受到这些先天的、客观的东西的影响和限制。受此观点影响，自然主义文学要求作者重点呈现这些先天的、外在的客观因素对于人类命运的影响，对人类生活现象进行科学化理解和演绎。

从本质上而言，自然主义文学与现实主义文学是一脉相承的。因此，自然主义作家大多推崇19世纪上半叶的一些著名的法国现实主义作家。但是，自然主义与现实主义在思维方式和表达方法上又有着很大的不同。自然主义文学把人类生活看成一种"自然现象"，以观察和分析自然现象的科学态度，去观察和分析人类的生活现象和命运现象，要求作家不作人为的理解、加工、渲染和演绎。正如自然主义文学的代表人物左拉所言："应当像化学家和物理学家研究非生物以及生理学家研究生物那样，去研究性格、感情、人类和社会现象。"这种理念使得自然主义文学比传统现实主义文学更注重文学叙事的客观性、逼真性和科学性。

自然主义文学在法国的最早倡导者是**爱德蒙·德·龚古尔**（1822—1896）和**于勒·德·龚古尔**（1830—1870），他们共同创作了《勒内·莫普兰》《热曼妮·拉瑟顿》等作品，尝试用研究病例的方式去选择人物和事件，展开叙事和描述。自然主义文学团体"梅塘集团"的出现，让自然主义文学成熟起来，并且获得了广泛的社会影响。其主要成员是**埃米尔·左拉**（1840—1902）、**居伊·德·莫泊桑**（1850—1893）等，他们出版了一部短篇小说合集《梅塘之夜》。19 世纪下半叶，自然主义文学开始向国外传播，在德国、美国、英国都催生了各自的自然主义文学。

总体而言，自然主义文学具备以下三个特征：

其一，在作家的叙事态度上，主张采用"旁观者"态度，即冷静、客观、不掺杂个人立场以及想象和情感的叙事态度。他们主张作家应该像科学家记录观察和试验结果一样，记录自己观察到的社会和人生现象，形成一种实录式、照相式的表现方式，对人类的社会环境和生活状态进行高度还原。龚古尔兄弟在撰写《热曼妮·拉瑟顿》时，就以生理学家的态度自居，把主人公作为一种"病例"进行语言和行为的记录，呈现其生理和病理层面的特征。

其二，在情节和内容设置上，主张追求生活的原态，不作戏剧性、传奇性的人为加工，故事情节只能限于最基本的前后叙事所需的串联。自然主义文学大多没有特别曲折的情节，呈现出情节浅淡的特点。自然主义文学的重点和亮点体现在对于生活场景和人物言行的再现之上。无论是左拉的作品还是莫泊桑的作品，都是以场面和细节打动人的，形成了自然主义文学自身的文学魅力。

其三，在人物形象塑造上，不作高于生活本身的人物形象塑造。自然主义文学否定了现实主义文学对典型环境和典型人物的创作手法，视之为人为的夸张和刻意突出。自然主义文学主张尊重人物的本来特色，视人物为"自然样本"，而不是"人为典型"，其人物创造也因此显示出"群像"特点。

二、生活原态与细节魅力：左拉与莫泊桑

（一）左拉及其《卢贡-马卡尔家族》

左拉早期受到龚古尔兄弟的影响，在 27 岁时写作《苔蕾丝·拉甘》，开始尝试自然主义文学的创作，并且成为自然主义文学最有力的推动者和创作者。《苔蕾丝·拉甘》讲述一个女人伙同情夫杀死了自己的丈夫，之后陷入懊悔和恐惧，开始和情夫互相怨怼，最终精神失常，自杀而亡。对这样一个情感故事，左拉避开了对人物情感因素的探讨，转而展示人的生理病态如何决定了人的行为，将之处理成了一个带有科学分析色彩的生理病例。

在经历了初期的写作实验之后，1868 年，左拉开始筹划写作《卢贡-马卡尔家族》。这一写作计划受到了巴尔扎克《人间喜剧》体裁的影响和启发，把多部小说串联在一起，形成一个庞大的整体。《卢贡-马卡尔家族》的写作跨时 25 年，包括 20 部长篇小说，其中的《小酒店》《娜娜》《萌芽》等都是脍炙人口的名篇。这一庞大的文学体系显示出左拉令人敬佩的创作野心。整个《卢贡-马卡尔家族》以拿破仑三世执政的第二帝国时期为背景，讲述一个家族五代人的"自然史和社会史"。这个家族的起点是患有精神病的女人阿黛拉伊德·福格，她先是嫁给健康的园丁卢贡，生下长子皮埃尔·卢贡；丈夫死后，她跟一个精神不正常的酒鬼马卡尔同居，又生下姓马卡尔的一子一女。卢贡-马卡尔家族就这样开始了一代又一代的繁衍和发展。在左拉看来，一个家族的命运和走向并不以人的主观意志为转移，很多时候都是由两股不可抗的力量在支配：一股是自然力量，即遗传基因；一股是社会力量，即社会时代环境。《卢贡-马卡尔家族》以这个家族五代人的命运故事，展示这两股力量如何支配这个家族的命运，这就是左拉所说的"自然史和社会史"。

"自然史"揭示家族基因和遗传病史对于人的性格、情绪、心理和意志的决定性影响。这个家族的主要病史是精神病史和酒精中毒史。精神病史起源于阿黛拉伊德·福格，受基因控制，她的不少后代在面对生活挫折时都表现出精神脆弱、敏感，容易崩溃、疯狂的特点。第三代的马尔特·卢贡歇斯底里直至死亡，法朗斯瓦·穆雷因发狂而死于火灾，若望·马卡尔

精神崩溃。第四代的塞尔热·穆雷多思多虑，成为神经不正常的神秘主义者；戴西雷·穆雷是一位痴呆型精神病患者；若望莉·格朗让死于精神病；唯一幸运的克罗德·朗第耶从这种精神病基因中得到了意外的天赋，近乎病态的敏感让他成为绘画天才，但最终在挫折面前还是重复了这个家族的命运，因精神崩溃而自杀。酒精中毒史则始于第一代酒鬼马卡尔，对酒精的重度痴迷成为这个家族很多后代无法摆脱的一种宿命。第二代的安图瓦·马卡尔酒精中毒后自燃而亡，第三代的绮尔维丝·马卡尔染上酒瘾而死。这种嗜酒天性在作者看来是一种容易放纵和沉沦的天性特征，所以绮尔维丝的次子和幼子都成为程度不同的嗜杀狂，她的女儿娜娜则生性放荡，最终沦落为妓女。精神病史和酒精中毒史也让这个家族早夭者众多，第四代的马克西姆·卢贡死于机能失调症，昂热莉克·卢贡一结婚就死于一种不知名的怪病；第五代的查理·卢贡死于鼻孔血崩，雅克-路易·郎第耶九岁夭折，路易·古波三岁夭折。在左拉笔下，家族基因和遗传病史是这个家族难以摆脱的命运。

"社会史"揭示社会和时代环境对人的生活和命运的影响。比如，第三代的绮尔维丝·马卡尔虽然是因家族酒瘾而沉沦，但把她推向绝望的却是社会环境。在《小酒馆》中，绮尔维丝·马卡尔勤勤恳恳地工作。由于整个社会底层都处于贫困之中，绝望中的民众酗酒成风，绮尔维丝的两个男人都沦落为酒鬼，她的生活逐渐陷入绝望。这种社会状况也是造成她悲剧命运的重要原因。再如绮尔维丝·马卡尔的长子克罗德·朗第耶，家族的精神病基因本来给了他绘画天赋。但是，在《作品》中，他的绘画作品不是被人模仿就是被人忽略。他的天分没有得到尊重，更找不到发展的途径，最终导致他自杀而亡。《娜娜》中的娜娜虽然携带着家族中易于放纵的基因，但她本性良善，也懂得追求真诚的感情。然而，为了生存，她也只有出卖肉体这一条活路。

左拉敏锐地指出，对于卢贡-马卡尔家族的兴衰，精神病史和酒精中毒史并不是决定性因素，更具决定性的因素还是社会。这个家族的第一代十分卑微，卢贡是花匠，马卡尔是酒鬼和走私贩子。第二代的皮埃尔·卢贡能够致富，第三代的欧仁·卢贡能够飞黄腾达而成为朝中重臣，正是因为第二帝国时期的政变给了他们投机的机会。欧仁·卢贡的权力让他的家族迅速发达起来。即便如此，在《卢贡大人》中，他的命运依然掌握在皇家手中，因与皇后不睦而只能被迫辞职，被皇帝看重就能东山再起。那些生活在底层的家族成员同样无法摆脱社会政治局势对其命运的影响。在《萌芽》中，绮尔维丝·马卡尔的幼子艾蒂安·朗第耶作为一个普通的煤矿工人，为了保护工人阶层的利益而组织罢工，却因此被流放。同样，整个第二帝国时期的拜金思想也是影响这个家族的重要因素。这个家族的成员靠疯狂逐利发家致富。比如，欧仁·卢贡的弟弟阿里斯提德（萨加尔）在《金钱》中依靠哥哥的权势获取信息，大作投机生意，靠投机房地产发家，却也因投机股票而一败涂地；《娜娜》中的娜娜不惜一切，利用色相获取金钱，但金钱始终未能给她带来幸福。金钱欲望让一些家族成员变成了道德沦丧、无耻投机的人，而金钱的匮乏也让另一些家族成员在生活中苦苦挣扎。

《卢贡-马卡尔家族》用独特的角度分析了一个家族五代人的命运，作者极力去实践的科学性和客观性虽然有牵强之处，但也具有自己的力度。特别是这部作品展示了法国第二帝国时期社会生活的方方面面，的确实现了他预想的目标，即"通过各种事实和情感，并且在千万种风俗和发生的事件的细节中，描写这个社会时期"。

（二）莫泊桑及其短篇小说

莫泊桑在20岁出头的时候，师从于福楼拜，受到福楼拜现实主义文学理念的深刻影响。通过福楼拜，他结识了自然主义文学倡导者龚古尔兄弟，后又认识左拉，并成为左拉梅塘别墅的常客，继而成为"梅塘集团"的成员。但是，莫泊桑与左拉等自然主义作家存在比较明显的区别。事实上，莫泊桑一直不认为自己是自然主义文学的作家，他对自然主义文学的很多创作理念都难以认同。左拉认为作家的任务就是冷静地旁观和记录，莫泊桑却认为作家的任务就是"选择"，去粗取精，而不是站在生活和人群的旁边，机械地照相和实录。莫泊桑根本不认同左拉所说的"把自然整体还原出来，毫无剔除"的写作方法，而是提出要对庞杂纷乱的生活画面、细节、事件和人物进行挑选，选出其中与作者表达的主旨相关的、最有意义的、具有一定典型性和代表性的部分，舍弃那些琐碎、无意义的部分。

当然，莫泊桑与一般自然主义作家并非不存在相似之处，他的长篇小说也表现出对于人的生理特点的客观观察和分析。但是，从创作整体而言，他的创作理念更偏于福楼拜式的、以冷静叙事为特点的现实主义风格。莫泊桑的成名作是在"梅塘集团"合集《梅塘之夜》中出现的短篇小说《羊脂球》，此后还写了不少长篇小说，诸如《一生》《漂亮朋友》《皮埃尔和让》等。但是，给莫泊桑带来盛名、足以证明他独特价值的，还应是他的三百多篇中短篇小说。1882年到1884年，莫泊桑的短篇小说创作呈现井喷状态，数量繁多，佳作连连。《小狗皮埃罗》《遗嘱》《米隆老爹》《我的叔叔于勒》《项链》等脍炙人口的名作都产生于这一时期。

从反映社会生活的广度而言，莫泊桑的中短篇小说堪比巴尔扎克的《人间喜剧》，从巴黎到外省，从政治场合、军事场合、宗教场合、社交场合到家庭场合，从贵族上流社会到底层贫困群体，各个阶层、各种职业的群体都能在他的小说中看到。当然，莫泊桑的小说在取材上也有他自己的独特性。

在地理空间背景的设置上，莫泊桑以法国北部的诺曼底乡镇生活为空间背景的小说比例比较大。诺曼底是莫泊桑的故乡，他在这里度过了童年和少年的大部分时光，这里的风土人情和自然风光都是他最熟悉、最亲切的，因此以诺曼底为背景的小说特别多，如《小狗皮埃罗》《西蒙的爸爸》《穷鬼》《小酒桶》《一笔买卖》等。

在时间背景的设置上，莫泊桑以普法战争为背景的作品比较多。在莫泊桑20岁左右，普法战争爆发，他应征入伍，在军队中从事文书和通信工作。战争中的所见所闻给莫泊桑留下了难以磨灭的印象，很多事件和场面被他写成了小说，他也因此被认为是法国作家中表现普法战争最多的作家。《羊脂球》《菲菲小姐》《两个朋友》《米隆老爹》等作品都是以普法战争为背景的。

在人物主体的选择上，莫泊桑多以巴黎的小公务员作为描写对象。莫泊桑的祖父曾是税务官，他自己也在退伍后做了十年的公务员。莫泊桑对这个阶层的众生相有着透彻的了解，诸如著名的短篇《一家人》《我的叔叔于勒》《项链》《珠宝》《散步》等都是小公务员及其家庭的故事。

总体而言，莫泊桑的小说并不描写特别宏大的事件，即便是写战争，也落脚于一个又一个小人物的经历，展示的是一幅又一幅最微观的生活场面。莫泊桑也没有塑造在个性上特别典型或具有戏剧性的人物，他笔下的人物始终被设置在"路人""村邻""同事"这样的关系距离之内，呈现出一种旁观之下的状态，似有"轻描淡写"之嫌。莫泊桑甚至很少对社会问题展开精英式的思考和批判，他就像一个心平气和的故事叙述者，讲着一个个并不骇人听闻的小故事。因此，有些人认为莫泊桑"不深刻""没有思想性"，这是极其不公允的。这种对于微观场面的兴趣、保持距离的书写以及笔法上的"轻描淡写"不是作者的写作局限，而是追求生活原态的结果。这种创作方式让那个时代芸芸众生的真实生存状态得到充分展现。并不是只有把握宏大题材、思考重大问题才能创造文学价值，深入普通人的生活，牢牢把握普通人的微观生活，是文学价值的另一种体现，这种创作风格更贴近真实的人性和人生。

莫泊桑对于眼前的世界是失望的，这种感觉基于对人性脆弱、愚钝和无望的发现。莫泊桑写到人性的"大恶"，如《羊脂球》中的旅客们、奸商鸟先生夫妇、在政界和商界都颇有地位的卡雷-拉马东夫妇、贵族布雷维尔伯爵夫妇、两位修女、政治投机分子科尔尼代等。这些人在饥饿时毫不客气地吃掉了正直善良的妓女"羊脂球"携带的食物，又在危险时逼着"羊脂球"献身给普鲁士军官。但是，在"羊脂球"饥肠辘辘时，他们却集体蔑视她，没有任何一个人施以援手。莫泊桑通过《羊脂球》写出了来自人性深处漆黑无比的冷酷、自私和邪恶。同样的"大恶"还表现在《小酒桶》中，希柯老板买下玛格洛瓦老婆婆的农场，代价是每个月付给老婆婆250法郎，直到她死亡。为了让老婆婆早死，他设计让她染上酒瘾，导致老婆婆成了酒鬼，不久就因醉酒倒在雪地中死了。这种为财而害命的行为，也是莫泊桑所写的"大恶"。对于这些行为，莫泊桑是彻底不谅解的，视恶者为"衣冠禽兽""一群混蛋"。在他们身上展示的，是人性最不可救赎的部分，是人性中兽性的留存和被激活。

但是，莫泊桑更多地探索和展示的更具普遍性的人性状态，不是"大恶"，但也不良善；谈不上堕落，但底线很脆弱。在莫泊桑笔下，这种对人性的描写占了更大的部分。最典型的莫如《小狗皮埃罗》[①]，勒费弗尔太太

[①] 此作品以下引述内容参见〔法〕莫泊桑：《莫泊桑短篇小说集》，柳鸣九译，北京燕山出版社2011年版。

和她的女仆罗萨洛斯养了一只小狗,她很喜欢这只小狗,会把自己的面包蘸了肉汤喂它。没想到,养狗需交 8 法郎的税款,她赶紧把小狗扔进了大坑。但是,对小狗的负罪感和担心又让她彻夜难眠。听到小狗在坑里的哀鸣,她"伤心地哭了起来"。她决定就算交税也要把小狗养下去。但是,当她央求工人帮忙把小狗从坑里弄上来时,工人却要价 4 法郎。这突然增加的花费,立刻导致"她对皮埃罗的歉疚、怜悯、悲痛全都一下子又飞到九霄云外去了"。勒费弗尔太太与《羊脂球》中的那些旅客是不一样的,她有同情和怜悯之心,也有情感和良知,只是一旦与切身利益发生冲突,这些都会烟消云散。比起"大恶",良善的脆弱才是更具普遍性的人性现象。就像《珠宝》里的丈夫,在发现死去的妻子一直背着自己跟别人私通时,他悲愤欲绝,为妻子留下的私通所得的珠宝感到羞耻。但是,当听到这些珠宝可以换取的法郎数量时,他就开始欣喜若狂,为自己可以得到这些钱财而感到幸运不已。还有《我的叔叔于勒》里面的"我的父母",怀着一颗温柔的心等待叔叔于勒,当发现于勒并未发财而是沦为了乞丐时,他们立刻避之唯恐不及,丝毫没有恻隐之心。《烧伞计》里面的奥莱依太太,为了修伞的钱,猥琐不堪地到保险公司纠缠。对于这一类人物,莫泊桑的态度比较复杂,一方面会细细展示他们的贪婪、自私、冷漠和愚钝,另一方面又感叹他们所遭受的贫困和卑微的折磨。莫泊桑写出了贫困和卑微带给人类的最大苦难,不是让他们死去,而是让他们的良知无处安放。

　　莫泊桑也试图传达一些人性的温暖和闪光点。比如,在《西蒙的爸爸》中,西蒙的妈妈未婚先孕,生下小男孩西蒙,母子俩受尽冷眼和嘲笑。铁匠菲利普同情他们母子,也被西蒙妈妈的自重打动,在其他铁匠的鼓励下,打破世俗偏见,最终与他们母子成为真正的一家人。孩子天真无邪,母亲端庄自爱,铁匠善良正直,虽然是一群普通人,却体现出温暖、美好的人性。《项链》中的马蒂尔德虽然虚荣、肤浅,但当她弄丢了借来的项链时,却勇敢地面对现实,用劳苦和诚恳去承担生活的磨难,也是有人性闪光点的人物形象。莫泊桑虽然没有很多 19 世纪作家所表现出的对于社会政治、经济等现实问题的直接思考和批判,但他以对于普通人群的人性状态的探索和悲悯,造就了自己小说的独特价值。

第二节　唯美主义文学与前期象征主义文学

一、纯美的凝眸：唯美主义文学

（一）唯美主义文学的概况和主要主张

唯美主义文学发源于19世纪30年代的法国，主要倡导者是法国诗人、小说家**泰奥菲尔·戈蒂耶**（1811—1872），其代表作有诗集《阿贝都斯》、小说《莫班小姐》等。戈蒂耶提出了"为艺术而艺术"的主张。他在《莫班小姐》的序言中更进一步说："只有毫无用处的东西才是真正美的；一切有用的东西都是丑的，因为它表现的是某种需要，而人的需要是龌龊和令人作呕的，如同他孱弱可怜的天性一样"①这两部作品的序言被视为唯美主义文学理论的基础和宣言。19世纪60年代，法国形成了以**勒恭特·德·利尔**（1818—1894）为首的帕尔纳斯派，进一步发展了戈蒂耶的唯美主义文学思想，要求艺术摆脱社会政治、经济、道德的约束，追求纯粹的艺术之美。

19世纪中后期，唯美主义文学在英国得到长足的发展，形成了远胜于法国的深远影响。**瓦尔特·佩特**（1839—1894）是英国唯美主义文学的早期代表，他在其作品《文艺复兴》中倡导"为艺术而艺术"，这本书的结论部分也被视为唯美主义文学的重要宣言。佩特更为明确提出了唯美主义文学的创作理念，认为文学的基础不是社会现实问题，而是人的感性世界，如感觉、体悟和印象等。文学的本质就是要把人类生存中所感受到的那些美的印象表达出来，给人以美的感染和享受。

在佩特的影响之下，**奥斯卡·王尔德**（1854—1900）成长为英国最具代表性的唯美主义作家。王尔德写了《英国的文艺复兴》《谎言的衰朽》《作为艺术家的批评家》《道连·格雷的画像·序》等理论文章，提出"艺术至上"的观点，强调文学独立于社会现实之外，"不存在任何目的"，因为美而存在。王尔德以剧作、诗歌、小说、童话等多种形式的创作实践自

---

① 〔法〕泰奥菲尔·戈蒂耶：《莫班小姐》，艾珉译，人民文学出版社2008年版。

己的唯美主义理念。王尔德的作品也因此攀上唯美主义文学的最高峰。

唯美主义文学的产生是有其时代背景的。18 世纪中后期以来，特别是进入 19 世纪以后，欧洲各种社会矛盾加剧，社会问题层出不穷，很多文人积极参与到对于社会政治、经济、宗教和道德问题的思索和讨论之中，其中不可避免地出现了过分强调文学的社会功用的现象，把文学当成政治斗争或是宗教传播、道德说教的工具。唯美主义文学所强调的"为艺术而艺术""艺术至上"正是基于这些问题提出的。

其一，在文学与社会的关系上，唯美主义文学强调文学的独立性。

一方面，强调文学的独立性，就是创作者以个人的感受、印象和眼光去表达对于人生和命运的看法，而不是从既定的社会政治观念、宗教意识和道德戒条的角度去看人生和命运。戈蒂耶强调"文学可以无视社会道德"；德·利尔强调艺术美可以不必遵循所谓的真理和道德；佩特则强调"刹那间的美感"，认为这种美感是最纯粹的，因为在强大的社会意识链条面前，也只有"刹那间的美感"才能实现与社会意识的剥离，捕捉到独立性存在的瞬间。这些观点都试图让文学摆脱一切外在控制，得到真正的创作自由，从而维护文学自身的独立性。

另一方面，强调文学的独立性，就是不带任何功利性的目的和动机。唯美主义文学反对用文学去反映社会问题，反对把文学变成"载道"的工具。戈蒂耶认为"唯有不为任何事物服务的东西才是美的，凡是有用的东西都是丑的"；王尔德不但反对用文学去解决社会问题，甚至也不主张用文学去解决现实人生问题。文学艺术不应有任何功能化的负赘，"艺术的宗旨是艺术本身"，是"唯一美的事物"，是"与我们无关的事物"。文学艺术只是为了提供美而存在的。

其二，在对文学价值的理解上，唯美主义文学强调文学的价值来自艺术性的成就，而不是社会性的成就。

戈蒂耶认为，当人们夸大文学的社会政治和宗教道德功用时，文学的艺术品质和审美功能就会被忽略，从而导致文学品质的下降，甚至失去自身的价值。艺术的价值在于其完美的形式，艺术家的任务在于表现形式美以及创作本身的情趣。佩特认为，艺术的生命来自无关现实的形式之美或纯美。王尔德认为，"艺术家是美的作品的创造者"，"书无所谓道德或不道德的","艺术家并不企求证明任何事情"。这些观点都是在强调文学的价值来自纯粹的艺术美，如果可以"完美地运用不完美的手段"进行艺术创作，这个艺术就是"道德的"，即有价值的。基于这种价值认知，唯美主义文学大多追求文学的形式美感，讲究文字的画面美感和节奏美感，甚少涉及对社会现实问题的讨论，只致力于表现美感和情趣。

(二) 王尔德及其创作

王尔德早期的作品以诗歌和童话为主，诗歌部分以《诗集》为主；童话大多被收入《快乐王子和其他故事》，其中的《快乐王子》《夜莺与玫瑰》《自私的巨人》都成为传世名篇。1890年，王尔德发表了他的第一部长篇小说《道连·格雷的画像》，获得极大的成功。让他进一步赢得盛名的是一系列剧作，如《温德米尔夫人的扇子》《莎乐美》《理想的丈夫》《认真的重要性》等，这些作品上演后都受到极大的欢迎。这个时期也是王尔德创作的鼎盛时期。1895—1897年，王尔德因同性恋问题而被判入狱，在狱中写下了诗集《瑞丁监狱之歌》和书信集《深渊书简》。牢狱生活基本上就此断送了这位天才的文学之路。

王尔德在短篇小说中，借画家之口说："艺术家的职责是把世界描绘成我们看到的样子，而不是把它变革成我们所想的模样。"[1] 这种创作理念几乎体现在王尔德所有的作品中。王尔德的作品不作道德说教，甚少直接进行是非评判。在他的作品中，丑与美、善与恶、无私与自私、真诚与虚伪以对比强烈的方式共存。但是，他不作任何主观评价，只是通过这些强烈的对比，对读者的智慧和感受形成巨大的冲击，让读者自己去感受。

王尔德的童话最能体现上述特点。《快乐王子》中的王子雕像伫立在城市的最高处，每天目睹人们在贫困的泥沼中无望地挣扎，于是拜托一只落队的小燕子啄下自己剑上、眼中的宝石以及身上的金箔，去送给那些穷人。小燕子忙着这一切，耽误了南飞的时机，冻死在小王子的脚下。小王子在送出身上所有的宝石和金箔之后，变成了灰溜溜的雕像，最终被人们推倒了。《夜莺和玫瑰》中的夜莺为了帮助一个男青年获得美好的爱情，不惜用

---

[1] 〔英〕王尔德：《公主的生日：王尔德短篇小说选》，范桂芳译，复旦大学出版社2011年版。

荆棘刺穿自己的心脏，以心血灌溉枯枝，让枯枝开出最美的一朵玫瑰花。但是，男青年拿着这朵玫瑰花去找心爱的女孩时，那个女孩却嫌玫瑰花不如珠宝耀眼，拒绝了男青年。男青年一气之下就把玫瑰花扔进路上的积水里，最后被车轮碾了个粉碎。拿着夜莺用生命换来的至爱玫瑰花，这对男女却全然不懂爱的真谛，形成了可悲的对照。在《忠实的朋友》中，磨坊主口口声声说自己是小汉森最忠诚的朋友，但是当小汉森陷入窘境时，他却袖手旁观。当小汉森渡过难关后，他立刻以友谊的名义对小汉森进行无穷无尽的利用和盘剥。忠厚老实的小汉森始终未能识破磨坊主的虚伪，为了这位"朋友"的友谊，不惜付出一切，甚至为此失去了生命。王尔德的童话不进行道德说教，但启发人们识别美丑善恶。这正体现了唯美主义文学对于道德的基本态度。

王尔德作品的另一个重要特点就是"趣味"。

其一，"想象"的趣味。王尔德提倡写非真实的作品，即"美而不真实的故事"。这并不是提倡违背事实，而是尊重文学作为艺术的本质。想象力是所有艺术的生命，文学也是如此。

王尔德的童话作品呈现出既新奇又自然的想象力，看似虚幻缥缈，却又合情合理。《自私的巨人》中的巨人因为自私，不许孩子们到他的花园来玩耍，结果春天和秋天嫌他的花园冷清，不肯光顾，花园里只剩下了冬天。等到巨人慷慨地把围墙推倒，放孩子们进来时，春天瞬间降临花园。这情节毫无疑问是非现实的，但在这背后，是坚实的生活逻辑，不懂爱和分享的人就会失去别人的爱和分享，也就永远不可能得到内心的温暖和安全。这虽然是一个浅显的道理，但用了充满想象力的方式去表达，整部作品变得美丽清新、意蕴悠长。王尔德的剧作中也不乏这样的想象之作。比如，《莎乐美》取材于《圣经》，讲述希律王的继女莎乐美狂热地爱上了圣者施洗约翰，却屡遭约翰的拒绝。莎乐美最终由爱生恨，以跳舞为条件，逼着希律王杀死约翰，让她得到约翰的头颅。莎乐美抱着约翰的头颅，实现了她希冀已久的亲吻约翰的愿望。《莎乐美》以宗教题材为基础，进行了大胆的发挥和想象，展现了极致激情的狂热以及病态占有欲的残酷。

王尔德的小说也具有这种想象力。他的短篇小说《坎特维尔庄园的幽灵》《亚瑟·萨维尔勋爵的罪行》,以及长篇小说《道连·格雷的画像》①,都充满了令人炫目的奇幻想象力。《坎特维尔庄园的幽灵》中的鬼魂在遇到不怕鬼的一家美国人之后,十分不服气,想尽各种招数去吓唬他们,却反被捉弄得团团转。最终,通过这户人家的小女儿,他们达成了谅解,鬼魂也得到了安息。《亚瑟·萨维尔勋爵的罪行》是一个青年为了破解手相师的预言,最终杀掉了手相师的奇诡故事。《道连·格雷的画像》中的青年道连·格雷把灵魂托付于自己的画像,以换取永远不老的肉身。没有了灵魂的道连·格雷虽然肉身从此不老,但也丧失了人性,他自私放纵,犯下种种罪行。这些罪行都在那幅包含他灵魂的画像中体现出来,画像中的道连·格雷的容貌不断变化,越来越狰狞、丑陋直至溃烂。道连·格雷试图用刀去消灭这幅越来越丑陋不堪的画像,但刀子奇诡地插向了他自己的胸膛。王尔德的这些小说作品在情节上都具有超现实的特点。从内容上而言,这些作品对于人性的认知和呈现并不新奇,但正是因为想象力的奇妙运用,让这些作品有了自己独特的艺术价值和美感。

其二,"机智"的趣味。除了想象力,机智的语言表达和思辨力是王尔德作品的另一个成就。

王尔德对于现实社会中的丑陋现象,以及人性的丑恶、愚钝和可笑,都有着相当清晰的认知。但是,不同于一些作家对于这些社会现象和人性现象的猛烈批判和严肃揭示,王尔德的批评很具个人特色,他少有严厉、阴凉的讽刺和批驳,更多是英国绅士温文尔雅的打趣和诙谐。王尔德无意去讨论这些现象的根源,他更倾向于在对这些现象的调侃和打趣中营造出作品机智的美感。在童话《了不起的火箭》中,青蛙表示不喜欢争论,理由是:"争论多么粗俗啊,你看上流社会的人士,他们的观点都完全一致"②。王尔德在《道连·格雷的画像》中写道:"如果是一个有身份的人,他知道的东西总是让他游刃有余;如果不是一个有身份的人,他知道的东西对他就只有害处。"王尔德在《没有秘密的斯芬克斯》中写道:"婚姻就

---

① 此作品以下引述内容参见〔英〕奥斯卡·王尔德:《道连·格雷的画像》,荣如德译,上海译文出版社 2006 年版。

② 〔英〕王尔德:《公主的生日:王尔德短篇小说选》,范桂芳译,复旦大学出版社 2011 年版。

是要建立在误解之上。"① 这种机智的语言和思辨既表达了作者的观点,也增加了作品的机锋和趣味,针针见血,又不失绅士的风度和文字的风雅。这种语言和思辨的机智色彩成就了王尔德童话、剧作和小说的辉煌,也造就了其独一无二的艺术价值。

二、象征与审丑:前期象征主义文学

崛起于 19 世纪 70—90 年代的象征主义文学思潮,相对于崛起于 20 世纪初到 40 年代的象征主义文学思潮,被称为"前期象征主义文学"。象征主义文学认为,传统的艺术思维方式和表达方式大多依赖现实理性和逻辑,通过观察、分析和推论,把握和表达对世界的理解。但是,这种思维和表达方式只能把握和表达世界的表象,而无法把握和表达世界的内在本质和真相。

象征主义文学主张,艺术的思维方式不应依赖理性和逻辑,而应依赖人的直觉、感悟的能力,如此才能直达世界内在的真相。在表达方式上,也不能用直接的描摹和仿写,而是应该以某种具体事物作为符号或标记,利用通感、暗示等手法,激发读者联想和想象,让读者透过作者所提供的符号或标记,领悟到符号或标记背后的真相。因此,象征主义文学的表达风格呈现出流动、朦胧甚至神秘不可知的色彩,充满了各种模糊、不确定的意蕴,从而给读者留下了大量的主观感受、领悟甚至补充的空间。

法国前期象征主义文学的主要成就体现在诗歌创作上。诗人**夏尔·波德莱尔**(1821—1867)被视为象征主义文学的先驱。之后的代表诗人还有**保尔·魏尔伦**(1844—1896),其代表作有《感伤集》《无言的情歌》《美好的歌》《智慧集》等。魏尔伦的诗歌情感细腻,以音韵和谐为特色。魏尔伦的同性恋人**让·尼古拉·阿蒂尔·兰波**(1854—1891)则要激进得多,这位天才的少年诗人自称"通灵诗人",靠天马行空的想象力和无拘无束的自由精神写诗,他的诗歌充满了梦幻和想象的色彩,意象奇异瑰丽,带有超现实主义的风格。兰波从 16 岁开始佳作频出,18 岁时,魏尔伦抛弃家庭与他私奔到伦敦。兰波的诗歌创作此时也达到巅峰状态,他的作品《黎明》

---

① 〔英〕王尔德:《公主的生日:王尔德短篇小说选》,范桂芳译,复旦大学出版社 2011 年版。

《醉舟》《元音字母》都足以代表象征主义文学的辉煌成就。兰波在19岁时与魏尔伦分手，在痛苦的情绪波动中写出了优秀的散文诗《地狱一季》和《彩图集》。20岁以后，兰波退出诗坛，开始了在世界各地流浪谋生的岁月。16—20岁成为这位天才诗人一生中唯一的创作期。

与魏尔伦、兰波并称为"法国象征派三剑客"的，是**斯蒂芬·马拉美**（1842—1898）。马拉美被誉为"象征主义之象征"，与魏尔伦和兰波不同，他不但进行了象征主义诗歌的创作，还是第一个将象征主义理论进行系统化的诗人。在自己的家里，他连续十年每逢周二举办象征主义文学的沙龙，在文坛产生了很大的影响。所以，他也是象征主义文学的传播者和活动家，并因此被视为象征派的领袖。马拉美的诗作不算多，著名的有《牧神的午后》《天鹅》《希罗多德之歌》（未完）等作品。不同于魏尔伦的温柔细腻、兰波的自由飞扬，马拉美的诗歌严谨精致、意蕴深沉、用韵巧妙，更具精雕细刻之感。

波德莱尔被称为"象征主义文学先驱"，他的创作和理论对魏尔伦、兰波和马拉美产生了直接的、决定性的影响。波德莱尔最著名的作品是诗集《恶之花》[①]，此外还著有散文诗集《巴黎的忧郁》，文学艺术评论集《浪漫派艺术》《美学珍玩》，散文《私人日记》《人造天堂》等。

波德莱尔最重要的理论是提出了"通感论"，被收入《恶之花》的诗歌《应和》表达了他对于通感的理解：自然对于人类不是无法沟通的异在，而是存在相互感应的，会"不时发出一些含混不清的语言"，"森林露出亲切的眼光对人注视"。因此，人类要了解自然，最好的办法就是接收到自然发出的"含混不清的语言"，感受到森林的注视。这种接收能力就是"通感"能力。诗人应该利用通感去感知世界，然后使用意象暗示去激发读者的联想和领悟，实现意蕴的表达。波德莱尔提出的这种诉诸人的直觉和感悟能力的思维方式和表达方式，为整个象征主义文学奠定了坚实的基础。

波德莱尔的另一个重要贡献是反对诗人主观上粉饰现实，把现实理想化。只要是世界的真相，都应该被表达，不只是美好的事物，更包括丑恶。

[①] 此作品以下引述内容参见〔法〕夏尔·波德莱尔：《恶之花》，郭宏安译评，漓江出版社1992年版。

波德莱尔认为，相对于美善，丑恶更接近世界的本质。诗人应该直面丑恶，呈现丑恶，而不应人为地构筑虚假的美。这种对于世间丑恶的关注，成为《恶之花》最醒目的特点，《恶之花》也因此成为大胆使用"丑恶意象"的作品。在《恶之花》中，腐尸、苍蝇、赃雾、污血等丑陋恐怖的意象都被应用在诗歌之中。

《恶之花》包括一百多首诗歌，主体包括"忧郁和理想""巴黎风貌""酒""恶之花""反抗""死亡"六个部分。《恶之花》虽然由一首首彼此独立的诗歌组成，但这些诗歌之间还是有着潜在的情绪线索的。《恶之花》就像是组诗版的《神曲》，抒发的是类似"地狱之行"版的体验和痛苦。只不过《神曲》的"地狱"是但丁梦中的地狱，而波德莱尔的"地狱"就在人间。在篇首的"告读者"中，波德莱尔表示他要写的是"罪孽的动物园"以及动物园中的七种野兽，这是对于"地狱式的社会环境"以及"地狱式的人性"的象征。除此以外，他还要写最丑陋可怕的一种怪物即"厌倦"，这象征"地狱式的精神困境"。波德莱尔认为，人类的生存陷入这三种"恶"，"我们每天都朝地狱迈进一步"。《恶之花》以"诗人"自己的经历、感受和体验作为线索，描写了以恶为核心的人间地狱之旅。

第一部分"忧郁和理想"描写了在外在丑恶和内心不时爆发的沮丧中艰难前行的逐梦心路。诗人坚信上帝给"诗人们"留下了位置，他要去追逐自己的诗歌之梦。理想给了他不断前进的勇气，但现实露出狰狞的面目。母亲都诅咒他是"毒蛇"，庸俗的人群也嘲笑他，他"被嘘声围得紧紧的"。他追寻美，却发现美不过是一副虚伪的面具；他追寻爱，爱却带来混乱、燥热和虚空；他追逐着梦想，得到的却只有"忧郁"。他的梦想终究还是如走投无路的蝙蝠，只能徒劳地冲撞着现实的硬墙。"当大地变成一间潮湿的牢房/在那里啊，希望如蝙蝠般飞去/冲着墙壁鼓动着胆怯的翅膀/又把脑袋向朽坏的屋顶撞击。"（《忧郁之四》）他仇恨这世界，对自己也心生厌恶。"我是座连月亮也厌恶的坟地/里面的长蛆爬呀爬呀就像悔恨。"（《忧郁之二》）

第二部分"巴黎风貌"描写的是"诗人"的现实体验。在波德莱尔的笔下，巴黎这座城市就是罪恶集合体的象征。劳动的人们"累弯了腰"，却摆脱不了贫穷的命运。衰老的流浪者、阴郁的盲人、赌徒、娼妓、骗子和小偷，是这城市的景色。这是一座地狱式的城市，"雾海茫茫，淹没了高楼大厦/收容所的深处，有人垂死挣扎"。（《晨光熹微》）在这座城里，除了苦难、痛苦、绝望、憔悴和漂泊不定，诗人无法感受到其他的情绪。

第三部分"酒"讲述了诗人以及那些受尽苦难和绝望折磨的人，只能在酒中寻找欢乐和希望。拾破烂的、找不到归宿的孤独者、历尽折磨的情侣都在醉酒的状态下感受到他们从未有过的美好，但这种自我麻醉只是意味着更大的痛苦和绝望，不能带来任何真正的生存下去的力量。

在第四部分"恶之花"中，诗人看到了灵魂深处最深重的恶。无头的女尸象征着有罪的爱情，坟墓和妓院象征着死亡和放荡，腐烂的悬尸象征着受难且自我厌憎的诗人。诗人的绝望在内外两个方面都达到了顶点，但他还想挣扎，还在叫喊："上帝啊！给我勇气，给我力量/让我观望我自己而并不憎厌！"（《库忒拉岛之行》）

第五部分"反抗"是诗人最后的抗争，他不断地追问上帝：为何人类要如此受难？"该隐之子，你的苦刑/难道永远没有完？"他恼怒上帝布下这苦难的人间，呼喊"把上帝扔到地上来！"（《亚伯和该隐》）为了打破这苦难的宿命，他转而亲近撒旦，要与撒旦率领的反叛天使一起向上帝宣战。

但是，这只能是诗人面对苦难的激愤。就算对上帝失望，诗人依然做不成撒旦。于是，第六部分"死亡"描写了诗人真正的结局，那就是在死亡中寻求解脱和安慰。诗人指出，只有"死亡"才是真正让人摆脱苦难的"上帝"，穷人在死亡中得到安息；艺术家只有在死亡中才能看到新的太阳，智慧之花得以绽放。诗人在死亡中叹息："可到头了！"他在死亡中得到了平静。但是，诗人对"死亡"的颂歌，不过是为了表达对社会苦难无从去除的悲伤以及对梦想无从实现的绝望。因此，就算诗人高唱死亡之歌，他最后的诗行依然在徒劳地梦想着"新的起航"，梦想着"到未知世界之底去发现新奇"。

《恶之花》是一场地狱式丑恶的感受过程，但诗人在不断描述这些"环境恶"和"情绪恶"的过程中，始终没有放弃对于善的向往。诗人始终在注视"撒旦"，但从未停止对于"上帝"的呼唤。诗人字字句句描绘着"恶之花"，但每一笔的背后都渗透着对于美的创造。

第九章

精神继承与艺术突破：20世纪现实主义文学

20 世纪现实主义文学是对 19 世纪现实主义文学的延续、发展和突破。

首先，20 世纪现实主义文学依然以密切关注社会现实问题为基本特征，思考和探索各种社会因素对于人的内在和外在影响。不过，由于社会的变革，20 世纪现实主义文学所关注的社会问题要比 19 世纪复杂得多。20 世纪，欧美社会经历了两次世界大战和各类政治革命，社会的动荡给人们带来复杂的人生体验，造成了社会意识、宗教信念、价值观念、道德体系等方面的剧烈变动，文学的现实内容也就格外复杂和丰富。除了 19 世纪所表现的战争、政治革命、拜金、两性关系等问题之外，经济危机、精神危机、殖民和种族歧视危机、资本霸权和阶层关系危机、文明异化和人的异化等，都成为 20 世纪现实主义文学思考的新问题。

其次，在艺术形式和表达方法上，20 世纪现实主义文学也对 19 世纪现实主义文学进行了多方面的突破。比如，20 世纪出现的长河小说，实现了体量的突破；非理性手法的大量使用，实现了艺术手法的突破，现实主义与现代主义的界限也越来越模糊。

第一节　20 世纪现实主义文学概述

一、社会投影与心灵现实：法国现实主义文学

阿纳托尔·法朗士（1844—1924）是一位跨世纪的现实主义作家，曾是法国 19 世纪唯美主义文学派别帕尔纳斯派的一员，在 19 世纪就写出了诸如《苔依丝》等优秀的作品。19 世纪末，法朗士和左拉一起抗议过法国司法丑闻"德雷福斯叛国事件"，从此对法国政治现实和司法制度深感失望。此后，法朗士开始接受社会主义思想的影响，写作风格也转向批判性

的现实主义文学。法朗士在 1921 年加入法国共产党，并于同年获得诺贝尔文学奖。

　　法朗士在 20 世纪所写的第一部重要作品即短篇小说《克兰比尔》，就是有感于"德雷福斯叛国事件"写成的。小菜贩克兰比尔等在路边收菜钱，没有执行警察让他走开的命令。在争执中，警察诬陷克兰比尔骂自己是"该死的母牛"。克兰比尔因此被送上法庭，在草率的审讯之后被罚监禁。出狱后，他一无所有，流落街头，不由得感觉还是待在监狱里比较好。想起上次入狱的罪名，他找到一个警察并骂道："该死的母牛！"没想到，在这个警察看来，这不过是酒鬼的胡言乱语，因此不予理睬。克兰比尔的入狱计划失败，只好垂头丧气地继续流浪街头。这篇小说有力地讽刺了法国当时司法制度的随意性和不公正性，以及权力机构对于普通百姓人身自由和社会权利的随意践踏。

　　法朗士在 1908 年写成了长篇小说《企鹅岛》，以寓言的方式写现实，以企鹅的动物社会影射人类社会，对以政府为核心的政治权力系统进行了讽刺、挖苦和批判。三年后，法朗士写成了又一部长篇小说《诸神渴了》。这部作品以法国大革命为背景，讲述年轻画家加莫林从一个爱国者转变为屠杀者的悲剧过程。加莫林是罗伯斯皮尔的信徒，他为了保卫一个抽象的"国家"、捍卫自己的政治信仰而大开杀戒，只要是被认为危害了国家的人，统统被他判为死刑；凡是与他的政治信仰不同的人，甚至质疑他的政治信仰的人，也都被他送上了断头台。不管这些人是善良还是真的邪恶，也不管这些人是亲人、恩人、邻居还是朋友，甚至不管这些人是不是真的有罪，只要冒犯了他的权威和政治信仰，就都是死路一条。法朗士向我们展示了一个抱着爱国热情、曾经追求正义的人，在握有生杀大权以后，是如何一步步在机械的政治概念和教条之下，走向人性的反面，变成了可怕的刽子手和暴君。法朗士也试图向读者证明，无论是何种起点，如果人类的行为走上反人性、践踏他人自由和生命权利的不归之途，就一定会走向灭亡。最终，在愤怒的唾骂声中，加莫林和罗伯斯皮尔一起被送上了断头台。这是一个令人沉思的悲剧，启发人们思考：为什么会从追逐正义的起点走向非正义？为什么会从对权利的吁求发展为对权利的践踏？为什么对自由信仰的追求会变成对他人自由意志的敌视和剥夺？这是极具人类悲悯情怀的命题，具有永恒的价值。正如1921年诺贝尔奖评选委员会给法朗士的颁奖词所述，"深广的同情心、强大的吸引力以及一种真正的法国性情"，就是法朗士作品的基本特色。

继法朗士之后，另一位称得上跨世纪现实主义文学家的是**罗曼·罗兰**（1866—1944），他开创了长河小说写作体式，凭借《约翰·克利斯朵夫》在1915年获得诺贝尔文学奖。**马丁·杜·加尔**（1881—1958）则凭借自己的长河小说《蒂博一家》获得1937年诺贝尔文学奖。这两位作家把法国长河小说的写作推上了顶峰（参见本章第二节）。

弗朗索瓦·莫里亚克（1885—1970）是又一位获得诺贝尔文学奖（1952年）的法国现实主义作家。他一生写过二十多篇小说，晚期主要写作政论文、传记和回忆录，诸如传记作品《戴高乐》、回忆录《内心回忆》等。莫里亚克的小说大多以其家乡法国西南部波尔多地区为背景，讲述家庭故事。从《爱的荒漠》《苔蕾丝·德斯盖鲁》《和麻风病人的亲吻》到《蝮蛇结》[①]，莫里亚克笔下的家庭大多展现出人性中的褊狭、自私以及情感的冷漠和隔膜。无爱的夫妻、彼此敌视的父子女、物化的关系缔结等，形成了一幅幅冰冷且让人绝望的家庭图景。

《蝮蛇结》的主人公路易是一个成功的律师，他通过自己的努力积累了巨额财富。但是，路易的家庭是个悲剧，他和妻子伊莎的关系十分冷漠，跟自己的孩子和孙辈也只有彼此的仇恨。孩子们算计着他的钱，他算计着如何让他们的愿望落空。他甚至谋划把财产送给自己的私生子以打击自己的孩子们。路易的孩子们也对他极其无情，一心盼他早死，连杯水都没人倒给他喝。这个家庭就像"盘结在一起的毒蛇"，互相算计、争斗，毫无亲情可言。

从故事本身而言，路易看上去就是一个"守财奴"形象。这一形象在欧美文学中十分常见，莫里哀的"阿尔巴贡"、巴尔扎克的"葛朗台"、果戈理的"泼留希金"都是十分经典的形象。不过，这些形象基本上都是落脚于对于人物行为的描写和讽刺。莫里亚克的《蝮蛇结》却深入人物行为

[①] 此作品以下引述内容参见〔法〕莫里亚克：《蝮蛇结》，王晓郡译，重庆出版社1987年版。

的背后，挖掘路易的内心世界，探索人格深处的悲剧。路易出身卑微，受到世人的鄙视，造成了他内心强烈的自卑感和不安全感。他生活在一个物质欲望和拜金思想泛滥的社会里。在这样的社会里，拥有金钱被视为拥有最强大的力量。在这种扭曲的价值观念之下，长大后成为律师的路易对金钱产生了强烈的追求欲望，他不择手段甚至卑鄙无耻地追逐金钱，把这视为自己的最高目标。路易错误地认为有了钱，就可以换来安全、尊严和价值。在金钱与亲情的冲突中，他毫不犹豫地选择了金钱。结果，他的金钱越多，幸福离他越远。这不只是路易自身的愚昧，是一个时代物欲横流、拜金思想泛滥的结果。

除了时代赋予路易扭曲的价值观念外，扭曲的阶层观念是造成其悲剧的另一个根源。路易出身卑微，不惜一切想跻身上流社会。他利用金钱的力量，娶了贵族出身但家道没落的伊莎。然而，根深蒂固的阶层观念并未使路易因此而获得真正的自我身份认同，他依然没有摆脱内心的卑微感。当伊莎无意间说出自己婚前和另一个男人的感情故事时，路易竟然滋生出强烈的嫉妒和愤怒，他从此冷落伊莎长达 40 年。等到伊莎不得不把所有的感情寄托在孩子身上时，他又迸发出对孩子们的嫉妒和仇恨。路易不是不爱伊莎，却总是在伊莎的脸上看到轻蔑，他的自卑放大了这种轻蔑并因此恼怒不堪。这就是路易心胸狭窄、善嫉好妒性格的深层根源。路易母亲从小对他的溺爱，又形成了他妄自尊大的性格。他自卑又自傲，虽然内心渴望得到伊莎的爱和家庭的温暖，但没有能力宽容地对待家人，更无与家人沟通的能力。他曾试图用事业的成功来博得伊莎的青睐，但已经心灰意冷的伊莎表现得无动于衷。面对伊莎的冷漠，路易唯一做的就是报以更为冷酷的对待。这家人的悲剧就此铸定了。路易的内心一直都在渴望伊莎和家庭的爱，他的行为却是用一生来惩罚和仇恨自己的家庭。直到伊莎死去，他才突然醒悟，痛苦地忏悔过去，把财产留给了孩子们。但是，无论如何，路易都在家庭的仇恨和冷漠中度过了此生，这是他无法改变的悲剧命运。

虽然作者认为路易"在他惨淡的一生中，阴暗的欲望挡住了他的眼睛"，但又说"这个吝啬鬼珍爱的并不是金钱，这个发狂者渴望的也不是报复"。扭曲的价值观念、阶层观念造成了路易人格的裂变、情感的无能，无论拥有多少金钱，都弥补不了他精神上的巨大黑洞，也挽救不了他悲惨的命运。

除上述作家以外，女作家**西多妮·加布里埃尔·柯莱特**（1873—1954）的女性题材的小说，诸如自传体小说《克罗婷在学校》《克罗婷在巴黎》《克罗婷婚后》《克罗婷出走》等，以及《姬姬》《谢利宝贝》等名篇，大多讲述女性爱情生活的不幸以及艰难的生存故事，在法国文坛占据很高的地位。另外，**玛格丽特·尤瑟纳尔**（1903—1987）写作的富有创新意识的历史小说，诸如《哈德良回忆录》《苦炼》等，也在法国现实主义文学中占据重要的一席之地。

与上述作家略有不同，同样作为诺贝尔文学奖（1947年）获得者的法国作家**安德烈·纪德**（1869—1951）表现出更多对现代性写作风格和手法的追求。纪德并不像一般现实主义作家那样取材于现实社会生活，讨论现实社会问题，而是更多地表现自我的内心世界，讨论内心世界的冲突和纠结。这与他受到唯美主义、象征主义等非现实主义流派的影响有关。他的作品大多是自传体，热衷于展开对内心世界的剖析，带有强烈的内心自白色彩，在20世纪上半叶的法国现实主义作家中独树一帜。纪德的代表作包括《背德者》①《窄门》《田园交响曲》《伪币制造者》等，这些作品大都热衷于探索灵魂深处的矛盾和冲突。

《背德者》以第一人称讲述了米歇尔的人生经历。米歇尔出身于富裕但节俭的清教徒家庭，长期过着循规蹈矩、遵守戒律、对父亲言听计从的生活，就连婚姻也是父亲的指令，他和玛丝琳在弥留之际的父亲枕边订了婚。在到北非旅行结婚的途中，米歇尔患了重病。也正是在这段日子里，特别是在与底层阿拉伯儿童的接触中，他发现并体验到了另外一种生活的可能，没有道德的负担，追随天性生活。在这种生活方式中，他的病竟然痊愈了。于是，等米歇尔重新回到原来的生活中，原本习惯的一切都变得难以忍受，他发现了自己学术研究的无趣，厌恶清规戒律以及刻板生活的压抑，渴望摆脱这些羁绊。这时，他的妻子玛丝琳病了，医生建议他们找一处空气新鲜的地方去养病。从诺曼底到阿尔卑斯山，再到米兰、那不勒斯、巴勒莫

---

① 此作品以下引述内容参见〔法〕安德烈·纪德：《背德者》，李玉民译，中国友谊出版社2015年版。

海湾……在这条漫长的旅途上,有很多适合玛丝琳也为玛丝琳所喜欢的养病之所,但米歇尔仿佛被一种无形的力量所驱使,难以停下脚步。他执意拖着病情越来越重的玛丝琳,长途颠簸重回北非,落脚在条件恶劣但让他魂牵梦绕的旧地。他把虚弱不堪的玛丝琳留在昏暗、肮脏的旅馆,自己则急不可耐地走进夜色,开始了纵情享乐的生活。玛丝琳死后,生活强压给他的最后一个负担也消失了,他自由了。他再也不用忠于任何人和任何事,可以只忠于自己了。

那么,米歇尔得到想要的自由生活了吗?等待他的是极乐的天堂,还是生命的深渊呢?纪德未置可否,正如他在"小引"中所言:"本书既不是起诉状,也不是辩护词。"提出问题,把激烈的矛盾和冲突揭开,这才是纪德所要做的。纪德只是提出了一个人类永恒的两难问题。毫无疑问,"父亲"所代表的传统生活规则和道德约束对一个人而言,是有巨大伤害性的,伤害了人的自然天性,让人无法按自己的意愿生活。米歇尔生病了,在某种意义上,这不是生理层面的病,而是天性遭遇恶性压抑而产生的剧烈精神痛苦。因此,他的病才能够在没有迂腐教条、僵硬生活模式的异国自然痊愈。米歇尔不顾一切扑向异域和同性之爱的举动,其动机是摆脱旧有的生活模式和价值规则,实现释放自然天性、纵情而活的热望。

"玛丝琳"代表着来自传统生活模式和道德规范的温情和美。她忠诚、真挚、宽容,为了所爱的米歇尔可以付出一切。当米歇尔把传统的道德和价值全部抛弃的时候,意味着代表着忠诚、真挚、宽容的"玛丝琳"也被抛弃了。忠诚、真挚、宽容,正是人类社会所积淀的沉甸甸的人生价值和美感。当这一切被抛弃,米歇尔的"自由"里还剩下些什么呢?当玛丝琳死去的那一刻,米歇尔的确不用再背负任何责任和义务、约束和规范了,但这样的人生真的就是值得艳羡和向往的"忠于自我"吗?《背德者》提出的这一两难问题,就是这部作品最深刻也最有价值的地方。

《窄门》展现了另一个两难困境:"灵"与"肉"。爱情的价值和意义在于"肉"的满足还是"灵"的愉悦?阿莉莎目睹了母亲肉欲享乐的丑陋,也看到了妹妹"无灵"的婚姻带来的自我麻木,她认定爱情的价值和意义只在于与"肉"分割的"灵"。她要把"肉欲"从自己的爱情中剥离出去,但这也就注定她永远无法与所爱的杰罗姆在一起。除了离开爱人,孤独死去，她没有其他任何选择。这是阿莉莎的"灵"与"肉"的难题。《田园交响曲》展现的两难处境是"理性"与"爱欲"。牧师爱上了被自己救助的盲女吉特吕德，不惜背叛家庭，这是"爱欲"对"理性"的征服。吉特吕德复明后，看到了别人的苦难，决心自杀以拯救牧师家庭的苦难，这是"理性"对"爱欲"的征服。《伪币制造者》则给出了更多令人难解的生存谜面：为何亲情总是通向互相的背叛？为何宗教总是通向欺骗？为何文学会通向功利和虚伪？纪德揭开了世界的荒诞，向读者展示了生存的另一种艰难。

生于并长于宗教家庭的纪德对于"反叛"和"自我"有着强烈的向往，但宗教信仰也让他的每一个反叛和怀疑都伴随着疑虑和焦灼。体现到他的作品中，就表现为丰富而多元的矛盾命题，无论是"道德规范"与"精神自由"、"灵"与"肉"、"理性"与"爱欲"、"信仰"与"怀疑"还是"诗意"与"世俗"，这一组组矛盾不但体现了纪德对于生存问题的独特感受和思考，也具有极大的普世意义。

到了20世纪中叶及下半叶，纪德式的"向内转"的现实主义文学在法国文坛呈现得越来越多，作家们越来越热衷于展开自我剖析和灵魂探索。**安东尼·德·圣埃克絮佩里**（1900—1944）的《小王子》用独特的童话方式，打开了探索人类心灵世界的便捷之道，人性的愚蠢、狭隘、懦弱、虚荣、浅薄、功利通过一个个浅显的童话故事得到了最准确的呈现。**玛格丽特·杜拉斯**（1914—1996）的作品在刻画人物内心世界、展开自我内心剖析上取得了令人瞩目的成就。她的《情人》《如歌的中板》《抵挡太平洋的堤坝》等作品大多取自自身经历，情节散淡。但是，在描写内心的图景，诸如晦暗、破裂、希冀和绝望时，文字准确、细腻，极具个性。比如，《情人》的故事线只是少女时期的"我"与一个中国男人从相识到分离的生活经历，没有跌宕起伏的矛盾和冲突，但是把一个深陷绝望、对生活充满叛逆心和征服欲的女孩的内心世界刻画得淋漓尽致，写出了"在割裂中寻找自我，在毁灭中挣扎求生"的痛苦生存体验。这种对内心世界的浓厚兴趣同样体现在18岁成名的女作家**弗朗索瓦丝·萨冈**（1935—2004）的作品之中。萨冈的《你好，忧愁》《某种微笑》《你喜欢勃拉姆斯吗……》等作品，虽然讲述的是富裕阶层男女的情感故事，却把情绪本身作为刻画对象，细腻描写了人的孤独、无聊、沮丧、忧郁等情绪，深入挖掘并展示了人的内心世界的纹理和结构，因此受到广泛的欢迎。

帕特里克·莫迪亚诺（1945— ）是2014年诺贝尔文学奖获得者，他的《环城大道》《暗店街》《夜班撞车》《青春咖啡馆》等作品打破了现实中的时序逻辑，以碎片化的记忆、想象和现实糅合，展开对于自我和存在本身的认知。这些碎片化的记忆构筑的往往不是"现象"和"事件"，而是"感受"和"体验"。人类无法按照固定的社会环境和身份安身，人的存在本身就是不确定的，没有确定的本质，也没有确定的价值。人类必须承受不确定的痛苦，也在这种不确定中获得些许的自由。这种具有现代主义风格的对人的认知是作者诸多作品中的核心内容。莫迪亚诺的作品也反映出法国现实主义文学与现代主义文学的高度融合。

二、文明阴霾与人性灰暗：英国现实主义文学

在法国得到充分发展的长河小说在英国也有杰出的成就，产生了**约翰·高尔斯华绥**（1867—1933）的《福尔赛世家》这样优秀的作品，高尔斯华绥也因此得到了1932年诺贝尔文学奖（参见本章第二节）。

萧伯纳（全名乔治·伯纳德·萧，1856—1950）的作品最大的特点，就是敢于展示现实最残酷的一面。他的作品大多设置精神力量与金钱力量的对峙，并以精神力量的惨败而告终。《鳏夫的房屋》中的屈兰奇医生不肯接受靠出租房屋搜刮穷人发财的岳父的财富，最后却发现提供给岳父房屋的正是自己的家族。《华伦夫人的职业》中的女儿薇薇十分清高，最后却发现自己的母亲是靠开妓院供养自己的。《芭芭拉少校》中的芭芭拉在救世军中担任少校，坚信自己从事的是崇高的事业，不满父亲从事军火生意，最后却发现救世军本身就是父亲这样靠不义之财发家的商人们创办的。连接这个世界的每一根链条、每一个螺丝都已经彻底金钱化，金钱的力量简单、粗暴却无处不在，这是萧伯纳对于资本世界真相的深刻揭示。

威廉·索默塞特·毛姆（1874—1965）在23岁时弃医从文，开始文学创作。他在28岁时靠剧本创作成名。不过，他对文坛最大的贡献还是小说作品。毛姆的小说作品更集中地展开对于物质文明的反思，代表作有长篇小说《月亮和六便士》《面纱》《刀锋》等。《月亮和六便士》中的思特里

克兰德原是一个证券经纪人，收入颇丰，家庭富裕。但是，在成家 17 年后，他突然割舍一切，决心实现自己的绘画理想。为此，他不仅遭到社会舆论的指责，也把自己推入窘迫潦倒的生活之中。但是，他决不回头，越走越远，最终在土著人生活的塔希提岛安顿下来，娶了土著姑娘，过着原始、简单的生活，把所有的精力都投入绘画之中。即便染了麻风病，他依然没有停止绘画，直到生命的最后一刻。思特里克兰德所作人生选择的背后，是他对自我价值的重建。在现代物质文明社会中，思特里克兰德的"价值"是建立在金钱和社会地位之上的。为了这样的"自我价值"，他必须违背自己的真实意愿，过着令人厌憎的刻板又重复的生活。塔希提岛的思特里克兰德虽然没有金钱和地位，但可以沉醉在尽情创作的乐趣和艺术赋予的精神享受之中，他获得了行为和精神的双重自由，这是另一种"自我价值"的实现。他并非一无所有，而是得到了很多现代社会中的人所丢失的更为本质的生命价值和快乐。《月亮和六便士》对于反思现代物质文明、思考自我生命的本质和意义都具有重要的影响。

毛姆的另外一部长篇小说《刀锋》延续了对这些问题的思考。《刀锋》的主角拉里与思特里克兰德一样有报酬丰厚的工作、美丽的未婚妻，但他放弃这一切，选择到异乡游历。在这看似不可思议的行为背后，是拉里对于都市生存状态和模式的深深怀疑。艾略特和伊莎贝尔代表了物质文明价值支配下的生命类型。特别是艾略特，他不择手段地追逐金钱和地位，用名利来证明自己的价值，精神上肤浅、无聊、空虚。一战期间，拉里的战友为了救他而死亡，这让拉里不停地思考：别人用生命帮自己争取来的珍贵人生，其价值就是忙于追逐名和利吗？拉里否定了艾略特式的人生模式和价值观念，清醒地认识到这是在拜金社会中滋生的严重的精神危机。拉里最终在东方文化中得到启迪，在不断追求精神境界的提升、完善自我心灵的过程中，感到了生命真正的价值。

约瑟夫·康拉德（1857—1924）的作品同样有着对于现代物质文明的反思。康拉德早期的代表作《吉姆爷》[①] 设置了"文明社会中的人进入原

---

① 此作品以下引述内容参见〔英〕约瑟夫·康拉德：《黑暗的心 吉姆爷》，黄雨石、熊蕾译，人民文学出版社 2011 年版。

始部落社会"的故事模式,其重点是讲述前者如何在后者那里得到救赎。《吉姆爷》讲述水手吉姆立志要做一个高尚的人,但在沉船的危急时刻,他还是跟其他水手一起扔下旅客,跳上了救生船。这让吉姆很羞愧,他远离原来的生活,不断流浪,后来在土著人那里发现了做一个高尚的人的机会。吉姆真正得到了土著人的拥戴,他们尊称他为"吉姆爷"。他对一群被俘的海盗动了恻隐之心,劝说部落首领释放了他们。没想到,不义的海盗卷土重来,杀了部落的很多人,包括首领的儿子。最后,吉姆选择用自己的命来平息部落人的愤怒和悲痛,让部落首领打死了自己。

《吉姆爷》讲述的故事本身并不具有很强的现实感,但康拉德巧妙地使用了这些现实感不强的故事,寄托了象征意蕴。"沉船的旅客"和"被俘的海盗"带有明显的道德命题的象征,吉姆前后两次不同的选择——"抛弃"和"拯救",象征着其道德信心的不同状态,也隐含着其对于道德力量的思考:早期吉姆的道德追求只是停留在信念上;后来吉姆经历了道德实践,对于自己的道德追求有更强的确认力。吉姆最终自求死亡也具有丰富的象征意蕴,即海盗的行为破坏了吉姆对人性的良善认定,揭开了人性暗黑的一角。吉姆求死不只是满足众人泄愤的愿望,更不是出于对人性的失望,而是吉姆的自我救赎,用死亡挽救人们摇摇欲坠的信心。象征意蕴的使用扩大了《吉姆爷》的精神内蕴和命题的丰富性,这是写实手法很难做到的。

康拉德的《黑暗的心》[①]之思考更为深入,这部作品讲述现代文明与原始部落"相遇"的更多悲剧性可能。殖民者库尔兹曾经决心把现代文明带到非洲的原始部落,但是很快发现在这里,他可以为所欲为,没有遇到任何反抗,也没有任何道德约束。库尔兹很快就堕落成一个疯狂的掠夺者和"暴君"。直到死亡的前一刻,他才醒悟到自己的行为是如何远离了人性,嘴里喊着"恐怖啊,恐怖",痛苦地死去。"黑暗的心"不只是对原始部落中黑人们懵懂无知状态的隐喻,也是对扭曲的人性以及文明社会脆弱的道德体系的隐喻。《黑暗的心》通过设置"殖民者"和"被殖民者"、

---

① 此作品以下引述内容参见〔英〕约瑟夫·康拉德:《黑暗的心 吉姆爷》,黄雨石、熊蕾译,人民文学出版社 2011 年版。

"文明社会"和"原始部落"之间的两元结构，利用象征意蕴，轻松地表达了作者对于人性、道德、文明的一系列深刻反思。

爱德华·摩根·福斯特（1879—1970）的《印度之行》从另一个侧面讨论了殖民者和被殖民者的关系问题。这部作品讲述的是殖民关系中的民族文化隔阂，作者不但写到了理性层面的隔阂，最重要的是从潜意识层面探索了文化隔阂带来的内心影响。英国小姐阿德拉·奎斯蒂德在理性层面对印度人持有友好态度和愿望，英国上流社会对印度人的歧视令她感到愤慨。她不顾其他英国人的嘲笑，真诚地与印度医生阿齐兹交朋友。但是，当奎斯蒂德游览马拉巴山洞时，密闭幽暗、有着神秘回声的空间诱发了她内心的极度紧张和不安，她感觉受到了阿齐兹医生的侵犯。虽然奎斯蒂德后来纠正了自己的指控，但双方曾努力构建的友情一去不返，取而代之的是更深的隔阂甚至敌意。文化隔阂在奎斯蒂德潜意识中的存在，是她内心紧张、恐惧、不安全的重要根源，也是民族壁垒的悲剧性体现。

福斯特的另一部作品《看得见风景的房间》从内容上说是对女性自我意识的思考。出身底层但率真洒脱的乔治和出身上层但刻板乏味的塞西尔，造成了上层社会女孩露西的选择困难。是追随自我情感和自然天性的愿望，还是服从社会的价值标准？经过艰难的挣扎，她最终选择了前者，解除了与塞西尔的婚约。这部作品与劳伦斯的作品思考的问题比较接近。不过，在写作手法上，福斯特运用了很多的象征手法，就连小说本身的结构设计都带有象征性的寓意，这种美学追求也呈现出比较明显的现代意识。

乔治·奥威尔（1903—1950）的反乌托邦小说《动物庄园》采用动物寓言的非现实主义叙事风格，讲述政治理念和政治实践的错位和悖论，揭示了人性的阴暗面如何让人们的政治理想走向反面。《一九八四》则以未来幻想的方式，讲述了一个假想的高度集权的社会空间，描写了人类在失去行为自由和思想自由之后所面对的令人恐怖和窒息的生活状况。**阿道司·赫胥黎**（1894—1963）是与奥威尔齐名的反乌托邦小说家，他的《美丽新世界》也用时空幻想的方式，讲述了一个剥夺人类思想权利、控制人身自由的空间，与《一九八四》有相似之处。

威廉·杰拉尔德·戈尔丁（1911—1993）采用具有象征和寓言色彩的

小说样式，创作了《蝇王》①。故事发生在未来一场核战争期间，因为飞机失事，一群6—12岁的孩子坠落荒岛。大孩子拉尔夫主张大家要按照文明社会的记忆和规则生活下去，如建造厕所，文明如厕；搭建帐篷，建设文明居所；开会举手发言；派专人守护火堆。"猪崽子"是拉尔夫的忠实跟随者，他不断提醒大家思考："是照规则，讲一致好呢？还是打猎和乱杀好呢？""是法律和得救好呢？还是打猎和乱杀好呢？"拉尔夫和"猪崽子"都是现代文明社会的尊崇者，在荒岛上努力延续文明的规则，保持与外在文明社会的潜在联系，他们把这些视为生存下去的首要条件。但是，他们对文明的提倡不能帮助孩子们克服对岛上"野兽"的恐惧，那些规则的制定也与孩子们自由散漫的天性发生了冲突。另一个大孩子杰克开始带领大家围猎、杀戮野猪，当双手沾满鲜血之后，他们感觉自己强大了。他们在杰克的带领下，把脸涂花，围成一圈，疯狂地跳着野蛮的舞蹈，叫喊着杀戮的口号，内心的恐惧消失了。孩子们抛弃了拉尔夫和"猪崽子"，成为杰克的追随者。他们在不断的杀戮中体味自己的强大和安全感，先是杀野猪，然后开始杀人。他们误杀了西蒙，谋杀了"猪崽子"，然后开始追杀拉尔夫。直到救援的大人们到来，这场"孩子动手杀孩子"的悲剧才宣告终结。

《蝇王》看似在讲述一个荒岛模式的幻想故事，发出的却是关于人类文明的严肃追问。荒岛上的孩子们最后变成了集体暴力的追随者，而集体暴力是人类社会的顽疾，战争、动乱都以集体暴力的方式呈现。集体暴力的发生根源是《蝇王》思考的重点。最能体现作者对这一问题所作探索的是西蒙。西蒙不像拉尔夫和"猪崽子"那样只是徒劳地嘶喊文明的口号，他敏感地发现孩子们痴迷于暴力杀戮，是因为内心充满对"野兽"的恐惧。正是对"野兽"的恐惧让孩子们迅速地把自己变成了"野兽"。在暴力崇拜的背后，是人性的怯懦、虚弱；在集体暴力的背后，是集体性的生存恐慌，以及试图抵制、控制恐惧的欲望。集体暴力和狂乱，可以带给人错觉中的自我强大感和安全感。这就是集体暴力往往体现为集体施暴和集体狂欢的原因。就连一直试图用文明规则压制兽性爆发的"猪崽子"和拉尔夫，

---

① 此作品以下引述内容参见〔英〕威廉·戈尔丁：《蝇王》，龚志成译，上海译文出版社2009年版。

在骇人的雷雨之夜也因为恐惧而"迫切地要加入这个发疯似的,但又使人有点安全感的集体。他们高兴地触摸人构成的像篱笆似的褐色背脊,这道'篱笆'把恐怖包围了起来,使它成了可以被控制的东西。"

通过西蒙,作者表达了对于集体暴力成因的深入探索,也表达了对于拯救人类的设想。拉尔夫和"猪崽子"拯救群体的方式是宣示规则,而西蒙则是寻找消除群体恐惧的方法。西蒙孤身一人进山,去揭开"野兽"的真相。他最终发现,让孩子们害怕的"野兽"不过是坠机时被挂在树梢死去的飞行员的尸体。西蒙认为只有了解恐惧的来源,才能消除恐惧的产生,没有恐惧,就没有集体暴力的发生。这是作者对于集体暴力的独特思考。可惜,带着谜底下山的西蒙被在黑暗中蛮舞狂欢的孩子们误当作"野兽"乱棍打死了。西蒙是一个先知的形象,代表着那些破解人类命运谜语的思考者,他的命运也折射出这些思考者的命运。这些思考者试图拯救庸众,却常常为庸众所杀。《蝇王》以非现实的内容,对集体暴力和人类文明问题进行了哲学化的深入思考。结尾也耐人寻味,救援的大人们来了,孩子们在荒岛上的相互厮杀结束了,他们将回归文明社会。但是,他们即将回归的所谓"文明社会"正在爆发核战争。爆发核战争的人类社会,还能称为"文明社会"吗?那何尝不是规模更大、杀伤力更强的一场集体暴力呢?孩子们回到这样的社会,就能称得上"得救"了吗?在《蝇王》中,"人类如何得救"从始至终都是一个未决的悬念,而这个悬念的存在也是这部作品最具现实冲击力的地方。

这一时期,另一个有着鲜明个人风格的作家是**格雷厄姆·格林**(1904—1991),其代表作有《布莱顿硬糖》《密使》《权力与荣耀》《恋情的终结》等。他努力打破传统的严肃文学和通俗文学之间的界限,使用大量的犯罪和间谍题材,创作了独树一帜的悬念小说,其作品也因此常被划归于严肃文学领域之外。这在一定程度上也是格林多次被诺贝尔文学奖提名却始终未能获奖的原因。但是,格林的小说无论是在立意还是在艺术手法上都远远超越一般的间谍小说或是悬疑小说。

《布莱顿硬糖》的故事主线是,年轻的帮派头子宾基为了给老大报仇,把布莱顿硬糖塞进黑尔的喉咙杀死了他。警方介入后,排除了他杀的可能,放弃追踪此案。但是,曾与黑尔有萍水之交的歌女艾达坚持这是他杀,决心查出凶手。从此，在艾达与宾基之间展开了猫与老鼠般的博弈。这部小说看上去很像是侦案小说，但与侦案小说完全不同的是，它一上来就告诉读者谁是凶手。这是违背侦案小说基本特征和情节机制的。作者这样的安排使得最吸引读者的不再是真相本身，而是宾基的行为。宾基是一个邪恶得令人发指的年轻人，他杀了人，却害怕承担罪责。为了掩盖罪行，他骗娶了杀人事件的唯一证人即年轻的女招待罗斯。最后，他甚至想引诱罗斯自杀，以彻底消除隐患。

在《布莱顿硬糖》中，宾基的"恶"才是推动情节不断发展的力量。不过，作者并没有停留在对于"恶"的描写之上，而是深入到恶行背后，探知"恶"的成因。在宾基残忍、冷酷、邪恶的背后，是他贫瘠、阴暗、不堪的童年。被无视的童年让宾基的内心充满了自卑和无力感，这是他倾心暴力的主要原因。但是，无论宾基表现得多么强悍、自负，他的内心都未曾摆脱自卑、虚弱和绝望。为了让自己遗忘内心的这些隐痛，他需要不断地诉诸邪恶和暴力。这就是宾基内心世界的"死循环"。追击者艾达试图惩罚宾基的"恶"，而痴迷于他的罗斯却想从内心深处用真情和怜悯感化他的"恶"。艾达和罗斯是作者给宾基"死循环"设置的一外一内两股撼动的力量。艾达代表着正义的力量，要让有罪者付出代价；罗斯则以陪伴宾基下地狱的牺牲精神，试图用爱去打破黑暗。但是，艾达所代表的公平正义能够让宾基付出代价，却无力触动他暗黑的灵魂；罗斯的爱盲目又卑微，同样无力填补宾基那深不见底的精神空洞。宾基最后自杀了，他不是死于艾达所带来的压力，而是因为他自身的"死循环"瓦解了，他那副成人和强者的面孔终于败给了内心深处那个在黑暗中瑟缩哭泣的无助小男孩。《布莱顿硬糖》对于人性的探索远远超出了一般侦探小说的范畴，是当之无愧的具有杰出艺术造诣的严肃作品。

格林的另一部作品《恋情的终结》也是如此，讲了一个并不曲折的关于婚外情的故事：二战期间，莫里斯和已婚的莎拉幽会时被炮火击昏。莎拉向天主许愿，只要莫里斯能活下来，她愿意皈依天主，从此与莫里斯分离，再不往来。莫里斯以为莎拉抛弃了自己，痛恨不已，后来才得知真相。莎拉虽然依然爱着莫里斯，却始终不肯答应与他私奔，直到患病去世。在这个平淡的故事中，激烈的矛盾冲突仍然发生在人物的内心世界。在莎拉的内心，她和莫里斯的恋情是有罪恶感的，所以她才会以离开莫里斯作为许愿的条件。分离的痛苦是莎拉为自己安排的惩罚，这样她才能在天主的接纳中得到安宁。这不是对爱的放弃，而是对爱的升华，她把爱情升华到可以与信仰共存的高度和纯度，这种精神的飞升是她对爱情最不可思议的演绎。真正被莎拉放弃的只是肉体，她以此向天主许愿，也最终由此走向死亡，永远皈依天主，皈依她所向往的纯净永恒的爱的境界。莫里斯与莎拉的区别在于，为了爱，他可以冒犯天主，甚至要与天主争夺爱，争夺莎拉。他不要圣境中的爱，而要实实在在的拥有。尘世的爱泥沙俱下，夹杂着恨，裹挟着嫉妒、猜疑、不安。但是，也正是因为这种复杂，尘世的爱厚重又痛苦，令人刻骨铭心。《恋情的终结》不是在两性关系中谈爱情，而是在人性、爱欲、宗教的冲突中谈爱情，谈灵魂，谈精神的出路。这种叙事角度和思想深度同样是"通俗文学"的定论所无法涵盖的。

到了 20 世纪下半叶，英国文坛的艺术创新和实验更为普遍，进一步推动了现实主义文学与现代主义文学的交融。2007 年诺贝尔文学奖获得者**多丽丝·莱辛**（1919—2013）在《野草在歌唱》中，用心理线索推动情节和人物关系的发展，脱离传统的故事线框架，构筑"心理线"框架。她的代表作《金色笔记》则建构了一种哲学框架，通过一个故事加上五本笔记的新颖方式，展示纷纭复杂的灵魂图景。身为哲学家的**爱丽丝·默多克**（1919—1999）把文学与哲学高度融合，以文学叙事探索人性善恶、道德和自我等哲学命题。她的代表作《黑王子》更是让文学形式本身就寄寓哲学色彩，带有鲜明的后现代主义实验色彩。**约翰·福尔斯**（1926—2005）的《收藏家》《法国中尉的女人》《巫术师》等作品，极力打破现实主义与现代主义的界限。在他的作品中，现代派的因素随处可见，同时传统的叙事精神也完美地融合其中。这种创新意识常常让他的作品成为"最难分类"的作品。**安东尼娅·苏珊·拜厄特**（1936— ）向来以不拘一格、勤于创新的叙事手法而著名，她的《占有》《巴比塔》等作品在当代产生了重要影响。**朱利安·巴恩斯**（1946— ）的《她遇到我之前》《福楼拜的鹦鹉》等作品在叙事手法和题材选择上轻盈自由，没有束缚，带有很强的个性色彩。**伊恩·麦克尤恩**（1948— ）的《赎罪》《阿姆斯特丹》《时间中的孩子》等作品探索人的内心意识，命题多有现代色彩。麦克尤恩用十分细致甚至传统的现实主义叙事手法去展示这种探索，取得了非同寻常的效果，也让他的作品在拥有深沉内容的同时具有很强的可读性。

三、内心迷惘与精神出路：美国现实主义文学

20世纪早期的美国文学体现出比较传统的现实批判精神，以广阔的社会生活为背景，揭示美国社会政治、经济和阶层关系上的重重问题。

西奥多·德莱塞（1871—1945）是美国20世纪重要的现实主义作家，他的第一部长篇小说《嘉莉妹妹》在发表后引起轩然大波。

嘉莉是个乡下姑娘，只身来到芝加哥打工。她辛苦地在流水线上做工，换来的是微薄的薪水，连件冬衣都买不起。嘉莉住在姐姐和姐夫家，房租一分不少地缴纳。嘉莉生了一场病，失去了那份可怜的工作，陷入绝境。走投无路之中，嘉莉决定甩掉那些毫无用处的道德观念，走上了一条"适者生存"的道路：她先是做了推销员杜洛埃的情妇，后来又跟着更有身份的赫斯渥私奔。当赫斯渥事业潦倒时，她果断地抛弃了他。嘉莉凭借着自己的青春美貌，最终打拼成了一位明星演员。曾为她抛妻弃子的赫斯渥却沦落到收容所，自杀而亡。过上富裕生活的嘉莉感到内心的空虚，在朋友埃姆斯的启发下，她准备去创造生活真正的价值和意义。

作者虽然批评嘉莉的虚荣和拜金，但并没有对她展开过多的道德批判。相反，作者认可出身贫寒的嘉莉不甘贫困的心志和个人奋斗的勇气，嘉莉面对逆境的勇敢与赫斯渥的懦弱颓废形成了鲜明的对比。即使对于嘉莉不断做人情妇的行为，作者批评的矛头也并未真正指向嘉莉。在不公正的社会中，底层人的辛勤劳作是廉价的，嘉莉累死在流水线上也改变不了自己的命运。这个社会只给了嘉莉一个"商机"：她的青春美貌是唯一可供交易的"商品"。嘉莉只能选择"卖还是不卖"，她从来没有得到过其他的选择机会。正因为作者不认为嘉莉是道德败坏的人，才会安排埃姆斯这一追求精神价值的人物形象，让他引领嘉莉走上更有希望的人生。《嘉莉妹妹》是一部充满人道主义精神的作品，它真正站在底层青年的角度去思考他们的个人奋斗之路，同情他们的无奈，认可他们的力量，也给予他们美好的希冀。但是，当时的美国社会无法理解德莱塞对于"嘉莉式奋斗"的同情和认可，指责和否定几乎毁了德莱塞，以至于他在停笔十年之后才写了第二

部长篇小说《珍妮姑娘》。

与《嘉莉妹妹》不同，《珍妮姑娘》中的珍妮是一个深陷贫困却从未失去美好品德和正直选择的姑娘。她做情妇不是为了钱，而是为了爱。珍妮身边的家人和情人大多为了个人物质利益而不顾一切，只有她坚持着爱和付出。虽然珍妮做人情妇的行为仍然被一部分读者诟病，但总体上收获了较多好评，为德莱塞挽回了部分声誉。但是，毫无疑问，珍妮只是一个理想化的形象，缺乏嘉莉那样复杂深刻的现实意义。《珍妮姑娘》成功之后，德莱塞开始创作费时30年的"欲望三部曲"：《金融家》《巨人》和《斯多葛》。在此过程中，德莱塞还创作了另一部颇具影响的长篇小说《美国的悲剧》。

这些作品更加尖锐地揭示了在拜金主义泛滥的社会里人们扭曲的生存方式和精神的极度沦落。"欲望三部曲"讲述了法兰克·阿吉龙·柯帕乌成长为商业巨头的一生。柯帕乌出身于银行小职员家庭，并无显赫的背景。他能够成为美国社会的商业巨头，除了天生的经商才华和在商场上永不认输的强者心态外，最重要的原因是抛弃了一切情感和道德的约束。柯帕乌把自己的人生无比坚定地锁定在一个目标之上：金钱。他所有的人生选择都以金钱作为唯一的考量因素。为了增加财富，20岁的他追求富有的寡妇并与之结婚。他不知道什么叫爱国和民族情感，战争对于他而言唯一的意义就是如何用以发财。他的脑袋里从来没有社会责任和义务这种概念，社会对于他而言就是展开逐利交易的场所，股票、地产、铁路、公债、煤气都成为其获取最大利益的渠道。他也不关心政府的执政状况，一心只要利用那些官方权力，垄断更多行业，壮大自己的金融王国。正是这种原始又强悍的赤裸裸的逐利人格，让柯帕乌在商业道路上所向披靡。他几次跌倒都是因为私生活不检点、丧失道德底线招致的惩罚，但一次次都能东山再起。在柯帕乌强大的金钱欲望面前，道德和社会规范的力量显得那么微弱。柯帕乌凭借着他的无耻无畏，走上金钱霸权的巅峰。"欲望三部曲"毫不留情地揭开了美国社会那些"财富人生"背后的肮脏交易和地狱式人格，其现实批判意义是巨大的。

《美国的悲剧》中的青年克莱德就像另一个柯帕乌，为了逐利不惜一切。他一路奋斗，已经做到工厂里一个不错的职位，也得到了女工罗贝特的爱情。但是，当他获得富家小姐桑德拉的爱情之后，为了扫清障碍，杀掉了已经怀孕的罗贝特，事发后被判处死刑。克莱德的人生比柯帕乌更具普遍意义，这部作品揭示了更具悲剧性的现实。在金钱社会的冷酷齿轮下，对于克莱德这样的底层青年而言，就算抛弃一切道德底线，也未必能实现自己的"美国梦"。

辛克莱·刘易斯（1885—1951）是美国第一位获得诺贝尔文学奖（1930年）的作家，《大街》《巴比特》《阿罗史密斯》被视为他的代表作。他的小说以对现实社会的尖锐揭示和批判而著称。《大街》描写了美国中西部小城镇封闭、保守的文化空气，展示了小城镇居民无聊、空虚和琐屑的精神世界。《巴比特》的批判矛头则指向金钱和物质崇拜的社会价值观念和生活态度，讽刺了物质消费狂欢所形成的精神废墟。

厄普顿·辛克莱（1878—1968）的小说以接近新闻实录的方式揭示了美国金钱化社会方方面面的黑暗。《煤炭大王》《石油》揭开了美国垄断行业的惊人内幕。《波士顿》大胆披露了政府的腐败以及警察的暴行。《屠场》更是直击关系普通民众利益的食品行业，描写疯狂逐利的欲望是如何让经营者丧失基本的道德底线，一方面疯狂地盘剥压榨工人，另一方面用腐烂发臭的肉制作罐头销往市场。辛克莱的文学造诣不是最高的，但是其作品的现实批判力和社会影响力是无可比拟的。《屠场》的发表甚至直接促成了美国《食品卫生监督法》的出炉，显示了文学推动社会变革的巨大力量。

约翰·斯坦贝克（1902—1968）是另一位获得诺贝尔文学奖（1962年）的美国作家，其作品最突出的特色是对于底层社会民众的高度关注，深陷贫困和不公的工人、农民是他笔下最常见的描写对象。他的中篇小说《胜负未决》通过讲述果园雇工的罢工，展示了这一群体所遭受的不公正待遇，并赞赏他们的反抗精神。另一篇中篇小说《人鼠之间》展示了季节工人凄惨的生活处境。长篇小说《愤怒的葡萄》被视为他的代表作。这部作品以乔德一家从俄克拉荷马州向加利福尼亚州逃荒的经历，描绘了一幅令人震惊的农民失业破产的受难图。他们在故乡被剥夺了生存下去的条件，来到加利福尼亚，依然摆脱不了农场主的压榨和勒索，等待他们的还是陷入饥饿和赤贫境地的命运。走投无路的农民最终决心团结起来，利用集体的力量勇敢抗争。

欧·亨利（1862—1910）以写作短篇小说而著名，他的小说《麦琪的礼物》《最后一片藤叶》《警察与赞美诗》等不但写出了普通人生活的艰辛，更是以意料之外的结局给人独特的阅读快感。

与英法一样，美国的现实主义文学没有停留在单纯的对社会问题的思考之上，而是一步步深入人的内心世界，探索精神深处的伤痕和困苦，呈现出越来越强烈的"向内转"的特色。

弗朗西斯·斯科特·菲茨杰拉德（1896—1940）和海明威、福克纳等都是在经历过一战之后走上文坛的作家。他们对于一战以后美国物质极度繁荣而精神极度空虚的状态有着深刻的切身体会，对于这个时代的共同描写让他们获得了一个共同的称号："迷惘的一代"。菲茨杰拉德以其对这个时代精神痛苦的深刻描写，被视为美国"爵士时代"的代言人。菲茨杰拉德的长篇小说代表作有《人间天堂》《夜色温柔》《了不起的盖茨比》《美丽与毁灭》等。他的一百六十多部短篇小说也有很多构思精巧、寓意深刻的精品，如《像里茨饭店那么大的钻石》《本杰明·巴顿奇事》等。

在菲茨杰拉德的作品中，大多有一些彷徨于物质狂欢时代的孤独灵魂。他们有些是出身上层社会的青年，如《人间天堂》中的阿莫里、《美丽与毁灭》中的安东尼。他们不由自主地承袭了这个狂欢时代赋予他们的以财富为核心的价值观，依靠阶层的优越感构建自我感觉，在上层社会的物质享乐中追逐快乐，又在这样的价值观和生活状态中感受到人生的空虚和迷茫。他们也有些是出身平民和下层的青年，如《夜色温柔》中的医生迪克、《了不起的盖茨比》[①]中的盖茨比。他们把征服上层社会、获取上层社会的生活和身份视为个人梦想。他们对美的认知也无不带着上层社会的深深烙印。但是，他们又时时刻刻发现上层社会的自私和冷漠，最终走向幻梦的破灭。

以《了不起的盖茨比》中的盖茨比为例，他之所以"了不起"，就是因为他虽然追逐金钱，但获得金钱并不是他的最终目的。盖茨比出身卑微，

[①] 此作品以下引述内容参见〔美〕菲茨杰拉德：《了不起的盖茨比》，姚乃强译，人民文学出版社2004年版。

曾经与富家女孩黛西相爱，但是黛西嫁给了门当户对的富家子弟汤姆。盖茨比通过个人奋斗实现了发财梦，他在黛西家的对面建了豪宅，在家中举办排场惊人、豪华奢靡的宴席，只为吸引黛西的注意。得不到黛西的青睐，财富对于他而言就毫无意义。在充斥着物质狂欢的时代，盖茨比始终是一个追求精神愉悦的勇士。他对物质本身毫无迷恋，他迷恋的只是美好的情感。

但是，盖茨比又注定是可悲的。在这样的时代，他所期盼的纯净爱情其实是不存在的。黛西只是一个肤浅自私的富家女，就连盖茨比自己也意识到黛西的风采来自金钱的力量，他悲哀地发现"财富怎样使黛西像白银一样熠熠发光"，而"她的话音里充满了金钱"。黛西的美来自她的财富，而不是她的灵魂。盖茨比一方面感受到黛西的肤浅，另一方面却又沉浸于对黛西的情感不可自拔。究其原因，是其价值观念和成功观念使然。盖茨比虽然不迷恋金钱，但他对金钱力量的崇拜跟"黛西""汤姆"们并无区别。盖茨比对于物质狂欢时代的卓越标准和价值标准表现出深深的认同，成功和卓越都需要用金钱的数量和身份的高低来证明。因此，盖茨比向黛西展示自己价值的方式就是带她看自己的大房子以及里面精美的服装和用品，并向黛西炫耀："我那里总是宾客盈门，不分昼夜，都是些有意思的人，是名流名家。"盖茨比的价值观念是物质时代的典型观念，即拥有金钱才叫成功。他跟"黛西""汤姆"们一样，并不在意品格、学识、胸怀、修养和情趣的重要性，只有财富才是值得尊敬和景仰的。因此，黛西再肤浅，她的财富背景和社会地位都让她的光环耀眼闪亮，无可替代。

盖茨比对自我价值的理解是世俗化的，并没有突破拜金社会的约束。他对自己身上真正的卓越和价值一无所知。他跟"黛西""汤姆"们一样愚昧，没有从品格和灵魂的高度去评价他人的能力，也不懂得品格和灵魂才是人生安全和幸福的基础。这就注定了盖茨比的悲剧结局，他把黛西看作诗意的象征，为了保持这个幻梦的完整，不惜在黛西撞死人之后，决心替她顶罪。但是，在这个时刻，黛西却与自己的丈夫握手言和，为了保护自己的利益而结成同盟，共同出卖了盖茨比，导致死者的丈夫把盖茨比打死在游泳池中。这无疑是一个悲伤又略带讽刺意味的结局。

弗拉基米尔·纳博科夫（1899—1977）虽然是一位移民作家，但他的作品《洛丽塔》有力地揭示了在美国社会普遍存在的精神困境和精神危机。亨伯特少年时期的初恋对象安娜贝尔不幸夭折，这段朦胧又纯真的情感留给他难以忘怀的美好记忆和巨大伤痛，以至于长大后无法爱上成年女性，只能对十几岁的小姑娘产生兴趣。为了得到 12 岁的小姑娘洛丽塔，他费尽心机，成为她的继父，并在其母亲意外去世后，带着她开始了一段只属于他们两人的公路之旅。

但是，在一个道德崩溃的社会中成长起来的洛丽塔与安娜贝尔是完全不同的女孩，她放纵、淫乱、空虚、庸俗。她没有给亨伯特带来期待中纯洁美好的情感，只是激发了亨伯特内心的兽性和肉欲之爱。亨伯特的肉欲之爱是充满了负罪感的，他带给洛丽塔的也只能是纠结、沉闷、压抑的关系。浅薄的洛丽塔无法承受这样复杂痛苦的关系，她宁愿跟随更直接、更坦白的肉欲和堕落。她跟着真正的色情狂和恋童癖奎尔蒂跑了。

亨伯特痛恨奎尔蒂，不只是因为他带走了洛丽塔，更是因为他在奎尔蒂身上看到了已然堕落的、身处地狱的自己。他开枪打死了奎尔蒂，被捕后，在法庭上作了长篇自白。小说的叙事正是以这种时而清澈、时而浑浊的激情自白构成的。《洛丽塔》是一个彻头彻尾的悲剧，洛丽塔就像一道光鲜可爱的风景，背后却是破烂不堪的精神废墟。在这样的现实之中，亨伯特的幻梦除了破灭，不会有第二个结局。在这部看似病态人格分析的作品中，隐含着作者对于现实和人性巨大的失望，写出了灵魂无处寄托的生存困境，更表达了普遍存在的无从寻找梦境的压抑和痛苦。

托马斯·沃尔夫（1900—1938）是这一时期又一位颇具特色的青年作家。29 岁时，他凭借带有自传色彩的《天使，望故乡》[1] 一举成名。35 岁时出版《时间与河流》，这本书同样成为畅销书。不幸的是，38 岁的他因感染肺炎而英年早逝。他的很多作品都是在去世后被整理出版的，诸如长篇小说《蛛网与岩石》《你不能再回家》等。《天使，望故乡》是沃尔夫最具代表性的作品。从本质上而言，这部自传色彩的作品就是沃尔夫的一部心灵史，文中的主人公尤金·甘特恰如他的自我写照。该作品从尤金父母

---

[1] 此作品以下引述内容参见〔美〕托马斯·沃尔夫：《天使，望故乡》，朱小凡译，人民文学出版社 2011 年版。

的青春时代写起，讲述了尤金从出生到大学毕业的漫长人生历程。这部作品的取材并不具备社会广度，它写的是尤金以及尤金父母和兄弟姐妹琐碎的生活。但是，这部作品所引起的精神共鸣是广泛的，作者表达的是一种精神的困境，那就是无从寻找的个人价值。在作者的笔下，这种个人价值是一出生就与人们失散的灵魂天使，是"通往天堂的遗失的小路"，是"一扇未曾找到的门"。在尤金的眼里，他的家人都曾努力地寻找属于自己的"天使""小路"和"门"，即活着的价值和意义。但是，这种寻找是如此艰难，他的家人大多迷失。他的父亲在沮丧中放弃了奋斗和梦想，在酗酒中浑浑噩噩地度过余生；他的母亲在金钱的迷惑中迷失了方向，把赚钱当作最终目的，结果变成一个冷酷、吝啬、贪婪的女人；他的哥哥在屡屡受挫中失去了信心，了断了人生。尤金目睹着、思考着也努力了解着家人的悲剧，在经历了种种磨难、痛苦和孤独的折磨之后，决心坚持下去，坚持去寻找自己的那条路、那扇门。《天使，望故乡》虽然描写的是狭小的家庭，但作者所揭示的价值迷茫和精神危机是具有普遍性的。这个家庭中的每个人都有很强的代表性，这部作品可以说是以一个家庭的内心图景浓缩了一个时代的精神特征。当然，沃尔夫在《天使，望故乡》中表现出的天才般的语言能力，让整部作品呈现出无比生动、准确且灵性十足的语言魅力，这也是其获得成功的重要原因。

1976年诺贝尔文学奖获得者**索尔·贝娄**（1915—2005）以更为现代的观念和艺术手法深入探索人类的精神困境和挣扎问题。贝娄极力写出世界的荒诞性和异己性，表达个人在荒诞的世界中的无力感和受挫感。《奥吉·玛奇历险记》《洪堡的礼物》都表达了类似的感受。

《奥吉·玛奇历险记》中，奥吉·玛奇不肯为任何力量所控制，也不愿被任何人制约和塑造，不管是亲情、友情、爱情、金钱还是权力。他执着地按自己的意愿生活，不惜做各种苦工甚至犯罪，也要独立地追求自我的价值和精神自由。但是，面对荒诞的世界，他终究难逃残酷现实施予的被戏弄、被扭曲的魔咒。他梦想可以建一座温暖、健康的孤儿院，最后自己却变成了一个倒卖战争剩余物资的贩子。这部作品揭示了世界充满异化人类的力量，在奥吉·玛奇身边到处是被异化的人，他只能孤独地与这个荒诞的世界抗争，看不到取胜的希望。

《洪堡的礼物》通过两代诗人的命运悲剧，表达的同样是世界的荒诞性。整部作品保持一种戏谑式的口吻，以此增加作品的荒诞意味。洪堡是20世纪30年代成名的诗人，他怀揣着对文学力量的信仰，试图用文学力量来改变这个世界。但是，随着整个社会的物质化和金钱化，他的诗歌越来越不合时宜，他不再受欢迎，变成了过时的诗人，陷入穷困潦倒的境地。人类进入一个不再需要诗歌精神的时代，这样的时代本身就是荒诞的。更荒诞的是，洪堡的诗歌不再流行，他的学生西特林以他为原型写作的戏剧却大受欢迎。人们不需要阅读诗人的诗歌，但是愿意从诗人的人生故事中得到娱乐。洪堡变成了诗人西特林娱乐大众的材料，西特林也因此走红了。洪堡的失败是荒诞的，西特林的成功则是更大的荒诞。

更令人悲哀的荒诞感体现在两位诗人身上。洪堡梦想用文学力量改变社会，但整个社会的物质化和金钱化让他发现只有依靠政治力量和金钱力量才能实现文学力量。他从一个梦想传播文学力量的人，变成了孜孜以求想成为总统助手的人、千方百计谋取大学教职的人甚至无耻地盗取西特林钱财的人。这就是洪堡无从逃避的被异化的命运。

被异化的还有西特林，他的作品火了，但并没有给这个社会带来任何良性的精神影响，相反只是激发了身边人的贪婪。从前妻到情人，都想从西特林身上刮到一些钱财，而这竟是他能够带给别人的唯一影响了。甚至成功也没能让他逃脱被异化的命运。他在有钱以后开始买名车、养情人，陷入虚荣、情欲的泥坑，到头来落了个破产的结局。最后，洪堡遗赠了他一份礼物。原来洪堡也以西特林为原型写了一部作品，这部作品被电影公司看中，西特林因此得到了一笔钱。这绝对不是乐观的结局，而是最大的荒诞：诗人们只能靠贩卖彼此的人生来换取钱财了。也正是由于发现了这一悲哀的事实，西特林和死去的洪堡和解了，他把这笔钱用来修建洪堡的坟墓，资助洪堡在世的亲人。西特林自己则不再需要钱财，他只需要离开。《洪堡的礼物》是一部哀伤的作品，写出了被时代击碎并抛弃的诗人的命运。这也是一部充满了讽刺意味的作品，揶揄着物欲时代的精神沦落，揭开了这个世界荒诞的真相。

杰罗姆·大卫·塞林格（1919—2010）的《麦田里的守望者》从青少年生存问题的角度，同样揭示了精神危机之下的生存痛苦。霍尔顿出身富裕之家，就读于富家子弟众多的中学。但是，他五门功课有四门不及格，还放肆地在历史试卷上胡说八道。他离开学校，在社会上瞎晃，抽烟，召妓，行为堕落。然而，他所做的一切都不能让自己愉悦。他所有的叛逆行为都不是为了追求，而只是因为厌弃。他厌弃庸俗的父母、势利虚伪的学校和老师，浅薄无聊的同学。霍尔顿离开了让他深恶痛绝的学校，但社会也没有给他任何希望。在旅馆的一排排窗子里，他能够看到的成人世界是污浊、空虚、无聊的，也是腐烂堕落而毫无希望的。家庭、学校和社会这三个空间向这个少年展示了同一幅图画，那就是道德溃烂和精神危机。霍尔顿是无法在现实中找到希望的，他只能在想象中守候一块充满阳光的麦田。

在上述作家不留情面地揭示美国社会精神危机的真相，表达普遍存在的生存迷茫和痛苦时，也有作家从灰暗的现实出发，试图寻找精神的出路和力量。

杰克·伦敦（1876—1916）的小说常常通过荒野和底层题材，描写生存的艰难，赞颂勇敢进取的生存精神，表达坚韧的生存意志是其作品的一大特色。他的代表作有《野性的呼唤》《白牙》等。

中篇小说《野性的呼唤》可谓是生存意志的集中体现，这是一部以动物为题材的作品。巴克原是南方米勒法官家的一只宠物狗，过着优渥舒适的生活。不幸的是，家里的园丁把巴克偷出来，卖给了狗贩子，它的命运也就此改变了。巴克被卖到了北方寒冷的淘金地，遭受人类的殴打，被迫成为雪橇狗，还要应对狗群内部残忍的互相争斗、撕咬。雪夜里，没有温暖的安身之所，巴克经常饿肚子。为了生存，巴克坚强地适应着这一切，它学会了四处觅食，吃各种能饱腹的食物，学会了挖雪洞睡觉，掌握了拉雪橇的技巧。艰难的生活没有让巴克屈服，反而激发了它的野性。巴克最终咬死了对手，成为雪橇狗群中的首领。巴克在所热爱的主人桑顿离世之后，终于回归自然，成为狼群中的首领，从此更为顽强也更为自由地生活在荒野之中。巴克这只具有传奇色彩的狗也因此成为顽强生命力和强大生存意志的象征。

短篇小说《热爱生命》通过描写主人公的求生经历表达了人类坚强的生存意志。这部作品的主人公是一个淘金者，他在背着金沙返回的途中扭伤了脚腕，伙伴也抛弃了他。他顽强地战胜了独行的恐惧，不让自己失去信心和勇气。他扔掉身上的金沙，只求能够前行。但是，脚伤疼痛难忍，每走一步都艰难无比。饥饿让他几乎发狂，他嚼食草根，生吃刚孵出的松鸡崽，吮吸狼吃剩的骨头。他用咆哮吓退了狗熊，却在奄奄一息之时，被同样奄奄一息的病狼盯上了。他们已经没有了互相搏斗的力气，只能比拼最后的那点生存意志，耐心地等待对方死去。他连站着走路的力气都没了，只能血肉模糊地爬着前行。跟了很久的病狼咬住了他的手，他趁势使出最后的力气把狼掐死了。他赢了，只因为他有比狼更顽强的求生欲望。这部作品通过极端的生存环境写出了人类惊人的生命力，这种对生存意志的描写比《野性的呼唤》更为直接，也更令人感到震撼。

赛珍珠（1892—1973）通过描写中国农民的故事，传达坚韧生存、追求梦想的精神。她的《大地》《儿子们》和《分家》构成了"大地上的房子"三部曲。王龙是一个赤贫的农民，因为大户人家做善事发嫁丫头，他才得以娶妻。王龙埋头耕种，吃苦耐劳。他的妻子阿兰沉默寡言却极其能干，不但把家务做得井井有条，而且跟丈夫一起下地耕种。拥有土地和繁衍后代成为他们的人生目标。夫妻俩以惊人的勤奋和节俭攒下银钱，买下了属于自己的土地。家乡遭遇旱灾，全家几乎饿死。王龙宁愿带着全家到南方讨饭，也坚决不卖自己的土地。他们在南方的动乱中趁火打劫，搞到了金子和珠宝。靠着这些东西，他们重返家园，买了更多的地，开始了更大规模的耕种。最后，王龙如愿从赤贫的农民变成了富裕的地主。王龙的个人奋斗之路与当时美国普遍存在的"美国梦"十分契合。虽然作者也大篇幅描写了王龙身上的封建愚昧、境界狭小，但毫无疑问，王龙所体现出的执着坚韧的生存力量和奋斗勇气才是作者重墨渲染的亮点。

玛格丽特·米切尔（1900—1949）的长篇小说《飘》，同样塑造了一个具有强烈生存欲望、坚强生存意志和巨大奋斗勇气的形象斯嘉丽。斯嘉丽原是养尊处优的塔拉庄园主女儿。美国南北战争爆发后，她新婚的丈夫在战场病逝，夫家所在的亚特兰大被北军攻陷，母家塔拉庄园也在战乱中被北军洗劫一空。为了保住塔拉庄园并让全家人活下去，她一人担起整个庄园的生存重担，如下地做农活，打死入侵家园的散兵，嫁给不爱的男人，在战后的亚特兰大做起了木材生意。整本书的主线是斯嘉丽和瑞德的感情纠葛，以及斯嘉丽对阿希礼的暗恋之情。但是，这本书最具感染力的还是斯嘉丽的人格魅力。斯嘉丽是一个非常复杂的女性形象，而不是那种单纯良善的淑女形象，她有自私、世俗、争强好胜、做事不择手段的一面，也有执着、坚强、信守诺言、勇敢独立的一面。她最重要的品质是，无论面对什么样的困难，都决不服输。失恋、战争、饥饿、破产、贫困、丧女、失去爱人，在这一连串的人生打击之下，斯嘉丽每一次都能坚定地站起来，勇敢地直面未来。她从来不被动地接受命运的摆布，就算不择手段也要把自己的命运掌握在自己的手里。她像一个男人一样不断地创造财富，追逐事业的成功。这种个人奋斗精神形成了斯嘉丽最主要的人格魅力。

当然，在探索人类的精神出路和生存状态方面，最具代表性的还是**厄内斯特·海明威**（1899—1961），他在其小说中张扬的"硬汉风格"和"希腊精神"，把美国文学对精神力量的探索推上了高峰（参见本章第三节）。

另外，美国黑人文学的崛起也让种族歧视作为一个严重的社会问题，大面积地进入文学的视野之中。**拉尔夫·艾里森**（1914—1994）的《隐身人》，以第一人称讲述了一个黑人青年认知自我的艰难历程。像那个年代的黑人们一样，"我"能够被"社会"接受的唯一方式，就是被"白人"接受，融入白人的世界，与白人共享社会资源，甚至娶上一个"浅肤色的妻子"。为了实现这样的梦想，他竭尽全力讨好、迎合白人群体，但依然落得一个被开除出大学的悲惨结局。他被"兄弟会"接纳，但很快发现这种接纳不过是想利用他的肤色，去实现兄弟会组织黑人的目的。在这个社会中，无论他怎样证明自己，排斥他的人和接纳他的人归根结底都是在按照肤色认定他的身份。黑肤色就像一道屏障，让他永远无法得到属于自己的独立身份。"我"最后烧掉了自己所有的社会身份证件，变成了一个没有社会身份、无名无姓的"隐身人"。他用这种与社会决裂的方式，开始了真正属于自己的自我确认之路。这部作品无疑是对美国种族问题的一个尖锐揭示。

1993年诺贝尔文学奖获得者、黑人女作家**托妮·莫里森**（1931—2019）延续了这种批判精神，写作了著名的《最蓝的眼睛》。黑人女孩皮科拉被母亲厌弃、被父亲强暴，这一切的悲剧都被她认为是自己的黑人身份所致。所以，皮科拉最渴望的就是能够有一双蓝眼睛。她请求牧师帮助自己拥有一双蓝眼睛，牧师却利用她去杀死一只老狗。在一连串的打击下，皮科拉疯了。疯了之后的皮科拉在镜子里看到，自己长了一双最蓝的眼睛。皮科拉不像《隐身人》中的"我"那样在一连串的遭遇中绝地重生，她被现实击垮，彻底否定了自我。也正因为这一形象并不理想化，所以具有更为普遍的现实悲剧色彩。

爱丽丝·沃克（1944—　）的书信体小说《紫颜色》也讲述了黑人女性悲惨的人生境遇。黑人女孩西丽被继父强暴，生下的两个孩子都被送了人。她被迫嫁给了有四个孩子的男人，受到他的冷漠虐待。痛苦的西丽只能不断地给上帝写信，以寻求内心的安慰。丈夫把自己所爱的黑人女歌手莎格带回家，让西丽照料。两个女人竟成了知心的朋友。拥有女权思想的莎格帮助西丽摆脱丈夫的控制，走上了独立自主的道路。独立后的西丽不但获得了自由和价值感，也最终与自己的妹妹和离散的儿女相聚。《紫颜色》没有停留在对黑人女性遭遇的哀叹上，而是赞叹她们争取自由和独立的勇气，鼓励黑人女性摆脱男权，依靠自己的能力去追求美好的人生。

四、创伤记忆与价值探寻：其他国家现实主义文学

1. 德国现实主义文学

德国是20世纪两次世界大战的主战国，对战争的反思也成为德国文学的重要内容。**埃里希·玛利亚·雷马克**（1898—1970）写作了《西线无战事》，以血腥的战场描写与德国青年士兵内心的痛苦和绝望，揭示了一战给人类带来的巨大伤害。他的《凯旋门》则痛批了二战，揭示了战争的罪恶。**贝尔多·布莱希特**（1898—1956）的剧作《大胆妈妈和她的孩子们》在揭示战争罪恶上也有独特的表现。布莱希特使用现实主义手法，讲述大胆妈妈带着孩子们靠在战争中贩卖东西而生活。作者一方面批评大胆妈妈对待战争的麻木态度，另一方面对她在战争中的悲惨遭遇给予极大的同情。

作为1999年诺贝尔文学奖获得者的**君特·格拉斯**（1927—2015），其《铁皮鼓》用现实主义叙事传统，结合荒诞的故事设计，揭示法西斯主义之下德国社会的精神沦落和创伤。《铁皮鼓》以作者的故乡旦泽地区为故事空间，从一战、二战一直写到战后的联邦德国时期，以纳粹统治为主要的时代背景。小说以主人公奥斯卡·马策拉特的第一人称展开叙述，讲述其独

特的人生经历。奥斯卡一出生就感受到了这个世界的荒诞,他的祖父是个纵火犯,他的母亲跟他的表舅通奸,而他就是他们的私生子。奥斯卡对于成人世界毫无向往,三岁那年他便策划了人生中第一次"自残"——蓄意滚下台阶,如愿让身体停止了生长,虽然他的智力以惊人的速度在发展,但他的个头永远只停留在三岁。"孩子"的身份让奥斯卡得以成为那个黑暗又混乱的时代的旁观者。即便如此,他依然无法逃脱现实世界带给他的影响:他的养父变成了纳粹分子,他的生父则因反纳粹而被处死。奥斯卡的女友玛丽亚为他生下孩子,但她同时也跟他的养父有染。

奥斯卡开始了对这个充满暴力、欺骗和虚伪的世界的反攻,组织个人的宗教团伙,与教堂对抗。二战结束时,奥斯卡借苏军之手,杀死了自己的纳粹养父。在养父的葬礼上,他扔掉了用来表明自己儿童身份的铁皮鼓,选择重新生长。但是,被压抑多年的身体已经无法正常生长,奥斯卡只能长成一个身高一米二的鸡胸驼背的矮人。二战以后的联邦德国并没有迎来美好的岁月,而是进入严重的物质匮乏时期。选择长大的奥斯卡靠展示自己的残疾外形成为鼓手明星,他在全社会的精神废墟之上建立了自己的成功。虽然他幸运地得到了一大笔遗产而成为富翁,但还是感到难以忍受这个世界的丑陋和荒诞。他进行了第二次"自残"——怂恿别人告发自己,从而如愿进入疯人院。

《铁皮鼓》用看似荒诞的手法书写,总结的却是极具现实感的一段历史,写出了纳粹战争、社会道德沦丧、经济崩溃等社会现象带来的巨大灾难。奥斯卡的"拒绝成长"展示了一种抗拒堕落、对抗黑暗的态度,当然也表达了这种对抗的虚弱和挫败。作者从批判现实社会问题上升到对社会荒诞性以及生存虚无感的深刻揭示。

2. 瑞士现实主义文学

瑞士作家**赫尔曼·黑塞**(1877—1962)的原国籍为德国,他在德国的成名作是《彼得·卡门青》,主要反思现代物质社会的弊病,以浪漫主义手法表达对于返归自然的向往。《在轮下》则对德国压抑个性的教育理念和体系进行了激烈的抨击,传达个性自由和解放的要求,同样带有浪漫主义文学色彩。一战期间,作为德国人的黑塞激烈地反对战争,因此被视为民族的"叛徒"。黑塞于1919年迁往瑞士,四年后加入瑞士籍。之后,他写出了《荒原狼》《东方之旅》《玻璃球游戏》等名作，1946 年以瑞士作家身份获得诺贝尔文学奖。

《荒原狼》[①] 并无连贯性的故事线索和载体，年近五十的德国人哈勒尔对于步入青年时代以来的个人感受、社会观点、人性意识和内心思绪的回顾才是故事真正的线索。哈勒尔是个极度孤独的人，他把自己视为另外一个世界的"荒原狼"。

哈勒尔的孤独感来自他对于德国社会的透彻了解。他眼中的德国社会是由愚蠢、庸俗又狭隘的人群构成的，他们把狭隘的民族主义当作爱国精神，愚蠢地鼓吹复仇和战争。哈勒尔曾积极撰文，力图唤醒这些错误的狂热，劝导人们认清战争对民族和人性的毁灭性，不要受国家主义的煽动。结果，他受到社会舆论的群起围攻，被说成是"害人虫"，是"不想向不共戴天的死敌报仇作战"的"不爱国的人"。

战争爆发了，"一千多万被打死的人躺在地下"。哈勒尔再次高声呼吁，要求"他的祖国和敌国一样对战争的爆发承担责任"，要求德国社会的好战分子们反思自己的错误和责任。结果，他再次被舆论攻击了。他付出的努力没有任何结果，狭隘的民族主义、以仇恨和复仇为核心的爱国主义依然占据着德国报纸媒体的话语阵地，而普通百姓照常"每天被灌输，被提醒，被煽动，被搅得不满和发火"。哈勒尔绝望地预感，不久的将来将会有更大的一场战争爆发，这是人性的狭隘和愚钝必然的宿命。面对这样的社会，哈勒尔无法与它和解，他宁愿做一只"荒原狼"，徘徊在社会的边缘。

但是，哈勒尔又不甘心看到自己的祖国走向深渊，又希望自己可以改变些什么。这种放不下的社会责任感让他痛苦不堪。他先是试图用"市民精神"来拯救自己。"市民精神"就是在"无数的极端和对立面之中寻求中庸之道"，是一种满足自己的日常生活，在个人生活的井然有序的状态中得到平静的精神。但是，"市民精神"的基础是接受一个平凡的自我，这与不甘平凡的"荒原狼"精神是冲突的。哈勒尔无法在"市民精神"中得到解脱。他遇到了赫尔米娜，又试图通过追随赫尔米娜来摆脱痛苦。赫尔米

[①] 此作品以下引述内容参见〔德〕赫尔曼·黑塞：《荒原狼》，赵登荣、倪诚恩译，上海译文出版社 2010 年版。

娜的生活态度就是在纯感官的娱乐中麻醉自我，跳舞，喝酒，发泄肉欲。哈勒尔一度沉浸在这种娱乐中不可自拔。但是，在一场带有虚幻色彩的终极游戏中，哈勒尔杀死了赫尔米娜，象征着他杀死了那个沉浸于娱乐的自我。最终，哈勒尔依然不知道如何寻求灵魂的出路，但他愿意接受这荒诞无稽的人生，也有勇气直面内心的地狱。《荒原狼》带有浓厚的自我写照意味，哈勒尔与德国社会的紧张关系，以及试图在娱乐中麻醉自己的经历，都是作者真实经历的再现。黑塞通过哈勒尔的内心挣扎，不但梳理了自我的内心世界，更剖析了一个时代的精神困境。

瑞士另一个杰出的代表性作家是**弗里德里希·迪伦马特**（1921—1990），其代表作有戏剧作品《老妇还乡》《物理学家》，犯罪小说《法官和他的刽子手》《抛锚》等。迪伦马特的作品习惯使用荒诞夸张的情节，传达对人性和现实的思考。《老妇还乡》鲜明地体现了这一特点。62 岁的亿万富婆克莱安回到了故乡居伦。居伦是个贫穷的小城镇，居民们都期望返乡的克莱安给大家带来财富。克莱安允诺拿出 10 个亿①，5 亿给政府，5 亿由居民平分，条件是他们必须帮她杀掉年轻时的情人伊尔。正是伊尔当年的遗弃和出卖，让克莱安不得不沦落异乡，沦为娼妓。虽然嫁给了石油大王并暴富，但她内心的伤痛已经无法弥合。居伦人一开始群情激愤，拒绝接受这个触犯道德底线的杀人条件。不过，人们开始纷纷到伊尔的店里去赊账，因为预期他会被干掉，赊的账不用返还。伊尔在恐慌中准备逃跑，全城的人都有默契地为他"送行"，把他死死地堵在了火车站。市长干脆给了伊尔一把手枪，让他自我了断。伊尔最终精神崩溃，心脏衰竭而死。克莱安兑现了她的允诺，带着伊尔的尸体离开。居伦的人们，包括伊尔的妻子和儿女，都把克莱安视为恩主。在《老妇还乡》看似荒诞的情节背后，是对于金钱社会人性异化的揭示，荒诞手法的使用没有减弱其现实感，反而让对于现实的批判更为犀利和深刻。

3. 奥地利现实主义文学

在奥地利文学中，有两位作家均以杰出的心理分析而著称。**斯蒂芬·茨威格**（1881—1942）擅长描写压抑、扭曲甚至病态的心理状态。《象棋的

---

① 根据原文中对话曾提到马克和基尼，此处的货币单位可理解为马克。——引者注

故事》中的B博士被纳粹关押在一间与世隔绝的、被消除了时间感和空间感的房间内，纳粹试图用这种心灵折磨方法逼他招供。为了对抗时空虚无带来的巨大精神折磨，B博士用一本审讯时偷来的棋谱，开始了漫长的研习。棋谱帮助B博士顶住了纳粹的精神折磨，但漫长的自我对弈最终导致了他的精神错乱。这部作品以惊人的手法，真实、贴切又深刻地展示了B博士在自我对弈过程中所经历的自我分裂、自我对抗和自我搏杀，淋漓尽致地写出了精神裂变的压抑和崩溃。茨威格从这种特殊的角度控诉了法西斯惨无人道的精神伤害。

茨威格更多的作品专注于对两性关系中成年男女的心理探索，一部分作品揭示了病态性意识导致的精神扭曲、分裂和癫狂，如《莱波蕾拉》[①]《马来狂人》等。

《莱波蕾拉》中的克蕾琴茨是一个私生女，12岁就开始做女佣、清洁工和厨子。她就像"一匹被驱赶得疲惫不堪的、瘦骨嶙峋的山马"。无爱又艰辛的生活把她磨砺得毫无女性的柔美和轻盈，整个人只剩下坚硬、呆板和笨重。她甚至没有任何情感需求，不与人交往，也懒得跟别人说话，唯一的乐趣就是攒钱。为了攒钱，她终日像牛马一样埋头苦干，那个外形土气粗糙的钱盒子就是"她生活的全部秘密和意义"。克蕾琴茨到男爵家中做女佣。男爵是一个性格活泼、举止随便的人，在一次闲谈中跟克蕾琴茨聊了聊她的故乡。谈到高兴处，男爵亲昵又随便地拍了一下克蕾琴茨的臀部。在克蕾琴茨荒芜孤独的人生经历中，这是第一次有男性特别是高贵男性对她表示亲昵。克蕾琴茨昏睡的情感需求被唤醒了，但在现实中并没有落脚之地，于是转化为一种畸形的热情。她无微不至地照顾男爵，揣度男爵的心意。在男爵夫人出门疗养之后，克蕾琴茨有默契地为男爵偷偷带回家的女人们服务，甚至自己动手给男爵拉皮条，只为在男爵的快乐中分享一点点渣滓。就这么一点浑浊不清的刺激和兴奋，已经让克蕾琴茨变了一个人，她能够跟邻居聊天了，还在自己的房间里哼唱歌曲。

但是，这快乐不长久，脾气暴躁的男爵夫人就要回家了。为了让自己

[①] 此作品以下引述内容参见〔奥〕斯·茨威格著，高寒编：《斯·茨威格女性小说集》，水石、纪琨等译，新疆人民出版社1995年版。

的男主人，也是为了让自己重新得到快乐，克蕾琴茨竟然谋杀了自己的女主人，并伪造成自杀。意识到这一点的男主人惊恐万分，对克蕾琴茨倍感厌憎，也不再理睬克蕾琴茨。男主人的冷漠和厌憎让克蕾琴茨"像一只知道自己做了恶而挨揍的狗一样，在用胆怯的眼睛等待她主人的一声口哨"。但是，这声口哨她没等来，男主人解雇了她。克蕾琴茨顺从地退出了男爵的宅子，投河自杀了。在她留下的钱盒子里，除了钱，还有她收集的男主人的一些微不足道的小东西，如车票、戏票、银戒指等。

《莱波蕾拉》从独特的角度聚焦底层劳动女性的精神世界，揭示了克蕾琴茨式的麻木、蠢笨和阴毒背后的成因，克蕾琴茨的苦难不是贫穷和艰辛，而是情感的缺失和荒芜。克蕾琴茨不是不渴望情感，而是在艰难的生存状态和卑微的社会地位之下，她从未得到过情感的慰藉，以至于用最卑微、最奴性也是最扭曲的方式去追求情感。《莱波蕾拉》以细腻准确的笔触直达人的内心深处，不只是表现内心的病变和阴暗，更是探索这病变和阴暗的来处。茨威格的作品在这方面的成就是十分杰出的。

茨威格还有一部分作品试图探索人类在寻求精神归宿和寄托的过程中迸发的巨大力量，诸如《一个陌生女人的来信》《一个女人一生中的二十四小时》等，都写到了精神的升华和救赎。

《一个陌生女人的来信》看上去是一个匪夷所思的爱情故事。一个邻家女孩在少女时期爱上了住在对面的男作家 R，R 完全不知道这份爱，她却终生不渝。因为知道 R 厌恶婚姻，也惧怕长久的爱情，她从不向他表白自己的爱情，只是以露水情人甚至是娼妓的身份寻找夜宿在他身边的机会。在 R 寻花问柳的生活中，她始终是无名无姓的一个。R 对她没有特别的印象，也从来没有记住她。但是，她无怨无悔，拒绝了真正爱她的男人，只为保持自由身，可以随时满足 R 的召唤。就算有了 R 的孩子，她也不去打扰他，默默地独自抚养孩子。直到孩子夭折，而她也即将死去，她才写了一封长信，把一切告诉了 R。R 读着长信，感受到深深的震动，但这个女人在他的记忆和印象里依然茫茫无影。

如果只从爱情关系的层面理解，《一个陌生女人的来信》描述的这种两性关系是有问题的，甚至是有损女性意识和女性权利的。但是，这部作品的重点不在两性关系，而在对于精神力量的思考和探索。这位无名无姓的女性在这场单向的爱情中并非一无所获。正是因为有了这种爱情，她在艰难的现实生活中始终保持旺盛的生存欲，也滋生了面对一切困难的勇气。也正因为这份因爱而生的力量，她赚取金钱却没有沦为金钱的奴隶，在欢场谋生却保持着内心的纯洁，身处物欲横流的社会却始终把精神和情感视为最高的价值。她能够做到这一切，正是因为在情感上有追求，在精神上有寄托。这部作品所展示的并不是痴情有多可贵，而是精神力量到底能创造多少奇迹。这个女子的爱，从本质上说，不过是在污浊世界和低俗时代中的一种特殊的自我救赎。

《一个女人一生中的二十四小时》[①]也是如此。C太太不惜毁掉自己的名声，奉献自己的肉体，也要拯救一个沉溺于赌场的年轻赌徒，这种行为同样不能被阐释成爱情。C太太出身高贵，42岁成为寡妇，陷入"一段已经失去价值、令人悒闷欲绝却又不能速死的时期"。正是年轻赌徒的出现，让她发现了重获价值的方式，那就是通过救赎他人以实现自我救赎。正如C太太的描述："我们这两个扭在一起一同滚下深渊的人，一个濒死疯狂，一个突逢意外，冲出这场致命的纷乱以后都变成了另外的人。"因此，C太太才会在跟一个完全陌生的年轻赌徒共度一夜之后，没有感到羞惭，而是感到"不禁欣然自喜，不禁骄傲起来"，"我经受了无边的痛苦，正像是自己生育了一个孩子"。从事件本身来看，她做了一件不贞洁的事情。但是，这件事情让她有了"置身教堂的感觉，奇迹降临、圣灵荫庇的福乐感觉"。《一个女人一生中的二十四小时》比《一个陌生女人的来信》更为直接地点明了题旨，显示出作者探索精神境界和精神力量的勇气。

另一位以心理分析著称的奥地利作家是2004年获得诺贝尔文学奖的女作家**埃尔弗里德·耶利内克**（1946— ），代表作有《做情人的女人们》《钢琴教师》《情欲》等。耶利内克的作品关注那些在正常外表下已然被扭曲的可悲心灵，剖析人性扭曲的成因，更展示病态心理之下的生存错位和精神苦难。《钢琴教师》就是一部探索人性异变的优秀作品。埃里卡的母亲为了把女儿培养成钢琴家，四十年如一日地把埃里卡控制在自己的掌心中，

[①] 此作品以下引述内容参见〔奥〕斯·茨威格著，高寒编：《斯·茨威格女性小说集》，水石、纪琨等译，新疆人民出版社1995年版。

导致埃里卡独立生活能力的丧失以及人性的严重扭曲。在母亲的监管下，埃里卡的情欲无法按正常的渠道得到满足，只能沉溺于猥琐的偷窥。她过着被压制的生活，又用同样的压制去对待自己的学生。她丧失了爱与被爱的能力。面对一个倾慕她的男孩子，她把他们之间的关系扭曲成了性暴力和性虐待。即便如此，她也无力在两性关系中得到释放和满足，只能徒然举起刀子，刺向自己的身体。《钢琴教师》揭开了日常生活的平静之下被隐藏却无处不在的灵魂地狱，思考人与人之间那些虐待和被虐待、摧毁和被摧毁的关系。

4. 捷克现实主义文学

捷克作家**雅罗斯拉夫·哈谢克**（1883—1923），出生于布拉格（时属奥匈帝国），以他在一战中的经历为基础，创作了长篇小说《好兵帅克》。这部作品塑造了一个憨厚老实的士兵帅克，他决心效忠奥匈帝国，积极参战，认真完成每一个指令。荒诞的是，他效忠的是一个已经失去民众尊重的政权，他积极参加的是一场毁灭民众的战争，他服从的是一系列荒诞至极的命令。这种巨大的反差形成了作品的喜剧感，也更巧妙地对奥匈帝国的军队、政府、宗教进行了全面的讽刺和批判，展示了一个穷兵黩武、昏庸腐败、道德沦落的统治体系。

捷克作家**米兰·昆德拉**（1929—　），出生于仅次于布拉格的第二大城市布尔诺（时属捷克斯洛伐克）。作为捷克斯洛伐克作家的昆德拉写作了《玩笑》《可笑的爱》《生活在别处》《为了告别的聚会》等作品，奠定了他在捷克斯洛伐克文坛的坚实地位。1968 年，捷克斯洛伐克展开了名为"布拉格之春"的国内政治经济体制改革。这场被捷克斯洛伐克人民寄予厚望的国内改革，以苏联出兵镇压、全面占领和控制捷克斯洛伐克告终。曾积极提倡国内政治经济体制改革、为"布拉格之春"发声的昆德拉在"清算"中被开除党籍，失去了教职，作品全面被禁。1975 年，46 岁的昆德拉流亡法国，被取消国籍后，加入法国国籍。作为法国作家的昆德拉发表了《笑忘录》《不能承受的生命之轻》《不朽》等作品，并开始以法语写作，创作了《慢》《身份》《无知》等作品，被称为流亡生涯的"后三部曲"。昆德拉的作品大都产生于特殊的社会政治环境之下，但他并没有停留在对于社会政治问题的探讨层面思考人生，而是透过社会政治现象看到其背后的人性状态和心灵困境，并展开深入的思考和探索。这种特点使得昆德拉的作品虽有政治意识形态的投射，但超越了政治意识形态的限制，上升到人性和心灵的层面，从而获得了更为持久的文学穿透力。

《不能承受的生命之轻》讨论了生命中的许多命题，其核心线索是对于什么是生命的谎言、什么才是生命真谛的辨认。这种辨认的分歧形成了托马斯、特蕾莎、萨宾娜和弗朗兹之间对立且重叠的四重关系。

其一，关于政治意识问题。四个人物都能识别"政治谎言"，并感到厌恶和不满，这是他们的共通之处，也显示出作者的基本政治态度。捷克当时的政治问题是不需要讨论的问题，就算被禁止说出正确答案，正确答案依然昭然若揭。这种基本的政治辨识能力成为这四个人物的基本共同点。

其二，关于社会意识问题。社会意识的核心是要求个体人履行责任和义务，遵守规范和秩序。托马斯和萨宾娜认为，社会意识是先于人的个体意识而固定存在的，个体人既无法选择也不能分辩，只能接受。在特殊的时代背景之下，社会集体意识很容易流于对个体人的控制甚至异化。这种社会集体意识也会成为一种谎言，是基于欺骗、盲从以及媚俗行为的生命负赘。托马斯的不断逾矩，萨宾娜的越走越远，都是对于这种"重"的卸载愿望。弗朗兹代表另一种观点，他需要在这种社会意识的履行中得到安全感和自我价值的确认。背弃这些"重"，对弗朗兹来说就是"罪"。特蕾莎呈现出第三种状态：用"个人的爱"来理解和选择一切。面对社会集体意识，她不像弗朗兹那样盲从，也不像托马斯和萨宾娜那样拒斥。她把自己的"爱的感受和需求"与集体意识和他人观点进行印证，相契合的被吸收，不相契合的并不妥协。这让特蕾莎的个人精神呈现出一定的狭隘性，但她也因此获得一种特殊的自由和坚定。

其三，关于个人意识问题。托马斯和萨宾娜的个人意识的获得，都呈现出对社会集体意识的背弃和远离，是通过"背弃和远离"而获得"主体"，通过卸载"重"而获得"轻"。但是，托马斯发现这样获得"轻"导致生命无意义，即"生命中不能承受之轻"，正如萨宾娜在这样的道路上最终走向生命的虚无。托马斯最终选择回到特蕾莎身边，这不是特蕾莎占有欲的胜利，而是托马斯对于背弃和远离的自我怀疑。但是，这并不意味着托马斯接受了自己曾经否定的一切，他只是持有一个基本态度，即"生命之轻"难以承担,"生命之重"尚需探求。

在小说的结尾,托马斯和特蕾莎退隐到一个小村庄,在一次车祸中双双丧生。这让托马斯从"轻"与"重"的纠结中得以解脱,也让作者回避了展示答案的必要性,从而让整部作品完结于一个命题的提出,并因这个命题的提出而获得永恒的意义。

5. 俄国(苏联)现实主义文学

俄国现实主义文学在20世纪的发展有其特殊性。1917年,苏维埃社会主义政权建立。俄国现实主义文学也由此受到政治意识的深刻影响。

马克西姆·高尔基(1868—1936)是20世纪初俄国现实主义文学的代表,也是苏联现实主义文学的奠基人。一方面,高尔基的作品以立足底层展开的社会批判为主要特色。例如,剧本《底层》揭示了沙皇统治给底层民众带来的深重灾难,展示了底层地狱一般的生活。另一方面,高尔基积极倡导和鼓励底层民众的反抗精神,塑造了大量勇于追求自身权利的底层工人和农民形象。例如,长篇小说《母亲》、剧本《小市民》《敌人》等作品。十月革命前后,他写作的自传体三部曲《童年》《人间》和《我的大学》基本上延续了这一思路,以自传的方式批判现实,同情底层民众,表达对于抗争之路的追寻和对于自由之路的思考。十月革命后,高尔基经历了从对十月革命的不理解,到20世纪30年代与斯大林政权相配合的转变。这一时期,他写作了《阿尔达莫诺夫家的事业》《克里姆·萨姆金的一生》等作品,努力配合斯大林时代文艺建设的需要,倡导"社会主义现实主义文学"的创作理念,对苏联时期的现实主义文学创作产生了深远影响。

伊凡·蒲宁(1870—1953)是出身贵族世家的现实主义作家,以写作中短篇小说见长。蒲宁的作品与高尔基十分不同,他并不用阶级意识去观察社会,也不以阶层身份将人分类,而是把贵族、农奴和家仆都放在同一架人性的天平上去衡量,也放在同一个人性的视角下观察。他的作品不是对于阶级关系的思考,而是对于人性、道德、生命和情感的透视,是对于生命、爱情和死亡的思考。他的中篇小说《乡村》《干旱的溪谷》《苏霍多尔》《一个美好的生命》《弟兄们》,后期的《米加的爱情》《来自旧金山的绅士》,以及自传体长篇小说《阿尔谢尼耶夫的一生》等,无不如此。

在蒲宁的作品中，无论是贵族还是底层民众，都拥有共同的人性现象，或是陷入人性的迷茫、道德的崩溃和灵魂的无助之中，或是怀着朴素的良善，守候人性的温情。这让蒲宁的作品具有跨时代的艺术魅力和感染力。十月革命后，蒲宁因为贵族身份而难以在苏联存身，便辗转流亡到法国。1933年，蒲宁获得诺贝尔文学奖，成为俄罗斯（苏联）历史上第一个获此奖项的作家。

苏联成立以后，"社会主义现实主义文学"的概念逐渐成熟，主要以"政治革命生活中的人"作为描写对象，思考"政治信念""集体意识"与"个人生活"之间的关系，倡扬坚定的政治信念之下个人激情与社会梦想的结合。这一时期，产生了**绥拉菲莫维奇**（1863—1949）的《铁流》；**弗拉基米尔·弗拉基米罗维奇·马雅可夫斯基**（1893—1930）抒发革命激情的诗歌，如《革命颂》《列宁》等；**亚历山德罗维奇·法捷耶夫**（1901—1956）的《毁灭》《青年近卫军》；**尼古拉·阿列克谢耶维奇·奥斯特洛夫斯基**（1904—1936）的《钢铁是怎样炼成的》；**阿列克谢·尼古拉耶维奇·托尔斯泰**（1883—1945）的《苦难的历程》等。就连**谢尔盖·亚历山德罗维奇·叶赛宁**（1895—1925）这样带有浓厚浪漫主义色彩、执着表达个人忧郁和感伤情绪的诗人，也在十月革命后努力转向，写作了《同志》《宇宙的鼓手》等作品。这种带有强烈政治意识的文学作品对于引领新的政治状况之下的社会信念和集体情感的确具有积极的意义。但是，过于拘束于传达政治理念，也让这些作品大多没有鲜明的个性色彩，缺少跨时代的艺术魅力和思想深度。

也有不少苏联作家力图寻求文学自身的独立性，提升文学的艺术品质。**米哈伊尔·亚历山大罗维奇·肖洛霍夫**（1905—1984）的《静静的顿河》，以"人"的立场和角度表现哥萨克民族在时代变革中的命运，写出了真实的人性，摆脱了狭隘的敌我思维，还原了普通民众在各种政治矛盾和历史冲突中的真实状态和情感。作者通过主人公格里高利·麦列霍夫在红军和白军之间的摇摆，既指出白军必然毁灭的趋势，也大胆地指出红军和苏维埃政权在执行政策的过程中表现出过"左"的倾向，以及因此产生的滥施暴力的行为给群众带来的灾难。这种对于社会真实和人性立场的坚持让《静静的顿河》拥有极高的思想价值和艺术品格，这也是肖洛霍夫在1965

年获得诺贝尔文学奖的重要原因。

还有一些非主流作家坚持自己的独立思维，对十月革命以来的社会新问题展开大胆的反思和批评。早期的反思者中有三位以讽刺见长的作家：一是**米哈伊尔·阿法纳西耶维奇·布尔加科夫**（1891—1940）。他的代表作《不祥的蛋》《大师与玛格丽特》《狗心》等，都以荒诞魔幻的故事情节，讽刺了苏联社会中存在的官僚主义、特权意识、违背科学的急功近利行为。二是**米哈伊尔·米哈伊洛维奇·左琴科**（1895—1958）。他的代表作有《一本浅蓝色的书》《日出之前》《猴子奇遇记》等，取材于日常琐事，对民族文化和民族心理存在的劣根性进行了深入的挖掘，对官僚主义等不良风气也进行了尖锐的讽刺。这些作品让他遭到巨大的打压，陷入生活的困境。三是**普拉东诺夫**（1899—1951）。他的代表作《切文古尔》《地槽》等，更是以象征、隐喻等方式，对当时的极左路线以及背离科学规律的生产活动和发展观念进行了辛辣的讽刺。他的作品大多也难逃被禁的结局。

叶夫根尼·伊万诺维奇·扎米亚京（1884—1937）的《我们》以科幻的方式，讲述虚拟的"统一王国"的故事，描绘了完全失去个人自由、处于人身和思想双重被控制状态的可悲的人类生活。这部作品与英国作家奥威尔的《一九八四》和赫胥黎的《美丽新世界》并称为"反乌托邦三部曲"。

1958年诺贝尔文学奖获得者**鲍里斯·列奥尼多维奇·帕斯捷尔纳克**（1890—1960）的长篇小说《日瓦戈医生》从民族命运和个人精神自由的角度，反思了十月革命及其后的一系列极左的社会运动和社会现象，批评了极左路线执行者滥施暴力、按照出身进行人等划分、对私人财产野蛮剥夺等不当行为，揭示了普通贵族和平民在时代动荡中遭受的巨大磨难；同时，也以尤里·日瓦戈和拉娜为代表，赞颂了普遍民众在灾难和动荡中坚持良知和温情、维持诗意灵魂、追求人格尊严的美好品格。

亚历山大·索尔仁尼琴（1918—2008）在被流放西伯利亚期间，写出了尖锐批判现实问题的《伊凡·杰尼索维奇的一天》，这部作品受到斯大林当局的批判。他后来又完成了揭露政治犯收容所真相的长篇小说《第一圈》、思考苏联集中营问题的长篇小说《癌症楼》、批判斯大林左倾路线导致集中营惨案的鸿篇巨制《古拉格群岛》，但都未曾获准出版。这些作品在国外出版之后，索尔仁尼琴被取消国籍，驱逐出境，先后流亡到瑞士和美国。索尔仁尼琴以他独立的思维方式，立足国内人民利益的立场批判现实，赢得了人民的尊重，被誉为"俄罗斯的良心"。索尔仁尼琴于1970年获得诺贝尔文学奖。

第二节 长 河 小 说

法国作家罗曼·罗兰曾言"《约翰·克利斯朵夫》始终是一条长河"，人们便把《约翰·克利斯朵夫》所开创的这种小说体式统称为"长河小说"。所谓"长河小说"，就是多卷本长篇小说，往往讲述一个人或是一个家族在几十年甚至上百年时间中的生活变迁，具有历史跨度，生活画面极具社会广度。这种体式在表达人生现象和社会现象上，具有前所未有的历史纵深感和沧桑感；对于生活内容和社会历史内容的展示，也往往呈现出惊人的容纳量。这类作品一般在100万到150万字之间。长河小说是20世纪现实主义文学的重要成就，在很多国家皆有代表性的作家和成果。

一、法国长河小说示例：罗曼·罗兰与马丁·杜·加尔

罗曼·罗兰的《约翰·克利斯朵夫》[①] 共十卷，以贝多芬等音乐家为原型，讲述了约翰·克利斯朵夫从宫廷乐师和厨娘的儿子成长为一代音乐大师的心灵成长史。

这部作品把约翰·克利斯朵夫的心灵成长总结为以下几个核心问题，并依次予以解决：

其一，我是谁。儿童时期的克利斯朵夫从贵族少爷们的口中得知了社会对于自己人生和命运的初步设定，那就是你"将来当什么差使，厨子还是马夫"。天真的克利斯朵夫第一次知道了生存的残酷，他的社会身份在出生那一刻就是既定的。这让克利斯朵夫一度十分沮丧。但是，爷爷对他音乐天赋的发现和认可，让他知道身份有先天的差异，而拥有天赋的机会却

---

① 此作品以下引述内容参见〔法〕罗曼·罗兰：《约翰·克利斯朵夫》，傅雷译，人民文学出版社1957年版。

是公平的。对自我才华的发现让克利斯朵夫对人生重新鼓起了信心。他由此走上音乐之路，成为众人皆知的音乐神童。

其二，音乐是什么。克利斯朵夫对音乐的认知，就是受人欢迎，可以到宫廷去演奏。他按照这个思路学习作曲。但是，做小商贩的舅舅并不欣赏他的曲子。舅舅领他到大自然中去聆听，告诉他自然界的声音才是最美的音乐。克利斯朵夫大为震动，认识到只有符合自然生命旋律的音乐才是真正有价值的音乐。这一认识决定了他的音乐发展方向。

其三，爱情是什么。名叫奥多的小男孩让克利斯朵夫体验到"爱"与"被爱"的美好感觉，启动了他对爱情的向往。少女弥娜让他体验到初恋的纯洁美好和脆弱盲目。萨皮娜让他发现平静的情感依存也是一种美好。萨皮娜的去世，让他在痛苦中迷失，一度沉迷于阿达庸俗而直白的肉欲之爱。但是，他最终明白，爱情的最高境界是精神的高度契合。从未曾谋面却心心相知的安多纳德，到灵肉双重默契的阿娜，再到葛拉齐亚的精神恋爱的至高境界，克利斯朵夫对爱情的探索也最终达到优雅、温暖、清洁的最高层面。

其四，社会态度是什么。克利斯朵夫身处社会的底层，对上层社会极度不满和敌视。他痛恨虚伪的德国，"老是把理想主义挂在嘴上，实际上是一肚子的自私自利"。他逃亡到法国，发现法国更糟，"用'艺术'与'美'来遮饰你们民族的荒淫"。对社会的不满，让克利斯朵夫愤怒、莽撞而又孤独、迷茫，找不到出路。在这种状况下，他认识了奥里维，并从奥里维那里得知了其姐安多纳德的故事。安多纳德和奥里维出身贵族家庭，家道败落，父母双亡，姐弟俩尝尽人间的辛酸和不公。安多纳德更是被生活逼入社会的底层，靠艰苦的劳动还债，抚养弟弟成人。但是，面对如此不堪的生活遭际，安多纳德没有在哀叹中消沉，也没有在愤怒中狂乱，而是用坚韧的态度承受一切苦难。在极度的贫穷中，安多纳德保持着理想，从未堕落；保持着优雅的情怀，当克利斯朵夫的音乐不为人欣赏时，她是唯一懂得欣赏的人；保持着人格的尊严，坚持还清所有的债务，哪怕别人并未期待她偿还。虽然安多纳德辛劳而死，但她从未在残酷的现实中丧失灵魂的优美和平静。

克利斯朵夫在安多纳德的往事中，领悟到一种面对残酷社会现实的态度。承受苦难，在苦难的磨砺中不断提升自我，完善自我，追求精神的至美至善，这是安多纳德的精神，也成为克利斯朵夫此后面对社会的基本态度。克利斯朵夫从此冲破社会纷纭复杂的迷嶂，专注于音乐和精神的双重成长，走上了属于自己的通往自然、优美和清灵境界的精神之路、音乐之路。克利斯朵夫构建了自己的人格空间：平衡、和谐、宽容、坚强和承担。拥有这种人格的克利斯朵夫最终成长为真正的音乐大师。《约翰·克利斯朵夫》敏锐地总结了一个音乐家的心灵成长以及精神人格的构建过程。这既是对贝多芬等音乐家的总结，更是对这些音乐家的超越，实现了对于理想人格的探索。

马丁·杜·加尔的《蒂博一家》①写作耗时近 20 年，共分 8 卷，讲述了蒂博家一父两子的关系，以及两兄弟昂图瓦纳和雅克的成长经历。作品同时讲述了丰塔南家的夫妻和家庭关系，以及丰塔南家一子一女即达尼埃尔和珍妮的成长经历。作品又通过雅克与达尼埃尔的友情以及与珍妮的爱情，把两家的命运联系在一起。

《蒂博一家》的时代背景设置在一战前夕及期间，展示了这个时代法国社会各个阶层的生活和状态。身处上流社会中产阶级的老蒂博热衷于开道德大会，办慈善事业，执着于争取社会地位和名利。做医生的长子昂图瓦纳埋首于自己的医学事业。次子雅克每时每刻都想脱离父亲的控制，追求他理想中的自由人生。丰塔南先生虽然屡屡对家庭感到愧疚，但他战胜不了自己旺盛到病态的肉欲热情。丰塔南夫人的人生难题则是如何对待丈夫不忠的现实，她苦苦寻求精神的解脱之道。达尼埃尔对自己父亲的作为深恶痛绝，可他身上又时不时流露出父亲的欲望基因。珍妮则不惜一切追求着自己所理解的独立和个性。

一战前，对每个人而言，生活就是一连串的个人梦想和个人烦恼。他们虽为人生所苦，但有着自己的人生。一战的爆发改变了这一切，战争成了所有人共同的厄运和伤痛。老一代纷纷离世，年轻一代遭受着梦想的破碎、生活的磨难以及爱情的生离死别。雅克为了和平事业献出了生命，昂

---

① 此作品以下引述内容参见〔法〕马丁·杜·加尔：《蒂博一家》，胡菊丽、邢洁译，北京理工大学出版社 2015 年版。

图瓦纳带着对这个世界的失望黯然离世,珍妮独自抚养着她和雅克的私生子。在这幅颇具广度的历史画卷中,战争是作者浓笔渲染的最可怖的一抹颜色。作者通过他笔下的人物,特别是通过和平斗士雅克,表达了自己对于一切暴力的痛恨,以及对于一切战争的诅咒。正如他在书中所言,无论哪个国家,"只有实现欧洲大陆的永久和平,才有利益可言"。作者对于战争的诅咒和对和平的祈盼,是《蒂博一家》人道主义色彩的核心内容,也是其最有价值的内容之一。这一点在第七卷《一九一四年夏天》中得到了最突出的表现。

《蒂博一家》在对人物的理解和刻画上也很有力度,作者尽力写出人物的复杂性。老蒂博迂腐、古板、功利,终其一生难以理解自己的儿子雅克,但他也是一个心底柔软、深深爱着孩子的父亲。丰塔南先生是个自私、毫无家庭责任心的人,但在他内心深处也不乏对于家庭的愧疚、对于妻子的感情。昂图瓦纳务实、认真,但缺乏足够的社会热情,天真地以为自己的个人事业可以在社会大潮之外独存。雅克是全书的焦点人物,寄托着作者的政治理想和社会态度,他对社会抱有极大的热情,积极地参加社会主义组织,不惜一切要阻止战争的发生,但理想主义的热情又让他的社会行动显得根基不稳。在《蒂博一家》中,没有片面的、模式化的人物形象,每个人物都具有复杂的性格。这种对于人性的辩证认知是《蒂博一家》的亮点之一。

《蒂博一家》写了时代的悲剧和种种人生悲剧,但总体上依然是一部充满温情的作品,这与作品中对于"悲悯"和"理解"的推崇很有关系。《蒂博一家》中的两代人不断地发生着各种各样的矛盾和冲突,有不满,有憎恨,但最终他们都能在不满和憎恨的尽头及时地回过头来,重新打量和理解自己所不满和憎恨的对象,努力发现他人看似不可理喻的行为背后所包含的苦衷和根源,从而实现对彼此的理解和尊重。比如,昂图瓦纳不满于父亲老蒂博的专横和霸道,也厌憎他的名利心,但在自己的生命即将终结的最后岁月,努力地去理解已经去世的父亲,发现父亲的专横和控制欲正是来自虚弱和恐惧,是借助"成就和荣誉"变相延长生命的一种幻想:"他始终希望自己的名字世世代代得以流传,在慈善事业留名,在道德模范留名,在克卢伊大广场也留下名字。"昂图瓦纳意识到自己也有这样的恐惧，"也偷偷希望自己的名字，连同我的工作和研究一起遗传下去"。意识到这一点，昂图瓦纳理解了父亲，明白了父亲的虚弱。昂图瓦纳重新对父亲有了敬意，并决定在去世之前，对雅克幼小的私生子让·保尔讲讲他祖父的故事。

这种努力理解他人的态度，在丰塔南太太身上也有明显的体现。丰塔南太太一度痛恨自己那个不忠的丈夫，但在宗教信仰的支撑下，她决定努力理解他的行为，最终理解了他对于中规中矩人生的那种恐惧。丰塔南先生无法忍受一成不变的工作和家庭生活，但又无力摆脱这一切，于是他希望在从一个女人到另一个女人的不断变换中，得到虚幻的、飘荡的自由和愉悦。一旦理解了这一点，丰塔南太太就把自己从仇恨和嫉妒中解救了出来，呈现出令人难以置信的宽容和温情。虽然她从对宗教的盲目信仰起步，但靠着自己的善良和悲悯，走到了真正的救赎层面。因此，当达尼埃尔痛恨自己的父亲时，她才会含着眼泪说："你并不了解他。"作者指出，在不可避免的矛盾和冲突面前，只有这种"悲悯"和"理解"才能最终化解仇恨和厌憎，消弭对立和冰墙。如果人类缺失了这种"悲悯"和"理解"的精神，仇恨和对立就会产生，而这正是战争爆发的人性根源。

二、英国长河小说示例：约翰·高尔斯华绥

约翰·高尔斯华绥出身富贵家族，他在自己的大家族和个人经历中取材，写成了《福尔赛世家》①，从而成为英国写作"长河小说"的代表作家。《福尔赛世家》三部曲由《有产者》《进退维谷》和《出租》构成，讲述福尔赛家族的故事。

《福尔赛世家》涉及英国维多利亚时代及其后大约二十多年的时间，这恰好是从英国工业革命到一战的时间背景。随着工业革命的发生，英国原有的贵族社会走向衰微，从平民上升而来的中产阶级成为社会的中流砥柱。福尔赛家族的发展典型地代表了这一阶层的上升特点。

福尔赛家族的祖先是在海边务农的乡下人，父辈是一个石匠，从农村

---

① 此作品以下引述内容参见〔英〕高尔斯华绥：《福尔赛世家（上、中、下）》，马婷婷等译，北京理工大学出版社2015年版。

来到伦敦后做了建筑包工头，就连他的儿子也只能描述他为"没什么文化，是个粗人"。但是，这位父亲通过自己的个人奋斗为六个儿子、四个女儿留下了足足3万英镑，奠定了这个家族发迹的基础。这个家族从做房地产生意起家，逐渐走向发达。到第二代的十个兄弟姐妹步入晚年时，这个家族已经发展为伦敦一个相当显赫的大家族。作品开篇是长房老佐里恩为孙女举办订婚宴，"各房各支衣着华丽，戴着白手套、羽饰，穿着黄背心和长裙披挂上阵"，"一大堆衣冠楚楚的人，有当律师的，有当医生的，有从事金融交易的，还有数不清的有正当职业的中产阶级"，展示了一个牢不可破的大户人家的阵势和派头。

《福尔赛世家》通过这个典型的中产阶级大家族分析了整个英国中产阶级的特点，一方面分析这一阶层的优点，以阐述他们何以能够从普通农户发展为上层阶级；另一方面分析这一阶层的缺陷和局限。

对于"福尔赛"式能力和品质的分析，主要体现为"福尔赛下巴"和"灰色眼睛"这两个具体化的家族特征。

"福尔赛下巴"不只是相貌上的相似点，而是"表现出了家族的标志——一种坚强的毅力"。这种毅力体现为一种务实精神，不空谈，不妄想，踏踏实实，专注于自己的事业。作者把这种精神叫作一种可贵的"个人主义"，心无旁骛，"只顾在自家事情上不声张地埋头苦干"。这种毅力也体现为执拗倔强的个性、勤劳能干的品性，他们一旦认准自己的目标就不再改变，无论是经商、搞艺术还是追求感情。这种执着体现在这个家族的每一代人身上。当然，这种务实和执着也让这个家族拥有过人的洞察力和敏锐果敢的行动力。他们善于发现和把握商机，勇于主动出击，哪怕抢一张公园的椅子，都比别人迅捷。

"灰色眼睛"则代表他们的家族意识。"虽然他们彼此之间没有那么融洽，但是仍旧谜一般地团结着"，"每当出现共同危机的时候，他们都能团结在一起"。当二房詹姆士的儿媳伊莲与长房老佐里恩孙女的未婚夫波辛尼有了私情时，整个家族都翻了天。但是，当外人试图与他们议论这件事时，他们的态度就会像裘丽姑太那样，脸色严肃地说："亲爱的，我们从来不谈论这种事情！"这种家族意识扩大开去，就形成了这个阶层的国家意识和社会责任感。在战争期间，这个富贵家族捐钱捐物，年轻一代也上了前线，小佐里恩的长子佐里还因此病死在了军队中。

这种种优秀品质和能力的表现是"福尔赛"式家族能够从一介农夫发展为上层中产阶级的原因，他们的个人奋斗精神、整体意识以及产业和财富都成为这个国家的重要支撑。长房老佐里恩更是这种家族和阶层的优秀精神的集中代表，"将他这一阶层的品性表现得淋漓尽致——自然，沉稳，活泼，正是这一品性，使得这一阶层成为这个国家的顶梁柱"。

但是，《福尔赛世家》更深入地剖析了这个家族或者说这个阶层的缺陷和不足。这种缺陷和不足主要是通过二房詹姆士和索密斯父子集中体现的，那就是扭曲的金钱观念和财产意识。

对于中产阶级的财产意识，《福尔赛世家》表现出非常辩证的态度。作品以老佐里恩的财产意识表现其合理性。中产阶级无法像贵族阶级那样，靠血统和世袭封号取得社会地位，他们赖以生存和发展的根基就是通过个人奋斗取得的家族私有财产。这是他们的立身之本和价值依据。就如老佐里恩，他的成就感和生命价值感都来自自己亲手创造的产业，将之视为"生命中不死的部分"，生命有限，但是产业会通过传递给子孙而"永远地存活下去"。因此，渴望不断创造财产，注重财富的代际传递和积累，就成为福尔赛家族共有的"财产意识"，也是中产阶级可敬的显著特点。

但是，在二房詹姆士和索密斯父子身上，却呈现出这种财产意识的扭曲。财产意识膨胀、泛滥到一定程度，已经挤满了他们精神世界的所有角落，掏空了他们人生中的其他乐趣和精神内容。金钱成为他们人生中唯一值得追求的东西。对于老詹姆士而言，"钱是他的世界里的光亮，是他的眼睛。没钱，他就是个瞎子"。索密斯更是如此，他活着的唯一目的就是从世界和他人那里多榨取一些金钱。他利用波辛尼的才华，给自己造最好的房子；又利用波辛尼的落魄，压低他的工酬，完全不顾及波辛尼是堂侄女的未婚夫。索密斯代表着福尔赛家族的大多数，扭曲的金钱观念和恶性膨胀的财产意识造成其精神世界的庸俗浅薄。他们寻找快乐的方式，不是在俱乐部赌博、喝酒，就是聚在六房偶摩西家中的"家族信息交易所"里飞短流长。小佐里恩轻蔑地把这些家族成员称为"福尔赛人"。

"福尔赛人"不懂得欣赏美，一切事物都需要换算成金钱，他们才有能力判断其价值。五房罗杰的女儿弗兰西所写的庸俗浅薄的歌词和曲谱被大家一致赞赏，因为好卖。弗兰西一次心头发热，用真诚的情感写了首古典风格的作品，却被大家一致否定，因为"肯定卖不出去"。他们也不懂得怎么对待美。索密斯的妻子伊莲就是美的象征，她优雅温和、良善真诚，但是索密斯把她当成个人财产，控制她的自由，剥夺她的权利。索密斯让波辛尼帮他在乡下造的房子，就是预备给伊莲的囚笼。当苦闷至极的伊莲和波辛尼真诚相爱时，索密斯更是不择手段地要摧毁波辛尼，甚至无耻地强暴了伊莲，使得波辛尼心神恍惚，遭遇车祸而亡。

"福尔赛人"更不懂得爱。老佐里恩的独子小佐里恩爱上了一个家庭女教师，为了爱情，他抛妻弃女，离开家庭。整个家族都嘲笑他、鄙视他、排斥他。在他们所形成的巨大家族舆论之下，老佐里恩与自己的儿子隔绝14年之久。波辛尼和伊莲的爱情在他们眼里更是极大的丑闻。伊莲最后与小佐里恩相爱并结婚，他们认定这就是"罪恶"。

这种对于"美"和"爱"的无知与无能，也集中体现在索密斯身上。他以占有的方式"爱"伊莲，导致了伊莲的离开，把伊莲推进了小佐里恩的怀抱。他以利用的方式"爱"第二任妻子，导致了她的出走。就连索密斯的独生女也因为他的龌龊历史而无法得到小佐里恩的小儿子佐恩的爱情，带着愤怨嫁给了不爱的人。索密斯最终发现"他一直渴望得到，但是始终没有得到的东西"，是"美"和"爱"。

索密斯是福尔赛家族精神困境的代表，负载着精神空洞和无聊灵魂的"福尔赛人"不仅是福尔赛家族的产物，而且是维多利亚时代的社会产物，也是整个中产阶级的象征。索密斯所代表的"福尔赛人"的精神困境揭示的也是整个英国上层中产阶级的精神局限和缺陷。

老佐里恩一家成为这灰色现状中一抹理想的亮色，他们始终保持着欣赏"美"、理解"爱"的能力。波辛尼本是老佐里恩孙女珍的未婚夫，虽然他和伊莲的爱情深深地伤害了珍，但老佐里恩和珍的做法都与狠毒报复的索密斯不同。老佐里恩同情伊莲，也同情她和波辛尼不幸的爱情，更欣赏她不惧贫寒、为了自由和尊严而独自谋生的勇气。于是，这位老人给孙女的情敌、曾经的侄媳妇留下了一份可供生存的遗产。珍原谅了伊莲，也不仇恨死去的波辛尼，反而用毕生的精力和财力去救助无数的"波辛尼"——那些有才华却落魄潦倒的艺术家。小佐里恩作为珍的父亲，也没有仇恨伊莲,他诚恳地执行父亲老佐里恩的遗嘱,给伊莲精神和物质上的帮助。也正是这份真诚和善良,让丧妻以后的小佐里恩和伊莲不知不觉走到了一起。老佐里恩一家没有像"福尔赛人"那样被金钱夺去精神、情怀和生命的诗意,他们不断地创造金钱,又不断地将金钱变成亲情、同情、怜悯、仁慈和慷慨。他们注定是与整个家族格格不入的,注定会搬到罗宾山,与整个家族断绝来往。也正因为这样,他们中的每一个都获得了幸福。老佐里恩一家象征着中产阶级真正的精神精华,也象征着那些未曾丢失的灵魂内容。

三、德国长河小说示例:托马斯·曼

托马斯·曼(1875—1955)在 26 岁时写成了《布登勃洛克一家》①,1929 年获得诺贝尔文学奖,是德国至为重要的作家之一。

《布登勃洛克一家》讲述了布登勃洛克一家四代人的兴衰史。作为创业者的老约翰·布登勃洛克精力充沛、头脑精明,靠在战争中做粮食生意起家,创办了约翰·布登勃洛克公司。第二代小约翰不但守住了父亲的家业,还成为参议员。整个家族不但拥有财富,还拥有极高的社会地位,成为显赫的城市贵族。第三代的长子托马斯延续了家族的经商头脑和政治地位。但是,随着社会的高度金钱化和功利化,人们开始毫无底线地投机逐利,布登勃洛克一家延承的诚实、本分经商的商业精神在这种无序的投机竞争中处于劣势,原本让家族获得美誉的商业信誉和商业道德竟然逐渐成为他们发展的障碍。面对这样残酷的现实,托马斯违背家族秉守商业道德的传统,投机性地购买了一块尚未收割的麦田,却遭遇了大暴雪,造成了巨大的亏损。在种种家族危机之下,托马斯最终不堪重负,40 多岁就过早地离世了;他的弟弟克里斯蒂安进了精神病院;他的儿子汉诺 15 岁就夭折了。显赫辉煌的名门望族就此衰亡了。

布登勃洛克家族的衰亡是一个巨大的社会悲剧,以诚信著称的经商之家竟然在商业竞争中处于劣势。托马斯一直拒绝接受弟弟所说的"认真研

---

① 此作品以下引述内容参见〔德〕托马斯·曼:《布登勃洛克一家》,黄淑航、龚嫚莉译,北京理工大学出版社 2015 年版。

究起来，每个买卖人都是骗子"，执着地要延续家族精神，做一个"不是骗子的商人"。然而，正是这种坚守让他在生意场上一步步走向失败。与布登勃洛克家族不同，哈根施特罗姆家族更能代表那个时代的经商之道，那就是不择手段地赢取最大利益，毫无道德意识，却因此而欣欣向荣。在布登勃洛克家族衰亡的背后，无疑是传统商业道德和社会道德的全线沦落。

在这样的社会背景下，布登勃洛克家族暴露出许多的不合时宜。除了传统的"诚信经营"已经不合时宜外，这个家族的艺术气质也是不合时宜的。从第三代开始，布登勃洛克家族成员的艺术气质就日渐明显。托马斯虽然极力地压制自己对于精神自由和审美愉悦的追求，但与同时代的商人相比，他依然是一个具有性情化和艺术气质的人，总是在谈生意时不自觉地引用诗句。克里斯蒂安更是表现出文学天赋，对商业事务毫无兴趣。托马斯的妻子盖儿达作为艺术的化身，更是无限强化了这种艺术精神。这个家族的最后一代即托马斯的儿子汉诺呈现出的状态，根本就是一个敏感、脆弱、情感细腻的艺术家风格。正是这种日渐旺盛的艺术气质和家族性情让他们与舍弃了精神追求，从而具备一种粗俗生猛力量的哈根施特罗姆家族形成鲜明的对比。哈根施特罗姆家族所有的注意力都高度集中在逐利之上，而布登勃洛克家族总是不由自主地转头注目于与精神和灵魂相关的东西。在残酷、庸俗的金钱社会中，布登勃洛克家族的艺术气质注定将迎来失败的结局。艺术精神走投无路，这既是一个家族的悲剧，是家族成员的个人悲剧，也是时代的悲剧，折射出的是群体性金钱狂欢之下人类精神步步异化的真实处境。

甚至连布登勃洛克家族的家族意识都是不合时宜的。这个家族把家族成员视为一根锁链上的各个环节，要求家族成员把家族利益放在首位。为了这种家族意识，家族成员大多放弃了婚姻自由和个人愿望，以家族利益作为个人生活的最高标杆。可悲的是，这种家族意识压制了年轻一代对自由的追求，却抵抗不了伴随着时代大潮滚滚而来的金钱意识。"金钱至上"的观念最终冲垮了"家族至上"的观念，家庭中的利益争夺日渐激烈，直至分崩离析。

《布登勃洛克一家》从一个家族的衰亡，透露出一个时代和社会的动向和状态，体现出现实主义文学巨大的现实反思力量。

金钱时代的艺术精神何去何从？这是托马斯·曼在《布登勃洛克一家》中提出的问题，后来逐渐成为他思考的重点。长篇小说《魔山》讲述了大学生汉斯·卡斯托普在一所疗养院里的七年生活。这篇小说有很高的象征性，疗养院里的人们是各种思想观念、人性的携带者，卡斯托普与这些人的交汇、冲突，就是一个人在各种思想观念、人性中不断进行精神辨认、成长以及控制与反控制的过程。卡斯托普用七年建立了自己的精神方向，争取到了精神自由。然而，当战争爆发时，他却上了战场。这也是个人精神与现实的又一悲剧性冲突。

二战期间，托马斯·曼离开德国，成为反法西斯的和平主义者。他写作了"约瑟和他的弟兄们"四部曲，即《雅各的故事》《约瑟的青年时代》《约瑟在埃及》《赡养者约瑟》。他通过约瑟被手足们伤害和出卖，却用自己的力量拯救手足和同族的圣经故事，寄寓了自己与祖国同胞之间的关系。托马斯·曼后期最重要的作品《浮士德博士》使用古老的浮士德传说，思考艺术追求与日常情感之间的悖论关系。

第三节　创新与突破

通过本章第一节的概述，我们已经可以看到 20 世纪现实主义文学的诸多创新和突破：法国作家纪德和杜拉斯、瑞士作家黑塞和捷克作家昆德拉以及奥地利作家茨威格等表现出"向内转"的鲜明特点，从传统的社会问题转向对内心问题的探索；德国作家格拉斯、瑞士作家迪伦马特对于荒诞手法的使用；英国作家康拉德小说的象征意蕴，福斯特对于潜意识的挖掘，奥威尔和戈尔丁的寓言式文体；法国作家莫迪亚诺对于时序逻辑的打破……这些从内容到形式的多方面改变，都表现出 20 世纪现实主义文学的创新和突破，也呈现出现实主义和现代主义越来越模糊的界限以及彼此的高度融合。

一、表现领域的突破：劳伦斯小说中的两性意识探索

英国作家**戴维德·赫伯纳·劳伦斯**（1885—1930）共写有 10 部长篇小说、40 多部中篇小说。他的作品突破了一般的两性关系描写，深入两性意

识领域，去探索自我的扭曲、迷失和异化。在以往的创作中，这种表现对象往往被视为低下粗俗而很少进入文学的视野。

《白孔雀》是劳伦斯的早期长篇小说，体现了对于自我扭曲、迷失和异化问题的早期讨论。出身中产阶级的姑娘莱蒂爱上了贫穷的青年农民乔治，这份爱情给她带来了极大的幸福。可是，她却选择嫁给另一个有钱、有身份的男人。乔治深受刺激，娶了不爱的女人，开始不择手段地做各种投机生意，在逐利和堕落中渐渐失去了原有的灵性，变成了一个麻木、粗俗的男人。最终，莱蒂陷入无爱的寂寞婚姻，乔治陷入绝望的人生困境，他们都被毁掉了。

造成莱蒂和乔治悲剧的原因，表面上看是"莱蒂的白孔雀式的虚荣"，背后的深层原因却是严重的自我违背和异化。在莱蒂面前，始终有两个乔治：一个是拥有健壮生命力、可爱性格和聪慧头脑的男青年，他给莱蒂带来巨大的情感愉悦；一个是身处底层且贫穷的青年农民，他无法保证莱蒂的体面和物质满足。在要不要选择乔治的背后，是莱蒂在情感满足和物质满足之间的纠结。莱蒂选择了后者。这是一个巨大的悲剧：人自觉自愿地抛弃了内心真实的愿望和本性的需求，屈从于物质意识和等级意识。这就是自我违背和异化。莱蒂扭曲的自我意识让她作出了错误的人生选择，嫁给了一个只能给她金钱却不能给她情感安慰的男人。同时，她的选择也直接摧毁了乔治所持有的幸福概念和情感认知。乔治走上了一条背弃自己意愿和自然本性的道路，娶了不爱的女人，在不择手段追逐金钱的过程中，渐渐毁灭了自己原本活泼有趣的灵魂。莱蒂的自我违背和异化无疑是当时工业文明所带来的金钱崇拜和物质崇拜的结果。物质和金钱的粗暴力量，让人类无法信任自己情感的力量，更无法认可自然天性的合理性，这就是《白孔雀》对自我异化作出的社会成因分析。

劳伦斯早期的另一部带有浓厚的自传色彩的长篇小说《儿子和情人》则试图进行更深层次的突破，探索自我异化的人性成因。莫瑞尔太太不满自己的矿工丈夫，在痛苦的婚姻中，她把希望和情感都寄托在两个儿子身上。长子威廉不负母望，成功挤进了上流社会。可是，一个出身贫寒的青年要在上流社会的生活和交际中保持基本的体面，达成恋爱的心愿，只能不断超负荷工作以赚取金钱。威廉最终积劳成疾而死。威廉死后，莫瑞尔太太所有的情感都寄托在次子保罗身上。长大成人的保罗开始和米丽安恋爱，这让莫瑞尔太太十分不安，她仇恨米丽安，仇恨每一个跟儿子交往的女人。在这种强大的母爱占有欲面前，保罗舍弃了米丽安，感到一种"忠于母亲"的满足。但是，这种对母爱的百分百投诚是以牺牲自我情感和愿望为代价的，无论保罗多么爱母亲，他都感受到了这种母爱可怕的残忍。他生活在对母亲的爱与恨中不能自拔。直到母亲去世，他才从这种深沉的爱与恨中得到解脱。保罗收拾行李，决定离开故乡和母亲的阴影，开始走向真正属于自己的人生。

如果说《白孔雀》分析了物化文明如何扭曲人们的自我认知和自我接纳，那么《儿子和情人》在人性层面探讨了自我实现和自我完善的误区。以劳伦斯母亲为原型的莫瑞尔太太有着强烈的自我实现和自我完善的要求，她不接受现实的安排，言谈举止保持着与其他矿区家庭妇女的区别，这是很可贵的。但是，她使用的方法是扭曲的。她不是通过改变自己的生活去实现自我，而是通过改变和控制儿子们的人生以达成自己的愿望——威廉实现她的阶层梦想，保罗实现她的情感补偿。对她的儿子们来说，这种母爱本身就是一场灾难。为了母亲的骄傲，威廉被累死了；为了母亲的情感，保罗不但要割舍自己的感情，甚至连个性自由都被剥夺了，变成了一个与母亲十分相似的、带有女性气息的男人。莫瑞尔太太没能用这种方式让自己得到完善，她只是差一点毁掉了所有孩子的人生。

劳伦斯中期创作的长篇小说《虹》更像是对于两性关系和自我意识的一次总结性的盘点，它通过布兰文家族三代夫妻、三代女性的故事，讲述了三种两性关系和自我意识。汤姆·布兰文和波兰寡妇莉迪娅结为夫妻，他们的婚姻和谐而平静。但是，这种状态是以精神联系的空缺为前提的，他们从未尝试了解彼此的内心世界，也未曾努力搭建彼此的精神联系，而是靠最原始的性欲满足和生育合作联系彼此。这种两性关系虽然和平，但却是原始的、不完整的。莉迪娅对于丈夫的原始性接纳和顺从，也让她的自我意识处于休眠甚至麻木状态之中。

第二代女性安娜·布兰文与母亲不同，她拥有强烈的自我意识。这种自我意识让她不再像母亲那样对男性表现出天然的服从和配合，而是有了鲜明的个性和独立支配生活的强烈愿望。这让她和丈夫威廉之间冲突不断，彼此争夺着家庭支配权,也争夺着对对方的精神控制权。但是,通过争夺家庭支配权和精神控制权的方式去实现自我意识,同样是一条走不通的道路。这条道路只能是对彼此内心自由的挤压和对对方自我意识的剥夺,无法实现真正的精神沟通和平等。

第三代女性厄休拉表现出更为现代的自我意识。她对两性关系的理解既不是莉迪娅式的肉欲和生育任务的配合,也不是安娜式的对支配权和控制权的争夺,她要的是真正的精神匹配和灵魂和谐。虽然斯克里本斯基能给厄休拉肉体的愉悦,但她依然不认为他是自己合适的伴侣,因为他缺少让自己欣赏的头脑和见解。厄休拉对于自我意识的理解,也不再表现为母亲对男性的支配欲和控制欲,而是要实现真正的生存独立和精神独立,独立追逐和实现自己的梦想。虽然厄休拉是否能够追求到这种理想的自我和理想的爱情尚不可知,但作者让厄休拉看到了"彩虹",她至少拥有了比母辈更多的希望。

《查特莱夫人的情人》[①] 是劳伦斯创作后期的长篇小说,查特莱夫人康妮也成为他笔下自我意识最明确、自我解放最彻底的女性形象。康妮是一个对现实有着清醒认知、对理想有着清晰规划的女性。她最终离开丈夫克利福德,不是因为克利福德肉体上的残疾,而是因为他精神上的异化。对于克利福德精神上的空洞、肤浅、守旧和功利,康妮深感不满。当人们都在为克利福德的写作才华喝彩时,康妮能看出他的文字不过是"对于空虚的绝妙展示,那同时是一种炫耀";她厌恶他把她视为传宗接代的工具,怂恿自己找个男人生孩子,还要限定这个男人必须有高贵的血统;她蔑视克利福德"靠作秀提高知名度",至于他靠对财产和名声的拥有以及对下层人的颐指气使所展示的男人的权威,她更是充满了抵触。她的离开,是对克利福德精神上的否定。

康妮爱上看林人梅勒斯,也绝对不是肉体欲望这么简单。梅勒斯有能力做一个"上等绅士",却主动回归田园隐居;能说一口标准的英语,却偏偏操着一口土话。这些都显示出梅勒斯对于名利社会的自觉抛弃和主动疏

---

① 此作品以下引述内容参见〔英〕劳伦斯:《查特莱夫人的情人》,赵苏苏译,人民文学出版社 2004 年版。

离。他与康妮曾经的情人米凯利斯形成鲜明的对比，后者出身底层，却削尖脑袋要跻身上流社会。康妮对他们二人截然相反的评价和态度清晰地显示出她对梅勒斯精神的认可和欣赏。对于自然天性和自由生活的共同向往，才是康妮和梅勒斯爱情的真正基础。

至于书中饱受争议的性爱内容，恰好是最能显示康妮彻底的自我解放和可贵的两性平等意识的部分。克利福德把女性视为纯粹的生育工具，只要妻子能给他生个继承人，她跟哪个男人私通都是无关其作为男人的尊严的，这就是他表现得特别"大度"的原因。克利福德身边的上层男性则把女人视为获得性愉悦的工具，包括康妮的前一个情人米凯利斯。米凯利斯可以在康妮身上发泄，却不能容忍康妮在他身上寻求快感。女性的性身份被他设定为"被使用"。这正是康妮的愤怒之处，因此她才会对米凯利斯愤怒地发问："可你不想让我也得到满足吗？"现实是，她在身边的男性身上得到的答案基本都是否定的。梅勒斯是唯一的例外。梅勒斯的男性魅力并不是性的能力，而是在性关系中平等地对待女性的品质和能力，他在平等前提下给予康妮的尊重、爱抚和柔情，才是真正打动康妮的地方，也是他们爱情的基础。通过梅勒斯，康妮实现的不只是生命的完整，更是自我意识的完美实践。

二、语言表达的突破：海明威的"冰山文体"

美国作家厄内斯特·海明威的小说创作有两个至关重要的关键词，一个是"硬汉风格"，一个是"冰山文体"。

海明威与菲茨杰拉德、福克纳等人被称为"迷惘的一代"。他的小说也的确展示出"迷惘的一代"的基本特质，特别是早期作品大多通过描写战争经历和战后精神创伤，呈现出对文明的质疑、对社会的失望，揭示了人性中的残忍和愚钝，对人类道德的脆弱性感到深深的沮丧。海明威对世界和人生的看法因此充满了悲观色彩。《太阳照常升起》表达了人生的无望和沮丧，《永别了，武器》表达了战争的惨烈与人生的荒诞和虚无，《在密执安北部》讲述了来自爱情的脆弱和冷漠。

但是，相比于其他的"迷惘的一代"，海明威表现出更为强烈的"在迷惘中摆脱迷惘"的愿望。从短篇小说《打不败的人》，到以游猎为题材的《乞力马扎罗山上的雪》，再到以战争为题材的《丧钟为谁而鸣》，海明威逐步创作了一系列"硬汉"形象，让他的小说呈现出整体的"硬汉风格"。这是海明威对"迷惘精神"的重要突破。所谓"硬汉风格"，就是在没有意义的世界上寻找意义，在令人失望的现实中寻找希望。《打不败的人》中的斗牛士、《丧钟为谁而鸣》中的乔丹等人对于现实的荒诞和虚伪有清醒的认识，但并未因此堕入黑暗。他们坚韧勇敢，敢于持有正直善良的执念。面对暴力、死亡与不可更改的命运和现实，他们具有不可驯服的强硬性格，正如海明威所说："人可以被消灭，但不能被打倒"[①]。

这种"硬汉风格"与古希腊"向死而生"的精神相结合，产生了《老人与海》。老渔夫圣地亚哥为了证明自己，只身到深海捕鱼。他在海上漂流了很久，捕到一条巨大的马林鱼。经过两天两夜的搏斗，圣地亚哥才杀死了这条大鱼，把它绑在船上返航。没想到，血腥气引来了大批的鲨鱼，圣地亚哥再次跟群鲨展开殊死的搏斗。在搏斗中，群鲨把马林鱼吃掉了，只剩下了骨架。圣地亚哥没能带回完整的鱼，他看似失败了。但是，他证明了自己，也赢得了人们的尊敬。他对自己感到满意和自豪，在梦中梦见自己变成了狮子。圣地亚哥用面对挑战时绝不退缩，更不认输的态度，显示了自己的价值和尊严。这种态度本身就是"硬汉风格"的精髓。海明威凭借以《老人与海》为代表的"硬汉风格"，于1954年获得了诺贝尔文学奖。

海明威对于文学的另一个重要贡献就是"冰山文体"。他的小说语言高度口语化，具有流畅、清澈又凝练的风格。这种语言风格的形成，来自海明威所坚持的"冰山原则"。所谓"冰山原则"，就是在文学创作中，只用文字去表现"冰山露出海面的1/8"，还有7/8，作家应该省略掉，留给读者去感受。其重点一方面是作者要隐身，不要站出来面面俱到；另一方面就是要省略掉读者用经验可以体会的部分，用简洁的文字给读者留下联想和体悟的空间。

"冰山文体"呈现出这样几个特点：其一，简约性，即使用简单的句子结构、朴素的日常用语，避免使用繁复的修辞。其二，含蓄性，即通过电

[①] 〔美〕欧内斯特·米勒尔·海明威：《老人与海》，张姗译，作家出版社2016年版。

报式的对话、简短的内心独白,向读者传递丰富的潜台词。其三,片段性,即截取生活片段展开讲述。

海明威最能体现这种"冰山文体"的作品是《白象似的群山》①。这部作品的地点和人物设计都极其简略:车站旁的酒吧,一男一女。对于这一对男女的描写,也只有简单的一句话:"那个美国人和那个跟他一道的姑娘坐在那幢房屋外面阴凉处的一张桌子旁边。"对于他们的身份、来历、彼此的关系、情感状态,作者统统只字不提。这一切全都要靠读者根据两个人物之间的对话,以及对话中透露出来的情绪,通过调动自己的人生阅历和生活经验去独立判断。"冰山文体"因此获得了巨大的叙事张力,给读者留下了自由的想象空间。

三、叙事实验与创新:卡尔维诺与博尔赫斯

意大利作家**伊塔洛·卡尔维诺**(1923—1985)的作品体现了现实主义和现代主义越来越难以区分的状态。他在 20 世纪 40 年代的作品带有现实主义色彩,如《通向蜘蛛巢的小径》等;在 50、60 年代的作品开始大量使用寓言和现代主义手法,如《分成两半的子爵》《树上的男爵》《不存在的骑士》《我们的祖先》《阿根廷蚂蚁》《烟云》等;在 70 年代的作品则呈现出更为浓厚的后现代风格,如《命运交叉的城堡》《看不见的城市》《如果在冬夜,一个旅人》(又译《寒冬夜行人》)等。卡尔维诺在后期更融入科幻因素,写作了《宇宙连环画》等作品。

卡尔维诺不像一般的作家那样专注于表达某种社会现实或是对人生、人性的看法,他真正的关注点在于对文学叙事艺术永无止境的探索,这让他在文学史上呈现出独一无二的特点。沿着卡尔维诺的创作线路,可以看到他不在一种创作风格和表达方式上作过多的停留,从现实主义手法到寓言表达,再到象征、隐喻,直至结构主义、符号主义,甚至物理宇宙观念和奇幻通灵术,无不是其创作方式的支点和突破点。卡尔维诺的创作史是一部艺术表达方式的突破史和创造史,仅此一点就已经奠定了他无可替代

---

① 此作品以下引述内容参见〔美〕欧内斯特·海明威:《乞力马扎罗山的雪》,陆汉臻译,浙江文艺出版社 2013 年版。

的文学地位。

卡尔维诺作品的另一个鲜明特点是,他并不在现实层面讨论具体的社会和人生问题,他的作品呈现的是对哲学层面命题的讨论。《树上的男爵》用隐喻的方式,思考个人与社会的距离,以及这对个人自由和自我实现的影响和意义。《分成两半的子爵》带着强烈的哲学色彩,讨论人性中的"善恶"关系。《不存在的骑士》以一个没有肉身的骑士的形象和经历,思考纯粹的精神性问题。《命运交叉的城堡》借助塔罗牌,表达命运难以用语言穷尽的特质。《看不见的城市》以特别轻盈明快的结构,讲述五十多个城市的形象和风格,并以马可·波罗的城市印象与可汗的城市想象进行对比,表现整体与个体、秩序与分裂、意义与符号的多种哲学关系。

《如果在冬夜,一个旅人》[①]更是以其哲学化的"时间零"概念,对传统叙事结构和理念进行了充分的突破和解构。卡尔维诺认为,"时间零"就是叙事事件中最具有艺术价值和魅力的时刻。从文学创作和阅读的角度而言,"作品开始部分所具有的那种潜力,以及始终未能落到实处的那种期待"就是叙事中的"时间零"。事件的背景和铺垫,以及事件的发展和结尾,都是不重要的。《如果在冬夜,一个旅人》设计了十分有趣甚至有些调皮的结构,用"书中书"的方式,讲述"读者你"拿到了新出版的《如果在冬夜,一个旅人》,读完第一章,就发现后面是另一个作者的作品。于是,"读者你"和遇到同样问题的"女读者"柳德米拉开始不断努力想找到正确的版本以读到后文,结果读到一个又一个其他作品的开头。从本质上说,这是一堆由小说开头组成的书。这些开端部分所体现的就是叙事和阅读的"时间零"部分。

作品同时提供了以"读者你"和"女读者"为主角的传统故事线,但这条故事线十分荒诞:"读者你"和"女读者"柳德米拉在找寻下一章的过程中认识,在经历了无数个没有结尾的故事之后,"读者你"决定创造一个有结尾的事件:他要跟柳德米拉结婚。

《如果在冬夜,一个旅人》既是对于"时间零"叙事价值理念的实践,

---

① 此作品以下引述内容参见〔意〕卡尔维诺:《如果在冬夜,一个旅人》,萧天佑译,译林出版社2012年版。

也包含着对于人生终极困境的哲学认知："生命在继续，死亡无可避免"；"世界就是世界上一切事物的毁灭，世界上唯一存在的事物就是存在的毁灭"。结尾只是人为的意愿，并不能昭示任何结局。"读者你"最终选择创造一个生活中的结尾，象征的是人类对于这种生存困境的反抗。这种反抗虽然如此虚弱而可笑，但也是人类能够做出的唯一反抗，这本身并非毫无意义。

阿根廷作家豪尔赫·路易斯·博尔赫斯（1899—1986）的作品同样体现出对于文学叙事的现代探索和哲学追问，呈现出无法用流派对其风格进行总结的特点。博尔赫斯在小说、散文和诗歌领域都有杰出的成就。他的诗歌名作有《圣马丁札记》《布宜诺斯艾利斯激情》《老虎的金黄》等。他的小说以短篇为主，如《小径分岔的花园》[①]《环形废墟》《阿莱夫》《沙之书》《莎士比亚的记忆》等，都对叙事艺术进行了大胆的创新。

《小径分岔的花园》的主故事线十分通俗，并不难懂。一个名叫余准的中国博士给德国人做了间谍，探知到了英国炮火阵地所在地。但是，他被服务于英国的爱尔兰人马登上尉追杀，没有机会向上级传递情报。在被捕前，余准无缘无故杀死了一个名叫艾伯特的汉学博士，他用这种方式向他的德国上司传递他掌握的情报，因为"艾伯特"正是英国炮火阵地所在地的地名。余准最终被处以绞刑。

从故事本身而言，这是一个比较通俗易懂的间谍类故事模式。但是，作者的叙事并不流畅，这条故事线一再陷入停顿，加入与主线并不相干的"旁枝"：艾伯特正在研究中国云南总督彭㝋的小说，他长篇大论向余准介绍自己的发现，说彭㝋用小说建了一座迷宫，这座迷宫是一座时间迷宫。同时，作者在人物关系上也设了一个"旁枝"：余准竟然是彭㝋的后人。但是，这些故事"旁枝"和人物"旁枝"与小说结尾并没有必然的关系。无论余准是不是彭㝋的后人，无论艾伯特如何破解、分析彭㝋的小说，都改变不了结局。余准一定会杀掉艾伯特，他就是冲这个来的。从故事推进和情节设置本身而言，这两个"旁枝"都没有任何设置的必要。

[①] 此作品以下引述内容参见〔阿根廷〕豪尔赫·路易斯·博尔赫斯：《小径分岔的花园》，王永年译，上海译文出版社2015年版。

但是，从读者的角度说，这两个"旁枝"具有十分重要的意义。急切地要知道情节进展的读者在读到"余准是彭㝹的后人"，"艾伯特是研究彭㝹小说和迷宫的人"时，会先入为主地认为艾伯特对彭㝹小说的研究和分析一定是谜面的一部分。艾伯特大篇幅介绍研究成果的内容就顺理成章地通过读者的接受而成为文体的有机部分，作者所要表达的哲学思想也就顺畅地传达给了读者。等到读者在结尾处发现这些"旁枝"与情节没有关系时，文本的哲学意蕴已经传达完毕。不难看出，"余准如何传递情报"的核心情节只是手段，构建和传达文本的哲学思考才是目的。《小径分岔的花园》用通俗的"诱饵"引导出文本的意蕴，既满足了读者的好奇心，也让晦涩的哲学演绎变得易于接受。

就内容而言，《小径分岔的花园》是对人生和命运本质的哲学化探索。小径分岔的花园意喻"迷宫"，而迷宫的特点就是在入口和出口之间有无数条可能的路径。人生恰如迷宫，在起点和终点之间也包含着无数的可能，即"时间永远分岔，通向无数的未来"。只不过，花园迷宫的实体是物质，人生迷宫的构成因素则是时间。时间带着人类在人生的迷宫中移动，没有先天既有的路线，也没有什么路线意味着必然，人们只是习惯于在时间提供的无数可能中选择了一种而抛弃其他。一个人的人生和生活之所以是这样的而不是那样的，只是因为他作出某种选择。如果他作出另外一种选择，并不意味着是正确的，也不会意味着是错误的，而是另一条迷宫路线的诞生。

对于人生之路，传统的理性认知执着于依据道德、规范和人类经验等，先入为主地设定一些"正确路径"，并由此展开关于"对的人生"和"错的人生"的辨别教育。《小径分岔的花园》所体现的哲学化的人生观和命运观，无疑揭示了这种传统的人生观认知方法的"自大"和"主观"。《小径分岔的花园》以哲学的力度，揭示了人类更真实、更可能的痛苦，那就是并没有固定存在、可以仿制、无比安全的"正确路径"。在人生的时间迷宫里，你只能孤单又茫然地作出向左还是向右的选择。当你作出这样的选择时，并不知道那意味着什么。悲哀的是，命运有时就此不可逆转。恰如余准，他讨厌德国人，也讨厌英国人，却选择为德国人服务。这一选择造成了马登上尉对他的追杀。到了这个时间点，命运已经不可逆转。无论选择杀艾伯特还是不杀，选择传递情报还是不传递，余准的死亡都已经注定。他最后的结局不是选择的结果，而只是他的时间线路的必然呈现。

《小径分岔的花园》所体现的哲学化的人生观和命运观，也揭示了人类必然存在的痛苦，选择迷宫中的任何一个路径，都意味着狭隘的时间经历，都无从看到其他时间线路中可能的自己。你永远无法知道，在哪个时间点的哪个拐弯，给你的人生路线带来了什么样的改变。你不知道自己错失了什么，也不知道自己也许还会经历什么。因此，无论你选择哪条时间线路，最后的感受都是余准的感受："他不知道（谁都不可能知道）我的无限悔恨和厌倦。"

第十章

意识探索与思维颠覆：20世纪的现代与后现代

20 世纪上半叶，欧美地区出现了以反传统的艺术表现方式进行创作的艺术潮流，诸如后期象征主义、表现主义、未来主义、超现实主义和意识流小说，被统称为"现代主义文学"。

二战以后，很多作家开始发现并强调 20 世纪上半叶盛行的现代主义文学的缺陷，普遍认为现代主义文学只是一种表现手法上的创新，其思维方式以及相应的对于世界和人性的探知与理解并没有摆脱现实主义等传统理性的窠臼。因此，很多作家开始从思维方式入手，试图摆脱现代主义，甚至与之决裂以实现艺术的创新和超越。在这种背景下，出现了存在主义文学、荒诞派戏剧、新小说、"垮掉的一代"、黑色幽默、魔幻现实主义等流派，被视为"后现代主义文学"。

第一节　20 世纪现代主义文学概述

一、何谓"现代主义文学"

"现代主义文学"的概念，在很大程度上是相对于"现实主义文学"的概念而提出的。就 20 世纪的现代主义文学和现实主义文学而言，它们所处的时代、所面临的问题是一样的：在整个社会走向高度商品化的过程中，原有的依靠宗教和道德所缔结的人际关系，渐渐被金钱交易关系取代；原有的以信仰和道德为核心的精神价值体系，也被金钱价值的标准冲垮；世界大战的爆发，更动摇了人们对于宗教的信任，加速了宗教信仰危机的崩溃，欧美社会用以支撑社会文化平衡的宗教和道德两根"立柱"摇摇欲坠。

从上一章的叙述不难发现，现实主义文学主要是观察和表现在这种社会外在环境的影响之下，个人与社会、个人与他人以及个人与自我这一组组关系的变动和状况。现代主义文学则集中观察和表现在这种社会外在环境的影响之下，个人内心意识的变动和状况。虽然现实主义文学也会探索人的内心世界，但往往是对人内心的理性领域的探索。现代主义文学对人的内心世界的探索则深入非理性领域，诸如潜意识和无意识、直觉和幻觉。现代主义文学认为这些非理性领域更能代表人的内心世界的真实状态。

20世纪出现在心理学、哲学、美学等领域的新发现，也在很大程度上启发并支持了现代主义文学的这一看法。诸如奥地利心理学家弗洛伊德的精神分析学说、法国哲学家伯格森的直觉主义理论、瑞士心理学家荣格的集体无意识理论、意大利美学家克罗齐的直觉美学等，都致力于探索人类内心的深层意识，成为现代主义文学的理论基础。

落实在文学表达上，如何把人类内心的深层意识用文学语言表达出来，是现代主义文学最重要的课题之一。现代主义文学的各个流派就是在对这个问题的实践中形成了彼此的区别：后期象征主义注重使用象征艺术；表现主义大量表现幻觉、梦境和错觉；意识流小说采用内心独白和自由联想的方式；未来主义故意打破语言规则和语法限制；超现实主义构建梦幻和想象的图景。

从总体而言，现代主义文学打破了客观再现的传统手法，营造颠倒的时空和变异的形象，以达到呈现内心的深层意识的目的，在艺术技巧上大多使用象征、隐喻、想象、内心独白、意识流、自由联想、字词语句重组等方式。

现代主义文学主要的流派有未来主义、超现实主义、后期象征主义、表现主义和意识流小说等。

未来主义是出现最早的流派，发源于意大利。这是一个比较极端的流派，在文化观念上，认为传统文化对于社会发展而言只是束缚和限制，因此应该摧毁一切传统文化，主张"摧毁一切博物馆、图书馆和科学院"，呈现出历史文化虚无主义的倾向。在发展观上，未来主义作家崇拜物质发展的作用，认为只有物质和科学的发展才能创造更好的未来。因此，他们的诗歌大多歌颂工地、桥梁、工厂和船坞等，有比较明显的重物轻人的倾向。在政治上，他们崇拜强力和控制，甚至认可发动战争的意义。在表达方式上，他们也提出了十分极端的主张，如抛弃依靠语法、修辞和标点符号组织语言的传统方式，使用数字、词汇罗列等方式自由表达。未来主义的代表作家有意大利作家**托马索·马里奈蒂**（1876—1944）、法国作家**纪尧姆·阿波利奈尔**（1880—1918），苏联作家马雅可夫斯基早期的作品也呈现出未来主义的特点。

超现实主义是源于法国的现代主义文学流派，深受1916年达达运动的影响和启发，反对既定的艺术标准和艺术传统，要求进行彻底解放的艺术创造。超现实主义作家认为，艺术创作是一种"精神自发现象"，只有激发这种"精神自我"的特质，才是真正的艺术创作。因此，他们提倡"自动写做法"和"梦幻记录法"，以此达到摆脱常规理性限制，以直觉和梦幻等非理性手段进行创作的目的。法国作家**安德烈·布勒东**（1896—1966）、**路易·阿拉贡**（1897—1982）、**保尔·艾吕雅**（1895—1952）都是超现实主义的代表作家。

但是，真正能够代表现代主义文学杰出成就的还不是上述两个流派，而是后期象征主义、表现主义和意识流小说。

二、符号的抽象化与意蕴的哲学化：后期象征主义文学

后期象征主义文学是对19世纪象征主义文学的延续，与波德莱尔、马拉美等人所代表的前期象征主义文学一样，致力于使用象征暗示表达内心的真实，以可感的象征物呈现抽象的思想和感受。但是，后期象征主义文学又突破了前期象征主义文学，具体表现为：

首先，前期象征主义文学所使用的象征符号与所要呈现的思想情感之间一般都有比较直接单纯的对应关系，指向十分明确，意义单一、确定；后期象征主义文学所使用的象征符号与所要呈现的思想情感之间的对应关系就没有那么简单直接，而是更为模糊，指向更不确定，从而包含更为复杂的意蕴，更加趋于多义。

其次，前期象征主义文学借助象征符号，表达的多是个人的人生体悟、感受和情绪；后期象征主义文学要更有野心，表达的多是世界本质、人生本质、命运质地等，因此更具视野广度和思想深度。

最后，前期象征主义文学所使用的象征符号大多是比较具体形象的人、物、景；后期象征主义文学所使用的象征符号要更为抽象，不但有人、物、

景，也有取自宗教、神话等神秘领域的抽象材料。

最能代表后期象征主义文学成就的是英国诗人**托马斯·斯特恩斯·艾略特**（1888—1965），他的《荒原》①《空心人》《四个四重奏》都被视为后期象征主义文学最具代表性的杰作，并因此获得1948年诺贝尔文学奖。特别是他的《荒原》，以意象神秘、指向模糊而体现出后期象征主义文学的特色。《荒原》共分五个部分："死者葬仪""对弈""火诫""水里的死亡""雷霆的话"。虽然作者声称这首诗并无特定意义，甚至说这首诗只是自己"有节奏的牢骚"，但文本一旦生成，就有其独立性。

在《荒原》中，作者使用了两组荒原意象：

一组是四月天的自然界，主要出现在第一部分"死者的葬仪"中。四月是春天最美的时候，作者却说"四月是最残忍的月份，从死去的土地里培育出丁香，把记忆和欲望混合在一起，用春雨搅动迟钝的根蒂"。四月原野的繁荣是建立在土地的死亡之上的，美丽的丁香花是欲望之花。因此，这样的原野再繁荣，也是荒芜的原野。

另一组是城市的意象，主要出现在"对弈"和"火诫"中。"坐在卧室里空虚茫然的上层妇女"，"坐在小酒馆里纵情声色的下层女性"，"失去了情感能力，只剩下肉欲冲动的青年男女"，"伦敦的垃圾""白骨""老鼠"和"沉舟"，"白色的尸体赤裸在低洼潮湿的地上，尸骨却被扔在一座低矮而干燥的小阁楼里，年复一年只是给耗子踩得咯咯作响"。这些意象都取自城市。

不难看出，两组"荒原"指向的是"精神的荒原"。无论是自然界的欣欣向荣还是城市的繁荣昌盛，当人类的道德崩塌了，信仰失去了，人类的精神世界就只剩下一片荒原，必然陷入精神的迷茫和空虚。正如诗中那位上流女性的迷茫："现在我该干些什么？我该干些什么？我就这样冲出去，走在大街上，披头散发，就这样。咱们明天又干些什么呢？咱们到底要干什么？"

这是诗人对于现实社会精神状态的深刻反思，揭示了道德崩塌、精神

---

① 此作品以下引述内容参见〔英〕托·斯·艾略特：《荒原》，汤永宽、裘小龙等译，上海译文出版社2012年版。

危机之下人类可悲的生存状态。失去了精神世界的人类除了物欲和肉欲，再也找不到其他的生存动力。这样的人类就会像第四部分"水里的死亡"中的腓尼基水手一样，纵欲而亡。第五部分"雷霆的话"则是借雷霆之口，对着荒原一样的世界发出了训导之语：施舍、同情、克制。这是雷霆的训导之语，显然也是《荒原》所提出的人类救赎之道。

从本质内容而言，《荒原》以系列"荒原"意象，表达了对于20世纪西方社会信仰危机、人欲横流、精神迷失、虚无绝望等生存状况的担忧和关注，并借此传达对精神救赎之路的思考，呼吁以宗教精神的皈依拯救现代的精神荒原。

爱尔兰诗人**威廉·巴特勒·叶芝**（1865—1939），也是后期象征主义文学的重要代表人物，于1923年获得诺贝尔文学奖。

叶芝的诗歌经历了转变的过程，早期的诗歌观念较为传统，偏于浪漫主义和唯美主义的美学原则，呈现出传统的艺术风格和美感，抒发个人的爱与哀伤，诗风婉约而深沉。他的诗集《苇丛中的风》《七片树林中》《绿盔及其他》《责任》等都传颂甚广。从《库勒的野天鹅》开始，叶芝的诗歌开始摆脱对个人情感的抒发，哲学与玄想的内容逐步增多。1925年，他写出了诗歌《幻象》。这首诗的主题晦涩复杂，富有哲学韵味，使用的意象玄虚神秘，标志着叶芝象征主义诗风的形成。此后，他写出了《塔堡》《丽达与天鹅》《驶向拜占庭》等诗歌，都摆脱了对个人情感的抒发，转向思考历史规律、灵魂与死亡等带有哲学色彩的命题，呈现出成熟的象征主义文学特色。

此外，法国诗人**保尔·瓦莱里**（1871—1945）的《海滨墓园》，奥地利诗人**莱纳·玛利亚·里尔克**（1875—1926）的《杜伊诺哀歌》，美国诗人**艾兹拉·庞德**（1885—1972）的《休·赛尔温·莫伯利》，都是后期象征主义诗歌的重要作品。

三、人的异化与自我疏离：表现主义文学

表现主义文学产生于德国，后发展到欧美各国。表现主义文学最大的特点就是反对传统现实主义手法的客观再现。再现社会的表象无法揭示其本质，再现人类的行为表现也无法洞察其内心。只有避开对表象的再现，

直接表现其本质，才能揭开人与事物的真相。因此，表现主义文学常常以违背外在真实的方式，对现实生活的外在真实进行扭曲和变形，以达到摆脱外在真实的约束，揭示内在真实的目的。表现主义小说常常具有荒诞不经的故事情节；戏剧内容也离奇怪诞，常常使用内心独白和梦幻手法。

奥地利作家**弗朗兹·卡夫卡**（1883—1924）是表现主义文学最为重要的作家，也是现代主义小说的奠基者之一。在短暂的一生中，卡夫卡创作了近80部短篇小说和3部长篇小说。这些作品在卡夫卡生前大多未曾发表过，在他去世后，由其挚友马克斯·波罗德整理出版。

《变形记》讲述青年推销员格里高尔·萨姆萨变成甲虫后，遭到家人抛弃直至死亡的荒诞故事。这个故事并不具备客观的真实性，却十分准确地揭示了人类的异化状态。萨姆萨为了谋生养家，不得不违背自己的意愿，做着自己一点也不喜欢的工作。但是，他又竭尽全力想要保住这份工作，哪怕是发现自己变成了甲虫。他最大的恐慌不是对自己变形的担忧，而是害怕赶不上火车，丢了工作。萨姆萨是为了物质生存而放弃精神追求的范例，表现出的是现代社会中普遍存在的人与自我的可悲割裂和疏离。

当萨姆萨变成甲虫，失去工作能力，不再能为家里赚钱之后，他的父母和妹妹渐渐对他失去了感情，不再照顾他。甚至当他不小心吓跑了家里的房客之后，他的父亲砸伤了他；他的妹妹恶毒地诅咒他，认为他应该去死。在听到妹妹的话之后，萨姆萨死掉了。全家人如释重负，把他的尸体扔进垃圾箱，一家三口趁着阳光正好出去散心，感觉一切又都有了希望。萨姆萨和家人的关系展示了现代社会中人与人之间的异化：人际关系靠金钱和物质来缔结，人与人之间的情感也要靠金钱和物质来驱动。当家庭关系都是如此的时候，人与人之间的异化已经病入骨髓。

《变形记》以一个看似荒诞的故事揭示了现代社会严重的异化问题。对于社会文明来说，异化就是社会发展背离了文明的初旨。文明的发展是为了保障人类的自由和权益，但物质化价值标准的泛滥导致物质追求取代了精神追求和道德追求，从而毁灭了人类的精神价值，更剥夺了人的精神自由，把人变成了物的奴隶。《变形记》写出了带有极大普遍性的社会悲剧。

《审判》① 更进一步地揭示了人类深陷无形控制、失去生存自由的悲剧处境。《审判》的故事延续了《变形记》的荒诞不经：约瑟夫·K 在迎接 30 岁生日时，突然被两名看守宣布他已被捕，但是，无论是 K 还是看守，都不知道他的罪名是什么。最荒诞的是，他被捕了，但依然被允许照常上班和生活。但是，K 无法像以前一样从容的生活，他通过种种渠道想知道自己为何被捕，又有何罪名，但始终得不到任何答案。就这样过了一年，在 K 31 岁生日的前一天晚上，两名执法人员把他带到郊外，处死了他。直到最后一刻，K 依然没有见过负责他这个案件的法官，也从来没能进入负责审判他的最高法院，依然不知道自己的罪名。当执法者把刀刺入 K 的胸膛时，他感觉自己"像一条狗似的"！因为"他死了，但这种耻辱留存人间"。

　　K 提到的"耻辱"正是最悲惨的人类体验：终生陷入无形的巨大控制之中，无法了解自己的命运，更无从掌控自己的人生。"被捕但可以照常生活"，揭示的是现代人的生活悲剧：每个人都带着无形的枷锁。从作品的表象上看，这个枷锁的制造者来自缺乏正义、混乱腐朽的司法制度。但是，能够让人感到负枷而行的，绝对不只是司法制度。当异化发生之时，人就失去了所有的自由，正如《变形记》中的萨姆萨，他不能自由地选择人生，不能自由地表达愿望。作者不过是用 K 的"一年"，写出了现代人的"一生"：被控制地活着，被无声无息地毁灭。

　　"弱者体验"的表述因此成为卡夫卡作品中十分常见的内容。《变形记》中被家人抛弃的萨姆萨，《审判》中被糊里糊涂处死的 K，还有《判决》中被父亲判决"投河去死"的儿子，都是对这种"弱者体验"的表达。身处物化的社会价值体系、荒诞的社会理性和生存方式之下，这些弱者无力更改也无力反抗现实，只能在被控制、被支配、被毁灭中忍受失去自由的痛苦。

　　焦虑、孤独、恐惧和绝望也因此成为卡夫卡笔下十分常见的情绪。《地洞》中的小田鼠，每天忙于修补自己的洞穴，竭尽全力地搜罗生存资料，却仍然无法获得安全感，永远活在生存的焦虑之中。《老光棍布鲁姆费尔

---

① 此作品以下引述内容参见学思主编：《卡夫卡文集Ⅱ审判》，武汉大学出版社 1995 年版。

德》身处人群，却只能孤独地活着，唯一陪伴他的竟然只有一个会自己蹦跳的小球。《城堡》中的 K 被聘为城堡的土地测量员，却无法进入城堡。他用尽一切方法，想要进入城堡，最终全都失败。城堡始终就在他的眼前，但他始终无法进入。K 的身份始终没有得到确定，他的未来更是模糊不清。虽然《城堡》包含着复杂不明的意蕴，但其中所表现的这种"生存就是反复的迂回和折磨，愿望若即若离，永难实现"的痛苦，是并不晦涩的生存体验。

表现主义小说的代表作家还有捷克作家**卡莱尔·恰佩克**（1890—1938）。他的代表作《鲵鱼之乱》采用了科幻方式，讲述一位名叫万赫托的船长发现了一种半人半鱼的娃娃鱼，就教他们技能和语言，以为人类社会所用。没想到鲵鱼群体越来越壮大，把自己视为最高贵的种族，从而要毁灭人类，炸毁人类居住的大陆，为自己的高贵种群争取空间。作品用了完全没有现实感的题材和故事，却直接表现了对于人类文明脆弱性的反思，以及对于法西斯主义的讽刺和影射。

表现主义文学除了小说成就，在戏剧方面也取得了诸多成就。1936 年诺贝尔文学奖获得者美国剧作家**尤金·奥尼尔**（1888—1953）一生创作了四十多部戏剧，他的《毛猿》被视为表现主义戏剧的重要代表作。

《毛猿》共分八场，讲述了一个荒诞不经的故事：主角扬克是一艘远洋轮上的锅炉工，他热爱自己的工作，认为是自己的工作让巨轮启动的。但是，他浑身漆黑的工作形象把一个贵族小姐吓得当场昏厥过去。因为在她眼里，扬克更像一个"肮脏的畜生"。受到刺激的扬克决心要确定自己的社会地位和身份，证明自己不是畜生。他来到上层人云集的"纽约五马路"。但是，在这里，他只能以一个入侵的"骚扰者"身份而存在，闯入上层人空间的结果就是被抓进了监狱。在这个空间里，他根本没有合法的身份。出狱后，怀着对上层社会的痛恨，他加入了工人组织，决心报复上层社会。但是，他的暴力倾向又让工人组织内部的人感到恐惧。他被误认为奸细，被赶了出来。扬克最后来到了动物园，他把笼子里的大猩猩视为同类，打开铁笼与大猩猩拥抱，结果被折断筋骨而亡。

在这个荒诞的故事背后，作者揭示了社会严重不公的现实，也讲述了个人自我价值无从认定的痛苦。像扬克这样的底层人，无法在缺乏公正的社会中得到"人"的身份和地位,他虽然努力抗拒这种命运,但最终以失败告终。《毛猿》以表现主义手法,直指社会的本质,将其不正义的特质表现得淋漓尽致。

瑞典的**奥古斯特·斯特林堡**(1849—1912)也是表现主义戏剧的代表作家之一。他的《到大马士革去》《鬼魂奏鸣曲》通过使用梦幻、鬼魂的元素,用荒诞的故事,揭示现代社会中扭曲的人际关系。

四、心理时间与"本我"真相:意识流小说

意识流小说兴起于20世纪20年代,其产生的根源还是对于"真实"的现代主义认知。现代主义文学流派的基础之一,就是真实观的改变,只有深入人的深层意识,才能接近人的真实。在对人的深层意识的探索和表现上,意识流小说取得了最耀眼的成就,是其他现代主义文学流派所无法比拟的。

意识流小说对意识的认知直接来自美国心理学家威廉·詹姆斯和奥地利心理学家弗洛伊德的研究成果。詹姆斯认为人的意识分为理性意识和非理性意识两种。弗洛伊德更是把意识细分为意识、前意识和潜意识,并在此基础上提出"超我""自我"和"本我"的概念。在这种意识认知理论之下,意识流小说大多致力于探索人的非理性意识,将之作为表现对象,从中探知最能体现人的真实精神状态的"本我"。

詹姆斯还指出,人的意识不是静止的片段,而是不断流动的。他就此提出了最早的"意识流"概念。相应地,意识流小说在表现人的意识时,不是片段式的静止呈现,而是叙述意识流动的过程,即以人物的意识活动为线索,讲述人物在意识流程中的诸种感受、思绪、回忆、联想、愿望等。

詹姆斯关于意识与时间关系的论述,也对意识流小说产生了直接影响和启发。他认为,人的意识在流动时,并不按照理性概念中的时序进行,而是忽而在眼下,忽而在过去。人对于过去和现在的认知和感受都会交织在一起流动,形成自己的时间线索。法国哲学家柏格森由此提出"心理时间"与"现实时间"的区别。反映在意识流小说中,人物的意识常常不受客观时间的限制,而是自由地在过去和现在之间穿梭、跳跃。意识流小说不按常规时序讲述故事,而是按人物的意识流动推动小说叙事的进程。为

了达到这样的效果，意识流小说大多使用内心独白、自由联想和象征暗示等方式。

与很多现代主义文学流派不同，意识流作家并没有共同的组织或是理论宣言，只是作品所呈现的共同的追求和特征把他们联系在一起，从而被纳入同一个流派之中。

法国作家**马塞尔·普鲁斯特**（1871—1922）的作品《追忆逝水年华》共分七部，计有240余万字。普鲁斯特也因为这部鸿篇巨制而被视为意识流小说的先驱。确切而言，普鲁斯特在《追忆逝水年华》中并未像其后的意识流作家那样，做到对于庞杂纷乱的潜意识领域进行探索。意识流本身的状态和细节还没有成为普鲁斯特的表现对象，《追忆逝水年华》的内容还是以"记忆中的人和事"作为主体，讲述从普法战争到一战，以盖尔芒特家族代表的上层贵族和斯万家族代表的中产阶级为核心的法国各个阶层的人物群像和生活图景。这本书的魅力主要来自对于不同人物的性格进行了鲜明、准确的塑造，使得这些人物以各自的个性跃然纸上。对于不同阶层的生活方式、生活内容和生活细节的刻画，也让这本书充满了传统的魅力。

《追忆逝水年华》之所以被认为是意识流小说的先驱，主要是因为普鲁斯特使用了意识流小说所特有的"心理时间"的概念，"记忆中的人和事"是他的表现对象。但是，在展开对这些人和事的追忆时，普鲁斯特没有像传统叙事那样按照时间顺序回忆，而是利用了"心理时间"的概念，构筑了主人公"我"的一条心理时间线索。《追忆逝水年华》的心理时间线首先摆脱了客观时间的限制，"记忆中的人和事"打破时序，出现在"我"的记忆长河之中。同时，这条心理时间线上的回忆不但不按时序，而且是随机、偶发地出现的。主人公对于过去的回忆并不是基于某种叙事逻辑的需要，而是来自其偶发的、不由自主的、非理性的回忆冲动。主人公的某种感觉（包括味觉、触觉、听觉和视觉）被偶然激发，顺着这种感觉，记忆的闸门不由自主地被打开，往事纷纷浮现出来。最经典的"玛德莱娜点心"就是一例。"我"在饮用泡了玛德莱娜这种小点心的茶水的一刹那，突然有一种莫名的、美妙的感觉。循着这种感觉，"我"联想到童年在贡布雷小城度假时姨妈曾给"我"吃过这种茶水中浸过的小点心。这种美妙的感觉就来自那段愉悦的记忆。于是，对贡布雷的人和事的追忆就这样借着一杯椴花茶和一块小点心纷至沓来。

《追忆逝水年华》凭借"我"时序错落、偶然且跳跃的回忆，把关于五百多个人物、数不胜数的生活场景的记忆连接成了一部鸿篇巨制。这是与传统的回忆体作品截然不同的。《追忆逝水年华》以其对"心理时间"的构建，成为意识流小说中不可多得的经典。

英国作家**弗吉尼亚·伍尔芙**（1882—1941）的小说更进一步，开始向真正的"意识流"迈进。她的《墙上的斑点》讲述的是女主人公盯着墙上的一个斑点，展开纷乱无序、飘忽交错的意识流程。这个意识流程中的很多思绪并没有具体的意义，就是飘忽而过的闪念或是杂想；同时，思绪和思绪之间没有因果逻辑的关联，呈现出跳跃式的思绪转换。《达洛维太太》分别展示了同一天中两个人物的意识流程：出身下层的退伍兵史密斯因为战争创伤，意志低沉混乱，频频出现幻觉；上层社会的达洛维太太的意识流动安稳平淡。达洛维太太在晚会上听到一个叫史密斯的小人物自杀了，虽然并不认识这个小人物，但自杀行为还是激发了她内心隐藏的空虚、无聊、寂寞和焦虑。这部作品用两条心理时间线，表达了同一种精神危机。《到灯塔去》被认为是伍尔芙的成熟的意识流小说。这部小说不但展示了多人的意识流程，而且笔触在其间来回扫描和切换，形成了一张意识流的错综交织的网络。伍尔芙在其中更是使用了象征手法，用富有深意的窗和灯塔象征拉姆齐夫人善良宽阔的人格和精神境界。

爱尔兰作家**詹姆斯·乔伊斯**（1882—1941）用八年时间写成的巨著《尤利西斯》[①]被视为意识流小说的最高成就。《尤利西斯》几乎没有故事线索，只是记录了斯蒂芬·德达路斯、利奥勃尔德·布卢姆及其妻子莫莉三个人，在1904年6月16日早上8点到深夜2点40分之间的意识活动。

全书共分三部，第一部以德达路斯为核心，讲述他吃早饭、上课、漫步、与人讨论莎士比亚、在街上闲逛的过程，以及他在这个过程中的思绪、情绪、感受和幻觉。从德达路斯纷乱的思绪中不难发现，他是个有学识、有见解的青年，但依然找不到生活的意义。德达路斯与父亲关系恶劣，母

---

① 此作品以下引述内容参见〔爱尔兰〕詹姆斯·乔伊斯：《尤利西斯（修订本）》，萧乾、文洁若译，译林出版社2002年版。

亲弥留之际让他皈依宗教，他没有听从，因此对母亲怀着深深的负疚感。他苦闷彷徨，陷入孤独和绝望之中。

第二部以布卢姆为核心，讲述他吃早饭、参加葬礼、在街上游荡、在海边漫步、到产院看朋友等一天的琐事，以及他在这个过程中的感受、思绪和情绪。晚上，布卢姆遇到酗酒的德达路斯，因为认识他的父亲，就尾随其后。当德达路斯与英国士兵打架之后，布卢姆上前扶起了他。通过布卢姆的意识可以看到，他是个广告推销员，他的妻子屡屡出轨。布卢姆为此感到屈辱、痛苦，但是由于自己生理能力的缺失，他又窝囊地接受了妻子出轨的现实，靠偷窥女性内衣和看黄色照片寻求心理平衡。布卢姆庸俗、猥琐、懦弱，但又善良、忠厚。他愿意帮助不幸的人，对德达路斯怀着父亲般的感情，对自己的妻子宽容、忍耐。他不满现实，向往美好的社会，但又感到没有实现的可能，只能忧伤地陷入绝望。

第三部中，布卢姆把德达路斯带回了自己家。德达路斯酒醒之后，二人在客厅里相对长谈直到深夜，彼此十分默契。这时，布卢姆的妻子莫莉半睡半醒，听到丈夫和年轻人在客厅里聊天，她也思绪万千。在半睡半醒之间，她回忆了自己和丈夫的过去，想起布卢姆的温情，决定跟布卢姆重新开始。

《尤利西斯》的书名对应《荷马史诗》下部《奥德赛》，人物设置也与《奥德赛》相对应，布卢姆对应奥德修斯，莫莉对应奥德修斯的妻子帕涅罗珀，德达路斯对应奥德修斯的儿子忒勒玛科斯。一方面，这种对应是行为和状态上的反讽，对应奥德修斯的布卢姆丧失了奥德修斯挑战困难的勇气，也丧失了奥德修斯对命运的掌控力；对应帕涅罗珀的莫莉丧失了帕涅罗珀的贞洁；对应忒勒玛科斯的德达路斯也不像忒勒玛科斯那样渴盼与父亲重聚，而是与父亲决裂。这个对应带有反英雄式的色彩，昭示着现代人精神的可悲沦落。但是，另一方面，这种对应也有精神上的互文关系。奥德修斯历经海上漂泊之苦，只为寻找归家之路；布卢姆虽然身陷庸俗无望的现实，但一直没有放弃对精神归宿的寻找。忒勒玛科斯渴望父亲，是因为只有找到父亲，才能确证自己的身份；德达路斯与父亲决裂，是因为只有摆脱了父亲，才能获得自我。帕涅罗珀用禁欲来躲避现实的伤害，莫莉用纵欲来麻木自己痛苦的内心。布卢姆、德达路斯和莫莉虽然不再拥有《奥德赛》中的精神力量，但他们内心都没有泯灭对美好人生和情感的希冀。

《尤利西斯》揭示了现代人空虚、迷茫的精神危机："每秒钟，每秒钟，每秒钟的意思就是每一秒钟"，这种巨大的精神空洞是书中三人共同经历和体验的苦难。同时，《尤利西斯》也表达了现代人追求精神归宿、期盼精神救赎的普遍愿望。它揭示的是现代人的精神迷失与漂泊之旅，也是现代人寻求精神归宿和寄托的挣扎之旅。最终，他们虽然没能找到理想的精神归宿，但至少终于发现了彼此。作为精神家园最后的寻找者，他们虽然平庸，但足以令人起敬。

美国作家**威廉·福克纳**（1897—1962）与海明威、菲茨杰拉德并称为"迷惘的一代"，是1950年诺贝尔文学奖获得者。福克纳一生著有19部长篇小说、近百部短篇小说。他的大部分作品都以19世纪初到二战结束这段时间为历史背景，地点被设置在一个共同的虚拟空间之中：约克纳帕托法县。作者把这个区域假设在密西西比州北部，面积大约为2400平方英里（约6216平方千米），生活着大约6298个白人、9313个黑人。福克纳以其中5个代表性的庄园主家族作为核心讲述对象，即萨托利斯、康普生、赛德潘、麦卡斯林和斯特温斯。他用这种方式把自己的大部分作品串联起来，构成了一个类似巴尔扎克《人间喜剧》的框架，名为"约克纳帕托法世系"。他的代表作有《沙多里丝》《我弥留之际》《喧哗与骚动》《押沙龙！押沙龙！》等，因对南方庄园家族的集中描写而被视为"南方文学"的代表。

《喧哗与骚动》共分四个部分，讲述康普生家族四个子女的人生故事，其中以唯一的女孩凯蒂的命运作为中心线。四个部分是从不同的角度讲述凯蒂的故事，但没有任何一个部分是有条理且完整的。

第一部分是通过最小的孩子班吉展开的对姐姐的回忆。由于班吉是个白痴，因此他对于姐姐凯蒂的回忆充满了时空的错乱和印象的繁杂。透过班吉的角度，凯蒂呈现出的是温柔、善良、充满母爱的形象。第二部分是长子昆丁自杀前的独白。通过昆丁的独白，展示出凯蒂命运的急转直下。长大的凯蒂被男人引诱，跟人私通而导致怀孕。为了顾全家族名声，她嫁给了不爱的人，被丈夫识破后遭到遗弃。她把私生女小昆丁寄养在娘家，独自到大城市去打拼。在这一部分，凯蒂开始变得复杂，她生性单纯，但又盲目无知；她行为堕落，但又为了家族委曲求全；她富有牺牲精神，但又难掩内心苦痛。第三部分是凯蒂的大弟弟杰生的自述。杰生冷酷无情，人格低下。他阉割了自己的弟弟班吉，又侵吞了姐姐寄回家的钱财，虐待甚至骚扰自己的外甥女小昆丁。透过杰生展示的是凯蒂悲惨的人生，她在外拼命挣钱，深深地思念自己的女儿，却没有办法看上一眼。第四部分是从女黑奴迪尔西的视角展开的叙述。通过这一部分，展示了凯蒂的悲剧命运在下一代的延伸。小昆丁也堕落了，为了离开深恶痛绝的舅舅杰生，她偷出妈妈寄来的钱财，离家出去了。小昆丁的出走意味着这个家族的彻底衰亡、堕落和终结。

凯蒂是一个带有象征意味的人物，她的沦落象征着南方庄园文化的崩溃，也象征着美好人性的遗落。凯蒂的沦落是由于个性所致，更是时代发展的必然。随着整个社会精神危机和道德价值体系的解体，昆丁在自己妹妹身上所寄望的优雅高贵的南方庄园文化必然走向解体。在四个子女中，只有自私自利、卑鄙冷酷的杰生在新时代中如鱼得水，这本身就是时代极大的悲哀。

《喧哗与骚动》中的"班吉部分"和"昆丁部分"都呈现出浓厚的意识流小说的特色。"班吉部分"通过班吉在时空概念上的混乱，把不同时空的记忆交错在一起，写出了一个低智儿的意识流程和记忆特点。"昆丁部分"由于发生在昆丁自杀前夕，同样表现出时序颠倒、情绪杂乱、条理紊乱的意识状态，写出了昆丁自杀前的意识模糊和焦虑绝望状态。

另外，从整个文本结构上看，福克纳打破了常规时序：第一部分发生在1928年4月7日。第二部分却比第一部分早发生18年，1910年6月2日。第三部分发生在第一部分的前一天，1928年4月6日。只有第四部分才是符合时序的，发生在最后，1928年4月8日。这种从叙事结构和顺序上对常规时序的打破具有象征意义，呈现出一种面对人生无可把握的虚弱感和混乱感。就连使用的这些时间点也具有象征意义，4月6日到8日是从耶稣受难日到复活节，6月2日靠近圣体节。这些日子都与基督受难有关，隐含着"失去精神依托的人类，人生就是受难"的意蕴。

第二节　后现代主义文学概述

一、何谓"后现代主义文学"

从时间范畴而言，后现代主义文学是指二战之后出现的文学流派和思潮。如本章小引所述，后现代主义认为，20 世纪上半叶盛行的现代主义在思维方式和对世界的认知上并没有突破传统理性的约束。比如，现代主义和现实主义一样，都认为世界或人类有一个"本质"先天存在，文学要做的就是如何把这个本质表达出来。现实主义认为要通过对外在环境和理性心理的分析去把握，而现代主义则认为要通过深层意识去把握。

但是，后现代主义文学在根本上怀疑有这样一个等待被发现、被表达的"本质"存在。后现代主义主要受到以萨特为代表的存在主义哲学和海德格尔的解构主义哲学的影响。存在主义哲学提出的"存在先于本质"，从理论上颠覆了现实主义和现代主义文学探寻"本质"的认知方式。按照存在主义哲学的概念，人类并无既定的本质，人类的自我只有通过自己的存在、行为选择才能创造出来。

这给文学带来两个主要的理念：

其一，世界和人类没有先然存在的本质，这就意味着世界本身是没有意义的，是虚无的；人类本身也是没有意义的，是虚无的。由于世界和人类生存并不存在任何先然的法则、规律和规范，其本身就是偶然的，因此存在本身就是不确定的，不确定的存在就是荒诞。表现这种世界和人类生存的荒诞性，将成为文学的一个主要命题。

其二，由于世界和人类本身没有先然的本质，因此人类需要在存在中通过自我行为的选择，去创造自我。只有在自由的自我选择的过程中，自我才能生成，人也才能拥有存在的感觉和价值。所以，人类应该积极地展开自我选择，并借此在虚无的世界里创造存在的意义。但是，这种自我选择必须坚持自由的原则。所谓自由的自我选择，就是独立作出的选择，而不是按照上帝、科学、理性、道德、习俗、规范等要求推测和定制的选择。存在主义认为，人类拥有绝对的选择自由。落实到文学中，观察人类能否自由地展开自我选择，展示人类为了维护这种自由而展开的抗争，将是另一个重要的命题。

后现代主义文学中产生了存在主义文学、荒诞派戏剧、新小说、"垮掉的一代"、黑色幽默、魔幻现实主义文学等流派。

新小说形成于20世纪50年代的法国，这个流派的概念是相对于现实主义而产生的。新小说认为，现实主义文学通过塑造人物、描写环境、设置情节以及渲染气氛，把读者带入作者自己设计好的小说空间。因为世界本身并不存在先天的意义，作者这样设计的文本空间必然是一个"谎言世界"。新小说反对在小说中塑造人物、渲染气氛、设计人为的故事情节，主张文学的任务就是还原世界和生存本来的样子，不介入读者的感情世界，从而给读者充分的自由。

因此，新小说不注重塑造人物和构思情节，更不会再现现实，而是截取现实的某个时间片段或是场景画面，进行客观、不动感情、不加引导和暗示的记录式呈现。新小说往往没有完整的故事情节，很多作品没有开头或是结尾；也没有鲜明的人物形象，人物大多面目模糊。新小说只会对从生活中截取的画面进行无比烦琐的细节描绘，对人物的内心进行原始状态的还原。新小说作家不会人为地赋予作品某种意义，更不会表达自己的感情、见解和思想，只是客观地提供繁杂的信息和材料，文本的意蕴要靠读者自己去理解、判断和补充。

新小说的代表作家是1985年获得诺贝尔文学奖的**克洛德·西蒙**（1913—2005）。他的《大酒店》里的人物面目模糊，情节无头无尾，带有鲜明的新小说特征。《弗兰德公路》讲述了战争创伤对人的精神意识的可怕影响。这种影响是通过细致描写主人公的联想、幻觉、通感等方式展现的，呈现出一种全新的叙事方式。

另外，**娜塔莉·萨洛特**（1900—1999）的《天象仪》《黄金果》，**阿兰-罗伯-格里叶**（1922—2008）的《橡皮》《窥视者》，也都是新小说的代表性作品。

黑色幽默在20世纪60年代兴起并流行于美国。这一流派受存在主义哲学的影响，认为世界是荒诞的，人类在生存期间承受着荒诞世界带来的巨大压制和伤害。面对荒诞的世界，孤单的个人常常难以反抗，只能通过嘲笑自己的窘境和痛苦，来化解这种重压。这种幽默常常在引发读者笑声的同时，激发读者的悲剧感受。黑色幽默的人物形象大多带有双重性：一方面懦弱、屈辱，面对苦难时只会插科打诨；另一方面又通过自嘲达到对世界荒诞性的嘲笑和批判。黑色幽默的情节带有后现代主义文学的共同特点，那就是打破时序，颠倒混乱，以此象征社会本身的混乱无序。黑色幽默的代表性作品有**约瑟夫·海勒**（1923—1999）的《第二十二条军规》、**库尔特·冯尼古特**（1922—2007）的《第五号屠宰场》等。

"垮掉的一代"是在二战后风行于美国的文学流派。这一流派受到存在主义哲学的影响，认可世界的虚无和荒诞，因此对传统价值、既定的理性和规范表现出激烈的反感。如果世界是没有意义的，那么就没有什么是应该做的或者不应该做的。正是这种存在主义的思想，让"垮掉的一代"表现出对传统的价值观念、道德体系和行为规范的背叛和颠覆。他们在个人行为上蔑视一切秩序和规范，寻求绝对的自由和放纵，从而表现出放荡不羁、叛逆粗犷甚至混乱沉沦的人生态度。"垮掉的一代"的代表性作家有**杰克·凯鲁亚克**（1922—1969），其代表作是《在路上》；**艾伦·金斯堡**（1926—1997），其代表作是《嚎叫》。因为金斯堡的《嚎叫》，"垮掉的一代"也被称为"嚎叫派"。

当然，后现代主义文学最杰出的成就还是体现在存在主义文学、荒诞派戏剧和魔幻现实主义文学这些流派的创作之中。

二、虚无的发现与自我选择：存在主义文学

让-保尔·萨特（1905—1980）作为存在主义哲学的阐述者，也是存在主义文学的主要作家。他曾获1964年诺贝尔文学奖，但拒绝接受此奖。

长篇小说《恶心》是萨特存在主义小说的代表作。一个名叫洛根丁的学者居住在小城布维尔里，撰写18世纪冒险家的历史故事。他发现自己生活的意义建立在对这个历史人物的存在的探寻上。但是，历史的存在作为一个过去的"存在"，对现实中的他来说，本身就是虚无。当洛根丁发现自己的人生价值竟然建立在虚无之上时，"恶心"的感觉就开始了。这种"恶心"的感觉，正是对于历史和过去的虚无的发现，也是对于自我本质的虚无的发现。也正是对于虚无的发现，让罗根丁有了选择的意识，他选择放弃写作这个历史故事。与洛根丁形成对比的是"自学者",他盲目地跟随着外在世界展示给他的意义,对生活本身的虚无毫无觉察,于是只能永远被困在无意义的虚无之中,忙忙碌碌地做着许多毫无意义的事情。

除了小说,萨特颇具影响的还有一系列的剧作,如《苍蝇》《禁闭》《死无葬身之地》等。其中,《禁闭》最为著名。《禁闭》讲述了三个生前犯下罪孽,从而陷入地狱的鬼魂,被关在同一间密闭的客厅里。一个女鬼魂名叫艾丝黛尔,是个迷恋男人的色情狂。另一个女鬼魂名叫伊内丝,是个同性恋。还有一个男鬼魂名叫加尔森。这三个人同处一室,没有外人介入。他们原来并不认识,但最后竟互相残杀。原来,同性恋伊内丝想得到艾丝黛尔,男色迷恋者艾丝黛尔却想得到唯一的男性加尔森,而加尔森拼命说服伊内丝,想让伊内丝证明自己不是懦夫。在这种循环中,谁都不能如愿,最终恼羞成怒的艾丝黛尔用刀子刺向了伊内丝。《禁闭》揭示了人与人之间的隔膜和冲突。这种隔膜和冲突的产生缘于每个个体人都是一个自由选择的主体,都会按照自己的意愿去实现自己的存在。在与他人的自由选择发生联系时,作为主体的人想征服别人的自由选择,以实现自己的选择,冲突就会不可避免地发生。"他人就是地狱"就会成为每一个个体人的宿命。

阿尔贝·加缪(1913—1960)是存在主义文学的另一位杰出作家。他是1957年诺贝尔文学奖获得者,代表作有《局外人》①《鼠疫》等。虽然加缪拒绝承认自己是存在主义文学的代表作家,但是其作品中存在主义哲学的体现比萨特还要明显,表达得更贴切。加缪的文风简朴自然,也比萨特更具文采,具有更强的可读性和可感性。

《局外人》叙述了主人公莫尔索一连串不合常理的行为,对母亲的死很漠然,对女友的爱模棱两可,对别人的友情表示无所谓,甚至面对升职也觉得没有什么意思。在误杀阿拉伯人之后,面对即将到来的死亡,他也表现得很淡然,连为自己辩护的愿望都没有。莫尔索看上去是个消极、悲观的人,而在这些行为选择的背后,是他对世界荒诞性的发现。那些在别人

---

① 此作品以下引述内容参见〔法〕阿尔贝·加缪:《局外人》,郭宏安译,译林出版社1998年版。

看来必须得到的爱情、友情、金钱，在他看来都是虚无的。追求这些虚无的价值，对他而言是毫无意义的。

莫尔索不但不是一个消极的人，反而是一个积极地进行自由选择的人。他不媚俗，不屈从，不让既定的规范和模式约束自己。在葬礼上就必须表现悲伤、对爱人就该甜言蜜语、升职的机会到了就要牢牢地抓住这些所谓的"应该"在莫尔索的眼中，就是限制、束缚和控制。因此，他选择不服从。《局外人》充分地表达了存在主义的理念，即世界和人类生存本身是荒诞的，并不存在既定的世界和人类本质。因此，人不应该按照任何先行的规则和模式塑造自己、要求自己。

但是，在这个荒诞的世界里，注定没有人能够理解莫尔索。他被判处死刑的理由最终竟是："在母亲的葬礼上不哭泣"。他对自由的坚持被这个世界判为"有罪"。因此，莫尔索选择不为自己辩护，并期待"处决我的那天，有很多人来看热闹，他们都向我发出仇恨的叫喊声"，因为这叫喊声更响亮地证明了他早就发现的荒诞和虚无。

《鼠疫》①更进一步地探索人如何确立自己的价值和生存的意义。在阿尔及利亚的奥兰城发生了瘟疫，反抗这场瘟疫看不到任何希望。人们萎靡不振，陷入绝望。但是，里厄医生和他的同道者不顾一切地与瘟疫对抗，虽然迎接他们的是永无休止的失败。当人们都丧失了信心时，他依然坚持不懈，明知不可为而为之，每天工作20小时。他的态度是："我不知道等着我的是什么，也不知道这一切结束之后会发生什么事。就目前而言，有病人，必须治疗这些病人。"里厄的态度非常鲜明地体现了存在主义所强调的通过自我选择创造自我的精神。人的尊严和价值不在于能不能取得完美的结局，而是建立在对于荒诞的对抗之上。鼠疫是荒诞世界的象征，里厄的抗争体现了他对于自我价值的创造和呈现。

三、文本消解与行为荒诞：荒诞派戏剧

荒诞派戏剧是二战后产生于法国的戏剧流派，其理论基础是存在主义哲学，强调世界的荒诞性、人生的虚无性和命运的悲剧性。荒诞派戏剧的

---

① 〔法〕加缪：《鼠疫》，沈志明译，上海译文出版社2017年版。

艺术表现手法独特，不使用传统戏剧所使用的人物塑造、戏剧冲突营造等方法，而是使用个性模糊的人物、具有象征性的舞台布景、没有逻辑色彩的舞台对白、荒诞不经的戏剧情节等元素，营造戏剧的荒诞感。

1969 年诺贝尔文学奖获得者爱尔兰剧作家**塞缪尔·贝克特**（1906—1989）的《等待戈多》，就是经典的荒诞派戏剧。两幕剧《等待戈多》讲述两个流浪汉爱斯特拉贡和弗拉迪米尔（戈戈和狄狄）在等待一个名叫戈多的人到来。他们不知道戈多是谁，也不知道他来不来、何时来。他们能做的只有等待。在等待的过程中，一对主仆波卓和幸运儿上场，波卓打骂幸运儿，幸运儿则说了一大通让人无法听懂的话。这时，有个小男孩前来告知，戈多今天不来，明天来。第二幕的时间是第二天，秃树上长了叶子，再次上场的波卓变成了瞎子，幸运儿变成了聋子。在等待的过程中，爱斯特拉贡一再说不想等了，但始终没有挪窝。小男孩再次出现，说戈多今天不来，明天来。爱斯特拉贡和弗拉迪米尔决定离开，明天再来，但他们依然没有挪窝。

《等待戈多》使用了很多独特的手法：其一，消解人物性格，把主人公符号化。无论是两个流浪汉，还是波卓和幸运儿、报信的小男孩，全都身份不明，性格模糊。被模糊化的人物不再是舞台上的主体，而是变成了一个个象征符号。这就极大地扩展了剧本的意蕴指向空间。观者可以根据自己的理解和判断，对这些象征符号的指向作出自己的联想。其二，消解戏剧情节。整部剧没有情节，勉强算得上情节的只有一个，那就是无尽的等待。小男孩就像分隔符，标志着这种等待的无限重复。其三，消解时空差异。剧中的两天是"无数岁月的凝聚"，是漫长岁月的象征。但是，这两天发生的事情又极度雷同，象征着一天又一天、无限单调、重复的人生状态。

《等待戈多》营造了一种"在绝望中苦熬"的生存氛围。爱斯特拉贡和弗拉迪米尔在各种不舒服中，在看不到希望和快乐中，煎熬着生存。没有信仰和精神归宿的生存正如置身精神荒野，只能"在绝望中苦熬"。另外，还可以看到，这部剧揭示了人无法主宰自己的命运，也无法控制世事变迁的悲哀。面对人生和命运的荒诞，等待戈多的人们表现得十分脆弱和无力，仅有的一些行动都是微不足道而可笑的。这就是生存本身的荒诞性。

法国作家**尤金·尤内斯库**（1909—1994）是另一位著名的荒诞派戏剧家，他的代表作是《秃头歌女》和《椅子》，同样表现了绝望中的生存状态。《秃头歌女》同样消解了人物身份和性格,消解了情节,更用一个胡乱敲打的钟消解了时间的存在。这个剧本还消解了舞台语言,从头到尾充斥着毫无意义的对话,这些无聊空虚的对话最后演变为意义完全模糊的胡乱叫喊。唯一一段逻辑清晰的对话却揭示了全剧最大的荒诞。一男一女在闲聊中,通过互相印证发现,他们竟然是一对夫妻,有着共同的孩子和家。甚至就连剧本的名字也被变相地消解了,这部剧作的内容与"秃头歌女"没有任何关系。《秃头歌女》用这种全面的消解,直接托出了剧本最核心的意旨,即人与人之间无法穿透的冰墙和隔阂构成了世界最基本的荒诞。

尤内斯库的《椅子》同样立意新奇。一对老夫妇邀请了很多客人,是为了向客人们宣布他们的"人生秘密"。客人们纷至沓来,表现为舞台上一把把增多的椅子。夫妇二人对着椅子发表了一通感想之后,双双跳海自杀。宣布"人生秘密"的任务留给了舞台上的第三个人——一个聋哑演说家。《椅子》同样表现了人与人之间难以沟通的痛苦,以及在这种人与人的断裂和隔膜中人类生存的孤独与虚无。

四、超自然时空与非理性思维:魔幻现实主义文学

魔幻现实主义文学是在20世纪中期产生于拉丁美洲的流派,以拉丁美洲特有的感性神秘文化、神灵崇拜与现代主义文学思想相结合,创造了带有神秘色彩的生死相通、人鬼同在的超自然空间,具有浓厚的魔幻色彩。魔幻现实主义文学运用的思维方式结合了印第安人神秘思维和现代主义文学非理性思维,呈现出离奇梦幻的惊人想象力。在艺术手法上,魔幻现实主义文学大量使用象征、暗示、荒诞、夸张等手法,营造怪诞、灵幻的色彩,追求奇异、神秘的非理性美感。但是,魔幻现实主义文学的落脚点是现实,而不是魔幻。魔幻思维和手法都只是用来探索和表现现实的手段和路径。透过神秘命运文化的重重纱帐,魔幻现实主义文学通向的依然是最深入的现实思考和追问。

魔幻现实主义文学的代表作家以拉美作家为主,如危地马拉的**米格尔·安赫尔·阿斯图里亚斯**(1899—1974),他的代表作是《玉米人》;古巴的**阿莱霍·卡彭铁尔**(1904—1980),他的代表作是《这个世界的王》;墨西哥的**胡安·鲁尔福**(1917—1986),他的代表作是《彼得罗·巴拉莫》。

哥伦比亚作家**加西亚·马尔克斯**(1927—2014)的作品代表了魔幻现

实主义文学最杰出的成就，他也因此于 1982 年获得诺贝尔文学奖。他的代表作有《百年孤独》《霍乱时期的爱情》《枯枝败叶》等。

《百年孤独》讲述了布恩迪亚家族七代人百年的兴衰史。乌苏拉与霍阿·布恩迪亚结婚后，因为害怕生出带尾巴的婴儿，拒绝丈夫接近自己。布恩迪亚在冲动之下杀死了嘲笑自己的村民，结果死者的鬼魂住进了他的家里。为了表示歉意，布恩迪亚带着妻子长途迁徙，搬到了马贡多，由此开启了家族发展的历程。此后，家族历经七代演变，马贡多也经历了瘟疫、内战，迎来了工业文明和商业社会。但是，布恩迪亚家族越来越弱，最后走向自我封闭。第六代的奥雷良诺·布恩迪亚与自己的姑妈阿玛兰塔·乌苏拉乱伦，生下了长尾巴的婴儿。阿玛兰塔·乌苏拉在难产中死去，婴儿被蚂蚁吃掉。在奥雷良诺·布恩迪亚破译出预言着家族命运的羊皮书的那一刻，一阵飓风把马贡多卷走了，整个家族宣告终结。

《百年孤独》以布恩迪亚家族的"孤独"气质为线索，思考了这个家族的命运。第一代霍阿·布恩迪亚的孤独精神体现在他永无止境的冥想和探索未知之上，从而打造了一个家族勇于思考、勇于探索的精神。第二代奥雷良诺的孤独精神让他拥有了超人的精神感受力和领导智慧，成为打不死的传奇领袖；霍·阿卡迪奥和阿玛兰塔的孤独精神则表现为旺盛热烈的情欲和执着强悍的生命力。随着政治意识的萌发，政治斗争开始出现，第三代阿卡迪奥的孤独精神演变为政治权力所激发的人性的冷酷和霸道；在奥雷良诺·霍塞那里，则演变为个性中的敏感、孤僻和情感自闭。第四代身处现代物质文明的繁荣时代，孤独精神演变为对物质和金钱的狂热追求，呈现出最原始的纵欲、繁殖的力量。第五代难以抵抗文化和物质的殖民，马贡多失去经济上的独立地位，布恩迪亚家族的人们也陷入传统精神的迷失。第六代奥雷良诺·布恩迪亚和阿玛兰塔·乌苏拉面对家族的颓势无能为力，于是选择了闭关自守、故步自封，最终把家族带上了衰亡之路。

在这个充满魔幻色彩的故事背后，隐藏着作者对于家族发展史十分清晰的象征性探索。靠着家族之父霍阿·布恩迪亚的探索精神，以及家族之母乌苏拉脚踏实地的实干精神，这个家族走向兴旺。但是，随着战争、政治、商业、文化殖民等内外危机的冲击，这个家族最终走上了衰亡之路。从这个家族的衰亡中，我们既能看到家族精神延续的重要性，也能看到如何对待外来力量的反思。这些思考并不虚幻，呈现出对于家族文化和家族命运极其现实的反思和剖析。

《百年孤独》对于家族性格的总结也十分巧妙。这个家族所有的男性都只有两个名字，"阿卡迪奥"和"奥雷良诺"。前者代表着强悍的生存能力，后者代表细腻敏感的思考能力。在女性中，"乌苏拉""阿玛兰塔"是被一代代传递的名字，也蕴含着家族的性格和精神。

《百年孤独》更是打破了人与鬼、梦幻与现实的诸多界限，构建了一个人类与灵魂共处的神秘空间，体现出拉丁美洲独特的生命观念。在这种神秘的生命观念之上，《百年孤独》呈现出惊人的超越现实的想象力，整整下了四年的雨，马贡多大战失眠症，奥雷良诺的预知能力，雷梅苔丝的随风而逝，墨尔基阿德斯德的复活，阿卡迪奥被杀后流出的血液穿街过巷回家寻母……这些非现实情节的设置提供了特殊的表情达意的渠道，也让文本呈现出神奇美幻、意蕴迷离的美感。

参考文献

1. 〔法〕阿尔贝·加缪：《局外人》，郭宏安译，译林出版社 1998 年版。
2. 〔美〕埃尔贝·R. 洛特曼：《加缪传》，肖云上等译，漓江出版社 1999 年版。
3. 〔古希腊〕埃斯库罗斯等：《古希腊悲剧喜剧集（上部、下部）》，张竹明、王焕生译，译林出版社 2011 年版。
4. 〔美〕艾丽丝·沃克：《紫颜色》，陶洁译，译林出版社 1998 年版。
5. 〔英〕艾米莉·勃朗特：《呼啸山庄》，杨苡译，译林出版社 1990 年版。
6. 〔法〕安德烈·纪德：《背德者》，李玉民译，江西教育出版社 2016 年版。
7. 〔法〕安德烈·纪德：《窄门》，李玉民译，中国友谊出版公司 2015 年版。
8. 〔法〕安德烈·莫洛亚：《唐璜：拜伦传》，裘小龙、王人力译，上海译文出版社 2014 年版。
9. 〔英〕奥斯丁：《傲慢与偏见》，王科一译，上海译文出版社 1995 年版。
10. 〔英〕奥斯卡·王尔德：《道连·格雷的画像》，荣如德译，上海译文出版社 2006 年版。
11. 〔古罗马〕奥维德：《变形记》，杨周翰译，上海人民出版社 2016 年版。
12. 〔法〕巴尔扎克：《高老头》，张冠尧译，人民文学出版社 2002 年版。
13. 〔英〕拜伦：《曼弗雷德 该隐》，曹元勇译，华夏出版社 2007 年版。
14. 〔英〕拜伦：《恰尔德·哈洛尔德游记》，杨熙龄译，上海译文出版社 1990 年版。
15. 〔美〕保罗·亚历山大：《塞林格传》，孙仲旭译，译林出版社 2001 年版。
16. 〔英〕保罗·约翰逊：《知识分子》，杨正润等译，江苏人民出版社 2003 年版。
17. 〔俄〕鲍·帕斯捷尔纳克：《日瓦戈医生》，蓝英年、张秉衡译，人民文学出版社 2006 年版。
18. 〔爱尔兰〕彼得·寇斯提罗：《乔伊斯传》，林玉珍译，海南出版社 1999 年版。

19. 〔意〕彼特拉克：《秘密》，方匡国译，广西师范大学出版社 2008 年版。
20. 〔俄〕别林斯基：《文学的幻想》，满涛译，安徽文艺出版社 1996 年版。
21. 〔意〕卜伽丘：《十日谈（上、下）》，方平、王科一译，上海译文出版社 2010 年版。
22. 〔苏联〕布尔加科夫：《莫里哀先生传》，孔延庚等译，浙江文艺出版社 2017 年版。
23. 残雪：《地狱中的独行者》，华东师范大学出版社 2008 年版。
24. 残雪：《灵魂的城堡》，上海文艺出版社 1999 年版。
25. 〔英〕查尔斯·兰姆、玛丽·兰姆：《阅读莎士比亚》，萧乾译，百花文艺出版社 2004 年版。
26. 〔英〕D. H. 劳伦斯：《读书随笔》，陈庆勋译，上海三联书店 1999 年版。
27. 〔美〕大卫·丹比：《伟大的书》，曹雅学译，江苏人民出版社 2003 年版。
28. 〔法〕大仲马：《基督山恩仇记》，郑克鲁译，译林出版社 2010 年版。
29. 〔英〕丹尼尔·笛福：《鲁滨逊漂流记》，鹿金译，商务印书馆 2015 年版。
30. 〔意〕但丁：《神曲》，王维克译，人民文学出版社 1994 年版。
31. 〔美〕德莱塞：《嘉丽妹妹》，裘柱常译，上海译文出版社 2001 年版。
32. 〔英〕狄更斯：《双城记》，宋兆霖译，北京燕山出版社 2011 年版。
33. 〔法〕多米尼克·阿尔邦：《陀思妥耶夫斯基》，解薇、刘成富译，上海人民出版社 2009 年版。
34. 〔英〕E. M. 福斯特：《小说面面观》，冯涛译，人民文学出版社 2009 年版。
35. 〔英〕E. M. 福斯特：《印度之行》，杨自俭、邵翠英译，译林出版社 2013 年版。
36. 〔美〕菲茨杰拉德：《了不起的盖茨比》，姚乃强译，人民文学出版社 2004 年版。
37. 〔英〕弗吉尼亚·伍尔芙：《达洛卫太太》，孙梁、苏美译，上海译文出版社 2011 年版。
38. 〔英〕弗吉尼亚·伍尔芙：《论小说与小说家》，瞿世镜译，上海译文出版社 2000 年版。
39. 〔英〕弗吉尼亚·伍尔芙：《书和画像》，刘炳善译，生活·读书·新知三联书店 1994 年版。
40. 〔英〕弗吉尼亚·伍尔芙：《伍尔夫读书心得》，刘文荣译，文汇出版社 2011 年版。
41. 〔英〕弗吉尼亚·伍尔芙：《一间自己的屋子》，王还译，生活·读书·新知三联书店 1992 年版。
42. 〔美〕弗拉迪米尔·纳博科夫：《洛丽塔》，于晓丹译，译林出版社 2000 年版。
43. 〔法〕福楼拜：《包法利夫人》，周克希译，天津人民出版社 2016 年版。
44. 〔英〕高尔斯华绥：《福尔赛世家（上、中、下）》，马婷婷等译，北京理工大学出版社 2015 年版。

45. 〔法〕高乃依:《高乃依戏剧选》,张秋红、马振骋译,吉林出版集团有限责任公司 2012 年版。
46. 〔德〕歌德:《浮士德》,绿原译,人民文学出版社 1994 年版。
47. 〔德〕格拉斯:《铁皮鼓》,胡其鼎译,上海译文出版社 2011 年版。
48. 〔英〕格雷厄姆·格林:《恋情的终结》,柯平译,译林出版社 2008 年版。
49. 〔美〕古斯塔夫·缪勒:《文学的哲学》,孙宜学、郭洪涛译,广西师范大学出版社 2001 年版。
50. 〔英〕哈代:《苔丝》,孙法理译,译林出版社 1993 年版。
51. 〔美〕海明威:《海明威短篇小说全集》,陈良廷等译,上海译文出版社 2011 年版。
52. 〔美〕海明威:《永别了,武器》,林疑今译,上海译文出版社 1995 年版。
53. 〔阿根廷〕豪尔赫·路易斯·博尔赫斯:《博尔赫斯谈话录》,王永年译,上海译文出版社 2008 年版。
54. 〔阿根廷〕豪尔赫·路易斯·博尔赫斯:《小径分岔的花园》,王永年译,上海译文出版社 2015 年版。
55. 〔古希腊〕荷马:《荷马史诗》(《伊利亚特》《奥德赛》),陈中梅译,译林出版社 2000 年版。
56. 〔德〕赫尔曼·黑塞:《荒原狼》,赵登荣、倪诚恩译,上海译文出版社 2010 年版。
57. 〔古希腊〕赫西俄德:《工作与时日 神谱》,张竹明、蒋平译,商务印书馆 2016 年版。
58. 〔英〕亨利·菲尔丁:《弃儿汤姆·琼斯的历史》,萧乾、李从弼译,上海译文出版社 2013 年版。
59. 〔美〕惠特曼:《草叶集(上、下)》,楚图南、李野光译,人民文学出版社 1987 年版。
60. 〔美〕惠特曼:《草叶集》,赵萝蕤译,上海译文出版社 1991 年版。
61. 〔法〕纪德:《伪币制造者》,盛澄华译,上海译文出版社 2014 年版。
62. 〔法〕加缪:《鼠疫》,沈志明译,上海译文出版社 2017 年版。
63. 〔哥伦比亚〕加西亚·马尔克斯:《百年孤独》,范晔译,南海出版公司 2011 年版。
64. 〔哥伦比亚〕加西亚·马尔克斯:《百年孤独》,黄锦炎等译,浙江文艺出版社 1991 年版。
65. 〔意〕卡尔维诺:《如果在冬夜,一个旅人》,萧天佑译,译林出版社 2012 年版。
66. 〔意〕卡尔维诺:《树上的男爵》,吴正仪译,译林出版社 2012 年版。
67. 〔法〕克里斯蒂安娜·布洛-拉巴雷尔:《杜拉斯传》,徐和瑾译,漓江出版社 1999 年版。
68. 〔美〕肯尼思·S. 林恩:《海明威》,任晓晋等译,中央编译出版社 1997 年版。

69. 〔法〕拉伯雷：《巨人传（上、下）》，成钰亭译，上海译文出版社 2013 年版。
70. 〔英〕劳伦斯：《查特莱夫人的情人》，赵苏苏译，人民文学出版社 2004 年版。
71. 〔英〕劳伦斯：《虹》，黄雨石译，上海译文出版社 2011 年版。
72. 〔法〕勒内·基拉尔：《浪漫的谎言与小说的真实》，罗芃译，生活·读书·新知三联书店 1998 年版。
73. 〔德〕雷马克：《西线无战事》，朱雯译，上海人民出版社 2017 年版。
74. 李赋宁总主编：《欧洲文学史》，商务印书馆 1999 年版。
75. 〔俄〕列夫·托尔斯泰：《复活》，汝龙译，人民文学出版社 1979 年版。
76. 〔俄〕列夫·托尔斯泰：《战争与和平》，娄自良译，上海译文出版社 2011 年版。
77. 刘建军：《基督教文化与西方文学传统》，北京大学出版社 2005 年版。
78. 刘小枫、陈少明主编：《荷马笔下的伦理》，华夏出版社 2010 年版。
79. 刘小枫、陈少明主编：《莎士比亚笔下的王者》，华夏出版社 2007 年版。
80. 〔法〕卢梭：《卢梭自传》，刘阳译，江苏文艺出版社 1998 年版。
81. 〔法〕卢梭：《新爱洛漪丝》，伊信译，商务印书馆 2012 年版。
82. 陆阳、潘朝伟：《圣经的文化解读》，复旦大学出版社 2008 年版。
83. 〔法〕罗曼·罗兰《莫斯科日记》，夏伯铭译，上海人民出版社 1995 年版。
84. 〔法〕罗曼·罗兰：《托尔斯泰传》，傅雷译，商务印书馆 1995 年版。
85. 〔法〕罗曼·罗兰：《约翰·克利斯朵夫》，傅雷译，人民文学出版社 1957 年版。
86. 〔法〕马丁·杜·加尔：《蒂博一家》，胡菊丽、邢洁译，北京理工大学出版社 2015 年版。
87. 〔以色列〕马克斯·波罗德：《卡夫卡传》，叶廷芳、黎奇译，河北教育出版社 1997 年版。
88. 〔法〕玛格丽特·杜拉斯：《情人》，王道乾译，上海译文出版社 2004 年版。
89. 〔英〕玛丽·雪莱：《弗兰肯斯坦》，刘新民译，上海译文出版社 2014 年版。
90. 〔英〕毛姆：《月亮与六便士》，傅惟慈译，上海译文出版社 2009 年版。
91. 〔法〕梅里美：《卡门》，王钢等译，上海译文出版社 2014 年版。
92. 〔俄〕梅列日科夫斯基：《但丁传》，汪晓春译，团结出版社 2005 年版。
93. 〔法〕孟德斯鸠：《波斯人信札》，梁守锵译，商务印书馆 2016 年版。
94. 〔捷〕米兰·昆德拉：《被背叛的遗嘱》，孟湄译，牛津大学出版社、上海人民出版社 1995 年版。
95. 〔捷〕米兰·昆德拉：《不能承受的生命之轻》，许钧译，上海译文出版社 2003 年版。
96. 〔捷〕米兰·昆德拉：《小说的艺术》，孟湄译，生活·读书·新知三联书店 1992 年版。

97. 〔法〕米歇尔·福柯:《疯癫与文明》,刘北成、杨远婴译,生活·读书·新知三联书店 2007 年版。
98. 〔法〕米歇尔·芒索:《闺中女友》,胡小跃译,漓江出版社 1999 年版。
99. 〔法〕缪塞:《请你记住——缪塞诗选》,陈澄莱、宗璞译,人民文学出版社 2016 年版。
100. 〔法〕莫泊桑:《莫泊桑短篇小说集》,柳鸣九译,北京燕山出版社 2011 年版。
101. 〔法〕莫泊桑:《羊脂球》,王振孙等译,人民文学出版社 1994 年版。
102. 〔法〕莫里哀等:《法国戏剧经典(17—18 世纪卷)》,李玉民译,浙江大学出版社 2011 年版。
103. 〔法〕莫里哀:《伪君子》,赵少侯译,人民文学出版社 1955 年版。
104. 〔美〕M. W. 布伦戴尔:《扶友损敌》,包利民等译,生活·读书·新知三联书店 2009 年版。
105. 〔苏联〕M. 巴赫金:《巴赫金文论选》,佟景韩译,中国社会科学出版社 1996 年版。
106. 〔法〕M. 普鲁斯特:《追忆似水年华》,李恒基等译,译林出版社 2012 年版。
107. 〔美〕欧内斯特·海明威:《乞力马扎罗山的雪》,陆汉臻译,浙江文艺出版社 2013 年版。
108. 〔俄〕契诃夫:《契诃夫小说集》,汝龙译,安徽文艺出版社 1996 年版。
109. 〔英〕乔纳森·斯威夫特:《格列佛游记》,杨昊成译,译林出版社 2018 年版。
110. 〔英〕乔叟:《坎特伯雷故事》,黄杲炘译,上海译文出版社 2013 年版。
111. 〔英〕乔治·奥威尔:《动物庄园》,荣如德译,上海译文出版社 2009 年版。
112. 〔英〕乔治·奥威尔:《一九八四》,董乐山译,上海译文出版社 2009 年版。
113. 〔美〕塞林格:《麦田里的守望者》,施咸荣译,译林出版社 1998 年版。
114. 〔西班牙〕塞万提斯:《堂吉诃德》,张广森译,上海译文出版社 2001 年版。
115. 〔英〕莎士比亚:《亨利四世》,吴兴华译,上海译文出版社 2016 年版。
116. 〔英〕莎士比亚:《莎士比亚四大悲剧》,孙大雨译,上海译文出版社 2010 年版。
117. 〔英〕莎士比亚:《莎士比亚喜剧五种》,方平译,上海译文出版社 2011 年版。
118. 〔奥〕斯·茨威格:《罗曼·罗兰》,吴裕康译,漓江出版社 1999 年版。
119. 〔奥〕斯·茨威格著,高寒编:《斯·茨威格女性小说集》,水石、纪琨等译,新疆人民出版社 1995 年版。
120. 〔奥〕斯·茨威格:《斯汤达 福楼》,俞宙明等译,漓江出版社 2000 年版。
121. 〔奥〕斯·茨威格:《托尔斯泰》,魏育青译,漓江出版社 2000 年版。
122. 〔法〕斯丹达尔:《红与黑》,郭宏安译,译林出版社 2010 年版。
123. 〔奥〕斯蒂芬·茨威格:《象棋的故事》,韩耀成译,陕西师范大学出版社 2013

年版。
124. 〔美〕苏珊·S. 兰瑟：《虚构的权威》，黄必康译，北京大学出版社 2002 年版。
125. 〔美〕索尔·贝娄：《洪堡的礼物》，蒲隆译，上海译文出版社 2012 年版。
126. 〔俄〕屠格涅夫：《前夜 父与子》，丽尼、巴金译，上海译文出版社 2000 年版。
127. 〔德〕托马斯·曼：《布登勃洛克一家》，黄淑航、龚嫚莉译，北京理工大学出版社 2015 年版。
128. 〔美〕托马斯·沃尔夫：《天使，望故乡》，朱小凡译，人民文学出版社 2011 年版。
129. 〔美〕托妮·莫里森：《最蓝的眼睛》，杨向荣译，南海出版公司 2013 年版。
130. 〔英〕托·斯·艾略特：《艾略特文学论文集》，李赋宁译，百花洲文艺出版社 1994 年版。
131. 〔俄〕陀思妥耶夫斯基：《白痴》，荣如德译，上海译文出版社 2015 年版。
132. 〔俄〕陀思妥耶夫斯基：《卡拉马佐夫兄弟》，荣如德译，上海译文出版社 2006 年版。
133. 〔俄〕陀思妥耶夫斯基：《罪与罚》，朱海观、王汶译，人民文学出版社 1982 年版。
134. 〔英〕T. S. 艾略特：《荒原》，赵萝蕤译，人民文学出版社 2016 年版。
135. 〔德〕瓦尔特·本雅明：《发达资本主义时代的抒情诗人》，王才勇译，江苏人民出版社 2005 年版。
136. 〔英〕王尔德：《夜莺与玫瑰》，林徽因译，辽宁教育出版社 2011 年版。
137. 〔美〕威廉·福克纳：《喧哗与骚动》，李文俊译，上海译文出版社 2004 年版。
138. 〔英〕威廉·戈尔丁：《蝇王》，龚志成译，上海译文出版社 2009 年版。
139. 〔英〕威廉·萨克雷：《名利场》，贾文浩、贾文渊译，中国友谊出版公司 2017 年版。
140. 〔古罗马〕维吉尔：《埃涅阿斯纪》，杨周翰译，上海人民出版社 2016 年版。
141. 〔古罗马〕维吉尔：《牧歌》，杨宪益译，上海人民出版社 2015 年版。
142. 〔德〕沃尔夫冈·伊瑟尔：《虚构与想象》，陈定家等译，吉林人民出版社 2003 年版。
143. 吴晓东：《从卡夫卡到昆德拉》，生活·读书·新知三联书店 2003 年版。
144. 〔古希腊〕希罗多德：《历史》，王以铸译，商务印书馆 2016 年版。
145. 〔德〕席勒：《阴谋与爱情》，杨武能译，河南文艺出版社 2015 年版。
146. 〔法〕夏多布里昂：《阿达拉 勒内》，曹德明译，南京大学出版社 2017 年版。
147. 〔法〕夏尔·波德莱尔：《恶之花》，郭宏安译评，漓江出版社 1992 年版。
148. 〔英〕夏洛蒂·勃朗特：《简·爱》，黄源深译，译林出版社 1994 年版。
149. 〔法〕小仲马：《茶花女》，王振孙译，外国文学出版社 1994 年版。
150. 〔英〕雪莱：《解放了的普罗密修斯》，邵洵美译，人民文学出版社 1957 年版。

151. 学思主编:《卡夫卡文集Ⅰ变形记》,武汉大学出版社 1995 年版。
152. 〔俄〕亚·索尔仁尼琴:《伊凡·杰尼索维奇的一天》,斯人等译,译林出版社 1999 年版。
153. 杨任敬:《20 世纪美国文学史》,青岛出版社 1999 年版。
154. 〔美〕伊恩·P. 瓦特:《小说的兴起》,高原、董红钧译,生活·读书·新知三联书店 1992 年版。
155. 〔意〕伊塔洛·卡尔维诺:《为什么读经典》,黄灿然、李桂蜜译,译林出版社 2006 年版。
156. 〔美〕宇文所安:《迷楼》,程章灿译,生活·读书·新知三联书店 2003 年版。
157. 〔法〕雨果:《巴黎圣母院》,管震湖译,上海译文出版社 2011 年版。
158. 〔英〕约翰·弥尔顿:《失乐园》,朱维之译,译林出版社 2013 年版。
159. 〔美〕约翰·维克雷编:《神话与文学》,潘国庆等译,上海文艺出版社 1995 年版。
160. 〔英〕约瑟夫·康拉德:《黑暗的心 吉姆爷》,黄雨石、熊蕾译,人民文学出版社 2011 年版。
161. 〔美〕詹姆斯·费伦:《作为修辞的叙事》,陈永国译,北京大学出版社 2002 年版。
162. 〔爱尔兰〕詹姆斯·乔伊斯:《尤利西斯(修订本)》,萧乾、文洁若译,译林出版社 2002 年版。
163. 郑克鲁主编:《外国文学史》,高等教育出版社 1999 年版。

我和一门课程的故事（代后记）

第一次开设"外国文学史"这门课，应该推溯到近二十年前我在华东政法大学（以下简称"华政"）长宁校区的授课时期。华东师范大学博士毕业时，我的专业是中国现当代文学。当时的华政是纯粹的法科大学，基本没有法科以外的专业设置。拥有中文专业的学生，那还是后来的事情。对于中文专业毕业的我而言，没有自己专业的学生可教，不能不说是一件遗憾的事情。但是，怀着对于华政的感恩之心（毕竟当时愿意给28岁的女博士一个教职和额外的生活优待，在上海并非每一所高校都能够做到的），我积极地适应了这种教学现实。

在当时的华政，文学选修课的数量极少。陆陆续续，我开设了很多文学选修课，其中"外国文学史"是开设最为稳定的一门课程。它曾经名为"西方文学史"和"西方小说史"。但是，从教学内容来说，我把它们看作一门课程的不同发展阶段。华政发展为综合性大学之后，有了自己的中文专业。这门课程又被我分化为全校通识课"外国文学史"和中文专业的专业课"外国文学"两门课程。这对我是一个极大的挑战和锻炼。给中文专业学生与非中文专业学生讲授文学史，是截然不同的两个框架体系、两种教学理念，也是两种培养目的。

给中文专业学生讲授文学史，讲究的是知识体系的完备细致，还要培养学生最基本的专业研究能力。除了上课讲授，设计习题和修改论文是专业课程中最繁重的任务。为此，我为这门专业课程设计了几十套大小习题，对知识点进行了全面覆盖。这些章节习题不知道"折磨"了多少学生。当然，他们也用灵动又青涩、可爱又可怖的论文"折磨"了我。我们扯平了……

但是，这种以知识体系和专业思考能力为核心的教学方法和训练方式，对于作为全校通识课的"外国文学史"而言，完全不适用！

作为全校通识课的"外国文学史"面向的是非中文专业的学生，数量巨大，专业繁多。他们各有自己的专业学习和研究领域，把这些不同专业的学生集中在这门文学课程之内的，只有一样东西，那就是他们对文学单纯的热爱之情以及一种试图在文学中寻求精神满足和审美满足的朴素愿望。我不能用训练专业学生的方式对待他们，那对他们毫无意义，而且会磨灭他们最为珍贵的文学兴趣和阅读热情。我常常思考，对于这些非中文专业的学生而言，学习文学的价值和意义是什么？我必须搞清楚这个问题，才能明白自己应该讲什么，又该如何去讲。

我不认为对这些学生而言，学习文学的意义就只是提高文学鉴赏能力、满足审美需求这么单一。如果我们把大学的文学通识课固定在这样的层面，真的是辜负了文学那么丰富的思想和情感资源。

专业教育培养一个人的专业能力，但是一个人生存于世，所需要的不只是专业能力。专业能力是解决专业领域（扩而大之，也可以说是职业领域）的问题，但是我们在现实中所遇到的不只是职业问题和专业问题。说到底，决定着一个人生存质量的，更多的是他所要面对的社会问题、人生问题和自我内心问题。一个人假如没有处理社会问题、人生问题和自我内心问题的能力，那么无论他的职业技能有多么高超，都是一个"不完全的人"，都无法正确地处理自己与社会、他人以及自我的关系。这种能力的欠缺往往会给一个人的生存带来巨大的阻碍甚至破坏的力量。

文学通识教育最重要的意义应该在这里。

文学是"人学"，是对人生现象、社会现象和命运现象的观察、体验、感受和书写。如果能够通过文学教育提高学生对人生、社会和命运的分析能力、感受能力和思考能力，用文学叙事的魅力来实现对学生的人格培养和引领，那么这种文学教育要比单一的鉴赏更有意义。归根结底，文学鉴赏本也不该被狭隘地理解为艺术形式和技巧的鉴赏，而是对感受能力和思考能力的分享，对人生问题、社会问题和命运问题的共情与共思。

我希望这门课程可以承担起这种教育使命。这就是我设计和实践这门文学通识课的基本原则。

感谢近二十年来出现在这门课程上的每一个学生。无论你们现在尚在校园，还是已经到达社会各处，我都要表达我对你们的感激之情！谢谢你们对这门课程的信任，也谢谢你们所表现出来的热情。我是站在讲台上的老师，你们却是立于这门课程之上的我的老师。我通过你们听课时的表情，得以把握每一个教学步骤的质量如何；我通过你们所提的问题，得以了解自己讲课中的疏漏、欠缺以及应该改进的环节。你们向我表达的自己的理解和观点，更是处处都在启发我。甚至很多课堂观点，都是在我与你们不断交流之后逐渐形成的。我最要感谢你们对这门课程的信任和支持，没有你们的信任和支持，这门课程不会持续将近二十年之久。

为了让这门课程的内容得到更为细致的讲述和更为全面的展现，我从"外国文学史"这门课程中，又延伸出了"欧美当代小说阅读与鉴赏"这门课程，重点讲述欧美20世纪的经典小说。相应地，从2019年秋天开始，大家所熟悉的"外国文学史"课程，也将正式更名为"欧美古近经典文学导读"，重点讲述欧美从古希腊到19世纪的文学经典。我希望通过这样的课程设置，可以让欧美文学从古代到当代的发展史和重要作家作品，得到更好的展现。

最后，再次感谢所有出现在我课堂上的亲爱的同学们！给你们我最真诚的爱与祝福！

杜素娟
2019年6月28日